U0090895

古典文學研究輯刊

十九編

曾永義 主編

第3冊

中唐文人知識結構與文學研究

趙 舒 著

國家圖書館出版品預行編目資料

中唐文人知識結構與文學研究／趙舒 著 — 初版 — 新北市：
花木蘭文化事業有限公司，2019〔民108〕
目 2+216 面；19×26 公分
（古典文學研究輯刊 十九編；第3冊）
ISBN 978-986-485-638-1（精裝）
1. 唐代文學 2. 文學評論
820.8　　108000764

古典文學研究輯刊
十九編　第三冊　　ISBN：978-986-485-638-1

中唐文人知識結構與文學研究

作　　者　趙　舒
主　　編　曾永義
總 編 輯　杜潔祥
副總編輯　楊嘉樂
編　　輯　許郁翎、王筑　美術編輯　陳逸婷
出　　版　花木蘭文化事業有限公司
發 行 人　高小娟
聯絡地址　235 新北市中和區中安街七二號十三樓
　　　　　電話：02-2923-1455／傳真：02-2923-1452
網　　址　http://www.huamulan.tw 信箱 hml 810518@gmail.com
印　　刷　普羅文化出版廣告事業
初　　版　2019 年 3 月
全書字數　199096 字
定　　價　十九編 33 冊（精裝）新台幣 64,000 元

中唐文人知識結構與文學研究

趙舒 著

作者簡介

趙舒，1984年生，安徽無爲人，文學博士，畢業於武漢大學文學院，供職於武漢學院人文學院，主要從事漢唐文學以及通識教育方面的研究。曾發表《〈紅樓夢〉的「還鄉情結」》、《儲光羲五言古詩的創作技法》、《儲光羲的仿古心態及其致力五古的緣由》、《人工智能時代大學通識寫作教學的困境與突破》等論文，並曾參與國家社科基金、教育部人文社會科學研究一般項目等課題的研究工作。

提　要

本文以中唐文人知識結構與文學之間的關係爲研究對象。「知識」是文人之所以稱爲文人的關鍵要素之一，「知識結構」不僅反映了文人知識水平的高低、知識吸取的方向和知識應用的程度，還影響著文人的文化心理和精神氣質的形成。一個時代的文人知識結構狀況總是與當時的社會文化、教育政策、政治制度等因素形成互動關係，文人知識結構是個體文學創作的內在驅動因素之一。

中唐時期文人以經術、詩賦知識爲公共知識，主動追求知識的淵博融通。有唐一代，中唐全能文人數量最多，出現了以韓愈、柳宗元、白居易等爲代表的一批知識結構宏大、淹博的精英文人，他們創作了絕大部分中唐文學作品，並在學術研究、政事實踐上都頗有建樹。中唐文人知識結構也呈現出了階段性的演進特點，以貞元爲界，貞元後文人知識結構比此前文人知識結構更爲博通，尤其以元和文人的知識結構最爲典型。科舉制度、讀書活動、實踐經驗都影響著文人知識結構的建構，家庭、交友、自我意識也影響著文人知識結構的形成。本文同時還嘗試以白居易、柳宗元、中唐古文家爲個案，研究知識結構與文學之間的互動關係。

目次

緒　論

作爲文化精英層的文人，掌握了社會絕大多數的文化資本，文人的知識結構模式是整個社會文化的反映，影響著文化的發展走向。一個時代文人的知識結構狀況影響著當時文學面貌的形成，個體文人的知識結構是其文學創作內在驅動因素之一。這是我們以「文人知識結構與文學」爲切入點研究中唐文學的直接考慮因素。

第一節　知識結構及其相關概念界定

一、「知識」與「知識結構」

「知識」是難的。哲學、社會學、甚至自然學科都試圖對「知識」進行定義，但最終沒有出現一個讓大家都滿意的結果。所以本文並不嘗試對「知識」的概念重新進行定義，只對「知識」進行類型上的區分。本課題「知識」宏觀上包括理論知識和實踐經驗。微觀上，我們主要參考陳植鍔先生在《論北宋知識分子的知識結構》中對知識的分類，他把中國古代文人的知識結構劃分爲四個方面：經術、文藝、節義、政事。而筆者認爲「節義」主要涉及到的是文人的道德品行，故而不在本文主要考察範圍中。另外，陳先生的觀點嚴格意義上講，和孔子對其門人才能的劃分非常相似，《論語．先進》記載：「從我於陳蔡者，皆不及門也。德行：顏淵，閔子騫，冉伯牛，仲弓；言語：宰我，子貢；政事：冉有，季路；文學：子游。」〔註1〕德行、言語、政事、文學即所謂「孔門四科」。所以陳先生對知識的分類更偏向於以文人的才能爲

〔註1〕孔子等著、楊伯峻譯注《論語譯注》，中華書局1980年版，第110頁。

區隔標準，這種劃分的好處在於更適合中國古代文人的知識情況，因爲在中國古代並不存在嚴格意義上的學科劃分，但這種劃分的局限性又在於縮小了中國古代文人掌握的知識範圍，比如算學、書學以及日常生活中得到經驗知識等。故而本文中提到的知識分類，主要採用陳植鍔先生的觀點，將知識主要分爲文藝、經術和政事，又包括一些其他的知識經驗，例如我們在後文第四章中提到的「地方知識經驗」。

「知識」定義的困難直接導致「知識結構」定義的困難，關於「知識結構」，不同研究領域也有不同的解釋。本文對「知識結構」的界定和分類同樣主要參考陳植鍔先生在《論北宋知識分子的知識結構》中的觀點。〔註 2〕他根據經術、文藝、節義、政事四種知識類型，把北宋文人的知識結構類型劃分爲三種：全能型（四個方面兼而有之）；兼項型（兼有其中兩個或者三個方面）；單項型（只具有四個方面的一種）。我們去掉節義，以文藝、經術、政事作爲衡量文人知識結構的要項，將知識結構類型劃分爲全能型（三種知識兼有）、兼項型（兼有其中兩項知識）、單項型（只擁有其中一種知識類型）。當然中國古代文人接受的教育特點決定了文人個體都或多或少接觸過上述三種知識類型，特別是有唐一代，文藝和經術知識幾乎是文人必備之知識，所以我們上述全能、兼項、單項型知識結構的劃分主要是以文人具備的主要知識要素作爲標準。我們在第一章中將作詳細說明。

二、中唐與中唐文人

「中唐」是一個時間段概念，對唐代不同的分期會出現不同的「中唐」。中國古代文學對唐代文學的分期有很多種觀點，大概有「兩唐說」、「三唐說」、「四唐說」、「五唐說」、「六唐說」以及「八唐說」。〔註 3〕

本文採取傳統的「四唐說」，每個時期具體起迄時間參考尙永亮師在《唐五代詩作者之地域分佈與北南變化的定量分析》中對「四唐」的具體劃分：初唐，高祖武德至玄宗開元初（618～713）；盛唐，開元初至代宗大曆初（713～766）；中唐，大曆至文宗大和初（766～827）；晚唐：大和至唐末（827～907）。

中唐文人顧名思義即生活在中唐時期的文人。當然我們研究對象的生平

〔註 2〕 陳植鍔《論北宋知識分子的知識結構》，《社會科學研究》1988 年第 1 期。

〔註 3〕 張紅運《二十世紀唐詩分期研究述略》（《文學研究》2006 年第六期）中詳細介紹了各種分期方法，可參看。

經歷時間不可能剛好完全處在中唐這個時間段中，所以我們一方面尊重文學史上對個體傳統的劃歸，一方面也注意考慮個體的主要生平經歷。

我們以中唐文人爲研究對象主要基於以下幾種考慮：其一，中唐文人的知識結構和此前文人知識結構相比，由專才逐漸向全能型轉變，知識結構模式更爲豐富，特徵更爲明顯，具有較強新變性；其二，中唐社會環境變化風起雲湧，文人多求變心理，整個中唐文學具有鮮明的求異特徵，詩歌、散文、傳奇等各種文體均得以創新和發展，研究此時期文人知識結構與文學之間的互動關係值得期待；其三，中唐社會是「唐宋轉型」之一大關鍵，事實上中唐文人的知識結構下啓北宋，影響著北宋時期文人知識結構的形成，激發著北宋文人對於知識全能的追求。

第二節　「文人知識結構與文學研究」的過往與面向

一、「文人知識結構與文學研究」的過往

關於「知識結構」的研究成果，目前主要集中在教育學領域，主要涉及對師生知識結構優化的探討，其知識分類大多偏向於現代的學科分類，諸如人文與社會科學、自然科學等，其研究成果和本課題研究對象關係不大，但仍對本文有一定的啓發。〔註4〕哲學、歷史學領域也有幾篇論文涉及對知識結構的討論，前者主要討論知識結構與認識功能之間的相互關係，後者主要探討歷史學家知識結構的優化。〔註5〕縱觀這些研究成果，多以知識結構的優化爲主要切入點。

雖然文人知識結構與文學具有千絲萬縷的聯繫，但以知識結構爲切入點來研究文學的成果頗少。現當代文學研究界的相關成果主要集中於魯迅研究；而文藝學研究界的相關成果大多涉及對批評家應當具備的知識結構的探

〔註4〕如河海大學2006年周海華碩士論文《高校教師的知識結構研究》；賀昌盛《國務院體制與現代中國學術的知識構成——現代學術的知識範性研究之一》，《廈門大學學報》2006年第5期。

〔註5〕如劉春魁《談情感、價值和知識結構在認識中的作用》，《邢臺師範高專學報》2001年第3期；李綱《主體知識結構的哲學探討》，《陝西師範大學學報》1993年第3期；李桂海《談歷史學家的知識結構與研究方法》，《晉陽學刊》1987年第2期。

討，以上成果對本文也有一定的啓示。〔註 6〕

古代文學研究領域明確以「知識結構」標目的成果少之又少，涉及到知識結構的相關成果也不豐富，代表性的研究成果如下。

其一，研究一段時期文人群體知識結構的概況。與本課題直接相關的是尚永亮師的相關成果，見於多篇論文及著作中，其中《元和詩人的參政意識與知識結構》最具有代表性。〔註 7〕文章以元和時期的五大詩人（韓愈、柳宗元、劉禹錫、元稹、白居易）的知識結構爲主要研究對象，提出了元和時期文人知識結構發生了新變。文章認爲盛唐詩人往往輕吏事、輕學術，主要的興趣在於文學尤其是詩歌的創作，樂於漫遊、交友、隱逸，從而在經術和政事上的成就不大，其知識結構較爲單一、薄弱。而元和時期詩人不僅是公認的一流詩人也是著名的古文家，在經學和哲學上也站到了中唐時代的巔峰，又在政治活動中走在時代的前列，「在他們這裡，文學、政事和學術大多兼而備之，很少偏廢，因而知識結構顯得較爲全面，較爲豐厚」。〔註 8〕文章同時將文人知識結構與其社會地位以及參政心理的變化聯繫起來，認爲「在時代思潮影響下，他們的知識結構發生了顯著的改變，並由此導致了他們的社會地位的一定變化」，〔註 9〕而這種變化直接導致了元和時期文人在政壇上都有一定的建樹，也使得元和詩人「發生了一種顯著的心理位移」，〔註 10〕和盛唐文人相比，其和統治階級的「距離感和隔閡感逐漸消失」，〔註 11〕「自覺地把個人命運與國家命運聯在一起」。〔註 12〕尚師此文在對中唐文人知識結構概況的把握上，以及知識結構對文人影響的論述上，是本文相關研究的直接啓發點和靈感的觸發點，筆者以此爲研究對象以期有所探究。

前文所提陳植鍔先生《論北宋知識分子的知識結構》，幾乎是新時期古代文學研究界明確以知識結構爲研究對象的開山之作。文章認爲「吏幹立朝的官僚和文章型單項模式的知識分子，主要集中在宋初三朝，經術型、節義型

〔註 6〕 張靜濤《論魯迅的知識結構》，《人文雜誌》1986 年第 5 期；欒勳《學人的知識結構與中國古代文論研究》，《文學評論》1997 第 1 期。

〔註 7〕 尚永亮《唐五代逐臣與貶謫文學研究》，武漢大學出版社 2007 年版，第 273～285 頁。

〔註 8〕 尚永亮《唐五代逐臣與貶謫文學研究》，武漢大學出版社 2007 年版，第 284 頁。

〔註 9〕 尚永亮《唐五代逐臣與貶謫文學研究》，武漢大學出版社 2007 年版，第 284 頁。

〔註 10〕 尚永亮《唐五代逐臣與貶謫文學研究》，武漢大學出版社 2007 年版，第 284 頁。

〔註 11〕 尚永亮《唐五代逐臣與貶謫文學研究》，武漢大學出版社 2007 年版，第 284 頁。

〔註 12〕 尚永亮《唐五代逐臣與貶謫文學研究》，武漢大學出版社 2007 年版，第 284 頁。

及其兼項型，則差不多與全能模式的知識分子同時出現在仁宗之世」。〔註13〕文章不僅從宏觀上研究了北宋文人知識結構的概況，更是提出了對知識結構的獨特分類，正如前文所提，本文便採取了陳植鍔先生關於知識結構的界定。同時，陳植鍔先生其他論述對筆者也有所啓發，比如他睿智指出，漢、唐兩世之所以出現漢學和唐詩兩種不同的文化體系，主要是由於兩代知識分子的知識結構不同。

此外，對群體文人知識結構的研究還如：陳彥輝《試論春秋行人的知識結構》〔註14〕探討了春秋行人對《詩》、《禮》、《尚書》、《周易》等知識的掌握；李傳軍《魏晉南北朝時期佛教高僧的知識結構》〔註15〕則研究了魏晉時期的佛教高僧對玄學、儒學以及佛典的關注；李健勝《先秦仁學知識結構的現代闡釋》〔註16〕認爲孔孟之道是批判型的知識，是社會歷史現實的反映。上述三文，前二者關注的是文人知識結構內部層次中的某些類型知識，後者關注的是文人知識結構的特性，但三者並未對所要研究群體的知識結構作系統全面考察。

其二，以個體文人知識結構爲研究對象。相關成果大多見於單篇論文或相關論著的零星論述，對個體知識結構與文學之間的關係作整體性的論述幾無。萬伯江《論李白的知識結構與詩歌創作之關係》由李白讀書情況討論知識結構中的史學和子學對李白創作的影響，屬於知識結構與文學互動的典型考察，當然出於篇幅原因，文章對李白知識結構建構的其他方式、其他知識要素較少論述。〔註17〕劉樹勝、劉澤《屈原知識結構芻議》，認爲屈原龐大有序的知識結構對其思維、創作過程、語言等有著巨大影響，文章還由此探討了對當代人才培養的啓示，頗有以古觀今的味道。〔註18〕周沛的《韓愈的知識結構及其古文創作》重點揭示了韓愈古文中所體現出的儒家經典、諸子百家、史傳文學及兩漢辭賦知識，但就各項知識要素對其古文創作的影響討論

〔註13〕陳植鍔《論北宋知識分子的知識結構》，《社會科學研究》1988年第1期。

〔註14〕陳彥輝《試論春秋行人的知識結構》，《吉林師範大學學報》，2003年第4期。

〔註15〕李傳軍《魏晉南北朝時期佛教高僧的知識結構》，《青島大學師範學院學報》，2010年第3期。

〔註16〕李健勝《先秦仁學知識結構的現代闡釋》，《青海師範大學民族師範學院學報》，2010年第1期。

〔註17〕万伯江《論李白的知識結構與詩歌創作之關係》，《中國韻文學刊》，2012年第4期。

〔註18〕劉樹勝、劉澤《屈原知識結構芻議》，《中國楚辭學》第19輯。

略顯簡單。〔註 19〕2009 年復旦大學鍾揚碩士論文《南宋士大夫知識結構研究——以樓鑰爲中心》，文章以南宋士大夫的知識結構爲切入點，主要論述樓鑰在從政、學術、文章上的成就，對本文具有一定的啓發作用。在個體作家運用典故的研究中，也偶有涉及知識結構與文學關係之論述者，如 2010 年暨南大學王騰飛碩士論文《李白詩歌用典研究》，對李白詩歌用典出處進行經、史、子、集的歸納和排布，從側面體現了李白的知識結構。再如管雯《李賀詩歌用典》、周炫《稼軒詞用典與「以才學爲師」》等同屬一種研究方法。〔註 20〕雖然傳統的經、史、子、集劃分法並不能完全反映文人知識結構的構成狀況，和本文關於知識結構的劃分法也有所區別，但兩者具有交叉之處，本文也涉及到相關論述，故而用典的分析方法對筆者具有參考價值。〔註 21〕

其三，具體文本的知識結構分析。朱剛先生的《故事・知識・觀念：百回本〈西遊記〉的文本層次》是其中最具有代表性的成果，文章分析了《西遊記》中存在的大量佛教知識解說錯誤，認爲其原因在於作者想以道教觀念統率全文，有意而爲之。文章爲我們提供了從錯誤知識視角分析文本知識結構的範本。〔註 22〕馬珏玶《知識、賦權與自由——論明清才子佳人小說中的知識女性》探討了才子佳人小說中知識與女性賦權之間的關係，側面體現了知識與社會角色、社會地位之間的聯繫，爲本課題提供了獨特參考視角。〔註 23〕

其四，其他相關成果。如王水照先生在《情理・源流・對外文化關係——宋型文化與宋代文學再研究》中認爲：「宋代士人的身份有一個與唐代不同的特點，即大都是集官僚、文士、學者三位於一身的複合型人才，其知識結構一般遠比唐人淹博融貫，格局宏大」。〔註 24〕內山精也先生《宋代士大夫的

〔註 19〕周沛《韓愈的知識結構及其古文創作》，《語文學刊》2015 年第 10 期。

〔註 20〕管雯《李賀詩歌的用典藝術》，《樂山師範大學學報》，2006 年第 6 期；周炫《稼軒詞用典與「以才學爲師」》，《廣東農工商職業技術學院學報》，2006 年第 2 期。

〔註 21〕對於詩人用典分析的論文很多，但是明確在文中關注詩人知識結構的成果並不多。

〔註 22〕朱剛《故事・知識・觀念：百回本〈西遊記〉的文本層次》，《復旦大學學報（社會科學版）》2017 年第 1 期。

〔註 23〕馬珏玶《知識、賦權與自由——論明清才子佳人小說中的知識女性》，《南京大學學報（哲學、人文科學、社會科學版）》2001 年第 3 期。

〔註 24〕王水照《情理・源流・對外文化關係——宋型文化與宋代文學再研究》，《王水照自選集》上海教育出版社 2000 年版，第 30 頁。

詩歌觀——從蘇黃到江西派》認爲宋代士大夫在官僚身份之外，必定兼有學者和詩人的身份。〔註 25〕值得一提的是，關於文人知識結構的研究，宋代的相關成果要多於唐代的相關成果，而且多對唐宋進行比較研究，普遍認爲宋代文人的知識結構更爲宏大。筆者認爲從宏觀上說此種言論儘管具有一定的道理，但是忽視了中唐文人知識結構的新變及其知識結構模式對宋代文人起到的導夫先路之作用。查屏球先生的《唐學與唐詩——中晚唐詩風的一種文化考察》，以學術史與文學史之間的關係爲研究切入點，詳細論述了《春秋》學派對中唐學風和詩風的影響、元和求新的學風和詩歌尚奇之風的關係、中唐子學的興盛和詩歌理性化之關係、中晚唐史學與詠史詩關係。雖然查先生並未以「中晚唐文人知識結構」作爲整體概念，明確以其爲研究對象，但實則主要討論的是中晚唐文人知識結構中經術知識與文學發展之間的關係，嚴格意義上也屬於「知識結構與文學研究」的範疇。查先生諸多精到的論述對本文啓示甚大。羅時進先生《典範型人格建構與地方性知識書寫——論清代全祖望的詩學品質和文本特點》，討論了文人對特殊的地方性知識的書寫，爲本課題提供了參考視角。

縱觀這些成果，研究者雖然早已注意到知識結構與文學之間的關係，也進行了大量有價值的研究探索，但目前古代文學界並未出現以知識結構爲切入點的專著，從未將知識結構與文學作爲一個整體概念加以研究，對一個時間段內文人知識結構的整體狀況、建構過程、形成原因以及知識結構與文學之間具體的關係都未作過系統詳細的論述。故而在前人智慧的基礎上，本課題可拓展的空間仍極爲廣闊，筆者希望進行一些有價值的嘗試。

二、篇章構成與說明

本文結構由緒論、五章分述等部分組成。緒論兩節，主要解決相關概念的界定，介紹本文的研究對象，並說明研究對象確定的緣由，以及本成果的章節安排。緒論最主要內容是對本課題前行研究成果進行研究綜述。

第一章將「中唐文人知識結構」作爲一個整體概念，從宏觀上介紹中唐時期文人知識結構的整體情況。明確中唐文人知識要素的整體印象、文人知識結構類型分佈情況以及中唐文人知識結構的演進特點。研究文人知識結構

〔註 25〕沈松勤《第四屆宋代文學國際研討會論文集》，浙江大學出版社 2000 年版，第 226～242 頁。

具備時代特徵，即同一個時代文人知識結構的共同之處，以及文人知識結構對社會造成的影響。

第二章討論中唐科舉制度與文人知識結構建構之間的關係。首先明確科舉制度對文人知識吸取具有導向作用，反過來社會整體文人知識結構狀況又會促使科舉制度的改革與變化。其次，中唐科舉制度不管是理論上還是實踐上都經歷過不小的改革，考試制度的變化對中唐文人知識結構的建構有著深遠的影響。安排此章，主要是希望通過研究科舉制度與文人知識結構之間的關係，揭示文人知識結構建構過程中的影響因素。

第三章揭示中唐文人的知識結構觀念。認爲中唐時期，文人是以經術、詩賦知識爲公共知識，這是文人知識結構的基礎，同時他們又主動追求知識結構的淵博融通，這是他們知識結構新變的內在原因。並揭示中唐文人的知識結構觀念對他們的文學創作的影響。本章的安排旨在說明知識結構觀念具有時代特徵，不僅影響著文人日常知識的吸取，也影響到文學創作的發生。

第四章討論文人知識結構中的地方生活經驗。討論地方知識的內容、中唐文人獲取地方知識的途徑及其文學意義等問題，並選取唐代文人對瘴癘，這一地方病的認知與文學呈現，討論地方經驗對地方知識獲取、知識結構建構的意義及其文學價值。此章前文主要討論通過教育、讀書等途徑所獲取的知識類型，而生活實踐也是知識來源之一，故而安排本章彌補前文之缺失，希望揭示出文人日常生活行爲對其知識結構的影響，並最終由此體現出的文學創作特點。本章內容實則也屬個案意義上的考察，即以文人地方性知識作爲個案類型，揭示知識類型與文學創作之間的關係。

第五章知識結構的個案分析。第一考察白居易知識結構的成型過程、成型的諸多影響因素。第二說明柳宗元的讀書活動與其知識結構之間的關係，不僅揭示前者對後者的影響，也說明後者對前者的作用。第三考察中唐古文家們的史書閱讀與古文運動之間的千絲萬縷之關係。本章前兩節屬於典型個體研究，後節是典型群體的研究。本章旨在揭示文人知識結構究竟如何成型，成型過程中最重要的讀書活動又是怎樣和知識結構發生互動，群體文人在知識吸取方面有哪些共同與相異的特點。

第一章　中唐文人知識結構概況

本章我們主要解決的問題有：第一，中唐文人知識結構狀況究竟怎樣？第二，中唐文人知識結構在整個唐代文人知識結構中的特殊性是什麼？第三，中唐文人知識結構狀況的演變過程如何？

第一節　中唐文人知識結構概況的定量分析

一、對中唐文人知識結構定量分析的幾點問題說明

不管是歷史研究、文學研究，還是社會學研究，一說到唐代都會下一個普遍的結論，即「唐人喜文」，但是唐人喜文並流傳下來的詩文作品，罕見有人對此進行過全面統計。筆者將中唐文人現存的作品按「文藝、經術、政事、其他」標準進行統計分類，製作了《中唐文人知識結構概況表》。通過對表中數據進行分析，希望能夠回答以下幾個問題：中唐究竟有多少文人？中唐文人具體有多少作品？文學、經術、政事類作品分別占作品總數的比重是多少？每類作品的作者數又是多少？中唐文人作品數是否存在層級性的分佈？中唐文人每種知識結構類型分別有多少人？中唐文人知識結構有無階段性的差異？回答了上述問題，中唐文人知識結構的整體印象便可知大概。

採取定量分析的研究方法主要原因有：第一，中唐文人是一個龐大的群體，對這個群體知識結構進行全面、客觀的觀照非常困難，從作品統計分析入手一定程度上可以解決這個難題。第二，文人的知識結構特點一定會反映在其作品創作中，比如某個體文人一生創作了大量文學類的作品，又寫就了

學術研究型的經術文章，同時還寫作了大量公文，我們便可據此推定，這個文人知識結構中一定包含了文藝、經術和政事類知識，算得上是一個全能型文人。第三，定量分析方法本身用數據說話，具有直觀、客觀的特點，有時候更便於說明問題。

當然使用定量分析的方法也會產生相應的問題：首先，作品雖然可以反映文人的知識結構，但不一定可以全面的反映，比如某個體文人在實際生活中知識結構具備文藝、經術和政事知識，但他不一定對文藝、經術、政事作品都進行過創作涉及，由此會導致數據結果與實際情況之間產生一定的誤差。基於這個問題，筆者盡可能翻閱現存的文獻材料，特別是傳記類材料，與統計數據進行綜合比照，最大限度的做到準確。其次，作品在傳播接受中存在散佚、僞作等可能性，由此會破壞統計數據結果的精確性。但這種現象是古代文學研究中不可避免的問題，我們只有做到數據的盡可能的準確和全面。第三，古人寫作沒有明確的學科意識，一篇文章往往既可以作爲文學作品，也可以歸之於學術研究，還可以劃歸於政事討論。若遇此種情況，筆者根據作品涉及到的主要內容以及歷史上讀者對其的主要印象，具體歸於某類，比如柳宗元的《辯列子》、《辯文子》等諸篇，筆者就將其歸於經術類。第四，我們的數據主要來源於傳世典籍，而知識獲得途徑包括閱讀和實踐，對於從實踐中獲取的知識（如政事知識），難免會有偏差。筆者對此參考了文人的生平履歷，注意他們的政事實踐，期望做到數據的盡可能的客觀、準確。第五，由於學習經驗、教育經歷、生活閱歷、外界影響等因素，中唐文人或多或少都會接觸文藝、經術、政事方面的知識。但筆者認爲，知識結構中主導成分才最終決定了知識結構類型，就如現代學界中的大多數文學研究者，他們從小接受的教育會涉及到數學、科學、音樂、繪畫等，但其中大部分人的知識結構最終定位於以文學爲主的人文學科，其他方面知識諸如數學、音樂、繪畫等在他們的知識結構中幾乎可以忽略不計。

筆者統計參考文獻主要有：第一，基本文學類典籍，如《全唐詩》、《全唐詩逸》、《全唐詩補編》、《全唐文》、《全唐文補編》、《太平廣記》、《全唐小說》、《全唐五代小說》等。第二，相關史料，如《新唐書》、《舊唐書》、《資治通鑒》、《冊府元龜》以及中唐文人年譜等。第三，學界相關研究成果，如佟培基《〈全唐詩〉重出誤收詩考》、周祖《中國文學家大辭典・唐五代卷》、傅璇琮《唐才子傳校箋》、《唐五代文學編年史》、馮秉文《全唐文篇目分類索引》

等。第四，注意參考吸收了尚永亮師《全唐詩人統計表》中的相關統計結果。

二、中唐文人作品的知識要素分析

所謂文人作品的知識要素分析，指的是文藝、經術以及政事知識在中唐文人創作的作品中佔據的地位分析。據此可宏觀上把握各種知識要素在其時社會整體文人知識結構中的地位。

我們以《中唐文人知識結構概況表》爲基礎列出表 1，並略加分析。

表 1：中唐文人知識要素的整體印象〔註 1〕

作品類型／統計對象	文藝	經術	政事	其他
文人數（位）	1042	67	599	149
文人數百分比	82.05%	5.28%	47.17%	11.73%
作品量（篇）	21831	284	3734	1171
作品量百分比	80.80%	1.05%	13.82%	4.33%

中唐有 1270 位文人，其中有 1042 位創作過文藝作品，他們具備文藝性的知識要素，占總人數的 82.05%；涉及到政事內容寫作的文人近 599 人，占 47.17%；撰述過經術作品的約有 67 人，占總人數的 5.28%。這一排序結果與中唐文人的作品內容構成大體相當。中唐文人傳世作品共有 27020 篇，其中偏向文藝的作品有 21831 篇，占總作品數 80.80%；政事類作品有 3734 篇，占作品總數 13.82%；經術方面的文章 284 篇，僅占總作品數 1.05%。

首先，中唐文人有 82.5%多創作過文學作品，文學創作群體數量驚人，文學知識應該是中唐文人最爲熟知的公共知識，此數據直觀的印證了文學創作在中唐文人心目中的高地位。〔註 2〕第二，政事類作品數及其創作群體數多於經術類，一方面說明了政治追求仍然是中唐文人重要的人生追求之一，另一方面因爲政事類作品包括表、奏、判等各類公文，公文的寫作難度較小且具有一定的工作強制性，即文人個體一旦進入官場很有可能不可避免地參與到公文的寫作，而經術研究型的文章難度較大，並且很大情況下隨著文人自己

〔註 1〕作品中的文章與詩歌我們統一以篇爲計算單位，其中殘篇也以一篇爲計。
〔註 2〕文學在中唐文人知識結構中的重要地位，此已是學界之共識，筆者不多言。

的愛好而作，沒有過多強制性，故而政事類的作品數量要遠遠多於經術研究類。第三，作品數量及其創作群體的多寡和其歷史影響並不一定成正比，經術作品數、創作者數最小，但和政事類作品相比，其對社會、歷史的影響力要大的多。如韓愈《原道》、《原性》、《原毀》、《原仁》、《原鬼》以及柳宗元《非〈國語〉》等諸篇著名的學術研究作品，它們的重要性以及影響力肯定遠遠高於那些書、判、表等政事類公文。中唐是中國儒學發展史上的重要一環，它獨樹一幟的創新研究方法以及以學干政、救弊的學術理念對後世有著不可估量的影響。中唐作品總數中 1%多一點的學術研究文章以及占中唐文人總數 5%多一點的研究者成全了中唐經術的歷史地位。第四，就統計結果來看，一般情況下在政壇地位越高，實踐越多的文人，其政事類作品相較也多，但文人政事知識的吸取途徑主要在於官場實踐，對其時政治的影響也主要在於官場上的作爲。

文藝、經術、政事之外的作品，表 1 中歸之爲「其他」。此欄統計包括了中唐文人撰寫的大部分墓誌、神道碑、弔文、書啓等。〔註 3〕表面上看，這些文字和文藝、經術、政事沒有直接的關係，但在某些方面知識特別突出的人才，往往此類文字寫作數量也最多。我們可將「其他」一欄中的作品數量前十名的文人單列出來：柳宗元 174 篇，韓愈 159 篇，權德輿 122 篇，獨孤及 68 篇，白居易 54 篇，符載 53 篇，呂溫 46 篇，劉禹錫 44 篇，李翺 36 篇，梁肅 34 篇。以上十位或是著名的文學家（如柳宗元、韓愈、白居易、劉禹錫等），或在儒學上也頗有研究（如柳宗元、韓愈、李翺、呂溫等），或在政壇上能夠佔據一席之地（如權德輿，白居易，呂溫等）。上述十位文人都是難得的人才，知識結構也較爲全面、完善，故而他們與人交流的書信、代人所寫的墓誌數量相較其他人要多的多。例如韓愈碑銘聞於一時，經常爲人所請寫作碑誌，以至「潤筆之貨盈缶」〔註 4〕，案上經常擺滿潤筆之金。有次國舅王用家人請韓愈爲王用撰寫碑文，韓愈一再謙虛表示自己「才識淺薄，詞藝荒蕪，所撰碑文，不能備盡事蹟。」〔註 5〕韓愈的謙遜之詞則恰好側面說明時人心目中撰寫碑文的作者最起碼應具備「才識」與「詞藝」，即寫作者應該具備文藝、經

〔註 3〕 唐文中的墓誌、書啓等數量多，內容雜，除去其中一部分宜歸之爲有關類者外，其他均列入「其他」類。

〔註 4〕 傅璇琮《唐才子傳校箋》，中華書局 1987 年版，第 280 頁。

〔註 5〕 韓愈著、屈守元、常思春主編《韓愈全集校注》，四川大學出版社 1996 年版，第 2133 頁。

術方面的才能或者在政壇上有一定的地位。另外，「其他」類諸多作品往往反映出了作者諸種知識水平的高低，比如眾所周知的白居易《與元九書》，樂天在這封書信中非常充分的表達了一己政治、藝術、學術觀點，集中的體現了他知識視野的廣博以及知識思考的深度。所以我們具體考察文人的知識結構，應予此類作品以充分重視。

三、中唐文人知識結構概況

（一）中唐文人知識結構類型整體概況

知識結構是一個複雜系統，系統中的各個知識要素之間相互影響，不同知識要素的組合會形成不同的知識結構類型。我們以《中唐文人知識結構概況表》爲基礎列出表 2：

表 2：中唐文人知識結構類型

單項	文人數	兼項	文人數	全能	文人數
文藝	652	文藝＋政事	383	文藝＋經術＋政事	50
政事	161	文藝＋經術	6		
經術	13	經術＋政事	5		
總計	826	總計	394	總計	50

據表 2 所列，中唐時期共有 1270 位文人活躍在文壇，其中單項型文人共有 826 位，占總數的 65.20%。單項型文人中偏於文藝型 652 位，長於政事者 161 人，傾於經術者 14 人，分別占該時期單項型文人總數的 78.74%、19.57%、1.70%。兼項型文人數共 394 人，占統計總人數的 31.02%，其中文藝兼有政事的文人最多，達到 383 人，而文藝兼有經術文人只有 6 人，經術兼政事者僅僅 5 人。全能型人才最爲難得，在三種知識結構模式中人數也最少，只有 50 人，占統計總人數 3.94%。〔註 6〕

表 2 顯示，知識結構單項型文人佔了中唐社會文人的大多數，全能人才則最少。這是所有時代的共性，任何一個時代都很難做到個體文人的知識結構的全面和完備，也很難保證人才類型多爲兼項或者全能型。對此，清代陸

〔註 6〕我們一再強調文人在學習過程中對文學、經術和政事知識會有或多或少的涉獵，但本文統計標準主要以其知識結構中的主導知識類型爲計。

心源有過分析：

> 三代而下，〔註7〕有經濟之學，有經術之學，有文章之學，得其一皆可以爲儒。意之所偏喜，力之所偏注，時之所偏重，甚者互相非笑，蓋學之不明也久矣。自漢至宋千有餘年，能合經濟、經術、文章而一之者，代不數人，荊國王文公其一焉。〔註8〕

陸氏在此也將文人知識類型劃分爲經濟之學、經術之學和文章之學，他認爲從漢到宋千餘年間，只要擅長其中一種知識的便可稱爲儒者了。由於文人個體喜好的不同、學力關注點的差異、時人的特殊偏好等因素，歷史很難造就出全能型人才，從古至今，合經濟、經術、文章爲一體的文人每代也不過數人而已。陸氏在此不僅指出了歷史上諸多時代文人知識結構共性之所在，還點明了其中原因。而章學誠也作出過感慨：「故無志於學則已，君子苟有志於學，則必求當代典章，以切於人倫日用；必求官司掌故，而通於經術精微；則學爲實事，而文非空言，所謂有體必有用也。」〔註9〕他強調有志於爲學的文人應該注重「體用」，重視經術、政事、文藝知識的相互融合，不能妄作空言。章氏對學人的期望恰從側面說明了一個時代的文人追求知識結構融通的高難度性和重要性。中唐文人的知識結構同樣具備了上述之共性，即全能文人仍然比較少數。但實際上，這些中唐全能人才基本上屬於精英文人。

社會學中的「精英主義」認爲：少數精英分子制定了社會政策，他們在政治、經濟、學術、文化及社會各個層面處於主導地位，且他們對社會具有某種共識觀念，會對社會文化產生穩定性、持續性的影響。這種理論同樣適合於觀照中國古代社會文化，即精英文人佔據了社會文化中的絕大部分資源，他們的理念、行動會成爲其他普通文人的風向標。文化發展的高度往往取決於文化精英層，文壇的面貌也同樣由精英文人所決定。由此，我們的研究重點應該是中唐文人中的精英層，他們才決定了整個中唐文化的發展走向。

（二）中唐文人知識結構類型的層級分佈

1、不同知識結構類型精英分子的層級分佈

文人的影響力很大程度上取決於其作品的流播程度，其中作品數量的多

〔註7〕歷史學界有「三代」之說，通常指夏、商、周，又有「後三代」之說，指漢、唐、宋，陸心源此處的「三代而下」當指漢、唐、宋三朝以下。

〔註8〕陸心源《臨川集書後》，《儀顧堂集》卷十一。

〔註9〕章學誠《文史通義》，中華書局1985年版，第231頁。

寡又是重要的參考因素之一，一般情況下，作品數量越多的文人越是可能屬於精英層次。由此，我們對中唐文人作品進行層級分佈方面的研究，以此考察精英文人的知識結構狀況。〔註10〕我們列出表3。

表3：中唐文人作品的層級分佈

<table>
<tr><th colspan="2">單項</th><th>文人數</th><th colspan="2">兼項</th><th>文人數</th><th colspan="2">全能</th><th>文人數</th></tr>
<tr><td rowspan="4">文藝</td><td>高產</td><td>9</td><td rowspan="4">文藝＋政事</td><td>高產</td><td>15</td><td rowspan="12">全能</td><td rowspan="3">高產</td><td rowspan="3">13</td></tr>
<tr><td>多產</td><td>44</td><td>多產</td><td>30</td></tr>
<tr><td>中產</td><td>70</td><td>中產</td><td>130</td></tr>
<tr><td>低產</td><td>529</td><td>低產</td><td>208</td><td rowspan="3">多產</td><td rowspan="3">22</td></tr>
<tr><td rowspan="4">政事</td><td>高產</td><td>5</td><td rowspan="4">文藝＋經術</td><td>高產</td><td>1</td></tr>
<tr><td>多產</td><td>3</td><td>多產</td><td>1</td></tr>
<tr><td>中產</td><td>28</td><td>中產</td><td>1</td><td rowspan="3">中產</td><td rowspan="3">11</td></tr>
<tr><td>低產</td><td>125</td><td>低產</td><td>3</td></tr>
<tr><td rowspan="4">經術</td><td>高產</td><td>2</td><td rowspan="4">經術＋政事</td><td>高產</td><td>2</td></tr>
<tr><td>多產</td><td>1</td><td>多產</td><td>1</td><td rowspan="3">低產</td><td rowspan="3">4</td></tr>
<tr><td>中產</td><td>3</td><td>中產</td><td>1</td></tr>
<tr><td>低產</td><td>7</td><td>低產</td><td>1</td></tr>
</table>

表3中知識結構的層級劃分標準以每種知識結構類型的內部作品情況具體而定。沒有設置統一標準是基於以下幾種原因考慮：第一，不同知識結構類型文人的作品數量存在很大差異性，比如經史型的作品必然要比文藝型的作品少的多，若按統一標準劃分層級，必然會出現「不公平」現象。第二，作品的重要性以及影響力並不一樣，比如經術政事類型文人中高產者趙匡，其作品總共只有19篇，把他放在文藝或者全能類型中，完全算不上高產者，但卻在經術文人中處於頂尖地位。當然由於標準不一，我們討論表3中每種知識結構類型的相關規律時不會統而論之，不同知識結構類型會予以不同的考察論述，盡可能地做到客觀和準確。具體分類標準如下：

〔註10〕關於此問題，尚永亮師在《唐知名詩人之層級分佈與代群發展的定量分析》（尚永亮《唐代詩歌的多元觀照》，湖北人民出版社2005年版，第352～368頁。）中就整個唐代詩人層級分佈狀況作了詳細論述，本文參考尚永亮先生的研究方法以及相關數據、觀點、結論，以知識結構爲切入點，增加除了詩歌之外的散文、小說等文學樣式的數據，進行統計。

文藝型：作品 100 篇以上者爲高產，創作量在 100～10 篇之間爲多產，創作量 10～篇之間者爲中產，5 篇以下的爲低產。

政事型：10 篇以上者爲高產，10～5 篇之間者爲多產，5～2 篇之間爲中產，1 篇爲低產。

經術型：10 篇以上者爲高產，10～5 篇之間者爲多產，5～2 篇之間者爲中產，1 篇爲低產。

文藝政事型：200 篇以上者爲高產，200～50 篇之間者爲多產，50～5 篇之間者爲中產，5 篇以下者爲低產。

文藝經術型：100 篇以上者爲高產，100～10 篇之間者爲多產，10～5 篇以上者爲中產，5 篇以下者爲低產。

經術政事型：10 篇以上者爲高產，10～5 篇之間者爲多產，5～3 篇之間者爲中產，3 篇以下者爲低產。

全能型：100 篇以上者爲高產，100～10 篇之間者爲多產，10～5 篇之間者爲中產，5 篇以下者爲低產。

上述劃分雖然具有頗多主觀性，或許不盡精確，但也許正如尚永亮師所認爲層級劃分的目的是爲我們提供一個可以解決相關問題的框架和視角。〔註 11〕

我們可以簡單羅列一下每種知識類型下的高產者：文藝型中的高產者 9 人分別爲：釋皎然、賈島、張祜、施肩吾、李賀、龐蘊、鮑溶、劉得仁、徐凝。政事中高產者 7 人分別是崔瑕、李湛、呂頌、韓君平、王仲周、崔行先。經術高產者 2 人爲劉伯莊、施士匄。文藝兼有政事文人高產作者達 16 人：李德裕、韋應物、錢起、王建、劉長卿、孟郊、盧綸、常袞、戴叔倫、顧況、李端、皇甫冉、武元衡、令狐楚、耿湋、李益。文藝兼有經史高產者爲盧仝。經史兼有政事高產者 2 人爲趙匡、杜佑。全能高產者 13 人分別是：白居易、元稹、劉禹錫、權德輿、韓愈、柳宗元、張籍、獨孤及、呂溫、陸贄、于邵、歐陽詹、梁肅。必須一提的是，我們一再強調作品的數量不一定完全代表著作品質量，也不一定完全代表文人相關知識成就。上文沒有列就的某些多產者文人仍然有相當多理應屬於精英層次，例如全能多產層中的王涯、陸質、樊宗師、崔祐甫、柳冕等。

〔註 11〕尚永亮《唐知名詩人之層級分佈與代群發展的定量分析》，《唐代詩歌的多元觀照》，湖北人民出版社 2005 年版，第 354～356 頁。

每種知識結構類型下的層級分佈又呈現出了不同特點，其中單項知識結構模式中的全部和兼項中文藝兼有政事型，高產到低產文人數呈現出由少到多的分佈，是謂典型的金字塔式分佈，低產者處於金字塔的最底端，高產者處於最頂端。兼項類型中的文藝兼有經史、經史兼有政事文人層級分佈則並未呈現明顯特點，其直接原因在於兩種類型的文人數量極其少，層級之間沒有可比性。

全能知識結構模式中的文人層級分佈最是呈現出了獨特性，其中高產 13 人、多產 22 人、中產 11 人、低產 4 人，即高產、多產文人數量要遠遠高於中產和低產層。也就是說，全能知識結構模式中大多數文人都屬於文化精英層，他們在中唐文化、文學發展中發揮了無與倫比的作用。

上述分析結果，給我們提供出了不同知識結構模式下的精英文人具體分佈狀況，並大致提供出了每種知識結構類型下的精英文人代表。

2、知識結構類型之間的橫向對比

我們還對七種不同知識結構模式的中唐文人進行了一種橫向對比分析。我們將作品數量分爲 100 篇以上、100～50 篇、50～10 篇、10 篇以下四個層次，統計出四個層次下的每種知識結構類型文人數，列出表 4。

表 4：中唐不同知識結構類型文人的作品數量對比〔註 12〕

作品數量	單項			兼項			全能
	文藝	政事	經史	文藝＋政事	文藝＋經史	經史＋政事	文藝＋政事＋經史
100 篇以上	8	0	0	32	1	0	13
100～50 篇	6	2	0	14	0	0	4
50～10 篇	38	4	1	69	1	2	18
10 篇以下	599	154	12	269	4	4	15

作品 100 篇以上的文人，兼項文人爲最多，有 33 人，其次爲全能文人，共 13 人，最少是單項型文人，共 8 人。現存 100 篇到 50 篇作品的文人，仍然兼項型人才爲最多 14 人，其次單項型 8 人，全能 4 人。現存 50 篇到 10 篇作品的文人同樣是兼項者最多爲 71，單項文人數 43 人，全能型有 18 人。現存 10 篇

〔註 12〕統計結果單位：位。

作品以下的文人多達 1057 位，其中單項型知識結構文人最多，達到 1034 名，兼項類型文人 277 位，全能型文人 15 位。

上述統計結果說明了作品創作量最高者不是知識結構單一的純文藝者，而是那些兼項型或全能型的複合型人才。在文字創作上，文人知識結構模式很有可能決定了其創作成就的高低，那些知識結構越完善、知識面越豐富的文人更擁有無窮的創造力，他們能夠製造出並享受到文藝與文化的魅力。當然統計結果中每個層次下全能文人最少，其直接原因在於全能文人基數在所有知識結構類型中最小。但是中唐作品數量前十位的文人，全能型文人有 6 人，分別爲白居易、元稹、劉禹錫、權德輿、韓愈、柳宗元；文藝政事型 3 人，分別爲李德裕、韋應物、錢起；文藝單項型只有釋皎然 1 人，進一步說明了文人知識結構越完善越有利於作品的創作。

「全能」一欄值得我們進一步思考，如果文人知識結構越完善越能促進其文藝創作，那麼爲什麼沒有出現全能型文人數與作品數量層級成正比的情況？表 4 中前三個層級的文人實際上創作了中唐作品數的 91.57%多，10 篇以下層級文人雖多達 1057 位，但創作作品數不到總量的 10%，只能說此層級的文人參與了文學創作而已，貢獻不大。全能 50 位文人中，有 35 位爲中唐文化的發展做出了重大貢獻，這個比率大概是 70.00%，兼項型知識結構下同類比率爲 29.95%，單項型知識結構下同類比率爲 7.14%。中唐最優秀、影響最廣泛、最爲後世所認可的頂尖精英文人，大多都屬於全能型人才中第一層級，如韓愈、柳宗元、白居易、元稹、劉禹錫等。他們是中唐文化的領導者，開闢了其時文化發展的新格局，是文壇的引領者。故而全能第一層級的文人數雖然只有 13 人，但其影響力卻最大。10 篇以下作品數量的全能文人也有 15 人，在全能層級分佈的文人數中位居第二，說明了知識結構雖然很大程度上決定了一個文人文藝創作成就的高低，但並不是唯一影響因素，天性、資質、興趣、環境等因素都會對文人的文學創作產生影響，所以具體到某個特殊的文人個體，就算其知識結構比較完善，但很可能他並不一定能成爲活躍型文人。

四、結論

基於以上定量分析，可以得出如下結論：中唐大多數文人知識結構類型仍爲單項型，其次爲兼項型，全能知識結構類型文人數量並不巨大，這是中唐與其他時代同有的共性。但是社會文化的發展走嚮往往取決於精英層文人，精英文人幾乎是每種知識結構類型文人的最高層次代表，而中唐全能文人差不多屬於精英層次的高端。中唐文學作品大多由複合型人才所創作（兼項文人和全能文人），作品數量最多、質量最優、文壇地位最高的文人往往也是全能型人才，他們是中唐社會文化發展中的精英之翹楚。

具體來看，全能精英文人尤其以韓愈、柳宗元、白居易、元稹、劉禹錫爲典型代表，他們知識結構體現出了新變特徵。尚永亮師對此有比較詳細的論述，我們悉數引用：

> 一方面，韓、柳、劉、元、白諸人不僅是當時公認的一流詩人，而且是著名的古文大家；另一方面，他們既在經學、哲學等方面站到了中唐時代的峰顛，又在政治活動中走在了貞元、元和之際的前列。在他們這裡，文學、政事和學術大都兼而備之，很少偏廢，因而知識結構閒的較爲全面，較爲豐厚。〔註13〕

元和時期這批全能文人，創造了元和時期獨有的絢爛文化，不僅是在中唐，在整個唐代，甚或整在個中國古代文化史、文學史上都有著不可忽視的地位。

第二節　中唐文人知識結構在唐代的特殊性

學術研究中的對比方法運用，有利於清晰地考察出研究對象的特殊性所在。上節中我們就中唐文人知識結構概況作了一個宏觀上的把握，著眼點在於其內部本身。本小節，我們將中唐文人知識結構放在對比視野中，前後關照，希望更準確地揭示出其獨特性。

回答中唐文人知識結構在整個唐代中的獨特性問題，只要弄清楚初唐、盛唐以及晚唐知識結構特點加以對比便可獲曉。

一、初唐文人知識結構

一個朝代剛剛建立不久，因爲戰亂頻繁、教育久棄、文化毀壞等諸多因素，社會上一般文人知識吸取途徑受到限制。高祖就曾對其時人才教育擔憂不已，「隋季以來，喪亂滋甚，睢言篇籍，皆爲煨燼。周孔之教，闕而不修，

〔註13〕尚永亮《唐五代逐臣與貶謫文學研究》，武漢大學出版社，2007年版，第284頁。

庠塾之儀，泯焉將墜。」〔註 14〕高祖開始意識到了文化建設的重要性，採取整理圖書、興辦學校、實行科舉、修書撰史等一系列文化建設措施。其中官學教育發展迅速，史載：「自高祖初入長安，開大丞相府，下令置生員，自京師至於州縣皆有數。既即位，又詔秘書外省別立小學，以教宗室子孫及功臣子弟。其後又詔諸州明經、秀才、俊士、進士明於理體爲鄉里稱者，縣考試、州長重覆，歲隨方物入貢。吏民子弟學藝者，皆送於京學，爲設考課之法。州、縣、鄉皆置學焉。」〔註 15〕從京師到了州、縣、鄉形成了比較完整的官學教育體系，文人的知識文化水平因此也有了大幅度的提高。提高效果則需要一段時間方可顯現，以至於到了高宗，仍需頒佈《條流明經進士詔》著力解決文人知識基礎不紮實的問題。

唐初用人類型可以說明一定問題。太宗時期有所謂的「二十四重臣」和「十八學士」。前者有：長孫無忌、魏徵、房玄齡、李靖、蕭瑀、段志玄、劉弘基、屈突通、李孝恭、杜如晦、殷開山、柴紹、高士廉、尉遲敬德、長孫順德、張亮、侯君集、張公謹、程知節、虞世南、劉政會、唐儉、李勃、秦叔寶。後者爲：杜如晦、房玄齡、虞世南、姚思廉、蔡允恭、顏相時、陸德明、孔穎達、于志寧、許敬宗、蘇世長、李守素、蓋文達、李玄道、薛元敬、薛收、褚亮、蘇勗。「二十四重臣」中除了杜如晦、魏徵、房玄齡、虞世南之外，其他都是戰功卓著的武臣。雖然史載其中一些武臣也頗擅文史，如「（高）士廉少有器局，頗涉文史。」、〔註 16〕「（長孫無忌）貴戚好學，該博文史，性通悟，有籌略。」〔註 17〕但實際上，眞正成爲能文能武的人才並不是簡單的事，這些武臣中少數人在經史上只能算是小有基礎，成就並不突出，文學上也毫無建樹。

「十八學士」對唐初文化建設影響非常大，褚亮作有《十八學士贊》，對每個人的才能進行了總結：

> 大行臺司勳郎中杜如晦：建平文雅，休有烈光。懷忠履義，身立名揚。
>
> 記室考功郎中房元齡：才兼藻翰，思入機神。當官勵節，奉上

〔註 14〕李淵《令諸州舉送明經詔》，董誥等編《全唐文》，中華書局 1983 年版，第 35 頁。

〔註 15〕宋祁、歐陽修等《新唐書》，中華書局 1975 年版，第 1160 頁。

〔註 16〕劉昫等《舊唐書》，中華書局 1975 年版，第 2441 頁。

〔註 17〕劉昫等《舊唐書》，中華書局 1975 年版，第 2446 頁。

忘身。

記室考功郎中于志寧：古稱益友，允光斯職。蘊此文辭，懷茲諒直。

軍諮祭酒蘇世長：軍諮諧噱，超然辨悟。正色於庭，匪躬之故。

文學褚亮：道高業峻，神氣清遠。學總書林，文兼翰苑。

文學姚思廉：志古精勤，紀言實錄。臨名殉義，餘風勵俗。

太學博士陸德明：儒術爲貴，元風可師。僑學非遠，離經在茲。

太學博士孔穎達：道充列第，風傳闕里。精義霞開，談辭飆起。

主簿李元道：李侯鑒遠，雅量淹通。清言析理，妙藻推工。

天策倉曹李守素：賢哉博識，穆爾清風。遊情文苑，高步談叢。

記室參軍虞世南：篤行揚聲，雕文絕世。網羅百世，並包六藝。

參軍事蔡允恭：猗與達學，蔚有斯文。水霜比映，蘭桂同芬。

參軍事顏相時：六文科籀，三冬經史。家擅學林，人遊書史。

著作佐郎攝記室許敬宗：槐市騰聲，蘭宮游道。抑揚辭令，縱橫才藻。

著作佐郎薛元敬：薛生履操，昭哉德音。辭奔健筆，思逸清襟。

太學助教蓋文達：言超理窟，辯折談風。蒲輪遠聘，稷契連蹤。

軍諮典簽蘇勗：業敏遊藝，躬勤帶經。書傳竹帛，畫美丹青。

廣州錄事參軍劉孝孫：劉君直道，存交守信。雅度難追，清文遠振。〔註 18〕

目前有相當多學者以「文儒」概念爲切入點進行研究，他們認爲「十八學士」可以稱之爲文儒。單從其個人知識結構來看，他們確實可作爲唐初文儒的代表。作爲時代知識分子的精英，他們幾乎都是博學多才之士，多是複合型人才。十八學士有一半擔任過朝廷三品以上大員，經術方面也都小有研究，其中不乏姚思廉、孔穎達、陸德明、蓋文達、顏相時等以學術名於世的人，在文學創作上也都或多或少參與過，也不乏如虞世南、許敬宗、褚亮等擅於文學之人。但總體上看，他們知識結構其實存在偏頗，比如孔穎達、蘇世長、李守素等人擅長學術研究，但其在政事上以及文學上則資質一般，而許敬宗、褚亮、薛元敬等人在經史和政事方面才識要遠遠小於其文學才能。當然也有

〔註 18〕褚亮《十八學士贊》，董誥等編《全唐文》，中華書局 1983 年版，第 1486～1487 頁。

知識結構比較平衡的人才，比如虞世南、杜如晦等。但如果將十八學士和後世文人作比，又會發現些許不同。同樣是被朝廷重用的文儒，以張九齡爲代表的盛唐文儒以及以韓愈爲代表的中唐文儒在文學才能上要遠遠高於初唐這些文儒。唐初這些學士中很難找到像中唐的韓愈、柳宗元、白居易這些知識結構不僅博通，而且每種知識都無偏廢，在每個知識領域中都可佔據一定的地位的文人。

如果「貞觀重臣」和「十八學士」只是初唐政事和儒學方面代表文人的話，那麼初唐有名的那些文學家們的知識結構狀況更能夠說明問題。尙永亮師在《唐知名詩人之層級分佈與代群之間的定量分析》一文中，指出了初唐的兩個詩人代群：第一個代群處於貞觀到高宗龍朔年間，代表詩人有王績、許敬宗、楊師道、李世民、上官儀。第二個代群處於高宗後期到中宗的景龍年間，代表詩人有駱賓王、盧照鄰、杜審言、李嶠、蘇味道、王勃、楊炯、崔融、宋之問、沈佺期、陳子昂。〔註 19〕上述詩人可以作爲初唐文學家代表。

第一個代群中的許敬宗上文已有論述，太宗李世民作爲帝王不在本文討論範圍之中。王績是典型的在野詩人，他一生雖三仕三隱，但官職多爲縣尉級別，他雖是大儒王通的兄弟，《舊唐書》本傳中載其「撰《隋書》，未就而卒」，〔註 20〕但其相關成就不見名傳。楊師道是太宗朝有名的宮廷詩人，史稱「師道退朝後，必引當時英俊，宴集園池，而文會之盛，當時莫比。雅善篇什，又工草隸，酣賞之際，援筆直書，有如宿構。太宗每見師道所製，必吟諷嗟賞之。」〔註 21〕喜好作文工書，尙安陽公主，官至中書令，但太宗曾評價他「性行純善，自無愆過。而情實怯懦，未甚更事，緩急不可得力。」〔註 22〕認爲他性格儒弱，不能勝事。可見楊師道在文學上可以稱有成就之外，政事和經術方面並非擅長。上官儀，《舊唐書》本傳中對其記載：「尤精《三論》，兼涉獵經史，善屬文。貞觀初，楊仁恭爲都督，深禮待之。舉進士。太宗聞其名，召授弘文館直學士，累遷秘書郎。時太宗雅好屬文，每遣儀視草，又多令繼和，凡有宴集，儀嘗預焉。俄又預撰《晉書》成，轉起居郎，加級賜帛。高宗嗣位，遷秘書少監。龍朔二年，加銀青光祿大夫、西臺侍郎、同東

〔註 19〕尚永亮《唐五代逐臣與貶謫文學研究》，武漢大學出版社，2007 年版，第 363 頁。

〔註 20〕劉昫等《舊唐書》，中華書局 1975 年版，第 5116 頁。

〔註 21〕劉昫等《舊唐書》，中華書局 1975 年版，第 2383 頁。

〔註 22〕劉昫等《舊唐書》，中華書局 1975 年版，第 2383 頁。

西臺三品，兼弘文館學士如故。本以詞彩自達，工於五言詩，好以綺錯婉媚爲本。儀既貴顯，故當時多有效其體者，時人謂爲上官體。」〔註 23〕上官儀大概是其中知識結構較爲博通之人，他擅長詩文深受太宗賞識，其綺錯婉媚的詩風被人稱爲「上官體」，高宗時位居宰相，但是他在經術上卻資質一般，雖然年輕學習之時對經史有過研究，但並非可稱得上大儒。可見，初唐第一批文學家們的知識結構並不能給我們帶來驚喜。上述詩人多是太宗身邊的宮廷詩人，他們有機會參與到朝廷的政事當中，但是我們並沒有發現他們過人的政治成就。除了許敬宗，其他諸人在經史方面也只能算是有所涉獵而已。總體上來說，上述文學家最爲擅長的還是文學創作，但即便如此，他們引以爲豪的文學成就也無法和盛唐、中唐一批代表詩人相比。

第二個詩人代群產生的社會文化背景和高宗、武后的文化政策很有關係，《舊唐書·儒學傳序》：

> 高宗嗣位，政教漸衰，薄於儒術，尤重文吏。於是醇醲日去。華競日彰，猶火銷膏而莫覺也。及則天稱制，以權道臨下，不吝官爵，取悅當時。其國子祭酒，多授諸王及駙馬都尉。準貞觀舊事，祭酒孔穎達等赴上日，皆講《五經》題。至是，諸王與駙馬赴上，唯判祥瑞按三道而已。至於博士、助教，唯有學官之名，多非儒雅之實。是時復將親祠明堂及南郊，又拜洛，封嵩嶽，將取弘文國子生充齋郎行事，皆令出身放選，前後不可勝數。因是生徒不復以經學爲意，唯苟希僥倖。二十年間，學校頓時隳廢矣〔註 24〕

高宗、武后時期，國家的文教政策由重儒學逐漸偏向於重文學，學校教育也徒有儒雅之實，儒學教育幾乎荒廢，文人對學經也不以爲意。以初唐四傑等爲代表的第二代詩人群體，他們大多成長於此時段，知識結構也多偏向於文學層面。第二代詩人群體可以簡單分爲兩大類，第一類以李嶠、蘇味道、崔融、宋之問、沈佺期爲代表的宮廷詩人群體，他們官職較高，有一定的政治實踐，如李嶠、蘇味道、崔融三人幾度拜相，深受武則天重視，他們的知識結構以文學和政事爲主。第二類以初唐四傑、陳子昂爲代表，他們多人雖然也曾進入官場，但大多官小位卑，進入不到權利核心圈，他們在文學上的創新嘗試所取得的成就遠遠高於第一類，這類文人知識結構一般多文學單項

〔註 23〕劉昫等《舊唐書》，中華書局 1975 年版，第 2743 頁。
〔註 24〕劉昫等《舊唐書》，中華書局 1975 年版，第 4952 頁。

型。同第一個詩人代群類似，我們很難在第二個詩人代群中發現全能型人才。

上述兩類詩人在初唐詩壇擔任的文學責任各有不同，第一類宮廷詩人注重對詩歌創作技藝特別是聲調格律的揣摩，第二類「初唐四傑」們多關注詩歌的意境、情感的生發。兩派詩人對各自的「任務」似乎有一種自覺的擔當，這種主動性的擔當恰和其知識結構不無關係。「沈佺期」們多是以文學才能爲皇帝賞識，他們深處宮廷，必須參與到唱和、頌德之類的官方文學活動中，必須講究詩歌的形式美。換句話說，他們對詩歌聲律的揣摩與發展與其工作性質非常有關係，是謂典型的政事經驗影響了文學創作。而「四傑」們多居下僚，文學創作有感而發，他們的詩歌成就、特點並沒有過多地受到政事的影響。

由此我們基本可以確定，初唐的文化環境由太宗朝重視儒學轉向了高宗、武后朝注重文學。也許是因爲當朝並未強調對文人知識結構博通的重視，我們難以發現知識結構宏大、博通到足以和中唐文化精英們相比的文人。那些政治、經史、文學領域的精英們，知識結構雖然比一般文人要宏大，但是仍然存在偏頗。大體上來說，太宗朝文人才能多偏於儒術，高宗、武后朝文人才幹多偏於文學。

二、盛唐文人知識結構

關於盛唐文人知識結構，業師尙永亮先生將其與中唐文人知識結構作比較後得出了讓人信服的結論，我們可以悉數引用：

> 在盛唐諸如孟浩然、李白、岑參、王昌齡以至杜甫、高適等大詩人那裡，知識結構普遍較爲單一、薄弱。受激昂壯闊的時代精神影響，他們往往輕吏事、輕學術，而將主要精力投放到了文學尤其是詩歌的創作上，投放到了頗具詩人氣質的漫遊、交友、隱逸或從軍等舉動上。這種單向的、放縱不羈的發展，一方面固然使他們寫出了稱雄千古的輝煌詩篇，但另一方面也導致了他們在政治、學術等領域很少或終無建樹的結局。孟浩然、李白顯然與學術、吏事無緣；岑參、王昌齡、杜甫雖曾步入仕途，但所任官職均不高且多爲地方官吏，至於學術，似也無可稱道；高適流落半生後終於碰到機會，作了大官，但由於學養上的欠缺和「喜言王霸大略」的縱橫家

氣質，常「言過其術，爲大臣所輕」。〔註25〕

尚永亮師不僅指出了盛唐文人知識結構沒有中唐文人知識結構博通的現實，而且認爲盛唐獨有的激昂壯闊的時代文化精神、詩人們放縱不羈的生活狀態恰恰導致了他們知識結構趨向單一。除了尚永亮師所提諸位詩歌成就頂級的文人之外，盛唐還有一批在官場上也較有影響的文人，本文將其拉入考察視野。我們嘗試從盛唐的具體文化背景入手，考察盛唐文人知識結構具體情況及其形成原因。

盛唐的政治文化政策始終貫穿著「吏治與文學之爭」，〔註26〕尚永亮師在《唐五代逐臣與貶謫文學研究》中總結了盛唐「吏治與文學之爭」的三條線索：玄宗朝初的「張說——姚崇、宋璟」之爭、中期的「張九齡——李林甫」之爭以及末期的「房琯、賈至——李輔國」之爭。〔註27〕兩派的鬥爭實際也是不同知識結構類型的文人之爭，從這個角度考察盛唐文人知識結構非常有必要。

（一）「張說——姚崇、宋璟之爭」與文人知識結構

玄宗登基，文章之士張說拜相，但是以姚崇爲代表的吏治派迅起爭權，最終，玄宗希望可以勵精圖治，重用了吏治派。科舉考試和政治環境相適應，此時選拔人才非常注重實學，先天二年（713）下詔曰：「致化之道，必於求賢，得人之要，在於徵實。」〔註28〕開元二年（714）又詔書道：「自今以後，貢舉人等宜加勖勉，須獲實才，如有義疏未祥，習讀未遍，輒充舉選，以希僥倖，所由官亦寘彝憲。」〔註29〕玄宗重視文人的實際問題解決能力，其中以政事能力爲最。如開元六年（718），玄宗直接下詔書《禁策判不切事宜詔》：「我國家敦古質，斷浮豔。《禮》、《樂》、《詩》、《書》，是宏文德，綺羅珠翠，

〔註25〕尚永亮《唐五代逐臣與貶謫文學研究》，武漢大學出版社 2007 年版，第 283～284 頁。

〔註26〕相關成果如汪籛《唐玄宗時期吏治與文學之爭》、杜曉勤《「吏治與文學之爭」對盛唐前期詩壇之影響》、林繼中《棲息在詩意中》、許道勳，趙克堯《唐玄宗傳》等。

〔註27〕尚永亮《唐五代逐臣與貶謫文學研究》，武漢大學出版社 2007 年版，第 177～183 頁。

〔註28〕唐玄宗《諸州舉實才詔》，宋敏求《唐大詔令集》，上海商務印書館 1959 年版，第 521 頁。

〔註29〕唐玄宗《令貢舉人勉學詔》，宋敏求《唐大詔令集》，上海商務印書館 1959 年版，第 549 頁。

深革弊風。必使情見於詞，不用言浮於行。比來選人試判，舉人對策，剖析案牘，敷陳奏議，多不切事宜，廣張華飾。何大雅之不足，而小能之是。自今已後，不得更然。」〔註 30〕判和策一般屬於政事文體，考察的是文人政事能力，玄宗明確要求革除浮豔文風，批評一些舉人的判和策徒有華飾而和實際脫鉤，不切事宜。

玄宗偏向吏治派，重視文人政事能力的人才選拔方法對文人知識結構形成了兩種截然相左的影響。一方面在客觀上促使文人若想踏入仕途，就需在讀書之餘密切關注實際，提高自己的政事解決能力，這樣有利於文人知識結構的全面發展和合理建構。但另一方面，文人知識結構一旦形成就具有一定的恒定性，由此導致文人知識結構調整的延時性，所以我們發現玄宗朝初期對吏治人才的青睞恰恰打擊了那些文藝知識特別擅長的詩人，他們想借助詩文來打通仕途之路顯然難上加難。杜曉勤先生考察這段歷史，統計進士人數總結道：「從中宗神龍元年（705）至玄宗先天二年（713）九年間，平均每年錄取進士 52 人；而從玄宗開元二年（714）至開元七年（719），姚崇、宋璟爲相期間，平均每年僅錄取進士 22 人，連中宗、睿宗朝的一半都不到；從宋璟罷相的開元八年（720）至開元十四年（736），張說爲相的 7 年中，平均每年所取進十又回升至 35 人。而且張說復居相位的先天二年（713）一年取進士就多達 77 人；第二年（開元二年，714）張說被姚崇排擠出朝廷，進士人數一下子驟減至 17 人；宋璟罷相的開元八年（720）取進士數又猛增至 57 人，是開元七年取進士數（25 人）的兩倍還多。這充分說明了姚、宋用事期對進士的壓制，張說爲相時對進士科的崇重。」〔註 31〕對於求仕無門的文人來說，沒有機會進入仕途、參與實踐鍛鍊，提高自己的政事能力實有紙上談兵之嫌。

姚、宋不僅通過科舉制度對文學人才加以打擊，而且也對已經進入官場的文學家們進行壓制，導致他們在政治上難有實踐作爲。如史載開元二年（714）：「御史中丞姜晦以宗楚客等改中宗遺詔，青州刺史韋安石、太子賓客韋嗣立、刑部尚書趙彥昭、特進致仕李嶠，於時同爲宰相，不能匡正，令監察御史郭震彈之；且言彥昭拜巫趙氏爲姑，蒙婦人服，與妻乘車詣其家。甲辰，貶安石爲沔州別駕，嗣立爲岳州別駕，彥昭爲袁州別駕，嶠爲滁州別

〔註 30〕《王欽若等《冊府元龜》，中華書局 1960 年版，第六三九卷。
〔註 31〕杜曉勤《「吏治與文學之爭」對盛唐前期詩壇之影響》，《文史哲》，1997 年第 4 期。

駕。」[註 32] 韋安石、韋嗣立、趙彥昭、李嶠皆爲當時文壇之傑。尚永亮師總結了吏能派當政對當時文壇的影響道：「從文學發展來看，姚崇於開元初入相，排擠、打擊張說、劉幽求等文學之臣，壓制後進文人，使朝廷幾無善詩能文之人。……値得注意的是，正是在此一階段，張說、趙冬曦在荊湘貶地將身世遭際寓諸詩文，擺脫了宮廷之風的限制，實現了藝術上的突破，爲盛唐詩歌的發展作出了努力。」[註 33] 那些被打壓的文人反而多了份人生經歷，這份閱歷對其知識結構的建構也有所影響。雖然他們的政治抱負難以實現，但處於貶地，反而更有利於接觸官場上的基層運作，使得他們的政事才能鍛鍊的更爲紮實。如張說在北方重鎭幽州期間，實行了多項諸如請求加強戰備、增加屯田等有利於當地邊防民生的政策。同時文學人士的外放，京城地區少了宮廷詩風作品的出現，雖不利於京城詩人群體互相切磋詩藝，提高文學創作水平，但是遠處貶地，詩歌多了一份眞情實感，可以抒發一己之意，藝術水平反而有所提高，實則有利於他們文藝才能的鍛鍊。再加以貶官們也有了大把的時間去埋首閱讀、遊山玩水和潛心體道，經術知識水平或多或少都有提高。可見，文人的知識結構的建構並不只有一途，人生的種種閱歷對知識結構的形成都具有非常大的影響。

（二）文儒影響下的文人知識結構

大概到了開元九年（721），開元盛世逐漸形成，玄宗也開始希望用文學發揮粉飾太平的作用，再加以張說在貶地也取得了一系列功績，最終張說重新入相。張說極力選拔文學性人才，文學的發展也開啓了盛唐之音的大門。張說病逝後，由張九齡執掌文壇，進一步重用文學人才，我們梳理一下從開元九年（721）到開元二十四年（736）的政壇、文壇，就可以看出他們對其時文人知識結構形成的影響。

張說和張九齡爲相期間，國家由重視吏幹人才逐漸轉向以文學之士治國，以張說、張九齡爲中心，結成了一個文人圈子。葛曉音先生認爲這個圈子是一個「文儒」性的文人團體：「張說所提拔起來的一批人，像張九齡、孫逖、裴耀卿、嚴挺之、房琯，都是文儒型的人物，彼此關係密切……以張說爲核心的這批文儒在當時是被看成朋黨的。……張說死後，張九齡繼之而成

[註 32] 司馬光《資治通鑒》，中華書局 1956 年版，第 6698～6699 頁。

[註 33] 尚永亮《唐五代逐臣與貶謫文學研究》，武漢大學出版社 2007 年版，第 178～179 頁。

爲文宗哲匠，又有一批文儒團結在他周圍，如徐安貞、王敬從、孫逖、韋陟等。」〔註 34〕葛先生所提「文儒」概念本質上可以看成屬於知識結構範疇，即文儒是「文詞雅麗，通曉儒學的文人」〔註 35〕，他們基本屬於文藝和經術兼項型人才，其中某些在政壇上有所建樹的文人又可歸之爲全能型人才，如張說、張九齡、房琯等。成爲文壇和政壇中堅力量的他們對當時文人知識結構造成非常深遠的影響，形成了盛唐文儒鮮明的知識結構特點。

第一，他們選人以「文儒」爲標準，激發了士子們學習儒學和文學的熱情。是時一批著名詩人如王維、祖詠、儲光羲、李華、蕭穎士等通過科舉考試進入仕途，他們大多兼有文學和儒學才能。「詩禮已成爲一般文人學業追求的主要目標，這就必然在開元年間培養出一大批文儒型的士人。」〔註 36〕但對於一般文人來說，文學與儒學實難兼具，除了文儒圈的核心人物，其他大多數文人的文學才能更占主導地位。沈既濟總結開元時期社會的學習知識狀況云：「父教其子，兄教其弟，無所易業，大者登臺閣，小者仕郡縣，資身奉家，各得其足，五尺童子，恥不言文墨焉。」〔註 37〕當時社會知識吸取方向主要向文學傾斜，對於那些知識結構還未定型，仍處於寒窗苦讀的學子來說，文學知識才更具有利益誘惑力，所以剛接受啓蒙教育的五尺童子都競相學習詩賦知識。

第二，文儒不僅要求兼通文學和儒學，更爲關鍵在於以張說爲代表的文儒們主動打通文學和儒學，使二者相融相合，文學是儒學的載體，儒學成爲文學的內核。張說認爲歷史上所謂的「文伯」應該是「吟詠性情，紀述事業，潤色王道，發揮聖門」。〔註 38〕好的作品應兼具文學情致美和儒家教化之道。〔註 39〕張九齡更是以復古爲情趣，以《感遇詩》爲代表，其作品追求詩歌的

〔註 34〕葛曉音《盛唐「文儒」的形成和復古思潮的濫觴》，《文學遺產》1998 年第 6 期。

〔註 35〕葛曉音《盛唐「文儒」的形成和復古思潮的濫觴》，《文學遺產》1998 年第 6 期。

〔註 36〕葛曉音《盛唐「文儒」的形成和復古思潮的濫觴》，《文學遺產》1998 年第 6 期。

〔註 37〕杜佑《通典》，中華書局 1988 年版，第 357 頁。

〔註 38〕張說《齊黃門侍盧思道碑》，董誥等編《全唐文》，中華書局 1983 年版，第 2291 頁。

〔註 39〕張說在《唐昭容上官氏文集序》中明確了文章的意義，其云：「臣聞七聲無主，律呂綜基和；五彩無章，黼黻交其麗。是知氣有壹鬱，非巧辭莫之通；形有萬變，非工文莫之寫。先王以是經天地，究人神，闡寂寞，鑒幽昧，文之辭

風雅興寄。徐浩爲其碑誌云：「學究精義，文參微旨，或有興託，或存諷諫，後之作者所宗仰焉。」〔註40〕計有功也評價張九齡道：「公以風雅之道，興寄爲主，一句一詠，莫非興寄，時皆諷誦焉。」〔註41〕二者皆是認爲張九齡以經義參入文學，文學暗諷儒義，而後世評論家對其批評也無不著眼於此。正是因爲以二張爲首的文儒們對文學與儒學知識的擅通，並使兩種知識不違和的存在，才能夠消解儒學和文學的對立。〔註42〕所以文儒們在知識結構建構方面對當時社會上的知識分子形成一種薰陶，詩與禮的結合，文學知識和經術知識的融合是當時文人首要的知識追求。

文學家們在儒學的浸潤下，逐漸形成一種盛唐氣質，他們以昂揚的人生態度，積極入世，參與到社會政治生活中。而且由盛唐文儒培養薰陶的一批文人對知識結構的建構始終以一種積極的態度，不管是文藝知識、經術知識還是政事知識，他們潛意識中主動加以融合。

第三，對政事知識的偏見。雖然其時文人對政事知識的吸取具有很大的激情，但在他們心目中往往傲視俗吏，和儒學、文學才能相比，他們的政事才能始終佔據弱勢。「盛唐文儒中雖不乏能幹的政治家（像張說就是文武全才），但大都志向高遠，不屑吏事，看重『潤色王道』、『贊佐政本』的清官」〔註43〕盛唐文儒圈中的核心人物可以算是全能性人才，如張說、張九齡，他們很多人在政治上多有建樹，但始終對吏事嗤之以鼻，認爲「右職以精學爲先，大臣以無文爲恥」。〔註44〕如開元二十四年（736），張九齡嚴詞反對玄宗提拔牛仙客爲尚書：「尚書古之納言，若非歷踐內外清貴之地，妙有德望者，不得充之。仙客，河湟一使典耳。……臣荒陬孤生，陛下以文學用臣，仙客

義大矣哉！」認爲文章的功用在於運用優美的文辭闡發天地之道，表達內心情思。本質上認可文學意義在於儒家教化和吟詠性情。（張說《唐昭容上官氏文集序》，董誥等編《全唐文》，中華書局1983年版，第2275頁。）

〔註40〕徐浩《唐尚書右丞相中書令張公神道碑》，董誥等編《全唐文》，中華書局1983年版，第4491頁。

〔註41〕計有功撰、王仲鏞校箋《唐詩紀事校箋》，中華書局1965年版，第417頁。

〔註42〕儒學和文學從誕生之日起，則互相潛移默化的存在於彼此中，但二張之前的隋代與唐初的文人們普遍主觀上把儒學與文學對立起來。如隋李諤曾嚴厲批評文學選士：「學不稽古，逐俗隨時，作輕薄之篇章，結朋黨而求譽。」而王通則過於強調文學的教化功能，一昧忽視文辭。

〔註43〕葛曉音《盛唐「文儒」的形成和復古思潮的濫觴》，《文學遺產》1998年第6期。

〔註44〕張說《唐昭容上官氏文集序》，董誥等編《全唐文》，中華書局1983年版，第2275頁。

起自吏胥，目不知書，韓信淮陰一壯士，羞與絳灌齊列，陛下必大用仙客，臣亦恥之。」〔註 45〕牛仙客是涇州小吏出身，如若擔任清貴的尚書之職，張九齡對此表示深以爲恥。實際上，張九齡和牛仙客私下關係並無間隙，他曾爲牛父撰寫《贈涇州刺史牛公碑》，還在碑文中順道大力讚揚過牛仙客。張九齡反對牛仙客只是代表了當時文儒們的普遍心聲而已。在唐代，吏與官有嚴格的區別，《新唐書》記載：「晏嘗言，士有爵祿，『則名重於利；吏無榮進，則利脊於名。故檢核出納一委士人，吏惟奉行文書而已。』」〔註 46〕官擔當的工作是檢核出納，相當於決策者，而吏工作性質是奉行文書辦事，相當於實施者，文儒們普遍歧視的正是吏職。文儒們雖積極用世，具有高漲的政治熱情，但由於普遍缺失行政事務的具體處理能力，導致理想與現實背離。由文儒們培養薰陶出的盛唐一代知識分子，除了少數優秀文人以外，大多數都空有一番積極參與政治的熱情，在政壇上則很少有實在的作爲。知識結構上的缺陷，最終導致了吏能派鑽營，被反撲奪權。

（三）吏能派當權下的文藝知識追捧

開元二十四年（736）十一月張九齡罷相爲李林甫所取代，李林甫上臺之後又開始新一輪對文學之士的壓制。但有趣的是，壓制似乎並不能影響其時社會對文藝知識的追捧。究其原因主要有以下幾端：

其一，知識結構建構中的榜樣力量。張九齡雖然退出了政治舞臺，但仍然有不少其培養的文儒佔據要職。葛曉音先生認爲這些文儒仍是其時文人的榜樣人物：「開元二十四年後張九齡雖被貶，孫逖、裴耀卿、房館、韋陟等一批文儒尚居於要津。他們也最樂於獎拔汲引文人，所以一般盛唐文人即使不精於儒，也都視他們爲靠山。」〔註 47〕由於榜樣力量，其時文人仍然向文儒看齊，注重文學和儒學知識。如天寶元年，韋陟知貢舉，史傳有云：「張九齡一代辭宗，爲中書令，引陟爲中書舍人，與孫逖、梁涉對掌文誥，時人以爲美談。後爲禮部侍郎，陟好接後輩，尤鑒於文，雖辭人後生，靡不諳練。曩者主司取與，皆以一場之善，登其科目，不盡其才。陟先責舊，仍令舉人自通所工詩筆，先試一日，知其所長，然後依例程考核，片善無遺，美聲盈

〔註 45〕王溥《唐會要》，中華書局 1955 年版，第 908～909 頁。
〔註 46〕宋祁、歐陽修等《新唐書》，中華書局 1986 年版，第 4792 頁。
〔註 47〕葛曉音《盛唐「文儒」的形成和復古思潮的濫觴》，《文學遺產》1998 年第 6 期。

路。」〔註 48〕韋陟爲張九齡一手所提拔，他選人非常看重文才，認爲通常的科舉考試程序難以選拔出眞正有才之人，要求舉子在考試之前首先上呈詩文。韋陟考詩文於先的做法是在吏能派當權期間仍高舉以文學取士的旗幟，他最終也贏得了「美聲盈路」的名聲。孫逖也在張九齡在職末期的開元二十二年（734）和二十三年（735）知貢舉，他選拔了一批文儒性的人才，如賈至、蕭穎士、李華等，這些人都是天寶之後文儒階層的中堅力量，是儒學和文學發展的標杆人物，擢中唐古文運動之先鞭。

其二，知識結構的恒定性。我們一再強調個體文人對知識的吸取各有取捨，知識被吸收過後只可能進一步在文人的知識結構中被內化，不可能憑空消失，所以知識結構一旦初步形成即具備一定的恒定性。由盛唐文儒培養和薰陶下的文人知識結構，注重文學和經術知識輕視政事實踐很難在張九齡一下臺，李林甫一當權就徹底更改過來。

其三，人才觀使然。在唐代若一個人的文學、經術才能優秀則很容易被認定爲有才之人，我們可從《新唐書》對唐代「學士」一詞的解釋中略見一斑：「唐制，乘輿所在，必有文詞、經學之士，下至卜、醫、伎術之流，皆直於別院，以備宴見；而文書詔令，則中書舍人掌之。自太宗時，名儒學士時時召以草制，然猶未有名號。乾封以後，始號『北門學士』。玄宗初，置『翰林待詔』，以張說、陸堅、張九齡等爲之，掌四方表疏批答、應和文章。既而又以中書務劇，文書多壅滯，乃選文學之士，號『翰林供奉』，與集賢院學士分掌制詔書敕。開元二十六年，又改翰林供奉爲學士，別置學士院，專掌內命。凡拜免將相、號令征伐，皆用白麻。其後，選用益重，禮遇益親，至號爲『內相』，又以爲天子私人。」〔註 49〕從太宗注重招名儒學士於身邊到高宗武后時期的「北門學士」再到玄宗的翰林學士，皇帝無不是把一些擅長文章和經術的人才納入智囊團中。「學士之職，本以文學言語顧問，出入侍從，因得參謀議、納諫諍，其禮尤寵。」〔註 50〕吏能派李林甫當權後雖對文學人才進行壓制，但「文學足以經務」的觀念一時難以改變。朝廷事務中仍然需要詞學人才，如上文所述的以天子私人秘書爲任的翰林學士，他們專門掌管內命，拜免將相、號令征伐、立定皇后太子等一些重要詔書的擬制頒佈，這些工作都需要相當文章才能。

〔註 48〕劉昫等《舊唐書》，中華書局 1986 年版，第 2959 頁。
〔註 49〕宋祁、歐陽修等《新唐書》，中華書局 1986 年版，第 1180 頁。
〔註 50〕宋祁、歐陽修等《新唐書》，中華書局 1986 年版，第 1180 頁。

其四，統治者應才而用。李華論述玄宗時期的人才狀況道：「開元天寶之間，海內和平，君子得從容於學，以是詞人材碩者眾。然將相屢非其人，化流於苟進成俗，故體道者寡矣。夫子門人，德行、言語、政事、文學，四者無人兼之，惟德尊於藝，亦難乎備矣。」〔註 51〕初盛唐時期全能性人才實屬難得，普通文人很難同時擅長文藝、經術、政事知識。統治者意識到人才狀況之後只好應材加以任用。史書記載：「(天寶）九載三月十三日敕，吏部取人，必限書判，且文學政事，本自異科，求備一人，百中無一。況古來良宰，豈必文人，又限循資，尤難獎擢。自今以後，簡縣令，但才堪政理，方圓取人，不得限以書判，及循資格注擬。」〔註 52〕文學和政事知識的差別猶如殊途，百人中也難得一人，古來優秀的官員並不一定非是文學人才，其才能只要可以勝任政務，便可圓通加以任用。可見李林甫上臺之後，雖然對文士和吏能區別對待，但也不得不重視文士的文學才能。史書記有：「林甫無學術，發言陋鄙，聞者竊笑。善苑咸、郭愼微，使主書記。」〔註 53〕苑、郭二人代李林甫題尺，並未見二人獲得李林甫優待。李林甫當權期間，政事和文學人才分別對待，委以前者重任，給後者了無實權的文案工作。〔註 54〕

盛唐文人知識結構整體而言趨向於單薄，在「吏治——文學之爭」的政治文化影響下，諸多文人雖然深受以張九齡爲首的盛唐文儒的影響，注意到了經史知識的吸取，但大多數文人顯然對此並不能有所建樹，對於政事知識就更是不加重視，他們最爲關注和傾心的仍然是文藝創作。吏能派當權之下，也無法改變社會上整體的「偏文」慣性。和中唐文人相比，盛唐文人知識結構更爲單調。

三、晚唐文人知識結構

中唐文人身處中興的時代大潮中，他們的文學創作、經史研究、參政意

〔註 51〕李華《楊寄曹集序》，董誥等編《全唐文》，中華書局 1983 年版，第 3198 頁。
〔註 52〕王溥《唐會要》，中華書局 1955 年版，第 1217 頁。
〔註 53〕宋祁、歐陽修等《新唐書》，中華書局 1986 年版，第 6347 頁。
〔註 54〕丁放、袁行霈在《李林甫與盛唐詩壇》（見《文學遺產》2004 年第 5 期）中考察總結了李林甫對盛唐文士的三種態度：第一，對待具備政治才能，優秀於己的著名人物，如張九齡等處之而後快；第二，對文壇上頗有盛名，但仕途不順的文士，如杜甫、王維、孟浩然等加以輕視排斥；第三，對於一般文士，加以利用爲其處理文案。

識始終和時代脈搏相聯繫，也正是他們不安於現狀的銳意進取、求新創變才促使了他們知識結構朝著宏大方向發展。晚唐文人卻沒有延續到中唐文人對知識結構博通的追求，他們知識結構反而朝著單一方向發展。

晚唐的社會現實狀況是其時文人知識結構格局狹窄的根本原因。宦官當權、藩鎮割據、黨爭不斷、官場腐敗、民生凋敝等一系列社會問題在晚唐愈發突出。一方面，科舉考試愈來愈向貴族傾斜，寒門子弟踏入仕途的途徑越來越窄，文人們參與到政事實踐的機會微乎其微；另一方面，晚唐文人礙於殘酷現實，特別是甘露之變後，文人們更是多了份遠世避禍的心態，他們的性格和行為都漸趨內斂，退回小我世界中。在晚唐那些著名的文人中，我們很難發現在政壇上有所成就的文人。尚永亮師在《「壺天」境界與中晚唐士風的嬗變》中認為晚唐有三類文人：第一類，以杜牧、許渾、司空圖、錢珝、韓偓、鄭畋等為代表，他們做過朝官，但是都是通過千辛萬苦所獲，但因政治環境的險惡最終又遠離了官場；第二類以姚合、李商隱、溫庭筠、薛逢等為代表，他們大多做過為時不長的地方官職，在政治上沒有發言權，處於權利核心之外；第三類，以皇甫松、陸龜蒙等為代表，傾其一生心血也沒有考取科舉，無法謀得一官半職。〔註 55〕以上所舉例屬於精英自是這樣，那些普通資質一般的文人就可想而知了。

大和二年劉蕡制舉落第似乎既已暗示晚唐文人不同於中唐文人的政治命運，史載：

> 甲午，賢良方正裴休、李郃、李甘、杜牧、馬植、崔璵、王式、崔慎由等二十二人中第，皆除官。考官左散騎常侍馮宿等見劉蕡策，皆歎服，而畏宦官，不敢取。詔下，物論囂然稱屈。諫官、御史欲論奏，執政抑之。李郃曰：「劉蕡下第，我輩登科，能無厚顏！」乃上疏，以為：「蕡所對策，漢、魏以來無與為比。今有司以蕡指切左右，不敢以聞，恐中良道窮，綱紀遂絕。況臣所對不及蕡遠甚，乞回臣所授以旌蕡直。」不報。蕡由是不得仕於朝，終於使府御史。〔註 56〕

劉蕡的落榜和其策文中指責宦官有直接的關係。但是我們仍需要注意的是，同樣是制舉考試，中唐時朝廷非常看重文人在考試中能否提出一己觀點、能

〔註 55〕尚永亮《「壺天」境界與晚唐士風的嬗變》，《唐代詩歌的多元觀照》，湖北人民出版社 2005 年版，第 75～78 頁。

〔註 56〕司馬光《資治通鑒》，中華書局 1956 年版，第 7858 頁。

否敢於直言時事。歷史剛剛進入晚唐，劉蕡便落得下第，不顯於朝的命運。這段材料更有趣的是，劉蕡落榜，一批文人爲之歎屈，而另外一批「執政」者們則強硬抑之不取，前者或多或少體現了出了中唐文人思維、氣質的延續，後者則暗示了晚唐文人參與到政治的艱險。

也許世間萬物的發展都會遵循起落原則，中唐文人自覺地想承擔起國家中興的重責，他們不管是經史研究、文學創作還是政治實踐通通都染上一股標新、批判、外放、激進的特色。〔註 57〕這些特色對於那些在逆流中仍期望前行的統治者們來說無疑是有益的，而對於即將沒落、安於現狀的當權者來說又是對立、可怕的。晚唐正是屬於後者。也許正是因爲中唐文人把直諫精神發揮到了極致，反而讓晚唐那些當權者察覺到了不安，他們開始有意識或潛意識地將文學和政事分開來看待。

文宗是晚唐第一個君王，也是晚唐中最喜文學的君主，在他身上則體現了其時文人對待文學、政事和經術的態度。歷史記載：「文宗尚賢樂善罕比。每宰臣學士論政，必稱才術文學之士，故當時多以文進。上每視事後，即閱群書，至亂世之君，則必扼腕嗟歎；讀堯、舜、禹、湯事，即灌手斂衽。謂左右曰：『若不甲夜視事，乙夜觀書，即何以爲君？』」〔註 58〕所謂「當時多以文進」大概只能認爲是進士科取士的慣性所致。實際上，文宗的做法多爲時人所批評，比如史書上記載過文宗和鄭覃的一段對話：

> 鄭覃曰：「南北朝多用文華，所以不治。士以才堪即用，何必文辭？」帝曰：「進士及第人已曾爲州縣官者，方鎮奏署即可之，餘即否。」覃曰：「此科率多輕薄，不必盡用。」帝曰：「輕薄敦厚，色色有之，未必獨在進士。此科置已二百年，亦不可遽改。」覃曰：「亦不可過有崇樹。」〔註 59〕

對進士科弊病的批評並不是鄭覃獨創，但是他直接將文辭和國家存亡聯繫起

〔註 57〕宇文所安在《劍橋中國文學史》說道：「中唐作爲一個思想復興的時期而知名，但是思想的轉向遠遠超出於著名理論文章如韓愈《原道》、李翱《復性書》的範圍。進行詮釋和提出新解釋似乎成爲一種思考習慣。這甚至表現在最基本的層面：孟郊經常用『始知……』結束他的詩，或者用『誰謂……』拒絕陳言古訓。……這是一個新論點層出不窮的時代，無論這點論點是嚴肅提出的，還是異想天開的，或是處於兩者之間某種不確定的位置。」（孫康宜、宇文所安主編《劍橋中國文學史》，三聯書店 2013 年版，第 382～383 頁。）

〔註 58〕王讜撰，周勳初校證《唐語林校證》，中華書局 1987 年版，第 149～148 頁。

〔註 59〕劉昫等《舊唐書》，中華書局 1975 年出版，第 4491 頁。

來則是罕見，他認爲士人以才爲用無須重視文辭，他將文人的文學才華直接排除於才能範疇之外。從材料來看，文宗的反駁並沒有多少力度，鄭覃最終給出了對文學人士「不可過有崇樹」的結論。值得一提的是，鄭覃本身屬於經術人才，這種偏經史的宰臣公然反對文學創作在晚唐似乎並不是個例。如果我們把眼光置於整個唐代會發現，初唐、盛唐或者中唐雖然也出現過類似反對文學的聲音，但是多著眼於文學過於虛浮的缺點，很少有人直接將文學與國治對立起來，也很少如鄭覃這樣的經術人才高度反對文學之士，比如中唐時期的杜佑，也只是明確表示不愛作文，但對諸如劉禹錫之類的文人仍是大加讚賞，而且和當時的古文家們也多有交往。實際上，鄭覃反對文學的做法本身就體現了經史知識、政事知識以及文學知識的分裂。

如果說鄭覃的觀點還可認爲是一個毫無文學才能的偏才人士對創作的偏見的話，那麼開成年間，李玨的觀點就值得深思了。據史書載，文宗想置詩學士，毫無意外引來了不少文人的反對，其中李玨認爲：

> 詩人多窮薄之士，昧於識理。今翰林學士皆有文詞，陛下得以覽古今作者，可怡悅其間；有疑，顧問學士可也。陛下昔者命王起、許康佐爲侍講，天下謂陛下好古宗儒，敦揚樸厚。臣聞憲宗爲詩，格合前古，當時輕薄之徒，摛章繪句，聱牙崛奇，譏諷時事，爾後鼓扇名聲，謂之「元和體」，實非聖意好尚如此。今陛下更置詩學士，臣深慮輕薄小人，競爲嘲詠之詞，屬意於雲山草木，亦不謂之「開成體」乎？玷黯皇化，實非小事。〔註60〕

李玨是文宗時期的宰相，《舊唐書》本傳中記載：「進士擢第，又登書判拔萃科，累官至右拾遺。……大和五年，李宗閔、牛僧孺在相，與玨親厚，改度支郎中、知制誥，遂入翰林充學士。」〔註61〕李氏進士出身，和牛黨走的近，想必具備一些文學才能，但是他卻明確反對文宗的文學愛好。他認爲詩人是窮薄之士，憲宗時期的「元和體」創作諸人屬於輕薄之徒，只會摛章繪句，聱牙崛奇，譏諷時事，鼓扇名聲。李氏基本上否定了元和詩人「以詩干政」的嘗試和成就，由此從根本上割斷了文學和政事之間的聯繫。另外，《唐語林》中還記載了李玨的一段故事：「（李玨）舉明經，華州刺史李絳見而謂之曰：『日角珠庭，非常人也，當掇進士科。明經碌碌，非子發跡之地。』一舉不第。

〔註60〕王讜撰，周勳初校證《唐語林校證》，中華書局1987年版，第150頁。
〔註61〕劉昫等《舊唐書》，中華書局1975年出版，第4504頁。

應進士舉，許孟容爲禮部，擢上第。」〔註 62〕說明李玨求取功名之初選擇的是明經科，他應該在經史上有點研究，而且很有可能對進士科是瞧不起的，但是因爲其時進士科待遇要高於明經科，最終妥協於了進士考試。這說明在李玨心目中，以文學才能爲重的進士科只是其進入仕途的敲門磚而已，一旦踏入了官場，便可「搖身一變」成爲反文學之士。李氏的觀點也從側面上說明了當權者對中唐時期風靡一時的文學干預政治現象的恐和怕。這種「恐怕」基本上影響了晚唐一代文人的命運，文學之才眞正可以參與到政治實踐的機會越來越小，由此晚唐文人知識結構也越發局促。

通常情況下，政治上的缺失有利於文人退回安靜的世界，用心讀書作文，更有利於其經術和文學水平的提高。晚唐文人的文學創作雖然自是一體，形成了不同盛唐和中唐的格局、特色，但是在經術方面卻毫無起色。我們打開兩唐書的《儒學傳》，晚唐學者寥寥可數，成就也不過平平。晚唐文人中對經術擅長的，我們大概就可以舉出幾個例子，例如皮日休、羅隱、杜牧等人。〔註 63〕另外，也許是因爲學識欠缺的原因，晚唐中以賈島爲代表的「苦吟」派以苦於斟酌字句傳名於世，但詩歌典故使用則極其少。試想，作者作文寫詩活動本質上是一種「露才」行爲，就算是無意於典故、化用等具有掉書袋意味的傳統技法，但文人必然不自覺地喜歡將自己的才識如水般在文中流淌，可我們很少能從苦吟派詩歌中找到才氣必露的蛛絲馬蹟。

事物之間有著千絲萬縷之聯繫，唐王國走向沒落、滅亡時，晚唐文人的教育學習、知識吸取、政事實踐深受影響，我們不得不遺憾於晚唐文人知識結構也最終走向了單調。最後一提的是，五代文人知識結構延續了晚唐文人知識結構特點，最終也呈現出了「通變者鮮」的狀態。〔註 64〕

〔註 62〕王讜撰，周勳初校證《唐語林校證》，中華書局 1987 年版，第 263 頁。

〔註 63〕《重刊宋本文藪序》給予皮日休很高的評價：「孟子聖亞尼山功不在禹下。然當時疑之低之，後世亦非之刺之。甚或取書妄加刪節，比於忍人辨士儀秦之流。至若泰山北斗，昌黎氏千載獨步矣。然方其啃然引聖，汕笑爭加，同時諸公既以文士一例相視，門下服其教者，亦第贊其文之獨至，初不知其詣之絕而道之高，他更何論焉？皮子起衰周後千餘年，當韓子道未光大時，獨能高出李泰伯、司馬君實諸公所見，而創其說滲繼李漢、皇甫持正諸人，而力致其尊崇。非知孟、韓之深，而具有知言知人之識，能乎？昔范文正以《中庸》授橫渠張子，論者謂：有宋一代道學，實自文正倡之。然則孟子之得繼孔、曾、思而稱四子，韓子之能超軼荀揚而上配孟子，鼻經程、朱、歐、蘇諸公表章論定，即謂其議，實自皮子開之，可也。」

〔註 64〕鄧小南在《祖宗之法——北宋前期政治述略》中對五代文人的知識結構單薄

四、中唐文人知識結構的特殊性——對比後的結論

上文我們考察初唐、盛唐以及晚唐文人知識結構特點過後，中唐文人知識結構的特殊性基本上浮現眼前了。

和初、盛、晚唐相比，中唐文人知識結構最爲宏大、博通，出現了一批全能型文人，如韓愈、柳宗元、白居易、元稹等。他們是名傳千古、成就斐然的文學巨才，是思想史上不可忽視、獨樹一幟的經術大家，也是唐代政壇上勇於進取、頗有政績的政治家。初唐、盛唐、晚唐也有知識面比較全面，知識結構比較合理的個別文人，但是都沒有像中唐時期如此這般集中出現、數量眾多。中唐這批全能文人無論哪種知識都無偏廢，知識結構得以合理平衡發展。

我們極易發現中唐文人知識結構博通的個性，不僅體現了文人天性中對知識的渴求，更是中唐文人獨特氣質的重要組成部分。他們不甘於平淡、追求卓越，將文學、經術、政事知識融爲一體，文學中透露出經術研究的深思、世事時務的擔憂，學術研究中又體現出了文辭的美贍、以學干政的期待，而政治實踐中則又處處體現出文學家、思想家的身份影子。在他們有悲有喜的人生旅途中，我們明顯地可看出全能型知識結構對他們生活狀況的影響。他們意氣風發之時多是政事實踐最充分之刻，沒落沉浸時又多以文學、經術爲伴。文學和學術是他們在逆境中與可怕現實鬥爭的武器，也是他們調節內心不可或缺的「工具」。

第三節　中唐文人知識結構的演進

一、中唐文人知識結構演進的整體趨勢

從代宗大曆到敬宗寶曆，中唐社會長達六十多年，在這一個多甲子中，政治制度、文化風氣、文學面貌、社會心理並不是一成不變，中唐文人的知識結構也隨之發生著變化。

筆者以貞元爲界點，將中唐劃爲貞元之前（大曆初到興元末，766 年～784 年）與貞元之後（貞元初到寶曆末，785 年～827 年）兩大時段。兩個時段的

的特點作了比較詳細的論述，可參看。（鄧小南《祖宗之法——北宋前期政治述略》，三聯書店 2006 年版，第 126～129 頁。）

劃分看似簡單粗略，但有據可依的。其一，據筆者統計分析，以貞元爲界點，文人知識結構面貌前後存在著明顯差異。其二，大曆到貞元時期的文人生年多在安史之亂之前，他們青少年時期在盛唐接受教育，有著類似的生活經歷和相似的情感體驗。貞元之後的中唐文人一部分出生於安史之亂之後，一部分出生於大曆之後，都是亂世成長的一代，在所受的教育和思維、處事方式上都有著共性。其三，文人知識結構的形成是一個比較長的過程，我們難以考察出極短時間段中的文人知識結構特點，以貞元爲界點便於我們考察。且因資料的限制，我們難以對所有個體文人知識結構進行精確的考訂，只能以一個合理的時間段爲單位考察社會整體的文人知識結構演進特點。其四，從文學史發展規律來看，以貞元爲點，中唐出現了文學史上兩個知名文人分佈代群，第一個代群以劉長卿、顧況、韋應物、錢起等爲代表，第二個代群以韓愈、柳宗元、白居易、元稹、劉禹錫等爲代表。〔註 65〕前者是中唐文學發展的前奏，後者則是文學發展的高潮。

我們首先根據《中唐文人知識結構概況》表，將創作 10 篇以上作品的中唐文人，按知識結構模式對其進行一個時間段劃分，列出表 5。〔註 66〕

表 5：中唐文人知識結構的分期狀況〔註 67〕

類型／時間段	單項			兼項			全能
	文藝	政事	經術	文藝＋政事	文藝＋經術	政事＋經術	文藝＋政事＋經術
大曆～貞元	19（968）	1（17）	0（0）	56（6665）	1（17）	1（19）	7（427）
貞元～寶曆	34（2760）	5（184）	0（0）	56（3748）	1（111）	1（18）	28（9725）

傳世作品有 10 篇以上的中唐文人大概有 213 位，表 5 中所列一共 210 位，另

〔註 65〕尚永亮師在《唐知名詩人之層級分佈與代群發展的定量分析》中有詳細的論述，可參看。（尚永亮《唐代詩歌的多元觀照》，湖北人民出版社 2005 年版，第 363 頁。）

〔註 66〕正如上文所分析，此類文人創作的作品量佔了中唐作品數的 91.57%，也幾乎囊括了中唐各種知識結構模式的精英，故而以他們爲切入點考察中唐文人知識結構的演進特點，既容易操作，也符合文學、歷史發展規律。

〔註 67〕表中括號外是文人數，單位：位，括號内是作品數，單位：篇。其中若有文人橫跨兩個時段，本文一律以其主要活動、重要成就爲依據，如韓愈、柳宗元出生於貞元前，但其重要活動、成就皆完成於貞元之後，故而我們歸之於「貞元到寶曆」時期。

外 3 位因爲文獻不足徵，無法具體歸之於某個時段，爲論述方便，筆者將其排除於表外。我們前文中交待過，中唐文化的創造、推動、發展的主力軍是表中所列現存作品 10 篇以上的文人，他們的知識結構大多屬於複合類型。宏觀上看，不管何種知識結構模式的文人，貞元之後的文人要多於貞元之前，該結果與傳統看法相一致。

微觀上看，「文藝＋政事」一欄數據呈現出了特殊性，貞元之前與貞元之後此類型文人數相同，但貞元前文人作品數要遠遠多於貞元之後作品數。由此可獲知，在創作上，貞元之前的文藝兼有政事類型的文人要比貞元之後同類文人活躍。結合文學史來看，大曆時期確實出現了一大批享有盛名，知識結構爲文藝兼有政事類型的文人。比如從我們統計數據來看，貞元之前文藝兼有政事類型文人知識結構更偏於文藝，如韋應物、錢起、劉長卿等，他們在文學上的地位要遠遠高於在政壇上的地位〔註 68〕。他們要麼是旅居長安、洛陽的小吏，要麼是長居江南的地方末員，社會地位不高，但創就了文學史上重要的大曆文學面貌。〔註 69〕貞元之後的文藝兼有政事文人情況要複雜的多，分爲兩大陣營，一部分人更偏於政事，政績要遠遠高於其在文壇上的成績，如李德裕、令狐楚等，另一部分偏向文藝，如孟郊、沈亞之等。前者是朝中重臣，一生政壇沉浮，起起落落，直接影響著政治走向；後者雖然有進取爲政之心，但無奈人微位賤，沉落下僚，只得以文藝來達到內心的自足。

表中數據顯示，貞元之後全能型文人 28 位，要遠遠多於貞元之前同類文人數。更爲重要的是這些 28 位全能型文人傳世作品總數位居第一，共 9725 篇，遠遠多於其他任何一個知識結構類型的作品數。貞元之前的全能型文人以崔祐甫、陸贄等爲代表，總體上他們在各個領域也都取得了一定的成績，如崔祐甫不僅官至宰相，同時也是古文運動的先驅；陸贄同樣做到宰相，也是古文創作家，但他們知識結構博通度仍無法和貞元之後的全能文人相比。貞元之後的全能型文人，可以算是群星璀璨，不論在文學史還是思想史上都

〔註 68〕常袞是其中比較特殊的文人，他存詩 12 首、文學性的散文 2 篇，而制策之類的政事公文則多達 287 篇，《新唐書》本傳云：「文采贍蔚，長於應用，譽重一時」，官至德宗朝宰相，其知識結構雖爲文藝兼有政事，但更偏向於政事。

〔註 69〕傅璇琮先生指出，大曆詩人一般可分爲兩大群體：「一是以長安洛陽爲中心，那就是錢起、盧綸、韓翃等大曆十才子詩人，他們的作品較多地呈獻給當時的達官貴人。一是以江東吳越爲中心，那就是劉長卿、李嘉祐等人，作品大多描寫山水風景。」

稱得上光彩奪目，其中如韓愈、柳宗元、白居易、元稹、劉禹錫、李翺、權德輿、陸質、呂溫等等。更爲重要的是，他們的文藝、經術、政事知識並不是各自獨立，互不相干，而是相互融通、博貫一體，他們的作品很多時候既具文學之美，又有政事之用，也備經術之思。他們身上三種知識形成一種合力，共同成就了中唐獨有的絢爛。

當然，文人知識結構形成具有複雜性、延續性、穩定性特點，一個時段內文人整體知識結構並不單單只受其時形成因素影響，還和前期有莫大的聯繫。實際上，貞元後諸多文人的成長教育期恰恰在貞元之前，其知識啓蒙、學習興趣等必然和貞元之前的社會文化有著內在的聯繫。如表 5 所列貞元之前的經術政事型人才 1 位，即是趙匡。嚴格意義上，趙匡的政事成就比不上他的經術成就，他做官只做到了洋州刺史，但是他卻師從儒學大師啖助，二人同是唐代春秋學派的開創者，稍後的陸質便從其學。《舊唐書》對此有記載：「質有經學，尤深於《春秋》，少師事趙匡，匡師啖助，助、匡皆爲異儒，頗傳其學，由是知名。」〔註 70〕隨後呂溫、柳宗元等又相繼從學於陸質。從啖助到趙匡再到陸質、呂溫以及柳宗元，形成了一個學術傳承鏈，而這個傳承鏈最早可以上溯到啖助、趙匡學術活動的大曆時期。《新唐書・儒學傳》記載：「大曆時，助、匡、質以《春秋》，施士匄以《詩》，仲子陵、袁彝、韋彤、韋茝以《禮》，蔡廣成以《易》，強蒙以《論語》，皆自名其學，而士匄、子陵最卓異。」〔註 71〕可見貞元之後的春秋學派繁榮在大曆時期既已萌芽。

以上分析，我們可以得出大致結論。文藝兼有政事類人才，貞元之前的此類文人更偏向於文藝，他們在文藝上的成就大於政事上的成就，而貞元之後的此類人才對政事興趣度要遠遠高於貞元之前。全能型人才大多出現與貞元之後，他們是中唐文化的最高代表，中唐文人知識結構從大曆到貞元後，呈現出知識要素越來越融通、知識格局越來越宏大之趨勢。

二、中唐文人知識結構演進的階段性特點

中唐文人知識結構以貞元爲界點呈現出前後差異，但知識結構的演進是一個循序漸進的過程，並不是一蹴而就，我們嘗試對這種漸進的特點做出解釋。

〔註 70〕劉昫等《舊唐書》，中華書局 1975 年版，第 4977 頁。

〔註 71〕宋祁、歐陽修等《新唐書》，中華書局 1975 年版，第 5704 頁。

（一）大曆時期

戰亂之後，期待已久的勝利使文人心中湧起了「中興」渴望，以「十才子」爲代表的大曆文人便在這種渴望中衝入詩壇，踏上仕途。《唐才子傳》中記載一段大曆四年的登科記情況：「大曆四年齊映榜進士及第。不待調官，言歸省覲。自狀元以下，一時名士大夫及詩人李嘉祐、李端、韓翃、錢起等，大會賦詩攀餞。」〔註 72〕以李益、齊映等爲代表的大曆詩人正式登上了歷史舞臺。但是「中興」並未在期待中出現，《舊唐書》對此段歷史記載道：「大曆中李正……，李寶臣……，田承嗣……，梁崇義……各聚兵數萬。始因叛亂得位，雖朝廷寵待加恩，心猶疑貳，皆連衡盤結以自固。朝廷增一城，濬一池，便飛語有辭，而諸盜完城繕甲，略無寧日。」〔註 73〕當政者反而安於大戰之後片刻的喘息，社會無所安寧。此時期文人多半看清在政壇上難有建樹，對政事熱情呈現集體性的減退。「大曆時期的人總體上顯示出一種逃避現實、追求個人安逸的苟安心理。這不奇怪，大曆本來就是個苟安的時代，君主無所作爲，士人也無心用世。」〔註 74〕一官半職淪爲文人們賴以生活的經濟工具。在大多數大曆文人的知識結構中，政事實踐機會少之又少。

不僅如此，大曆時期文人在經術方面並未有過多建樹。比如「大曆十才子」幾乎對經術都無擅長。一方面，官學中經術人才奇缺，如大曆初任用宦官魚朝恩爲國子監事，《資治通鑒》對此記載：「朝恩既顯貴，乃學講經爲文，僅能執筆辨章句，遂自謂才兼文武，人莫敢與之抗。」〔註 75〕毫無才學的魚朝恩竟然可以講經授學，官方的經術教育退化程度可想而知了。但另一方面，經術在私學中又緩慢得以發展，《唐國史補》中對此時期學術的發展有言：「大曆已後，專學者有蔡廣成《周易》，強象《論語》，啖助、趙匡、陸質《春秋》，施士丐《毛詩》，刁彝、仲子陵、韋彤、裴茝講《禮》，章廷珪、薛伯高、徐潤並通經。其餘地理則賈僕射，兵賦則杜太保，故事則蘇冕、蔣乂，曆算則董和，天文則徐澤，氏族則林寶。」〔註 76〕可見，大曆時期官方經術發展幾乎停滯，文學家們對經術知識幾無擅長，而私學中經術研究暗潮湧動則表明其時文人仍然對經術知識有著主動追求，而這種追求直接導致了貞元之後學

〔註 72〕傅璇琮《唐才子傳校箋》，中華書局 1987 年版，第 107 頁。
〔註 73〕劉昫等《舊唐書》，中華書局 1975 年版，第 328 頁。
〔註 74〕蔣寅《大曆詩人研究》，中華書局 1995 年版，第 17 頁。
〔註 75〕司馬光《資治通鑒》，中華書局 1956 年版，第 7189 頁。
〔註 76〕李肇《唐國史補》，上海古籍出版社 1979 年版，第 54 頁。

術高峰的出現。

大歷過後的建中、興元，前後只有短短 5 年時間，此時活躍在文壇上的仍然是大曆時期成長起來的一批文人，他們的知識結構狀況幾無改變。為了便於論述我們仍然將此段時間置於大曆框架下論述。這段時間有關文人知識結構狀況有兩點情況值得注意：其一，不少文人已經開始意識到大曆初、中期文人過度偏重文藝知識的欠缺，有意識的加以反撥改正，但效果並不如意。如趙匡差不多在建中二年（781）左右寫成了《舉選議》、《舉人條例》、《選人條例》、《舉選後論》四篇建議改革課舉的文章。其二，建中四年（783）發生「朱泚之亂」（史稱「奉天之難」）對文人心理、文壇布局、文人知識結構產生了一定的影響。〔註 77〕建中四年（783）初朱泚帶領涇原軍入長安作亂，德宗棄長安奔走咸陽、奉天，一直到是年十一月難才解。「奉天之難」後，德宗開始實行姑息政策、試求苟安。《新唐書》記載說：「德宗猜忌刻薄，以彊明自任，恥見屈於正論，而忘受欺於姦諛。故其疑蕭復之輕己，謂姜公輔為賣直，而不能容。用盧杞、趙贊，則至於敗亂而終不悔。及奉天之難，深自懲艾，遂行姑息之政。由是朝廷益弱，而方鎮愈彊，至於唐亡，其患以此」。〔註 78〕「奉天之亂」的發生導致了文人終於認清了時勢，對政事追求更為冷淡。詩文中迷茫愁緒更濃。如戴叔倫有詩：「歲除日又暮，山險路仍新。驅傳迷深谷，瞻星記北辰。古亭聊假寐，中夜忽逢人。相問皆嗚咽，傷心不待春。」〔註 79〕路險迷途中遇人，相問無語，連眼前的春天都無心相待了。權德輿也有詩：「萬里煙塵合，秦吳遂渺然。無人來上國，灑淚向新年。」〔註 80〕表達的也是萬里煙塵無路、渺然灑淚的愁緒。

大曆時期兩位最著名詩人劉長卿和韋應物的知識結構狀況也值得交待一下。劉長卿雖然屬於政事文藝型文人，但顯然政事成績比不上他的文學成就。劉長卿早年苦讀的直接原因是「只為乏生計」，屢試不第，於天寶後期才進士中第，至德二載（757）任蘇州長洲尉，旋即第二年被貶為潘州南巴尉，大曆初入朝任殿中侍御史，大曆四年（769）出任轉運使判官，知淮西、鄂岳轉運，

〔註 77〕史學上認為「奉天之難」是劃分德宗朝前後的標誌。

〔註 78〕宋祁、歐陽修等《新唐書》，中華書局 1975 年版，第 216 頁。

〔註 79〕戴叔倫《建中癸亥歲奉天除夜宿武當山北茅平村》，彭定求等編《全唐詩》，中華書局 1992 年版，第 3088 頁。

〔註 80〕權德輿《甲子歲元日呈鄭侍御明府》，彭定求等編《全唐詩》，中華書局 1992 年版，第 3648 頁。

大曆八年（773）到十二年（777）間貶爲睦州司馬，大曆十四年（779）遷隋州刺史，建中三年（782）去官，大概貞元七年（791）前去世。〔註 81〕雖然同時代的高仲武評價劉長卿是「劉長卿有吏幹，剛而犯上，兩遭遷謫，皆自取之」〔註 82〕但「縱觀劉長卿一生，經歷曲折而複雜，但他的思想卻前後一致，沒有什麼發展和轉折，大致是厭惡仕宦、嚮往隱逸。」〔註 83〕和其仕宦的不幸相反，劉長卿的詩歌地位頗高，有學者就指出，古人對劉長卿詩歌的評價呈現出越來越高的趨勢。〔註 84〕而且劉長卿留存下來的詩歌概有 518 首，文只留存下了 12 篇，文章中沒有一篇關乎政事或者經術。韋應物和劉長卿一樣，也屬於文藝政事型文人，他一生仕經洛陽丞、京兆府功曹、鄠縣令、櫟陽令、尚書比部員外郎、滁州刺史、江州刺史、左司郎中、蘇州刺史。從他的仕宦經歷來看，基本上都是些地方小吏。和劉長卿不同之處在於，韋應物爲官期間雖嚮往隱逸，但內心總是充斥著「愧俸錢」的心理，有趣的是這種吏隱矛盾心理並未過多地投射到他的文學創作中，給他帶來好詩名的往往是那些類似於陶淵明詩風的沖淡風格作品。劉長卿和韋應物知識結構幾乎是大曆文人知識結構的典型代表，他們在政事實踐上頗爲坎坷，也幾乎發現不到他們經術研究的影子，單單文學創作上取得了一定成就。

元和一批重要的全能精英文人在大曆時期處於年幼求學階段，大曆時期實爲他們知識結構夯實基礎的階段。如柳宗元大曆十一年（776）左右（七歲）與其母居於長安西田廬中，家無書，其母以古賦十四首諷而教之，其父親學識頗高，是「得《詩》之群，《書》之政，《易》之直方大，《春秋》之懲勸，以植於內而文於外，垂聲當時。」〔註 85〕建中四年（783）涇原之變，柳宗元隨父避亂夏口，動亂的遷徙生活給了他書本中所沒有的實踐教育。他後來創作的《段太尉逸事狀》則多取材於「涇原之變」中的段秀實事蹟，〔註 86〕甚

〔註 81〕劉長卿的生平事蹟學界有不少成果，如傅璇琮先生的《劉長卿事蹟考辯》、蔣寅先生的《劉長卿生平再考證》等，其中有些問題仍然無法確考，如劉長卿早年事蹟、卒年的確切時間等。

〔註 82〕《中間氣象集》

〔註 83〕蔣寅《大曆詩人研究》，北京大學出版社 2007 年版，第 27 頁。

〔註 84〕傅璇琮《唐代詩人叢考》，中華書局 1980 年版，第 239 頁。

〔註 85〕柳宗元《先侍御史府君神道表》，《柳宗元集》，中華書局 1979 年版，第 294 頁。

〔註 86〕涇原之變時，段秀實拒不投降，《舊唐書》有載：「秀實戎服，與泚並膝，語至僭位，秀實勃然而起，執休腕奪其象笏，奮躍而前，唾泚而大罵曰：『狂賊，

至他入仕後一再反對割據分裂也與此避亂經歷有著千絲萬縷之聯繫。再如韓愈大曆九年（774）左右與其兄嫂居在長安，好學讀書，七歲便可以寫出文章來。建中初年，兄去世，嫂掌家，家境陷入貧困，年少貧困生活對韓愈入仕心態有一定影響，他曾自言：「僕始年十六七時，未知人事，讀聖人之書，以爲人之仕者，皆爲人耳，非有利乎己也。及年二十時，苦家貧，衣食不足，謀於所親，然後知仕之不唯爲人耳。」〔註 87〕讀書求仕不只爲民，也實爲自己，這種現實的爲仕心態基本上影響了韓愈一生，比如他後來對永貞革新之士的矛盾態度以及不同於柳宗元的修史觀念等都可以在這種心態下找到蛛絲馬蹟。再如劉禹錫此時尚爲幼童，但已受到靈澈、皎然等人教導，劉禹錫對此有記：「初，上人在吳興，居何山，與晝公爲侶。時予方以兩髦執筆硯，陪其吟詠，皆曰孺子可教。」〔註 88〕與著名文人交流非常有利於劉禹錫詩歌創作技法的學習。此外，貞元以後一批重要的文人已於此時已進入文壇、政壇。如權德輿於建中元年（780）入仕，《舊唐書》對此記載：「韓洄黜陟河南，辟（權德輿）爲從事，試秘書省校書郎。」〔註 89〕隨後權德輿又入杜佑幕府一直到興元元年（784）。兩次幕府經歷對權德輿日後的仕途、創作都有著影響，其自言杜佑對其影響：「深明出處之分，根極道義之本，初勖之以勉職，又勖之以通經，駑薄賤姿，誠不自意，拜賜之時，感入心腑。」〔註 90〕在經術和政事方面，權德輿受到了杜佑不小影響。

總之大曆時期文人大多缺少政事實踐的鍛鍊，他們的經術研究也無足掛齒，而文藝知識才是他們知識結構中的主導部分。元和一批全能文人於此時尚處幼年階段，幼年的生活經驗以及知識啓蒙對他們知識結構的形成有著一定的影響，另外一部分全能文人如權德輿等，開始踏入仕途。

吾恨不斬汝萬段，我豈逐汝反耶！』遂擊之。泚舉臂自捍，才中其額，流血匍匐而走。凶徒愕然，初不敢動；而海賓等不至，秀實乃曰：『我不同汝反，何不殺我！』凶黨群至，遂遇害焉。」

〔註 87〕韓愈《答崔立之書》，劉眞倫、岳珍校注《韓愈文集匯校箋注》，中華書局 2010 年版，第 682 頁。

〔註 88〕劉禹錫《唐靈澈上人文集序》，卞孝萱校訂《劉禹錫集》，中華書局出版社 1990 年版，第 239 頁。

〔註 89〕劉昫等《舊唐書》，中華書局 1975 年版，第 4002 頁。

〔註 90〕權德輿《與睦州杜給事書》，董誥等編《全唐文》，中華書局 1983 年版，第 4990 頁。

（二）貞元時期

前文中，我們將貞元作爲中唐文人知識結構演變的分水嶺，貞元在中唐文人知識結構演進中確實扮演著過度角色。〔註 91〕歷史進入貞元，德宗並未勵精圖治，社會問題反而愈發嚴重，學風浮華，普通士子們延續了大曆時期文人偏重文藝，對政事了無上進的態度。〔註 92〕但另一方面，在極度低靡的社會風氣中，又湧現出了幾位堅明直亮的有志文人，其中典型莫過於權德輿。不僅如此，中唐最爲重要的精英文人差不多於此時開始進入政壇、文壇，如韓愈、柳宗元、元稹、劉禹錫、白居易等。從這個意義上看，貞元實則吹響了中唐文人知識結構淹博、宏大格局的序曲。

蔣寅先生在《大曆詩人研究》中對以權德輿爲中心的文學集團作了精彩論述。蔣先生認爲，權德輿是貞元年間的文壇盟主，圍繞他形成了一批新臺閣體詩人，主要成員如許孟容、陳京、徐岱等，這批新臺閣體詩人有著共同的史學、禮學背景，兼具學者與文人的素質，他們倍熟經典，博通今古，是非分明，敢於持論，而且權德輿對柳宗元、劉禹錫、元稹等有著提攜之功勞。〔註 93〕蔣先生注意到了權德輿文學集團中的文人知識結構複合型的特點，這批文人知識結構的特性恰恰是中唐文人知識結構新變的先聲。

貞元時期是元和一批精英分子知識結構形成的關鍵時期。比如貞元年間，韓愈差不多處於十八到三十八歲之間，他貞元二年（786）隻身長安求仕，貞元八年（792）及第，貞元十二年（796）入宣武節度使董晉幕府任觀察推官，貞元十四年（798）任秘書省校書郎，貞元十五年（799）入張建幕任徐泗濠節度推官，貞元十七年（801）調選爲國子監四門博士，貞元十九年（803）改任監察御史，是年貶陽山縣令。雖然官職都比較卑微，但都是實實在在的政事實踐，我們可以以他的教育類型官職爲例說明，這些實踐與韓愈知識結構之間的關係。

貞元十四年（798），韓愈在董晉幕府中接受了一項任務，即主持汴州貢

〔註 91〕貞元不僅僅是中唐文人知識結構演變的關鍵時期，也是文學史上的關節點，如蔣寅先生認爲貞元八年是中唐前期和中唐後期的分界點，趙昌平先生則認爲貞元是唐詩兩個高潮的轉接點。

〔註 92〕貞元時期的社會狀況、學風情況，學界多有論述，如尚永亮先生在《唐五代逐臣與貶謫文學研究》中概況貞元時期時代特徵爲：其一，強藩割據，大大削弱了中央皇權；其二，宦官專權，恃寵亂朝；其三，君愎臣奸，賢不肖倒置；其四，士風浮薄，吏治日壞。

〔註 93〕蔣寅《大曆詩人研究》，北京大學出版社 2007 年版，第 404～428 頁。

舉，在這次貢舉中張籍爲其所薦。貞元十七年（801）韓愈被授四門博士，更是直接關乎教育實踐。教育職務雖然未能使韓愈有機會接觸到朝廷政事權力核心，但由於國子監博士工作的清閒，他可以擁有大量的時間讀書，又可以和士子們直接廣泛交流，是傳道的好時機。比如他教育學生應該重視綜合素質的提高，「讀書以爲學，纘言以爲文，非以誇多而鬥靡也，蓋學所以爲道，文所以爲理耳。苟行事得其宜，出言適其要，雖不吾面，吾將信其富於文學也。」〔註 94〕學子讀書爲文盡「道」之餘也應該注意提高行事得體，言語合宜的綜合素質。同時教育職務遠離朝廷實際政務，又可以使得韓愈韜光養晦、用心觀察，磨練心智。如作於貞元十九年（803）的《苦寒》，歷來被認爲是譏諷德宗罷陸贄相倚信裴延齡之事，韓醇注這首詩歌云：「公此詩意蓋有所諷，猶《訟風伯》之吹雲而雨不得作也。謂隆寒奪春序而肆其寒，猶權臣之用事，太昊之畏避，則猶當國者畏權臣，取充位而已。其下反覆所言，無易此意。其末謂天子哀無辜，則望人主進賢退不肖，使恩澤下流，施及草木。其愛君憂民之意，具見於此。」〔註 95〕樊汝霖也對此詩注言：「《韋渠牟傳》：『自陸贄免，德宗不復委權於下，宰相取充位，行文書而已。所倚信者，裴延齡、李齊運、王紹、李實、韋執誼與渠牟等，其權侔人主。』此詩所以諷也。時賈耽、齊抗之徒當國，公爲四門博士。」〔註 96〕說明韓愈雖只是小小的四門博士，但對當時政壇流弊已有一定清醒的認識。再如貞元十八年創作的《夜歌》：「靜夜有清光，閒堂仍獨息。念身幸無恨，志氣方自得。樂哉何所憂？所憂非我力。」〔註 97〕方世舉對此詩注云：「身居卑末，又非力所能爲，故託於《夜歌》以見意。」〔註 98〕對政事雖然一直苦於有心無力，但始終不忘關切政治、冷靜觀察。由此，貞元時期可以看成是韓愈政事知識吸取、醞釀、發酵時期。

〔註 94〕韓愈《送陳彤秀才書》，劉眞倫、岳珍校注《韓愈文集匯校箋注》，中華書局 2010 年版，第 1109 頁。

〔註 95〕參見韓愈著、錢仲聯集釋《韓昌黎詩繫年集釋》，上海古籍出版社 1984 年版，第 155 頁。

〔註 96〕參見韓愈著、錢仲聯集釋《韓昌黎詩繫年集釋》，上海古籍出版社 1984 年版，第 155 頁。

〔註 97〕韓愈《夜歌》，韓愈著、錢仲聯集釋《韓昌黎詩繫年集釋》，上海古籍出版社 1984 年版，第 151 頁。

〔註 98〕參見韓愈著、錢仲聯集釋《韓昌黎詩繫年集釋》，上海古籍出版社 1984 年版，第 151 頁。

再如，柳宗元，貞元年間他大概是十三到三十三歲。貞元五年（789），他求進士應試，不第，貞元九年（793）中進士第，貞元十四年（798）登博學宏辭科，授集賢殿書院正字，貞元十七年（801）調藍田尉，未赴任，爲京兆府從事，貞元十八年（802），藍天尉，貞元十九年（803）任監察御史裏行，貞元二十一年（805）擢升尚書禮部員外郎。〔註 99〕在貞元年間，柳宗元差不多完成了他一生主要的政事實踐，貞元是他政事知識吸取最豐富的時間段。劉禹錫貞元年間差不多十五至三十五歲，他貞元九年（793）登進士第，又登宏辭科，貞元十一年（795）授太子校書，貞元十六年（800）入杜佑幕府任徐泗濠節度使掌書記，被杜佑所賞識，代杜寫了很多表、狀，甚至可以隨杜佑一起行軍徐州，有著難得的戎馬倥傯經驗。〔註 100〕貞元十八年（802）他調補京兆府渭南縣主簿，旋調監察御史任，這一年與韋夏卿交從甚密，也代韋寫了不少表、狀。杜佑是著名《通典》的編撰者，韋夏卿也「深於儒術，所至招禮通經之士。」〔註 101〕劉禹錫跟著二人學習，自然受益頗多。

白居易貞元年間是十五至三十五歲、元稹七至二十七歲，二人入仕要稍晚一點，白居易貞元十六年（800）登進士第，貞元十九年（803）爲校書郎，元稹貞元八年（792）登明經科，貞元十九年（803）任秘書省校書郎。雖然二人在貞元年間只擔任過校書郎，但對其知識結構的形成也有一定的影響。一方面如此之小的官職使得元、白二人免於捲入永貞元和初的權力鬥爭，得以旁觀者身份觀察時事之變化。另一方面，校書郎是一個清閒的官職，他們有大量的時間進行文學創作，無形中又提高了詩藝。

實際上，貞元時期，很多精英文人的知識結構已兼備文藝、政事和經術知識。如柳宗元和劉禹錫雖然在此時期並未有相關學術研究著作，但他們對經術方面的攻研卻甚是認眞。大概貞元十七年（801）左右，柳宗元、劉禹錫一起向著名學者，太學博士施士匄求教《毛詩》、《春秋》。〔註 102〕貞元末宗

〔註 99〕根據吳文治等《柳宗元大辭典》附錄《柳宗元年譜》統計。

〔註 100〕貞元十六年，徐州軍亂，杜佑上書請赴軍營，其時大多表奏出自劉禹錫之手，如《代杜司徒乞朝覲表》、《爲淮南杜相公請赴行營表》、《爲淮南杜相公論西戎表》等。

〔註 101〕劉昫等《舊唐書》，中華書局 1975 年版，第 4297 頁。

〔註 102〕《唐語林》中記載了劉禹錫和柳宗元一起聽《毛詩》：「予嘗與柳八、韓七詣施士匄聽《毛詩》。」（王讜撰，周勳初校證《唐語林校證》，中華書局 1987 年版，第 127 頁）。其時施士匄學生非常多，韓愈《施先生墓銘》有言：「先生明毛、鄭《詩》，通《春秋左氏傳》，善講說。朝之賢士大夫從而執經考疑

元又拜陸質爲師，對陸質《春秋》之學甚爲推崇。而柳宗元《辯侵伐論》可看作是此時期集經術、文藝、政事三種知識爲一體的典例。此文創作的主要手法便是利用《春秋》大義演述的方法，從《春秋》、《周禮》中取題引出「侵」和「伐」的觀點，即「凡師有鐘鼓曰伐，無曰侵。……賊賢害人則伐之，負固不服則侵之」。〔註 103〕該文表面上是敷衍大意，疏經解傳，實際是藉此號召天下對日益猖獗的藩鎮進行討伐。柳子厚是以文學之言辭，經術之思路來表達政事之感慨。韓愈的全能知識結構也基本顯現，他在貞元間寫成了著名的「五原」，表達了關於「天人關係」、「鬼神論」、「人性論」、「歷史演變論」等一系列哲學思想，幾篇文章皆關乎社會實際，如《原毀》直接批判政壇上妒忌賢能，文人之間互相譭謗的現象。

由此，我們可以推斷，貞元時期，韓、柳、劉、元、白逐漸擺脫了年少，思想日趨成熟。他們從科舉中第到踏入仕途，曆人生變故，嘗窮愁苦悶。他們在貞元年間，由下僚旁佐慢慢晉升爲朝官，多年的歷練充實了他們基層工作經驗，也影響著他們政事觀念的形成，爲他們在永貞或者元和時期大展政事抱負作了前期準備。而且他們已經逐漸關注學術研究，寫出了一些融政事、經術與文學知識一體的文章，全能型知識結構逐漸顯現。

（三）元和時期

永貞前後一年時間不到，我們將其放在元和時段加以論述。如果說貞元吹奏的是中唐文人知識結構宏大、博通序曲的話，那麼永貞則已經吹響了進入高潮的號角。若單從文人知識結構角度上來說，我們很難揭示出短短的一年間每個個體文人知識結構具體的變化，但這一年發生的「永貞革新」對文人心理影響實在太大，進而關乎到了整個中唐文人知識結構的演進。正如尙永亮師所認爲：「雖然革新集團很快便在唐憲宗及其擁戴者尤其是宦官勢力的聯合打擊下夭折了，但他們的主要革新措施和昂揚奮發的進取精神卻在憲宗一朝得到了繼承和光大」。〔註 104〕「永貞革新」實際上是中唐一批文人在政事知識方面的最高實踐，柳宗元與劉禹錫直接參與了革新，之前所積累的所有

者繼於門，太學生習毛鄭《詩》、《春秋左氏傳》者，皆其弟子。」（劉眞倫、岳珍校注《韓愈文集匯校箋注》，中華書局 2010 年版，第 1536 頁）。

〔註 103〕柳宗元《辯侵伐論》，《柳宗元集》，中華書局 1979 年版，第 93 頁。

〔註 104〕尚永亮《唐五代逐臣與貶謫文學研究》，武漢大學出版社 2007 年版，第 268 頁。

政事經驗、政事才能都不遺餘力地被用於此次行動。嘗試雖然失敗了，但整個實踐過程卻可以看成是二人政事理想的最好注腳。革新失敗後，他們在貶謫生活中思考失敗之原因，化政事熱情於文藝創作和經術研究，知識結構的廣度和深度也都通過另外一種方式得以拓展。

歷史帶著「永貞革新」失敗的遺憾進入了中唐文化最爲繁榮多彩的元和時期。正如前文所論，元和時期出現了一大批全能型文人（韓愈、柳宗元、劉禹錫、白居易等），他們文藝、經術、政事兼通，各個方面都取得了驕人的成就。由於知識結構博通特點直接導致了文人角色複雜起來，以元和五大詩人爲代表的全能文人，他們既是文學創作主體、政治主體又是學術主體。

正常情況下，文學主體、政治主體和學術主體三種角色類型並不會矛盾地存在，元和全能詩人們也一直尋求三種角色的融合與統一。如柳宗元在《守道論》中論證官與道的關係：「官也者，道之器也，離之非也。未有守官而失道，守道而失官之事者。……且夫官所以行道也，而曰守道不如守官，蓋亦喪其本矣。未有守官而失道，守道而失官之事者也。」〔註105〕認爲「官」與「道」不應該有矛盾，爲官可以發揚「道」的本質，而「道」也是爲官的根本，如果不能夠盡「道」那麼「官」也就沒有意義了。言下之意，儒士與從政者本質上應爲一途。韓愈也持同樣觀點：「君子居其位，則思死其官；未得位，則思修其辭以明其道。我將以明道也。」〔註106〕要麼「居其位」，要麼「修其辭」，「明其道」，三者都是自我完善的途徑，都是成爲君子的要義。可見在元和文人的心目中，三者之間沒有矛盾之處，文藝、政事和經術都關乎著人生理想。他們對人生的期待值都非常高，不管是文藝、政事還是學術都希望擁有一番成就，這種強烈的試圖全方位建功立業的人生目標，又使得他們經常陷入困惑與掙扎之中。

當困惑與掙扎出現之時，往往就是他們身上三種角色牴觸之刻。我們可以先看一下韓愈的《進學解》，韓愈在文中塑造了心目中完美文人所具備的各種角色：

> 先生口不絕吟於六藝之文，手不停披於百家之編。記事者必提其要，纂言者必鉤其玄。貪多務得，細大不捐，焚膏油以繼晷，恒

〔註105〕柳宗元《守道論》，《柳宗元集》，中華書局1979年版，第82頁。

〔註106〕韓愈《諍臣論》，劉眞倫、岳珍校注《韓愈文集匯校箋注》，中華書局2010年版，第467頁。

矻矻以窮年。先生之於業，可謂勤矣。抵排異端，攘斥佛老；補苴罅漏，張皇幽眇。尋墜緒之茫茫，獨旁搜而遠紹。障百川而東之，回狂瀾於既倒。先生之於儒，可謂有勞矣。沉浸醲鬱，含英咀華；作爲文章，其書滿家。上規姚姒，渾渾無涯；《周誥》、《殷盤》，佶屈聱牙；《春秋》謹嚴，《左氏》浮誇；《易》奇而法，《詩》正而葩；下逮《莊》、《騷》，太史所錄，子雲、相如，同工異曲。先生之於文，可謂閎其中而肆其外矣。少始知學，勇於敢爲；長通於方，左右具宜。先生之於爲人，可謂成矣。然而公不見信於人，私不見助於友。跋前躓後，動輒得咎。暫爲御史，遂竄南夷。三年博士，冗不見治。命與仇謀，取敗幾時。冬暖而兒號寒，年豐而妻啼饑。頭童齒豁，竟死何裨。不知慮此，而反教人爲？〔註 107〕

這段文字頗長，是韓愈借學生之口，給自己描繪了一副肖像畫。文中用四段排比：「先生之業，可謂勤矣」、「先生之於儒，可謂有勞矣」、「先生之於文，可謂閎其中而肆其外矣」、「先生之於爲人，可謂成矣」描述了一位兼有文士與儒者雙重身份，既擅長文藝、勤於治學又爲人合適的「國子先生」形象。隨後文意一轉，轉寫如此有才華、有抱負的文人在政事上卻不如人意，動輒得咎，屢屢受到棄黜。前半部分所描述的肖像畫實際是爲後半部分勾勒失意官者作鋪墊。韓愈也許是自負的，他認爲在學術和文學上，自己是擅通的，但是他又是無奈、自卑的，因爲在政事成就上屢屢不得意。韓愈自己感慨：「少小涉書史，早能綴文篇。中間不得意，失跡成延遷。逸志不拘教，軒騰斷牽攣。圍棋鬥白黑，生死隨機權。六博在一擲，梟盧叱迴旋。」〔註 108〕字裏行間滿是鬱悶與牢騷，潛意識中認爲文藝與經術上的造詣雖然達到了一定的高度，但政事成就的缺失還是導致了人生的不完美。實際上，元和時期文人們往往認爲文學主體和學術主體必須圍繞著政治主體才更有自身存在的意義。故而柳宗元和韓愈都不約而同講究讀書爲學之「道」，試圖通過文章、學術創新達到政治上的中興。

正是有著比較高的理想追求以及由此而產生的困惑和牢騷，元和時期「哭

〔註 107〕韓愈《進學解》，劉眞倫、岳珍校注《韓愈文集匯校箋注》，中華書局 2010 年版，第 147 頁。

〔註 108〕韓愈《送靈師》，錢仲聯集釋《韓昌黎詩繫年集釋》，上海古籍出版社 1984 年版，第 203 頁。

窮文」不僅多且極具特性。宇文所安提出：中唐「頭一回被如此大書特書的命題，即『好』作家必然會為社會所忽視，甚至主動的拋棄。」〔註 109〕所謂「本望文字達，今因文字窮。」〔註 110〕、「惡詩皆得官，好詩空抱山。」〔註 111〕中唐此類文學抒寫命題的出現恰是文人們在強烈的「立業」觀念驅使下所形成的焦慮，甚或是文人身上所扮演的文學主體、政治主體以及學術主體三種角色之間的矛盾結果。比如韓愈所推崇的「不平則鳴」本質上則是承認政治主體命運的好壞影響著文藝主體和經術主體功能的發揮。文人身為政治主體的境遇越差，文學和經術才能往往發揮越充分，這是為大家熟識的中國古代文化史上獨有的現象，所謂「詩窮而後工」。這種現象從另外一個角度解釋了為什麼元和時期全能型文人比一般單項型文人取得的文學、學術成就更為矚目。元和這批全能文人幾乎都曾實際地參與過朝廷高層的政事實踐，有著高昂的參政熱情，但都無一例外從高處跌落到低處，經歷過貶謫生活，比一般知識結構中沒有政事經驗的文人來說，他們更具備不同的人生感悟，也更能夠創造出感人的作品。但另外一方面，文藝與經術知識對政事實踐並不具備想像中的大幫助，所以韓愈也感歎：「愈少駑怯，於他藝能，自度無可努力，又不通時事，而與世多齟齬。念終無以樹立，遂發憤篤專於文學。學不得其術，凡所辛苦而僅有之者，皆符於空言，而不適於實用，又重以自廢。是故學成而道益窮，年老而智愈困。」〔註 112〕雖然韓愈的話有自謙之嫌，但確實點明了文藝知識、經術知識與政事知識有時並不能完美的統一。韓愈格外講究文章不能「符於空言」，應該「適於實用」，但他又困惑於篤志專學到的東西到最後反而不能起到如願的作用，甚至感覺到學成後道益窮，年老後智愈困。可見，元和時期的文人雖然一直追求文藝、經術、政事知識的和諧融通，但三種知識有時候卻體現出不可調和的矛盾，這種矛盾直接導致了這批全能文人的矛盾痛苦心理。

長慶、寶曆時期，活動在政壇和文壇上仍然是元和這批文人，文人知識結構幾乎沒有大的變化。但其時朝局動盪甚有波譎雲詭之勢：

〔註 109〕宇文所安《中國「中世紀」的總結——中唐文學文化論集》，生活·讀書·新知三聯書店 2006 年版，第 12 頁

〔註 110〕孟郊《歎命》，《孟東野詩集》，人民文學出版社 1959 年版，第 53 頁。

〔註 111〕孟郊《懊惱》，《孟東野詩集》，人民文學出版社 1959 年版，第 63 頁。

〔註 112〕韓愈《答竇存亮秀才書》，劉眞倫、岳珍校注《韓愈文集匯校箋注》，中華書局 2010 年版，第 578 頁。

或正或邪，或才或窳，無所擇而皆執國政，俄而此庸矣，俄而又黜矣，俄而此退矣，俄而又進矣，一言之忤合，一事之得失，搖搖靡定，而宦豎與人主爭權，諫官與將相爭勢，任賢貳，去邪疑，害不可言也。並其任小人者，亦使小人無自固之地，一謀不遂，一語未終，早已退而憂危，求閃爍自全之術。嗚呼！晴雨無恒，而稻麥腐於隴首；稂連雜進，而血氣耗於膻中。不知其時之人心國事旦改夕更，以快一彼一此之志欲，吏乘之以藏奸，民且疲於奔命，夷狄盜賊得閒而乘之者奚若也！唐之不即傾覆也，亦幸矣哉！〔註 113〕

穆宗朝一直處於動盪之中，朝令夕改，政事決定搖擺不定，庸人當道，那些眞正有才的人只能求自全之術。隨著「元和中興」願望的破滅，文人的政治熱情不斷減退，典型的莫如白居易，面對仕途環境的惡劣，心生焦慮，宦情漸消退，甚至感歎自己「朝餐多不飽，夜臥常少睡。自覺寢食間，都無少年味。」〔註 114〕心生不寧最後只能「合口便歸山，不問人間事」。〔註 115〕那些知識結構已然定型的文人不必說，對於那些剛剛進入社會的文人們來說，政事熱情消退、官場環境的險惡直接導致了文人的知識結構發生變化，政事知識的獲得逐漸艱難起來，這批於中唐末踏入社會的文人基本上是晚唐文人主體，此時既已暗示了晚唐文人知識結構最終走向了局促狹仄。

〔註 113〕王夫之《讀通鑒論》，中華書局 1975 年版，第 2079～2080 頁。

〔註 114〕白居易《衰病無趣因飲所懷》，朱金城箋校《白居易集箋校》，上海古籍出版社 1988 年版，第 625 頁。

〔註 115〕白居易《衰病無趣因飲所懷》，朱金城箋校《白居易集箋校》，上海古籍出版社 1988 年版，第 625 頁。

第二章　中唐科舉制度與文人知識結構

第一節　科舉制度與文人知識結構的建構

讀書做官可以光耀門楣，是古代文人孜孜以求的夢想，而大多數文人實現這個夢想，必須擠過「科舉考試」這根獨木橋。故而科舉制度類似於一根指揮棒，考什麼，怎麼考無不影響著文人對讀書內容的取捨與側重，進而影響知識結構的建構。換句話說，科舉考試很大程度上決定了一個時代的文人知識結構的共性，科舉制度對文人的公共知識習得具有重要意義。

一、科舉考試內容對文人知識吸取的指導作用

唐代科舉考試科目繁多，《新唐書・選舉志》略云：「其科之目，有秀才，有明經，有俊士，有進士，有明法，有明字，有明算，有一史，有三史，有開元禮，有道舉，有童子。而明經之別，有五經，有三經，有二經，有學究一經，有三禮，有三傳，有史科。此歲舉之常選也。其天子自詔者曰制舉，所以待非常之才焉。」〔註1〕簡單說來，唐代的科舉考試可略分爲常選和制舉，前者是「常貢之科」，主要有秀才、明經、進士、明法、書、算科。後者是「天子自詔」臨時選拔人才，名目繁多，不勝枚舉，其中最爲重要的是賢良方正能直言極諫科、博通墳典達於教化科、軍謀宏達堪任將帥科和詳明政術可以理人科。唐代科舉考試的常選和制舉科目，史料記載並不一致。前引《新唐

〔註1〕宋祁、歐陽修等《新唐書》，中華書局1986年版，第1153頁。

書・選舉志》分類繁多，對科目之間輕重不加分別。而《舊唐書・職官志》和《通典・選舉典》則提綱挈領指出常舉主要科目主要有六：一曰秀才，二曰明經，三曰進士，四曰明法，五曰書，六曰算。

我們根據史料以及學界研究成果製成唐代科舉考試內容一覽表，以對唐代文人平時知識學習的方向有大致瞭解：

表 6：唐代科舉考試內容一覽表〔註 2〕

<table>
<tr><th>科舉形式</th><th>科舉科目</th><th>屬目</th><th>考試方法</th><th>考試內容</th></tr>
<tr><td rowspan="8">常選</td><td>秀才</td><td></td><td>試方略策五條，文理俱高者爲上上，文高理平、理高文平者爲上中，文理俱平者爲上下，文理粗通者爲中上，文劣理滯者爲不第。</td><td>方略</td></tr>
<tr><td rowspan="7">明經</td><td>五經</td><td rowspan="4">唐初，試經十帖、《孝經》二帖、《論語》八帖、《老子》兼注五帖，每帖三言，通六已上，然後試策十條，通七，即爲高第。
開元二十五年後，帖經，每經十帖，通五以上者然後口試。
口問經義十條，通六以上者答時務策三道。
答時務策三道</td><td rowspan="4">《禮記》、《左傳》、《詩》、《周禮》、《儀禮》、《易》、《尚書》、《公羊》、《穀梁》。《孝經》、《論語》、《老子》兼習；長壽二年以《臣軌》替《老子》；神龍元年停《臣軌》複習《老子》；天寶元年以《爾雅》代《老子》；貞元元年《老子》復替《爾雅》；貞元十二年，《老子》、《爾雅》同習。</td></tr>
<tr><td>三經</td></tr>
<tr><td>二經</td></tr>
<tr><td>學究一經</td></tr>
<tr><td>三禮</td><td>每經問大義三十條，試策三道</td><td>《周禮》、《儀禮》、《禮記》</td></tr>
<tr><td>三傳</td><td>《左氏傳》問大義五十條，《公羊》、《穀梁傳》三十條，策皆三道。義通七以上，策通二以上爲第</td><td>《左傳》、《公羊》、《穀梁》</td></tr>
</table>

〔註 2〕 本表所制定主要依據《新唐書》、《舊唐書》、《唐會要》、《通典》、《登科記考》以及傅璇琮《唐代科舉與文學》（陝西人民出版社 2003 年版）、吳宗國《唐代科舉制度研究》、（北京大學出版社 2010 年版）、宋大川《唐代教育體制研究》（山西教育出版社 1998 版）等。

		一史、三史	每史問大義百條，策三道。義通七，策通二以上爲第。	《三國志》、《史記》、《漢書》、《後漢書》、《國語》
		開元禮	通大義白條，策三道，超資與官。通義七十，策通二，爲第	《開元禮》
		道舉	開元二十九年始置：帖經、口試、策文	《老子》、《莊子》、《文子》、《列子》，天寶二十載，停《老子》加《周易》。
		童子	十歲以下，能通一經，及《孝經》、《論語》，卷誦文十，通者與官，通七與出身	《禮記》、《左傳》、《詩》、《周禮》、《儀禮》、《易》、《尚書》、《公羊》、《穀梁》選其一。《孝經》、《論語》必考。
	進士		試策、帖經、雜文（初只試策，貞觀八年加試讀經史一部，調露二年，加帖經，其後又加《老子》、《孝經》，永隆二年加試雜文）	時務策 帖經：唐初帖一小經，《尚書》、《公羊》、《穀梁》。開元二十五年後帖一大經：《禮記》、《左傳》。 雜文兩首：始試箴銘論表之類，開元間以詩或賦居其一，天寶起專用詩賦。
	明法		試律令，凡每部試十帖。策試十條，律七條，令三條	律令
	明書		取通訓詁，兼會雜體者爲通，《說文》六帖，《字林》四帖；兼口試，不限條數。	《說文》、《字林》
	明算		問大義，明數造術，詳明術理。《九章》三帖，《五經》等七部各一帖，《輟術》六貼，《輯古》四帖，錄大義本條爲問。	《九章》、《海島》、《孫子》、《五曹》、《張丘建》、《夏侯陽》、《周髀》、《五經算》、《記遺》、《三等數》、《綴術》、《緝古》
制舉	科目至繁〔註3〕		對策	文藝、經術、吏治、軍謀、品行等

〔註3〕制舉考試科目甚眾，如辭藻宏麗科、經學優深科、詳明政術可以理人科、軍謀越眾科、樂道安貧科等，我們在表中不能一一列出，傅璇琮先生在《唐代科舉與文學》（陝西人民出版社2003年版）中對此有詳細的考證論述，可參看。

表 1 所列考試內容便是應試文人平時知識積累的側重點，也是唐代文人苦讀的目標範圍，相關記載俯拾皆是。如裴乂「少好學，家貧，甘役勞於師，雨則負諸弟以往，卒能通《開元禮》書，中甲科」。〔註 4〕王彥威「世儒家，少孤貧，苦學，尤通『三禮』」。〔註 5〕《開元禮》和「三禮」都是中唐科舉考試科目之一，裴、王二人家貧而好學苦讀兩部經典，以期通過科舉考試，進入官場。更有甚者，終身鑽研，至死不休。比如劉禹錫謫居朗州遇到吳郡人顧彖。顧氏「食力於武陵沅水上，以讀《易》聞。病且死，飭其子曰：『吾年十有五而受《易》於師，積六十三年於茲，未嘗一日不吟乎《繫》、《象》。里中兒從吾讀其文多矣。死則必葬吾於黨庠之側，尙其有知，且聞吾書。』」〔註 6〕顧彖最終未能博得一第，他以此爲奮鬥目標，至死不渝，當時像顧氏一樣，苦讀終身的士人比比皆是。更爲重要的是，唐代官方多次修編與科舉考試內容相關的經典，使之成爲應試文人統一的參考書，用以控制士子思想言論，著名的《五經正義》即是顯例。太宗「以經籍去聖久遠，文字多訛謬，詔前中書侍郎顏師古考定《五經》，頒於天下，命學者習焉，又以儒學多門，章句繁雜，詔國子祭酒孔穎達與諸儒撰定《五經》義疏，凡一百七十卷，名曰《五經正義》，令天下傳習。」〔註 7〕到了高宗永徽四年三月又「頒孔穎達《五經正義》於天下，每年明經令依此考試。」〔註 8〕由此《五經正義》便以法定形式，成爲士子學習的標準參考書，起到「科舉指揮棒」的作用。文人爲應科考，平時學習這些官方標準參考書，對其知識習得有直接影響，而這些知識也成爲同一時代文人的公共知識，在他們的知識結構中佔據不可忽視的分量。

「科舉指揮棒」潛在的指導作用，使得文人們閱讀目標明確，有的放矢，具有一定的積極意義。但科舉考試畢竟是選拔性考試，競爭異常殘酷，清代學者趙翼就曾感歎：「後世放進士多至三、四百人，少亦百餘人，唐則每歲放進士不過三、四十人」。〔註 9〕在這樣競爭激烈的考試中，文人的知識積累往往具有應試特徵，部分文人甚至只關注自己考試科目的內容，無心攝取其他

〔註 4〕 元稹《元稹集》，中華書局 2010 年版，第 679 頁。
〔註 5〕 劉昫《舊唐書》，中華書局 1986 年版，第 4154 頁。
〔註 6〕 劉禹錫《絕編生墓表》，陶敏等校注《劉禹錫全集編年校注》，嶽麓書社 2003 年版，第 950 頁。
〔註 7〕 劉昫等《舊唐書》，中華書局 1986 年版，第 4941 頁。
〔註 8〕 劉昫等《舊唐書》，中華書局 1986 年版，第 71 頁。
〔註 9〕 趙翼《陔餘叢考》，商務印書館 1957 年版，第 583 頁。

知識。如開元八年（720），國子司業李元瓘上言稱：由於《禮記》篇幅不長，容易考試，加上「明經所習，務在出身，咸以《禮記》文少，人皆諳讀」。〔註10〕這種科舉制度下所造成的文人知識結構偏頗現象到了中晚唐更加明顯，尤其體現於明經和進士兩科的考試中。另外一方面，因爲科舉考試範圍的限制，極容易導致文人死讀書，創新思維和質疑精神受到了束縛，知識結構的完善和提升也由此受影響。比如皮錫瑞就認爲「自《正義》定本頒之國冑，用以取士，天下奉爲圭臬。唐至宋初數百年，士子皆謹守官書，莫敢異議矣」。〔註11〕除了極個別自我意識比較強的文人，大多數都奉《五經正義》爲權威，不敢輕疑，而學習《五經正義》漸漸成了不少士子們躋身仕途的敲門磚。

爲了通過考試，考生開始試圖尋找捷徑，「高宗朝，劉思立加進士雜文，明經塡帖，故爲進士者皆誦當代之文，而不通經史；明經者但記帖括」。〔註12〕文人應進士科只誦讀當代策文，根本不去研讀經史，而明經科「皆誦帖括，冀圖僥倖」。〔註13〕這種只爲了追求中第而不去踏實研讀經典的做法，必然使得不少文人知識基礎不牢固，難以成爲專才、全才。故而柳冕在給權德輿的書信中感歎：「進士以詩賦取人，不先理道；明經以墨議考試，不本儒意；選人以書判殿最，不尊人物……恐清識之士，無由而進，腐儒之生，比肩登第，不亦失乎？」〔註14〕進士科考詩賦，令士子們都不關注儒道的修習，明經科以考經學爲主，文人們也難懂儒義的本源。故而科舉考試發展到中晚唐，造成文人的「偏科」現象尤爲明顯。

綜上，我們基本可以得出一個結論：科舉考試內容指導著文人知識學習方向，一定程度上有利於唐代文人知識結構的形成，對當時文人公共知識的普及起到重要作用。但另一方面由於應試傾向明顯，科舉考試極易造成文人的「偏科」，進而影響著文人知識結構的完善和提升。

二、應試閱讀書目與文人知識來源

應考文人的必讀書具體有哪些？哪些書又是他們熱衷閱讀的？我們據表1臚列說明如下：

〔註10〕王欽若等編纂、周勳初等校訂《冊府元龜》，鳳凰出版社2006年版，第7390頁。
〔註11〕皮錫瑞撰、周予同注《經學歷史》，中華書局1959年版，第193頁。
〔註12〕宋祁、歐陽修等《新唐書》，中華書局1986年版，第1163頁。
〔註13〕劉昫等《舊唐書》，中華書局1986年版，第3431頁。
〔註14〕柳冕《與權侍郎書》，董誥等編《全唐文》，中華書局1983年版，第5353頁。

首先是經術知識。唐代以儒治國，儒學知識是其教育、掄才的重點內容。科舉考試中，除了明法、明書、明算這些專門實學以外，其他各科考試均涉及對經術知識的考察。《唐六典》記載唐代正經有九部：「《禮記》、《左氏春秋》爲大經，《毛詩》、《周禮》、《儀禮》爲中經，《周易》、《尚書》、《公羊春秋》、《穀梁春秋》爲小經。」〔註15〕唐代大多數文人應試閱讀書目以這「九經」爲範圍，他們的經術知識也來源於「九經」，但九部經典的地位又有高下之區別，且以明經科爲例。禮部規定明經科的考試，「通二經者，一大一小，若兩中經。通三經者，大、小、中各一。通五經者，大經並通。其《孝經》、《論語》、《老子》並須兼習」。〔註16〕《封氏聞見記》卷三《貢舉》又載：「國初，明經取通二經。」〔註17〕可見，唐初明經科單指通二經的考試。事實上，設立三經、五經後，應舉人數也遠遠少於應「二經」者，故而武則天在聖曆二年（699）特意頒發詔令：「有能通九經者，特授朝大夫。通三經已上者，進兩階，並隨材擢用。」〔註18〕可見文人眞正能夠通三經以上都相當有難度。爲了避難就易，在三傳、三禮、史科設立之前，文人參加明經科考試多應二經舉。二經考試僅要求文人通一大經一小經或通兩中經。爲了應試中舉，文人大多數都會選擇研讀難度較小、篇幅字數較少的經典。如開元八年（720）的李元瓘上言：

> 三禮、三傳及《毛詩》、《尚書》、《周易》等，並聖賢微旨。生徒教業，必事資經遠，則斯道不墜。今明經所習，務在出身，咸以《禮記》文少，人皆諳　讀。《周禮》經邦之軌則，《儀禮》莊敬之楷模，《公羊》、《穀梁》，歷代宗習。今兩監及州縣以獨學無友，四經殆絕，既事資訓誘，不可因循。其學生望請各量配作業，並貢人預試之日，習《周禮》、《儀禮》、《公羊》、《穀梁》，並請帖十通五，許其入策，以此開勸，即望四海均習，九經該備。〔註19〕

大經中的《禮記》、中經中的《毛詩》、小經中的《周易》、《尚書》便成了他

〔註15〕李林甫等撰、陳仲夫點校《唐六典》，中華書局1992年版，第109頁。

〔註16〕李林甫等撰、陳仲夫點校《唐六典》，中華書局1992年版，第109頁。

〔註17〕封演撰、趙貞信校注《封氏聞見記校注》，中華書局2005年版，第15頁。

〔註18〕王溥《唐會要》中華書局1955年版，第1495頁。

〔註19〕王欽若等編纂、周勳初等校訂《冊府元龜》，鳳凰出版社2006年版，第7390頁。

們選擇研讀的熱門，其他經典則是研讀的冷門。〔註 20〕

實際上早在開元年間，爲了應試明經科，文人熱衷偏讀某一部經典而荒廢其他著作已是常見現象。開元十六年（728）楊瑒上書稱：「且今之明經，習《左傳》者十無二三，若此久行，臣恐左氏之學，廢無日矣。臣望請自今已後，考試者盡帖平文，以存大典。又《周禮》、《儀禮》及《公羊》、《穀梁》殆將廢絕，若無甄異，恐後代便棄。望請能通《周禮》、《儀禮》、《公羊》、《穀梁》者，亦量加優獎。」〔註 21〕楊瑒指出當時文人對《左傳》、《周禮》、《儀禮》、《公羊》、《穀梁》的偏廢。到最後玄宗不得不下制，令「明經習《左氏》及通《周禮》等四經者，出身免任散官」。〔註 22〕

偏讀某一部經典的現象也出現在進士科的考試中。貞觀八年（634）進士科的考試加試讀經史一部，調露二年（680）加帖一小經，文人多選《周易》、《尚書》，到了開元二十五年後改帖一大經，時人又多選《禮記》。唐代中後期，進士考試主要以詩賦取士，恐怕應進士科的文人能夠仔細研讀各經典的就更少之又少了。連韓愈都自歎道：「愈於進士中，粗爲知讀經書者，一來應舉，事隨日生，雖欲加功，竟無其暇。」〔註 23〕韓愈此言雖然有自謙的成分，但想必中唐文人粗讀經術便來應舉進士科者大有人在。

除以上「九經」之外，明經科和進士科的考生還有輔修課目，如《孝經》、《論語》、《老子》、《爾雅》等。唐代文人差不多從他們學習的第一天起就被要求閱讀《孝經》和《論語》。從知識結構角度來看，《孝經》、《論語》幾乎是所有唐代文人思想政治道德課的課本，《孝經》紀人倫，《論語》記先聖微言，都關乎傳統儒家倫理觀。傳統政治倫理觀幾乎內化成了文人思維的「血液」，成爲他們的行爲準則，貫穿他們經術、政事、文藝知識，成爲知識結構內在的靈魂。有一次，穆宗爲了學習經史問侍臣薛放：「《六經》所尚不一，志學之士，白首不能盡通，如何得其要？」薛放回答：「《論語》者六經之精華，《孝經》者人倫之本，窮理執要，眞可謂聖人至言。」〔註 24〕薛放認爲學

〔註 20〕《禮記》的篇幅比《左傳》要少一倍左右，《尚書》、《周易》的篇幅約當《公羊》、《穀梁》篇幅的五分一。

〔註 21〕劉昫等《舊唐書》，中華書局 1986 年版，4820 頁。

〔註 22〕王溥《唐會要》中華書局 1955 年版，第 1373 頁。

〔註 23〕韓愈《答殷侍御書》，劉眞倫、岳珍校注《韓愈文集匯校箋注》，中華書局 2010 年版，第 871 頁。

〔註 24〕劉昫等《舊唐書》，中華書局 1986 年版，第 4127 頁。

習經史知識應該從《論語》和《孝經》開始，二者是人倫之本、聖人至言，是學習一切經典的基礎。中唐的趙匡在《舉人條例》中也提出：「立身入仕，莫先於禮，《尚書》明王道，《論語》詮百行，《孝經》德之本，學者所宜先習。」〔註 25〕把《論語》和《孝經》列爲文人需首先攻讀的書目。可見，在唐人心目中，《孝經》和《論語》位於他們知識結構的最基礎一環，不管是經術、政事，還是文藝知識的學習獲取都離不開對二者的研讀。故而明經科中的童子科就一再強調對《論語》和《孝經》的考察，「凡童子科，十歲以下能通一經，及《孝經》、《論語》，卷誦文十，通者予官；通七予出身。」〔註 26〕綜上可知，因爲科舉考試的推尚，《孝經》和《論語》是唐人學習的必讀書目，是思想道德學習的課本，也是唐人知識結構得以建構的基礎。我們後文中還會針對此進行詳細論述，此處不綴。

此外，由於皇帝推動，唐代道教興盛，道家思想日益流行，《老子》逐漸進入科舉考試範疇。上元二年（675），明經和進士科考試加試《老子》。唐玄宗甚至親自注《老子》，並於開元二十一年（733），下詔書要求：「士庶家藏《老子》一本，每年貢舉人，量減《尚書》、《論語》兩條策，加《老子》策。」〔註 27〕到了開元二十九年，「置崇玄學，習《老子》、《莊子》、《文子》、《列子》，亦曰道舉。」〔註 28〕可見《老子》一開始作爲明經和進士考試的兼修科目，開元年間越發受到統治者重視，形成了特殊的「道舉」科，由此以《老子》爲代表的道學著作也成了唐代文人必讀書目之一。唐代道學以重玄學爲主要形態，從知識結構的建構來看，道學的影響簡單來說主要有以下數端：

一方面，儒釋道三教融通合一的道學觀，有利於文人視野的開闊、思維的拓展，從而利於知識要素之間的博通。如道教代表人物杜光庭在《老子說常清靜經注》中明確提出三教合一觀，認爲只要體悟出眞理，天下知識學問實是殊途同歸。我們發現，有唐一代經學有成就的文人往往也頗擅長道學，如史稱陸德明「善言玄理」、張知虔明經出身而「曉於玄理」。又如孫思邈「弱冠，善談莊、老及百家之說，兼好釋典。……魏徵等受詔修齊、梁、陳、周、隋五代史，恐有遺漏，屢訪之，思邈口以傳授，有如目睹。……自注《老子》、

〔註 25〕趙匡《舉人條例》，董誥等編《全唐文》，中華書局 1983 年版，第 3603 頁。
〔註 26〕宋祁、歐陽修等《新唐書》，中華書局 1986 年版，第 1159 頁。
〔註 27〕劉昫等《舊唐書》，中華書局 1986 年版，第 119 頁。
〔註 28〕宋祁、歐陽修等《新唐書》，中華書局 1986 年版，第 1161 頁。

《莊子》，撰《千金方》三十卷，行於代。又撰《福祿論》三卷，《攝生眞錄》及《枕中素書》、《會三教論》各一卷」。〔註29〕再如楊綰「往哲微言，《五經》奧義，先儒未悟者，綰一覽究其精理。雅尚玄言，宗釋道二教，嘗著《王開先生傳》以見意」。〔註30〕雖然我們不能把這些文人能夠兼通儒釋道的緣由單純歸於道舉的設立，但其所以能兼通也必然離不開「科舉指揮棒」對玄理研讀的提倡。換言之，科舉考試所推尚的道學在某種程度上有助於打通三教的學習風氣，最終使得文人知識要素更爲融匯博貫，觸類旁通。

另一方面，唐代道學虛實相和、注重實踐的特徵，有助於學習的文人聯繫實踐、學以致用，夯實知識結構的基礎。如唐玄宗親自撰寫的《道德經疏》就體現了這種觀點，玄宗自認爲此書「其要在乎理身理國，理國則絕矜尚華薄，以無爲不言爲教。」〔註31〕把道學思想與治國安民聯繫起來。上行下效，我們不難獲知生活在其時的文人必然受到這種思想的影響。更重要的是，把道學思想運用到吏治上，如不對百姓課以重稅，不過度勞役百姓等做法也影響了唐代文人的政事觀念，進而影響著他們的政事知識積累。

此外，道學經典也是文人創作的靈感來源，爲文人思考插上一雙想像的翅膀。關於這點，葛兆光先生在《青銅鼎與錯金壺：道教語詞在中晚唐詩歌中的使用》中認爲：「這些典籍中的故事和詞彙是他們必備的材料，特別是在需要『點綴』和『鋪張』的時候，沒有這些材料是無法完成的……要顯示自己才能的文人不能不看相當多的道教典籍，記住相當多的道教詞彙，用在這些賦裏面。」〔註32〕事實上，唐代大量文學家對道學都有相當深的研究，道家的浪漫、玄而又玄的思維勢必影響文人在文藝知識的獲取和建構時拓展想像力的空間。〔註33〕

〔註29〕劉昫等《舊唐書》，中華書局1986年版，第5094頁。

〔註30〕劉昫等《舊唐書》，中華書局1986年版，第3437頁。

〔註31〕李隆基《道德眞經疏釋題詞》，董誥等編《全唐文》，中華書局1983年版，第449頁。

〔註32〕吳光正等編《想像力的世界——二十世紀「道教與古代文學」論叢》，黑龍江人民出版社，2006年版，第567頁。葛兆光先生在《想像力的世界——道教與唐代文學》一書中，對道教與唐代文學的關係作了很多精彩的論述，可參看。

〔註33〕關於唐代文學家們對道學和道教的崇尚推崇，學界成果甚多，如李長之先生《道教徒李白的詩人李白及其痛苦》（遼寧教育出版社1998年版）、黃世中《唐詩與道教》（灕江出版社1996年版）、孫昌武《道教與唐代文學》（人民文學出版社2001年版）等，不贅。

其次，語言文字類典籍。《爾雅》作爲進士考試輔修的時間並不久，但「爾雅博通詁訓，綱維六經，爲文字之楷範，作詩人之興詠。備詳六親九族之禮，多識鳥獸草木之名。今古習傳，儒林遵範。」〔註34〕嚴格意義上講，《爾雅》雖貴爲「十三經」之一，但它是我國最早的一部解釋詞義的專著，是唐人學習漢字，認識草木鳥獸之名的必備書目，也是學習詩文寫作的起點讀物。另外，唐代還設有專門以文字取士的明書科，其考試的範圍是《說文》和《字林》，主要考察分析字形、辨解聲讀。當然明書科考試屬於專科取士，在唐代不成氣候，但對文字的認讀是任何一個文人學習得以繼續的基礎，若無法辨讀文字，知識就無從獲取，更不能擔之「文人」之名了。與此相應，其他未列入科舉考試內容，但屬於唐人語言學習的書目還有《廣雅》、《博雅》、《字海》、《文字要說》等近百種之多。

再次，文學類書籍。唐代科舉考試最大特色莫過於「詩賦取士」的流行及其進士科地位的逐年上升。〔註35〕唐人爲了參加科舉考試，學習文藝知識就是重中之重，可以對他們閱讀的文學書目進行一個簡單分類。第一，總集。前代文學作品總集，如劉向《楚辭》、摯虞《文章流別集》、蕭統《文選》在唐代影響巨大，唐人也熱衷編撰本朝文人作品，如許敬宗等《芳林要覽》、顧陶《唐詩類選》、殷璠《河嶽英靈集》等。凡此，均有機會進入文人的閱讀視野。其二，別集。《隋書・經籍志》所著錄的唐前別集就多達437部4381卷。根據《新唐書・藝文志》、胡震亨《唐音癸籤》以及陳尚君《〈新唐書・藝文志〉補》統計，唐五代別集多達千家，這些都可作爲唐代文人學習詩賦創作的選擇對象。其三，偏文學的類書。類書對相關資料分門別類，方便翻檢，故而非常流行，唐人所編類書如虞世南《北堂書鈔》、歐陽詢《藝文類聚》、徐堅《初學記》等偏向文學。這部分類書對唐人文學創作也必然有所影響。當然因爲交通以及傳播條件的限制，以上所提各類型書目並不是每一種每一本在唐代都可以流通甚廣，往往也只有一部分優秀且有特色的書籍才得以流行開來，其典型莫過於《文選》的傳播。如清代張篤慶有言：「蓋唐人猶有六朝餘習，故以《文選》爲論衡枕秘，舉世咸尙此編。」〔註36〕《文選》一時

〔註34〕王溥《唐會要》中華書局1955年版，第1374頁。

〔註35〕關於進士科「詩賦取士」的演變可以參看傅璇琮《唐代科舉與文學》（陝西人民出版社2003年版）、吳宗國《唐代科舉制度研究》（北京大學出版社2010年版）等。

〔註36〕丁福保《清詩話》，上海古籍出版社1978年版，第129頁。

成爲科舉的必讀書目，唐代文人家中多置《文選》，舉世競讀。〔註37〕甚至在偏僻的敦煌都有其廣闊的市場，今傳《文選》唐抄本，就有不少出自敦煌石窟。

最後，其他方面知識。唐代科舉考試設有專科，除了上文所述明書以外，還有明法、明算。參加明法科考試的文人必須熟悉各種律令，而明算科則必須研讀《九章》、《海島》、《孫子》、《五曹》、《張丘建》、《夏侯陽》、《周髀》、《五經算》、《記遺》、《三等數》、《綴術》、《緝古》等典籍。實際上，參加明經或者進士科考試的文人對其他知識也多有涉獵，特別是律令法律，這往往是官員的基本素養之一。

以上交待的科舉考試參考書目，基本上就是唐代文人備考時必讀的書籍，是他們知識的重要來源。

三、「偏科」視角下的秀才、制舉科

如前所論，科舉考試對文人知識獲取具有方向性的指導意義，考試的應試性功利目的，極易造成士子在學習過程中的「偏科」現象。以「偏科」爲切入點考察唐代秀才科的存廢，制舉科的發展將別有收穫。

（一）秀才科的存廢

秀才一科實行時間不長，大概立於唐高祖武德四年（621），停於高宗永徽二年（651），玄宗開元二十四年（736）復舉，天寶年間最終停舉。〔註38〕

《唐六典》記載：「其秀才試方略策五條，文、理俱高者爲上上，文高理平、理高文平者爲上中，文、理俱平者爲上下，文、理粗通爲中上，文劣理滯爲不第。」〔註39〕秀才科考試只試方略策，要求「訪對不休」。方略策不僅要求文人精通時事，可以提出治國方略，還要求其擅長經術，能夠引經據典、對答如流，同時還須文辭贍美。和其他各科相比，應舉秀才科的文人必須遍

〔註37〕關於《文選》與唐代科舉的關係，研究成果非常多，如姜維公《唐代科舉與選學的興盛》（《長春師範學院學報》1999年第1期）、童岳敏《唐代的私學與文學研究》（蘇州大學2007年博士學位論文）、葉黛瑩《從閱讀到創作的詩學歷程——論初盛唐詩人對〈文選〉的接受》（武漢大學2011年博士學位論文）等，可參看。

〔註38〕關於秀才一科的存廢問題，傅璇琮《唐代科舉與文學》（陝西人民出版社2003年版）、吳宗國《唐代科舉制度研究》（北京大學出版社2010年版）都有比較詳細的考證論述，可參看。

〔註39〕李林甫等撰、陳仲夫點校《唐六典》，中華書局1992年版，第44～45頁。

讀經典，精通吏治，擅長文藝，知識結構須合理、博通。杜佑也認爲：「其有學兼經史，達於政體，策略深正，其詞典雅者，謂之秀才舉。」〔註 40〕即舉秀才的文人應該經史、政事、文藝兼通。可推斷，唐代秀才科造成文人「偏科」影響要小於其他諸科。

傅璇琮先生指出：「秀才科的施行時間雖然不長，但在唐代前期，也就是開元以前，它的聲望確實是高出於進士科的。」〔註 41〕《通典》對秀才科有詳細的記載：

> 初，秀才科等最高，試方略策五條，有上上、上中、上下、中上，凡四等。貞觀中，有舉而不第者，坐其州長，由是廢絕。開元二十四年以後，復有此舉。其時以進士漸難，而秀才本科無帖經及雜文之限，反易於進士。主司以其科廢久，不欲收獎，應者多落之，三十年來無及第者。至天寶初，禮部侍郎韋陟始奏請，有堪此舉者，令官長特薦，其常年舉送者並停。〔註 42〕

唐初，秀才科的地位在眾科中最高，通過秀才科的考試異常困難。這是因爲在唐代前期很少有文人能夠眞正兼通各種知識，成爲全能型人才，文人能夠得中秀才，便已說明其知識豐富，才能全面了。貞觀年間甚至出現「有舉而不第者，坐其州長」的現象發生。故而對於初唐大多數文人來說，雖然高中「秀才」科意味著進入了官場的坦途，也可以向世人標明一己才能的優秀，但當時大多數文人委實難以達到「秀才」科高標準的知識結構要求。這種理想與現實的相背離，使得文人只能望「秀才」科卻步，秀才則漸漸罕見起來。劉祥道在顯慶年間上書道：「國家富有四海，已四十年，百姓官僚，未有秀才之舉。豈今人之不如昔人，將薦賢之道未至？寧可方稱多士，遂闕斯人。望六品已下，爰及山谷，特降綸言，更審搜訪，仍量爲條例，稍加優獎。不然，赫赫之辰，斯舉遂絕，一代盛事，實爲朝廷惜之。」〔註 43〕顯慶年間雖然秀才科很有可能已經被停舉，但劉氏上書言語間對「秀才」的高贊卻溢於言表，認爲秀才科停舉是一代盛事的消失。

貞觀年間，秀才科廢棄，開元二十四年（736）又復舉。復舉原因，表面

〔註 40〕杜佑《通典》，中華書局 1988 年版，第 422 頁。
〔註 41〕傅璇琮《唐代科舉與文學》，陝西人民出版社 2003 年版，第 30 頁。
〔註 42〕杜佑《通典》，中華書局 1988 年版，第 354 頁。
〔註 43〕杜佑《通典》，中華書局 1988 年版，第 405 頁。

上似乎如《通典》所言：「其時以進士漸難，而秀才本科無帖經及雜文之限，反易於進士。」〔註 44〕實際上，盛唐時，教育制度逐步完善，特別是科舉制度也日趨成熟穩定，文人的知識結構的博通程度相較初唐而言已經大有進步，此時「秀才」科的考試對於他們來說反而變的容易起來。「秀才」科畢竟廢棄已久，朝廷也看出此時非彼時，秀才也不如當初那樣珍貴了，所以「秀才」科在其時面臨著「不欲收獎，應者多落之」〔註 45〕的尷尬局面。到了中唐，秀才便成了進士科或者讀書人的雅號，這種稱呼某種程度上與當時文人追求知識結構的完善、博通的心理有很大關係。在唐人心目中，「秀才」一詞意味著滿腹經綸、雄才大略和文采斐然，追求知識結構全面的中唐人便樂此稱謂了。〔註 46〕

由此我們可以作以下結論：秀才科對文人知識結構的合理度和全面度有著比較高的要求。唐初「秀才」地位明顯優於其他諸科，但因爲「秀才」科高標準、高要求，使得文人對此科的熱情漸趨冷卻，特別是對於知識結構並未完善到一定程度的初唐文人來說更是望而卻步，其廢止也就合乎情理了。大多數文人爲了追求通過科舉考試，通常只願意鑽研某單方面知識，而秀才科卻要求文人知識結構盡可能地全面，二者之間的矛盾最終導致了「秀才」科難以爲繼。盛唐文人的整體文化水平得到提高，知識結構的合理度隨之提升，此時「秀才」科得以復舉，但地位卻遠沒有當初那樣尊貴，甚至已漸漸比不上進士科在人們心目中的地位了，朝廷也不再大加獎勸，最終導致了此科的廢棄。到了中唐，文人對知識重視，樂意追求一己知識結構的博通，使得他們樂意將「秀才」作爲讀書人的雅號加以使用。

最後一提，從某種程度上說，「秀才」科的存廢現象說明了一個時代的文教政策，可以在一定程度上影響其時文人知識結構面貌的形成，但當時文人整體的知識結構狀況反過來也會影響文教政策的制定及其發展走向。

（二）制舉科的發展

制舉考試恰恰與秀才科相反，制舉科非常注重選拔專才。《通典》言：「制

〔註 44〕杜佑《通典》，中華書局 1988 年版，第 354 頁。

〔註 45〕杜佑《通典》，中華書局 1988 年版，第 354 頁。

〔註 46〕傅璇琮先生在《唐代科舉與文學》中也指出天寶以後「秀才」逐漸成爲一種泛稱，並考察了「秀才」代稱的諸種情況，可參考。（陝西人民出版社 2003 年版，第 30～31 頁。）

詔舉人，不有常科，皆標其目而搜揚之。」〔註 47〕制舉考試是皇帝臨時下詔舉行。制舉所考科目至繁，但注重的是「待非常之才」。我們單從征舉的詔書中便可管窺一斑，如貞觀十九年（645），朝廷下詔：

> 其有理識清通，執心貞固；才高位下，德重任輕；或孝悌力田，素行高於州里；或鴻筆麗藻，美譽陳於天庭；或學術該通，博聞千載；或政事明允，才爲時新。如斯之倫，並堪經務，而韜光勿用，仕進無階，委身蓬蓽，深爲可歎。所在官僚，精加訪採，庶使垂綸必察，操築無遺，一善弓旌，咸宜舉送。〔註 48〕

所徵舉之人要麼品行清高，要麼文辭清麗，要麼學術博深，要麼政事精通。制舉考試的舉行可以不受時間、地點限制，目的在於方便皇帝不拘一格選拔人才。但制舉考試科目並不盲目，更非無所取捨，大多是根據其時朝廷人才缺口類型而定。如唐僖宗時期正是黃巢起義，天下動亂之時，皇帝頒佈《訪求兵術賢才詔》，言辭懇切，求才若渴：

> 朕每念艱難之本，思拯救之圖，理少亂多，古猶今也。……運當無事，固垂拱而可持；時屬多虞，非拔奇而不振。或有材優將略，業洞兵鈐，辨勝負於風雲，計長短於主客，妙得神傳之決，恥成兒戲之名，不俟臨機，方期制變，或銷聲於屠釣，或屈志於風塵，勿愧自媒，當期致用。至乃旁規國病，動適時宜，深探貨殖之源，備得富強之術，排於浮議，鬱彼良圖。又有志擅縱橫，久潛緇褐，材雖超異，見辱儕流，苟全一藝之工，不必萬夫之敵。亦有推研曆象，校步星辰，言必效於機先，術豈疑於億中。是資奇器，孰曰異端，亦在勸來，佇加殊賞。〔註 49〕

其時正是「理少亂多」之時的晚唐，黃巢起義雖然被鎮壓，但唐王朝政權卻因此在覆亡的風雨中飄搖。在動亂中，人才大量流失，朝廷急需重振綱紀，選拔軍事型人才在此時期顯得格外重要，所以不難想像僖宗頒佈上述詔書時內心對人才的渴望。這也說明「制舉」科的考試主要是爲了滿足朝廷一時對某項專才的需求。

〔註 47〕杜佑《通典》，中華書局 1988 年版，第 357 頁。
〔註 48〕李治《監國求賢令》，董誥等編《全唐文》，中華書局 1983 年版，第 134 頁。
〔註 49〕李儇《委使臣訪求兵術賢才詔》，董誥等編《全唐文》，中華書局 1983 年版，第 917 頁。

「制舉」科對文人知識結構考察的專才性和考試時間的不確定性以及選拔人才類型的應時性，決定了制舉科考試在所有科舉考試中對文人知識結構建立的導向作用最小。一般來說，由於難以確定當年考試的方向，文人若想由制舉徵召進入仕途，就需平常打好知識基礎，謀求過人的一技之長，此外只能祈求絕好的運氣。但是這種導向作用也只是相對而言，實際上任何一種選拔性的考試都具有一套相應的應試規律，「制舉」科也不例外。其時文人若要通過制舉科的考試，最佳方法便是研究出制舉科對不同專才的青睞程度，進而選定自己發展方向。

關於唐代「制舉」科對不同類型文人的青睞情況和選拔情況，我們可以從其考試科目加以推論。傅璇琮先生在《唐代科舉與文學》中總結了目前所見科目有 63 個，並將其簡單歸納文藝、經學、吏治、軍事、品行五大方面。〔註 50〕陳飛先生在《唐代試策考述》中分析了唐代制舉考試的制目和試目關係，並統計出唐代制舉制目 688 個，試目 294 個。〔註 51〕筆者根據兩位先生統計的結果，以及《登科記考》、《新唐書》、《舊唐書》等相關材料，以唐代「制舉」科涉及的知識要素爲切入點，進行統計〔註 52〕，結果如下：政事 184 次，文藝 100 次，品行 134 次（「品行」不歸於知識要素範疇），經學 75 次，軍事 47 次，其他曆算、星象、醫藥等 11 次，無法具體歸屬於某一種知識類型爲 173 次。統計說明唐代制舉考試最青睞政治型人才的選拔，其次爲文藝、經學以及軍事型人才。

進一步說，雖然我們認爲「制舉」科主要面向的是社會上具有專才的文人，但是朝廷錄用人才的根本目的是維持國家機器的運轉、更好地延續統治，故而制舉科對文人的政事知識考查尤爲重視。傅璇琮先生認爲「制舉」科目：「至少有一半是與政事有關的」。〔註 53〕在制舉科考試中，皇帝對文藝、經術等人才的掄選並不單純只涉及文藝或者經術知識，往往希望錄取的不同知識結構類型的文人都具有一定的治國之韜略。「制舉」科注重對政事型人才的選

〔註 50〕傅璇琮《唐代科舉與文學》，陝西人民出版社 2003 年版，第 138 頁。

〔註 51〕陳飛《唐代試策考述》，中華書局 2002 年版，第 262 頁。

〔註 52〕陳飛《唐代制舉科目年表》中取廣義制舉概念，即常選之外與天子關係密切的舉人活動，參見陳飛《唐代試策考述》中華書局 2002 年版。筆者認爲廣義制舉概念恰能較全面反映出天子徵選文人的狀況，故而本文統計主要依據陳飛的年表。

〔註 53〕傅璇琮《唐代科舉與文學》，陝西人民出版社 2003 年版，第 147 頁。

拔，這恰好彌補了科舉其他諸科政事型人才遴選不足的弊端，特別能滿足朝廷錄用一時急需的政事型人才。制舉考試一般只試策，現存唐代策文多被收入《文苑英華》。翻檢這些策文，不難發現，雖然唐代制舉不同類型科目的策問內容各有所偏重，但大多數都會涉及到政事。「制舉」問策的政事性傾向以安史之亂爲界又有不同的表現。安史之亂之前，唐代國事穩定，策問多是根據儒家經典要求文人對此進行敷演大意。如景雲二年（711）的「文可以經邦國」，策問三國鼎立之局勢，要求應考文人據此發表對國家存亡教訓以及賢良功臣地位的看法。開元七年（719）「文詞雅麗」策問古代名樂舞《四時》、《武德》等含義，要求應考人進而闡明樂舞對政教的意義。安史之亂之後，因爲時局變幻不定，社會問題頻發，制舉科出現很多緊扣時局的策問和對策。特別是中晚唐，文人應制舉經常直接指斥時弊。關於這一點，傅璇琮先生有過比較詳細的論述，可參看，不贅。〔註 54〕

前文說過「制舉」科屬於皇帝臨時下詔舉行，和科舉考試的常科相比，其考試內容、時間、錄取標準等具有很大不確定性。但實際上，到了中唐，「制舉」科的這些不確定性趨小，甚至漸漸具有了常科化的發展趨勢。於此我們可以借引吳宗國先生《唐代科舉制度研究》中的相關統計加以說明：

> 德宗至文宗時期，德宗二十五年間，有十五年舉行了制舉，共二十九科，平均 1.66 年舉行一次，平均每年 1.1 科；憲宗元和十五年間，有七年舉行制舉，共十二科，平均 2.1 年一次，平均每年 0.8 科；穆宗長慶四年間，有三年舉行制舉，共七科，平均 1.33 年一次，平均每年 2.8 科；敬宗一年間共有四科。〔註 55〕

吳先生的統計說明：中唐時期，制舉考試相當頻繁，一般一到二年便舉行一次，每次舉行的科目也達到一到三科。吳先生進一步論述中唐制舉，認爲「綜觀建中元年至大和二年制舉設科和及第情況……賢良方正、能直言極諫科和博通墳典、達於教化科，詳明政術、可以理人科成爲經常使用的科目。」〔註 56〕可見，到了中唐不論制舉舉行的時間、次數還是舉行的科目都漸趨穩定。

這種相對而言的穩定性又爲舉子應試準備提供了極大的方便，再加以中唐時期制舉試策往往緊扣社會現實，注重對文人政事性知識的考查。故而其

〔註 54〕傅璇琮《唐代科舉與文學》，陝西人民出版社 2003 年版，第 149～154 頁。
〔註 55〕吳宗國《唐代科舉制度研究》，北京大學出版社 2010 年版，第 68 頁。
〔註 56〕吳宗國《唐代科舉制度研究》，北京大學出版社 2010 年版，第 69～70 頁。

時有抱負的文人大可以安心等待制舉，並在期間瞭解社會現實，凝練自己的政治主張，集中精力準備考試。白居易和元稹在元和初閉門研究，爲制舉做準備寫就的《策林》就是顯例。他們在充分準備之後雙雙中舉也說明，中唐時期的制舉考試是有規律可循的，文人的應試努力也是有方向可遵的。

制舉及第的待遇相當優越，到了中晚唐應制舉的文人就非常之多，也出現了一大批唐史上非常有名的人才，如洪邁在《容齋隨筆》中提到德宗時期的一次制舉考試：「唐德宗貞元十年，賢良方正科十六人，裴垍爲舉首，王播次之，隔一名而裴度、崔群、皇甫鎛繼之。六名之中，連得五相，可謂盛矣。」〔註 57〕一榜之中的六人竟有五人日後位居相位，可見制舉在其時選拔人才中佔據了異常重要的地位。

總體來說，由於制舉考試內容的不確定性以及考試時間的不穩定性，使得制舉科對文人在知識學習過程中造成「偏科」的影響較小。到了中唐，由於制舉科考試注重文人的政事才能，以及考試科目和時間都趨於穩定性，給其時文人備考創造了有利條件。再者，中唐文人的知識結構比較宏達、博通，故應制舉科在中唐的人不少。

第二節　中唐科舉制度的變化與文人知識結構的建構

從隋煬帝開始，經過初盛唐的發展，到了中唐，參加科舉考試的文人劇增，湧現出一批飽學之士，與此同時，對科舉現行制度優劣的論爭也此起彼伏。任何一項制度發展到大盛時期，其本身都會積澱不少發展中的問題，隨著中唐社會、經濟、文化各個層面的變遷與發展，科舉制度也面臨著革新與變化。這種變化主要體現在內外兩個方面：外在主要表現在科舉科目設置、錄取程序等表面制度操作上的變化；內在則體現於由制度操作變化導致的錄取標準，社會對人才需求的變化。本節主要著眼於以上兩種變化，考察中唐科舉制度與其時文人知識結構的關係。

一、中唐科舉科目設置的變化與文人知識結構的建構——以明經科爲中心

唐代科舉考試科目的設置並非從實行之初就已定型，往往因爲政治文

〔註 57〕洪邁《容齋續筆》，中華書局 2005 年版，第 376 頁。

化、統治者愛好、社會教育等因素的調整而有所改變。中唐大概是唐代科舉考試科目變化最大的一個時段，其中又以明經科變化最爲明顯。

（一）王者設教，勸學攸先——《開元禮》、「三禮」、「三傳」、「三史」科的設置

《唐會要》對《開元禮》、「三禮」、「三傳」、「三史」科目的設置情況記載甚爲詳細，爲使背景敘述明晰，我們不避繁瑣，將其所述悉數引用如下：

> 貞元九年五月二日敕。王者設教，勸學攸先。生徒肄業，執禮爲本。然則禮者務學之本，立身之端。居安之大猷，致治之要道。頃有司定議，習禮經者，獨授散官，頗乖指要，姑務宏獎，以廣儒風。自今已後，諸色人中，有習三禮者，前資及出身人，依科目例選；吏部考試白身人，依貢舉例。吏、禮部考試，每經問大義三十條，試策三道。所試大義，仍委主司於朝官、學官中，揀選精通經術三五人聞奏。主司於同試問義策全通爲上等，特加超獎。大義每經通二十五條以上，策通兩道已上，爲次等。依資與官。如先是員外、試官者，聽依正員例。其諸館學生，願習三禮及開元禮者，並聽，仍永爲常式。
>
> 長慶二年二月，諫議大夫殷侑奏，謹按《春秋》二百四十二年行事，王道之正，人倫之紀備矣。故先師仲尼稱「志在春秋」。歷代立學，莫不崇尚其教。伏以《左傳》卷軸文字，比《禮記》多校一倍，《公羊》、《穀梁》與《尚書》、《周易》多校五倍，是以國朝舊制，明經授散，若大經中能習一傳，即放冬集。然明經爲傳學者，猶十不一二。今明經一例冬集，人之常情，趍少就易，三傳無復學者。伏恐周公之微旨，仲尼之新意，史官之舊章，將墜於地。伏請置「三傳科」，以勸學者。《左傳》問大義五十條，《公羊》、《穀梁》各問大義三十條，策三道。義通七以上，策通二以上，與及第。其白身應者，請同五經例處分；其先有出身及前資官應者，請准學究一經例處分。又奏，歷代史書，皆記當時善惡，係以褒貶，垂裕勸誡。其司馬遷《史記》。班固、范曄兩《漢書》，音義詳明，懲惡勸善，亞於六經，堪爲世教。伏惟國朝故事，國子學有文史直者，弘文館弘文生，並試以《史記》、兩《漢書》、《三國志》。又有一史科。近日以來，史學都廢。至於有身處班列，朝廷舊章，昧而莫知，況乎前

> 代之載，焉能知之？伏請置前件史科，每史問大義一百條，策三道。義通七，策通二以上，爲及第。能通一史者，請同五經、三傳例處分。其有出身及前資官應者，請同學究一經例處分。有出身及前資官，優稍與處分。其三史皆通者，請錄奏聞，特加獎擢。〔註 58〕

三禮，即《周禮》、《儀禮》、《禮記》；三傳，謂《左傳》、《公羊》、《穀梁》；三史，是《史記》、《漢書》、《後漢書》。〔註 59〕經學到了中唐越來越不受重視，朝廷爲了鼓勵學子學經加設新的明經科目。新科目的加設對當時文人知識結構的建構有著不小的影響。

「三禮」設置和時局有很大關係。德宗即位之初雖有心勵精圖治，但代宗留下的積弊如財政危機、藩鎮割據等逐漸成了影響政權的不穩定因素，再加以德宗本人的政治才能和識人眼光並不高超，最終「奉天之難」發生。難解之後，德宗一改以往對藩鎮的強硬態度採取姑息政策，也一再提拔裴延齡等道德人品有問題的官員。社會當權者選擇重視「禮」，企圖用「禮」來約束社會不安分因素。所謂「禮」是「居安之大猷，致治之要道」，希望百姓臣子可以做到「君君、臣臣、父父、子子」。我們在前文中已經論述過，當權者已經意識到科舉對文人知識結構調節起到的槓杆作用，再加上其時文人知識結構已經出現偏文學、輕經術的傾向，「三禮」科就應運而生了。長慶時期「三傳、「三史」科的設置也具有同樣目的，統治者希望儒家傳統的倫理觀可以對社會不穩定因素進行遏制。

到了中唐，明經科內部出現了嚴重的「偏科」現象。材料所示學子輕視禮學、三傳，史學都廢等現象都表明其時文人「偏科」之嚴重。「三禮」、「三傳」、「三史」、《開元禮》科的加設一方面是爲了強化儒家傳統倫理觀來穩定社會，另一方面出於勸學目的，希望可以糾正當時學子知識結構中的偏頗，以期完善社會人才的整體結構。

（二）加設科目對文人知識結構的影響

一種新的制度對社會產生的具體效果，具有滯後性，難以量化。我們很

〔註 58〕王溥《唐會要》，中華書局 1955 年版，第 1397～1398 頁。

〔註 59〕高明士《唐代「三史」的演變——兼述其對東亞諸國的影響》認爲：「唐代的『三史』並不是一開始即已固定，經歷了三個階段的演變。唐初沿襲了六朝習尚，『三史』指《史記》、《漢書》、《東觀漢記》。《永徽令》撰定，『三史』改爲《史記》、《漢書》、《後漢書》，《開元七年令》又使『三史』恢復到唐初制。《開元二十年令》又恢復成《永徽令》制，此後成爲定制。

難找到明確的材料說明「三禮」、《開元禮》、「三傳」、「三史」科的設置對個體文人知識結構的具體影響效果，但仍可以從側面大體看出幾種科目的設施對其時整體文人知識結構的影響。我們大致從兩個方面來談：其一，促進了文人對經學的學習，選拔了一批禮、史方面的專才；其二，糾正了其時文人知識結構中的偏頗。

1、促進文人學經，選拔了一批專才

「三禮」、《開元禮》、「三傳」、「三史」作爲新晉科舉考試科目，吸引了不少文人參加考試。那些具有禮、史方面專才的文人多了一個進入仕途的機會。如太學生陳密曾寫信給韓愈說：「密來太學，舉明經，累年不獲選，是弗利於是科也。今將易其業，而三禮是習。」〔註 60〕陳密進入太學學習，苦於多年參加明經常科考試而不中，準備改報方向，參加「三禮」科的考試，由此向韓愈諮詢意見。清人儲欣對這件事有評價：「易科之言甚陋，儼然正色而誨之。」〔註 61〕韓愈也認爲陳密做法過於勢利，對其進行了批評，但不可否認「三禮」諸科的加設方便了類似於陳密這樣的學子們。如《舊唐書》記載：「辛秘，隴西人。少嗜學，貞元年中，累登《五經》、《開元禮》科，選授華原尉，判入高等，調補長安尉。高郢爲太常卿，嘉其禮學，奏授太常博士。遷祠部、兵部員外郎，仍兼博士。」〔註 62〕辛秘是唐代比較有名的書法家，擅長禮學，參加《開元禮》科的考試，登科後便一路青雲直上。

從一定程度上說，「三禮」諸科的加設激發了文人們學習經、禮、史的熱情，爲朝廷選拔出了一批人才。如著名的「八司馬」之一程異便是登《開元禮》科。《舊唐書》記載：「程異，京兆長安人。嘗侍父疾，鄉里以孝悌稱。明經及第，釋褐揚州海陵主簿。登《開元禮》科，授華州鄭縣尉。」〔註 63〕程異最終位居宰相，是「八司馬」中後來唯一被重用的。再如丁公著，《舊唐書》有傳云：「丁公著，字平子，蘇州吳郡人。祖裒，父緒，皆不仕。公著生三歲，喪所親。七歲，見鄰母抱其子。哀感不食，因請於父，絕粒奉道，冀其幽贊，父憫而從之。年十七，父勉令就學。年二十一，《五經》及第。明年，

〔註 60〕韓愈《送陳密序》，劉真倫、岳珍《韓愈文集匯校箋注》，中華書局 2010 年版，第 1027 頁。

〔註 61〕儲欣《昌黎先生全集錄》卷三，康熙四十四年（1705）刻本

〔註 62〕劉昫等《舊唐書》，中華書局 1986 年版，第 4150 頁。

〔註 63〕劉昫等《舊唐書》，中華書局 1986 年版，第 3737 頁。

又通《開元禮》，授集賢校書郎。」〔註64〕丁公著的祖父和父親皆未進入仕途，毫無門蔭可言，他登《開元禮》科後踏入仕途，後因擅長禮學，一度被嘉獎重用，著有《禮志》十卷。穆宗曾問其朝典，答對入流，陳詞懇切，穆宗感歎：「某官丁公著，嘗以學行禮法，誨予一人，報德圖勞，連加寵擢，起曹書殿，兼而委之，二職增修，三命益敬。」〔註65〕穆宗對丁公著的大加評價可見其在禮學上的才能。以上諸例說明「三禮」諸科的設置確實幫助朝廷收選了不少人才。

另外，我們當注意唐代科舉考試史上存在「博學三史」科，屬於制舉考試範疇，不能誤解爲是「三史」科。《舊唐書》記載：「馮伉，本魏州元城人。父玠，後家于京兆。少有經學。大曆初，登五經秀才科，授秘書郎。建中四年，又登博學三史科。三遷尚書膳部員外郎，充睦王已下侍讀。……著《三傳異同》三卷。順宗即位，拜尚書兵部侍郎。改國子祭酒，爲同州刺史。入拜左散騎常侍，復領太學。元和四年卒。」〔註66〕清代徐松《登科記考》按云：「『博學三史』當即三史科，非制舉也。」〔註67〕孟二冬先生在《登科記考補正》中對此有異議，說：「《新唐書》本傳稱伉『第五經、宏辭。』又《名賢氏族言行類稿》卷一亦載：『馮伉，魏州人，第五經、宏辭。』則《舊唐書》所載：『博學三史』似應爲『博學宏辭』與『三史』兩科。」〔註68〕以上二觀點均值得商榷，我們認爲唐代確實存在「博學三史」科，屬於制舉科的考試，它並不是「三史」科、「博學宏辭」科的誤筆。首先，「三史」科成爲常科之前，制舉考試中已出現史科，如景雲元年（710）的「能綜一史，知本末者」、景雲二年（711）的「抱一史知其本末科」等，由此制舉考試中出現涉及到三史的「博學三史」科實有可能。又乾隆時期的《西安府志》卷四十一《選舉志》下「秀才科」記載：「馬位，京兆人，大曆初登五經秀才科」，〔註69〕同卷「博

〔註64〕劉昫等《舊唐書》，中華書局1986年版，第4936頁。

〔註65〕白居易《尚書工部侍郎集賢殿丁公著可檢校左散騎常侍越州刺史浙東觀察使制》，朱金城箋校《白居易集箋校》，上海古籍出版社1988年版，第2962頁。

〔註66〕劉昫等《舊唐書》，中華書局1986年版，第4978頁。

〔註67〕徐松撰，孟二冬補正《登科記考補正》，北京燕山出版社2003年版，第489頁。

〔註68〕徐松撰，孟二冬補正《登科記考補正》，北京燕山出版社2003年版，第489頁。

〔註69〕嚴長明等《(乾隆）西安府志》，《中國方志叢書》本，成文出版社1970年版，第2255頁。

學三史科」下又載有「馬位，侍讀」〔註 70〕，可見「博學三史」科確實存在於制舉考試中。再《冊府元龜》、《宏簡錄》、《全唐文》、《經義考》等均稱馮伉建中四年（783），登博學三史科。可見，建中四年的「博學三史」只應是制舉，它有別於長慶二年（822）正式成爲常科的「三史」科。

2、糾正文人知識結構的偏頗

中唐明經地位下降，進士地位上升，由此導致了普通文人重文藝而輕經術，造成了知識結構的偏頗，而且應明經科考試的文人，其知識結構也存在嚴重的「偏科」現象，他們只研讀簡單的儒家「課本」，不願意花精力研究難度偏大的儒家經典。「三禮」諸科的加設對以上文人知識結構出現的偏頗有一定的糾正作用。

關於「三禮」、《開元禮》、「三傳」、「三史」科考試的具體操作，目前有很多學者都有過說明，如傅璇琮先生《唐代科舉與文學》、宋大川《唐代教育體制研究》、吳宗國《唐代科舉制度研究》、陳飛《唐代試策考述》等。爲了後文論述方便，我們根據諸家研究成果以及相關史料，列表總結說明：

表 7：三禮、《開元禮》、三傳、三史科的考試設置情況

操作情況／考試科目	考試方法	考試標準	處分情況
三禮	1，每經問大義三十條。 2，每經策問三道	上等：問義、策問全通 次等：問義通十三條以上、策問通兩道以上	上等特加超獎 次等依資與官
開元禮	問義一百條， 2，策問三道	上等：問義、策問全通 次等：問義通八十條以上、策問通兩道以上	同上
三傳	1，《左傳》問大義五十條。《公羊》、《穀梁》各問大義三十條。 2，策問三道。	問義通七條以上、策通二道以上，及第。	白身人同五經例處分；有出身及前資官應者准學究一經例處分。

〔註 70〕嚴長明等《(乾隆）西安府志》，《中國方志叢書》本，成文出版社 1970 年版，第 2257 頁。

三史	每史問大義一百條。策問三道。	問義通七條以上、策問通二道以上，及第。	通一史者同五經三傳例處分；有出身及前資官應者同學究一經例處分併優稍與處分；三史皆通者特加獎擢。

綜觀中唐新設科目考試的具體操作，朝廷主要通過考試待遇的調整和考試難易程度的變化來對文人知識結構造成影響，以期達到糾正文人經學知識結構偏頗的目的。

第一，考試待遇的調整，我們試以「禮學」爲例。「明經授散」是唐朝的舊制，即「明經所習，務在出身」。〔註71〕貞元之前，學子習禮經參加考試往往獨授散官，即有官名而無實際職務，必須再通過吏部的選拔才能正式進入官途。散官「不公平」待遇自然會影響到十年寒窗苦讀的學子學習禮經的熱情。德宗爲了鼓勵應試文人學習「禮」，頒佈了《令應選人習三禮詔》。詔書規定：「自今以後，明經習《禮記》及第者，亦宜冬集。如中經兼習《周易》若《儀禮》者，量減一選。應諸色人中習三禮者，前資及出身人依科目例，白身人依貢舉例。」〔註72〕應考文人只要習《禮記》及第就可以直接免除散官的身份，更快地轉成正式的官員。貞元九年（793），「三禮」和《開元禮》成爲獨立的科舉科目，其待遇更是隨之提高，規定一律例從冬集。待遇的提高直接刺激了士子學習「禮學」的熱情，就如當代社會高校就業率好、報酬高的專業自然受到高考學生的追捧。

實際上，早在開元年間，不少學者就已意識到考試待遇對文人學習對象熱情度的影響。開元二十六年（739），國子祭酒楊瑒上奏：「今之明經，習左氏者十無一二，恐左氏之學廢，又《周禮》、《儀禮》、《公羊》、《穀梁》亦請量加優獎。遂下制，明經習左氏及通周禮等四經者，出身免任散官。」〔註73〕爲了激發學子學習熱情，朝廷下令學子們習左氏或者通《周禮》、《儀禮》、《公羊》、《穀梁》四經便可免任散官。可見，利用科舉考試待遇的調整來糾正文人學習「偏課」的做法在唐代一直存在，只是到了中唐，這種方法利用的更

〔註71〕杜佑《通典》，中華書局1988年版，第355頁。

〔註72〕李适《令應選人習三禮詔》，董誥等編《全唐文》，中華書局1983年版，第568頁。

〔註73〕王溥《唐會要》，中華書局1955年版，第1373頁。

爲明顯而已。

第二，考試難度的調整。考試難度往往也是學子選擇研習對象時所要重點考慮的，例如韓愈讀《儀禮》時曾感歎：「余嘗苦《儀禮》難讀，又其行於今者蓋寡，沿襲不同，復之無由，考於今，誠無所用之；然文王、周公之法制，粗在於是。」〔註74〕連韓愈這樣的高水平人才都承認《儀禮》難度極大，更何況那些只是爲了通過考試，資質一般的文人，他們對《儀禮》望而卻步就不難想像了。「三傳」也實屬高難度研習對象，韓愈在給殷侑的書信中有感歎：「近世公羊學幾絕，何氏注外，不見他書。」〔註75〕當時文人對《公羊》的研讀少之又少。所以殷侑上奏：「伏以《左傳》卷軸文字，比《禮記》多校一倍。《公羊》、《穀梁》與《尚書》、《周易》多校五倍。是以國朝舊制，明經授散，若大經中能習一傳，即放冬集，然明經爲傳學者，猶十不一二，今明經一例冬集，人之常情，趨少就易，三傳無復學者。」〔註76〕在考試待遇差不多的情況下，學子對容易通過的研習對象趨之若鶩。皮錫瑞在《經學歷史》中對明經科考試各經書難度有所討論，可以看成是對殷侑奏書的總結：「唐之盛時，諸經已多束閣。蓋大經，《左氏》文多於《禮記》，故多習《禮記》，不習《左氏》。中、小經，《周禮》、《儀禮》、《公羊》、《穀梁》難於《易》、《書》、《詩》，故多習《易》、《書》、《詩》，不習《周禮》、《儀禮》、《公羊》、《穀梁》，此所以四經殆絕也。」〔註77〕《左氏》、《周禮》、《儀禮》、《公羊》、《穀梁》由於研習難度比較大，在明經科的考試中不受文人歡迎，長此以往文人此方面知識自然短缺，所以改變考試難度以鼓勵文人學習高難度經典的熱情也就大勢所趨了。

具體應該採取怎樣的措施減小考試難度呢？第一，從考試方法上著手。「三禮」、《開元禮》、「三傳」、「三史」科考試有一共同特徵，它們只需試策和問義，無需帖經。刪除帖經考試使應舉文人省去了死記硬背的麻煩，和明經其他科相比難度大大降低。第二，反映在考試內容上。「三禮」諸科重點考察專項才能，特別是《開元禮》科的考試，只要對這一本經典進行認眞研讀、

〔註74〕韓愈《讀儀禮》，劉眞倫、岳珍校注《韓愈文集匯校箋注》，中華書局2010年版，第124頁。

〔註75〕韓愈《答殷侍御書》，劉眞倫、岳珍校注《韓愈文集匯校箋注》，中華書局2010年版，第871頁。

〔註76〕殷侑《請試三傳奏》，董誥等編《全唐文》，中華書局1983年版，第7855頁

〔註77〕皮錫瑞撰、周予同注《經學歷史》，中華書局1959年版，第193頁。

舉一反三，通過考試並不是難事，所以考試內容的具體化也降低了通過的難度。第三，「三禮」、「三傳」、《開元禮》、「三史」科同時也是科目選的考試科目，舉子一旦熟練掌握其中一科考試，將來吏部考試也會相應的得心應手。通過以上三個具體操作方法，考試難度大大降低。

當然「三禮」諸科的加設對文人知識結構產生了一定的影響，但我們不能一味放大影響度。實際上，加設之初並沒有造成文人參加諸新科考試的流行趨勢。目前文獻對「三禮」諸科在中唐的錄取情況、錄取人數記載少之又少，究其原因，應該是一種制度創立並不會立竿見影地影響當時社會。考試要求文人從小注意文化知識積累，大多數應考適齡文人不可能立馬適應新科目的考試輕而易舉的「轉科」。

到了晚唐五代，「三禮」諸科的影響才逐漸顯現出來，這正是中唐加設「三禮」諸科效果的延遲表現。如《舊唐書》記有：「（宣宗大中十年）中書門下奏：『據禮部貢院見置科目，《開元禮》、三禮、三傳、三史、學究、道舉、明算、童子等九科，近年取人頗濫，曾無藝可採，徒添入仕之門。』」〔註 78〕材料表明晚唐宣宗時期的「三禮」諸科「取人頗濫」，可見參加諸科考試的文人之多。我們據此推測：「三禮」諸科加設以後，年少的中唐文人開始有意識朝這方向努力，導致幾十年過後的晚唐此方面的專才逐漸增多。到了五代時期，後唐同光四年（926），「五科舉人許維岳等一百人進狀，言：『伏見新定格文，三《禮》、三傳、每科只放兩人，方今三傳，一科五十餘人；三《禮》三十餘人；三史、學究一十人。若每年止放兩人及一人，逐年又添初舉，縱謀修進，皆恐滯留。伏見長慶、咸通年放舉人，元無定式，又同光元年春榜，亦是一十三人；請依此例，以勸進修。』敕：『依同光元年例，永爲常式。』」〔註 79〕後唐時期，「三禮」諸科取人太多，朝廷因此希望減少錄取人數，但遭到了許維岳爲首的一百人聯名進狀反對。反對的根本原因不外乎朝廷的決定影響了「三禮」諸科人才的利益。據此，晚唐五代「三禮」諸科確實得到了蓬勃發展。「三禮」諸科的加設對中唐時期準備參加科舉，知識結構初具定型的文人影響不大，而恰恰對出生在「三禮」諸科加設之後，剛剛成長讀書求學、開始吸取知識的童子們影響最大。

〔註 78〕劉昫等《舊唐書》，中華書局 1975 年版，第 634 頁。

〔註 79〕王欽若等編纂、周勳初等校訂《冊府元龜》，鳳凰出版社 2006 年版，第 7408 頁。

綜上分析，朝廷通過科舉考試錄用人才，必然希望所起用的文人個個是飽學實才、社會整體的文人知識結構可以更加合理科學。若社會整體上人才結構不均衡，就必然會漸漸影響社會健康發展，從根本上動搖統治，所以中唐的「三禮」、《開元禮》、「三傳」、「三史」新科目的設置便是解決其時缺乏禮學、傳學、史學人才結構不均衡問題。文人個體知識結構的發展方向難以控制，朝廷只能通過外力對其加以引導，以期保證某一個時期文人知識結構整體上的合理，人才結構大體上的均衡。在一定程度上，「三禮」諸科的加設促進了文人學習經學的熱情，也選拔了一批有用的專才，同時對當時文人知識結構的偏頗起到了一定的糾正作用。但「三禮」諸科的影響是循序漸進式的，到了晚唐五代效果才顯現起來。

二、中唐科舉錄取標準的變化與文人知識結構的建構

所謂科舉考試的「錄取標準」，我們主要指兩個方面：一方面指考試中的「通過標準」。如「三禮」科考試「通過標準」爲：上等，問義、策問全通；次等，問義通十三條以上、策問通兩道以上，此標準即相當於我們今天高考的「分數線」。另一方面指雖然官方設有一定的「分數線」，但考試過程中，統治者們會對應舉文人某方面知識、才華格外青睞，有點類似與今天高考中的「自主選拔」意味。如進士科在發展過程中，逐漸對文人的詩賦文藝知識青睞不已，詩賦寫的好壞是進士錄取與否的標準。爲了便於論述，參照第一章內容，我們權稱之爲「知識結構標準」。

毛漢光先生認爲：「我國中古時期，在討論賢能之時，有四個項目常被論者提及，即：德行、經術、文章、吏幹……德行、經術、文章、吏幹四項所含的『賢、才、能』三個要素，隨時代及客觀情況有著不同程度的變動。」〔註80〕參考毛先生和上章內容，我們又可以把「知識結構標準」劃分爲「文藝」、「經術」、「政事」標準。

科舉考試作爲唐代國家性的人才選拔考試，其標準當然不是一成不變，而是隨著社會的發展、國家人才結構的演變有所調整變化的。實際上，錄取標準最能反映朝廷對人才類型的取捨，也是統治者們對社會人才結構進行宏觀調控的一項有效手段。考察科舉考試錄取標準的變化可以看出其時社會整

〔註80〕毛漢光《中國中古賢能觀念之研究——任官標準之考察》，《中國史學論文選集‧第三輯》中華文化復興運動推行委員會主編，1983年版，第29～31頁。

體的知識結構狀況。

明經和進士是唐代科舉最爲重要的兩科，本節仍然以二科爲論述中心。科舉制度發展到中唐，明經和進士的錄取標準幾經變化，其中以高宗在永隆二年（681）頒佈《條流明經進士詔》及玄宗在開元二十五年（737）頒佈《條制考試明經進士詔》兩篇詔書事件最爲重要。在研究中唐科舉錄取標準和文人知識結構關係之前，我們有必要弄清初唐和盛唐的錄取標準和影響。

（一）初唐科舉錄取標準與文人知識結構

1、豈可假以虛名，必須徵其實效——文人知識結構的「虛」與「實」

高宗《條流明經進士詔》在《唐大詔令集》中完整可見：

> 學者立身之本，文者經國之資，豈可假以虛名，必須徵其實效。如聞明經射策，不讀正經，抄撮義條，才有數卷。進士不尋史傳，只讀舊策，共相模擬，本無實才。所司考試之日，曾不揀練，因循舊例，以分數爲限。至於不辨章句，未涉文詞者，以人數未充，皆聽及第。其中亦有明經學業該深者，唯許通六經；進士文理華贍者，竟無甲科。銓綜藝能，遂無優劣。試官又加顏面，或容假手，更相屬請，莫憚糾繩。由是僥倖路開，文儒漸廢。興廉舉孝，因此失人。簡賢任能，無方可致。自今已後，考功試人，明經每經帖試，錄十帖得六已上者。進士試雜文兩首，識文律者，然後並令試策。日仍嚴加捉搦，必材藝灼然，合升高第者，並即依令。其明法並書等貢舉人，亦量准此例，即爲恒式。〔註81〕

詔書很清醒地指出了科舉制度在實施過程中出現的問題：

第一，明經、進士科文人在應考中投機取巧。由於明經、進士考試都只需要試策，每年的考試內容方式又比較固定，故而考明經只需背一些經典的「義條」考進士只要去研讀前人的典型策文並加以模擬便可，不需要認眞研讀經典，也無需經過自己的思考得出問題的答案。爲了應考，試圖走捷徑的文人們繞過儒家經典，用力於社會流傳的兔園冊子，亦即類似於今天高考的參考資料、參考答案以及範例策文。長此以往，導致了他們知識面狹窄，知識結構缺少根基過於膚淺。正如詔書中所說：明經、進士科文人「不辨章句，未涉文詞」，知識水平堪憂，所錄取文人的眞正知識水平非常有限，甚至很多

〔註81〕宋敏求《唐大詔令集》，商務印書館1959年版，第549頁。

文人達到了讀不懂章句的程度。

由於科舉考試的指揮棒作用，文人們投機取巧的做法勢必成爲一種社會風氣，導致文人知識結構都過於淺薄。知識基礎的淺顯以及知識結構的淺虛反映在日常的作文上就是文章思想上的淺薄，上元元年（674）劉嶢上書高宗討論選舉之事道：「況古之作文，必諧風雅，今之末學，不近典謨，勞心於草木之間，極筆於煙雲之際，以此成俗，斯大謬也。」〔註 82〕認爲當時的作文已經不像古時一樣追求風雅追求儒家倫理教化，不從經典中吸取創作營養，而是過度追求文辭的華美。

第二，考試的「通過標準」模糊不明，「銓綜藝能，遂無優劣」，沒有明確的錄取標準，考生水平不管好壞，錄取之後沒有優劣之分。標準的模糊在某種意義上是極度的不公平，對於那些知識基礎紮實，知識面廣泛，知識結構全面合理的文人來說，他們不能脫穎而出，埋沒於泛泛普通文人中。由此形成了一種惡性循環：讀多讀少，讀好讀壞差別不大，通過考試即好，文人大可不用醉心於學習。同時，「通過標準」的模糊又極易導致舞弊的產生，「試官又加顏面，或容假手，更相屬請，莫憚糾繩」。指出考官可以徇私人情。這些問題會造成弊端：「僥倖路開，文儒漸廢。興廉舉孝，因此失人。簡賢任能，無方可致。」〔註 83〕儒學廢棄，賢能無用，最終無法選拔出朝廷需要的眞正人才。

高宗認爲解決以上問題關鍵在於解決「虛」與「實」的問題。「學者立身之本，文者經國之資，豈可假以虛名，必須徵其實效。」〔註 84〕學問不僅是個人立身修德的根本，更是國家存在的基礎，不能存在於「虛」中，必須落於「實」處。而以上科舉考試中出現的諸多問題正是「虛」的表現和結果。從知識結構角度來看，高宗時期的初唐文人整體知識結構的確呈現出「虛」的問題。《玉海》記載：「永隆二年，考功員外郎劉思立建言：明經多抄義條，進士惟誦舊策，皆無實才，而有司以人數充第。」〔註 85〕《唐語林》云：「劉思立以進士惟試時務策，恐復傷膚淺，請加試雜文兩道，並帖小經。」〔註 86〕學界普遍認爲劉思立的上書是高宗頒佈詔書的直接原因。劉思立建言的原文已佚，但有意思的是《玉海》和《唐語林》記載劉思立上書原因分別用了「皆

〔註 82〕杜佑《通典》，中華書局 1988 年版，第 407 頁。

〔註 83〕宋敏求《唐大詔令集》，商務印書館 1959 年版，第 549 頁。

〔註 84〕宋敏求《唐大詔令集》，商務印書館 1959 年版，第 549 頁。

〔註 85〕王應麟《玉海》，清光緒十年，志古堂刊本，卷一五五。

〔註 86〕王讜撰，周勳初校證《唐語林校證》，中華書局 1987 年版，第 714 頁。

無實才」和「恐復傷膚淺」等字眼，「無實」、「膚淺」足見其時明經、進士科考試無法錄用到眞正的「實」才已成共識。

怎樣去解決「虛」的問題，高宗提出了一整套方案，這個方案恰好是從錄取標準的調整上著手。首先必須增加考試的知識技能範圍，明經和進士不單單只試策，試策前，明經增加試帖，進士加試雜文，希望夯實文人的知識基礎，擴大應試文人的知識面。試帖雖然爲後世所詬病，但在當時確實能夠在一定程度上解決文人讀「空」書的問題，因爲帖經考試要求文人必須認眞背誦儒家經典。再加以詔書規定必須通過帖經才可以進入下一項策試，只研讀策文的參考答案就想通過考試已然走不通。有趣的是進士試雜文恰是後世詬病進士流於膚淺的直接原因，但實際上進士試雜文之初比較注重考查文人的文字功底，錄取的是「識文律者」。徐松在《登科記考》中說：「雜文兩首，謂箴、銘、論、表之類，開元間，始以賦居其一，或以詩居其一，亦有全用詩賦者，非定制也。雜文專用詩賦。當在天寶之際。」〔註 87〕相比詩賦，箴、銘、論、表比較注重文章的實用。

在增加了考察舉子知識技能後，高宗明確制定了「通過標準」線。高宗要求「自今已後，考功試人，明經每經帖試，錄十帖得六已上者。進士試雜文兩首，識文律者，然後並令試策。」〔註 88〕明經試帖十通六，進士試雜文必須識文律才能讓其通過，進入試策的考試。「通過標準」明文規定下來，基本解決了上文我們所說的標準不明帶來的問題。

進一步看，在高宗朝，對進士科的「虛」與「實」要求完全不同於明經科。進士考雜文，要求「文理華贍」，不僅重「理」更重視「文」，這實則屬於進士科的「虛」。但高宗顯然不準備把進士科引入「明經風」，在他眼中，進士科擔當的應該就是「虛」的任務，「虛」也正是其「實」。而明經科注重儒家教義，重視經典的掌握，屬於「實」。可見因爲《條流明經進士詔》的官方權威作用，高宗朝對明經和進士科的「虛」「實」任務劃分，使得明經科和進士科的各自特性得到加強，使得二科正式成爲了唐代科舉考試中最爲重要的兩科考試。〔註 89〕由於科舉考試的指導作用，那些資質普通的應舉文人必

〔註 87〕徐松撰、孟二冬補正《登科記考補正》，北京燕山出版社 2003 年版，第 84～85 頁。

〔註 88〕宋敏求《唐大詔令集》，商務印書館 1959 年版，第 549 頁。

〔註 89〕陳飛《唐代試策考述》認爲：「（詔書）既肯定了已經初步形成的明經、進士各有所重的特點，並且進一步得到強化，一個向著經學深入，一個向著文學

須在「虛」「實」之間做出選擇，使自己的知識結構要麼偏向儒家經典的經術知識，要麼偏向雜文詩賦的文藝知識。對於那些資質優秀的文人來說，當然可以二者兼而有之，使知識結構更爲合理全面。而當進士科地位逐漸高於明經科時，因利益的驅使，文藝知識範疇的雜文詩賦遂成爲文人競相追逐的方向。

2、經術知識與文藝知識地位變化

進士無論是「其初止試策」，還是「試雜文兩首」再去試策，對策和雜文優劣的判斷標準都屬於本小節討論的「知識結構標準」範疇。實際上，初唐選拔人才的標準經歷了由關注經術知識轉向重視文藝知識的變化。

從目前史料來看，從科舉實行之初起碼一直到太宗朝，朝廷在選拔人才方面並沒有有意偏向某類型知識結構的文人。《唐會要》中記載了一個太宗時期選人的小故事：

> 二十二年九月，考功員外郎王師旦知舉，時進士張昌齡、王公瑾並有俊才，聲振京邑，而師旦考其文策全下，舉朝不知所以。及奏等第，太宗怪無昌齡等名，因召師旦問之，對曰：『此輩誠有文章，然其體性輕薄，文章浮豔，必不成令器，臣若擢之，恐後生相效，有變陛下風雅。』帝以爲名言。〔註 90〕

這個故事很多文章都有引用，借太宗親自過問張昌齡、王公瑾落選之事以說明重視文章之士。〔註 91〕但筆者認爲這則故事恰反向說明太宗朝並未對文章之士格外偏愛。試想，兩個文動京師的舉子落選，舉朝驚詫，連皇帝都親自過問，但最終還是因爲主考官認爲其文章徒有詞華而落選，成也蕭何敗也蕭

發展，從而起到了加速二科分道並馳的作用。」（中華書局 2002 年版，第 43 頁。）

〔註 90〕王溥《唐會要》，中華書局 1955 年版，第 1397 頁。

〔註 91〕關於張昌齡進士及第與否，《舊唐書》中記載張昌齡：「張昌齡，冀州南宮人，弱冠以文詞知名。本州欲一秀才舉之，昌齡以時廢此科久矣。固辭。乃充進士貢舉，及第。」《新唐書》和《唐會要》記載一致，徐松在《登科記考》中認爲《新唐書》和《唐會要》記載有誤，因爲《文苑英華》錄有昌齡策文，潘昂霄《金石例》載張昌齡召見，試《息兵詔》，又昌齡爲昆邱道記室，《平龜茲露布》爲士所稱，故張昌齡應該進士及第。孟二冬先生在《登科記考補正》中認爲徐松有強證之嫌：「徐氏以《會要》、《新書》不可信，則未知唐人記載如《封氏聞見錄》、《譚賓錄》固已如此云云也。昂霄元人，不過轉拾舊乘，試《息兵詔》本因獻《翠微宮頌》，充昆邱道記室更非必須進士其人，是豈足爲昌齡及第之憑信耶？徐證之強者，厥爲《英華》錄昌齡對策，然劉蕡制科不第，其文尚傳，似未能據此而盡排唐人舊說也。」筆者取孟二冬先生觀點。

何。從文藝才能上看，張昌齡可謂優秀人才，但最終未被朝廷錄取，說明文藝人才在唐初人才起用上並未占過多優勢。

太宗對經術、政事人才的態度，我們可以從他和大臣的一段對話中略見：

> 貞觀二年，太宗問黃門侍郎王珪曰：「近代君臣治國，多劣於前古，何也？」對曰：「古之帝王爲政，皆志尚清靜，以百姓之心爲心。近代則唯損百姓以適其欲，所任用大臣，復非經術之士。漢家宰相，無不精通一經，朝廷若有疑事，皆引經決定，由是人識禮教，治致太平。近代重武輕儒，或參以法律，儒行既虧，淳風大壞。」太宗深然其言。自此百官中有學業優長，兼識政體者，多進其階品，累加遷擢焉。〔註92〕

太宗表示應優先提拔那些擅長經術儒學，並且具有政治才能的官員。太宗在此首先重視的是官員的經術才能其次才是政事才能，雖然他也比較喜歡雕蟲之技，但在國家建設剛剛進入正軌之時，顯然更願意提拔經術人才、政事人才。毛漢光先生認爲：「一般而論，經術派在此時仍佔優勢。」〔註93〕

高宗武后朝，朝廷開始著力選拔文詞才能的文人。進士科考試策文好壞的判斷標準是文采詞華的高低。傅璇琮先生在《唐代科舉與文學》中說道：「初唐時期的這些進士策文，我們完全可以把它們當作精緻工麗的駢文來看待，而它們實際上也是一種賦體；如果一定要加一個名稱的話，不妨稱之爲策賦」〔註94〕文采水平的高低是進士科一項重要的參考標準。中唐時期的沈既濟論述這段時間的選人風格道：

> 初國家自顯慶以來，高宗聖躬多不康，而武太后任事，參決大政，與天子並。太后頗涉文史，好雕蟲之藝。永隆中，始以文章選士。及永淳之後，太后君天下二十餘年，當時公卿百辟，無不以文章，因循遐久，浸以成風。〔註95〕

高宗和武后都比較偏愛具有文藝才能的文人，所選拔人才很多都是以文章而著名，如歷史上著名的「北門學士」、「珠英學士」等。高宗武后尊崇文詞之士，學界研究成果甚豐，不綴述。我們所要關注的是這種推尚文詞之士的做

〔註92〕吳兢《貞觀政要》，中華書局2009年版，第10頁。

〔註93〕毛漢光《中國中古賢能觀念之研究——任官標準之考察》，《中國史學論文選集・第三輯》中華文化復興運動推行委員會主編，1983年版，第60頁。

〔註94〕傅璇琮《唐代科舉與文學》，陝西人民出版社2003年版，第168頁。

〔註95〕沈既濟《詞科論》，董誥等編《全唐文》，中華書局1983年版，第4868頁。

法對文人知識結構的影響。

科舉制度的實行造成了「血統的尊貴就漸爲知識的尊貴所取代。世族要取得政權，必須借科舉而登第。科舉不斷制度化，使世族結構日益分化，而魏晉時期門閥世族的政治功能，就逐漸爲科舉進士這一階層所替代。知識成爲社會階層分化的標準，有力地衝擊了以血統爲基礎的社會等級制度，標誌著社會風尙的轉移。」〔註 96〕當以進士爲代表的「知識」階層逐漸掌握社會話語權的時候，這種「知識」勢必成爲所有文人參與到社會生活的必要條件。

高宗武后朝之後，社會上對以文學爲代表的文藝人才逐漸青睞，文藝知識水平的高低逐漸成了人才選拔的重要標準。唐初一直以儒治國，經術之士地位較高，此時人才選拔的天平突然傾向文詞之士，由此造成的不平衡性導致了社會上兩種知識結構類型的文人互相「鬥爭」。〔註 97〕《條流明經進士詔》的頒佈又在官方上認可了進士科的文學之「虛」，由此唐人的知識結構的建構天平逐漸偏向文藝知識。

最後我們可以得出結論：《條流明經進士詔》的頒佈不僅使明經、進士科考試更加制度化、完善化和個性化，更重要的在於對其時文人知識結構甚至是之後的唐代文人知識結構都有著至大的影響。詔書增加了明經、進士科考試的基礎知識範圍，以期擴大文人的知識面，要求文人在知識吸取過程中避免投機取巧、弄虛作假，希望文人們的知識結構由「虛」走向「實」。詔書進一步肯定了進士科的文藝特性，由此，初唐的人才選拔由太宗朝重視經術和政事知識逐漸轉向於武后、高宗朝的關注文詞之士。

（二）盛唐科舉錄取標準與文人知識結構

高宗《條流明經進士詔》的頒佈是爲了解決明經、進士科的「虛」、「實」問題，特別是認可了進士科的「文學」個性，在一定程度上解決了當時文人知識面趨於狹窄，知識結構趨於單薄的問題。隨著社會文化、教育制度等因

〔註 96〕郭英德《中國古代文人集團與文學風貌》，北京師範大學出版社 1998 年版，第 119 頁。

〔註 97〕陳寅恪先生《唐代政治史述論稿》：「進士科主文詞，高宗、武后以後新學也；明經科專經術，兩晉北朝以來舊學也。究其所學之殊，實由門族之異。故觀唐代自高宗、武后以後，朝廷及明間重進士而輕明經之記載，則知代表此二科之不同社會階級在此三百年間升沉轉變之概狀矣。」（上海古籍出版社 1997 年版，第 81 頁。）毛漢光先生在《中國中古賢能觀念之研究——任官標準之考察》中對唐代經術之士與文學之士的互相爭論、鬥爭有很詳細的論述，可參看。

素的變化，到了盛唐，科舉制度又出現了新的問題。

開元二十五年，唐玄宗頒佈《條制考試明經進士詔》，總結了明經、進士科在盛唐所面臨的問題及其解決之道：

> 致理興化，必在得賢，強識博聞，可以從政。且今之明經進士，則古之孝廉秀才，近日以來，殊乖本意。進士以聲韻爲學，多昧古今，明經以帖誦爲功，罕窮旨趣，安得爲敦本復古，經明行修？以此登科，非選士取賢之道也。其明經自今已後，每經宜帖十，取通五已上，免舊試一帖。仍案問大義十條，取通六已上，免試經策十條，令答時務策三首，取粗有文性者與及第。其進士宜停小經，准明經例，帖大經十帖，取通四已上，然後準例試雜文及策，考通與及第。其明經中有明五經以上，試無不通者，進士中兼有精通一史，能試策十條，得六已上者，委所司奏聽進止。其應試進士等唱第訖，具所試雜文及策，送中書門下詳覆。其所問明經大義日，仍須對同舉人考試，庶能否共知，取捨無愧。有功者達，可不勉與。〔註98〕

有趣的是玄宗朝明經、進士科出現的所謂「新」問題，恰是由高宗《條流明經進士詔》中實行考試新方法所帶來的。進士試雜文，明經帖經的本意是提高士子們的文化水平，促使他們打好知識基礎，防止因爲投機取巧造成的知識結構「虛化」。換句話說，高宗時期參加科舉考試的文人知識結構虛在知識文化水平，特別是基礎文化知識。高宗所立考試規則經過幾十年的實踐，直接導致進士科考試過分追求文人的詩詞藝術而不關注實際才能，明經科文人只知背誦義條而不主動追尋經意，所謂「進士以聲韻爲學，多昧古今，明經以帖誦爲功，罕窮旨趣，安得爲敦本復古，經明行修？以此登科，非選士取賢之道也。」〔註99〕科舉考試發展至此又導致了文人知識結構的另一層之「虛」。相較而言，玄宗朝科舉文人知識結構之「虛」並不單單指向知識基礎問題，它更爲深層次。其「虛」大抵有如下二端：

首先，知識結構缺乏儒家經術知識根基。爲了應試，明經科文人氣力花於死記硬背，進士科文人著力於吟詠詩賦，二者知識吸取和訓練方向都過度

〔註98〕李隆基《條制考試明經進士詔》，董誥等編《全唐文》，中華書局1983年版，第344～345頁。

〔註99〕李隆基《條制考試明經進士詔》，董誥等編《全唐文》，中華書局1983年版，第344頁。

集中在某一種知識或者是某種知識的側面，勢必影響對知識的全面吸收。明經和進士科文人對儒家經典都缺乏認眞研讀，前者局限於經典的文字背誦，後者則對經典不甚關注。如開元三年（715），時任左拾遺張九齡上書言：「夫以一詩一判，定其是非，適使賢人君子，從此遺逸。斯亦明代之闕政，有識者之所歎息也。」〔註100〕認爲以詩、判定人才去留必然埋沒了許多賢能人士。像張九齡這樣著名的文學宰相都承認其時進士科以文藝取士的局限性，可見其問題之嚴重。開元中楊瑒上奏：「今之舉明經者，主司不詳其述作之意，每至帖試，必取年頭月尾，孤經絕句。自今已後，考試者盡帖平文，以存大典。今之明經，習《左氏》者十無一二，恐《左氏》之學廢。又《周禮》、《儀禮》、《公羊》、《穀梁》，亦請量加優獎。」〔註101〕明經所帖之經演變成了「孤經絕句」，走向「冷門」考試，且很多文人對學習經典了無熱情，必須嘉獎才有興趣學習。其時的科舉考試規則影響著進士科文人或者明經科文人對經術知識的吸取熱情，進而對他們知識結構的合理建構有著負面影響，最終影響著文人思想深度的拓展。

玄宗的問題解決之道仍然是調整錄取標準。明經考試減少帖經，原來通六以上爲及格現在通五即可；增加問義，由原來墨策改爲口問大義，給文人減少背誦的負擔，增加理解經意的難度並且鍛鍊口頭表達能力。進士科停小經轉帖大經，嚮明經科考試內容靠攏，增加進士科經學考試方面的難度，促使文人對經典的研習。值得一提的是，玄宗對官員的學識也非常重視，開元六年（718），他曾下詔書道：「其選人有能仕優則學，所業不廢者，當在甄收，以示勸獎。」〔註102〕提出文人們在「學而優則仕」之後理當「仕而優則學」，所學知識不應荒廢。

其次，文人知識結構「虛」又體現在缺乏解決實際問題的能力，特別是吏治才能。實際上，高宗和武后也很重視文人的政事才能，如盧照鄰曾自我感歎生不逢時道：「自以當高宗時尙吏，己獨儒；武后尙法，己獨黃老。」〔註103〕其中尙吏和尙法嚴格意義上都屬於對文人吏治才能的關注。但高宗在《條流明經進士詔》中對明經和進士進行了明確的「任務」劃分，前者偏向經術

〔註100〕王溥《唐會要》，中華書局1955年版，第1338頁。

〔註101〕楊瑒《請定帖經奏》，董誥等編《全唐文》，中華書局1983年版，第3027頁。

〔註102〕李隆基《勸選人勤學業詔》，董誥等編《全唐文》，中華書局1983年版，第315頁。

〔註103〕辛文房撰、傅璇琮主編《唐才子傳校箋》，中華書局1987年版，第51頁。

知識的學習，後者著重文藝知識的訓練，由此導致參加明經和進士科考試的文人逐漸對政事知識的懈怠，知識結構逐漸失衡。玄宗顯然意識到治國不能照本宣科，經術和文藝知識最終還是要歸到政事才能上才可以發揮吏治的效力。

玄宗在《條制考試明經進士詔》中規定：明經科考試「免試經策十條，令答時務策三首，取粗有文性者與及第。」〔註 104〕由原來考經策轉爲時務策，並只要求粗通文性即可及格。改革後的明經科進一步降低了經學上的難度，不但增加了文學性修養的考察，更重要的是關注了文人對時事的把握以及政事處理能力。其後詔書又規定：「其明經中有明五經以上，試無不通者，進士中兼有精通一史，能試策十條，得六已上者，委所司奏聽進止。」〔註 105〕說明五經的人才實在難得，可以破格錄取，但進士中明一史的文人沒有這樣的優待，必須試時務策才可破例錄取。強調明經和進士科的時務策考試，顯然是爲了避免文人空讀書和掉書袋的「虛」，在一定程度上確實促進了文人知識結構的合理化，使他們密切關注實際，學以致用。

如果說高宗在《條流明經進士詔》中試圖在明經、進士科中間劃一條「經」與「文」涇渭分明線的話，到了玄宗《條制考試明經進士詔》則試圖打破這條線，拉攏明經和進士科，甚至期望混淆明經和進士科各自的特性。玄宗希望明經科通曉經典的同時理當粗通文性及擅於吏事，期望進士科擅長文藝之外需應知曉經術和精通吏治。〔註 106〕在玄宗心目中最佳的人才應該是文藝、經術、政事皆通的全能性人才。

總之，盛唐初期，玄宗有意識的反撥高宗武后對文人文學才能的熱衷狀況，希望提高文人的政事處理能力。科舉考試對文人知識結構的考察則逐漸出現失衡。文人們缺乏對政事知識的關注，其中進士科逐漸偏向對文人文學知識的考察，以詩賦的好壞爲錄取標準，而明經科則是以背誦爲旨趣，文人們無法眞正理解經術的含義，由此久而久之，文人知識結構逐漸走向「虛」

〔註 104〕李隆基《條制考試明經進士詔》，董誥等編《全唐文》，中華書局 1983 年版，第 345 頁。

〔註 105〕李隆基《條制考試明經進士詔》，董誥等編《全唐文》，中華書局 1983 年版，第 345 頁。

〔註 106〕陳飛先生在《唐代試策考述》中認爲明經試時務策加強了「文理」因素，促使了明經科向進士科靠攏，進士科改帖大經，又促使進士科嚮明經科靠攏。筆者認爲明經、進士科靠攏除了陳先生所言之表現之外，更重要的表現還在於玄宗對明經、進士科文人政事能力的重視。

化。開元末到天寶期間，雖然以李林甫爲代表的吏能派上臺後，玄宗頒佈《條制考試明經進士詔》希望通過科舉考試改變文人知識結構「虛」化問題，但是因爲知識結構本身的穩定性、盛唐文儒遺留的榜樣力量、重視文人文學才能的社會人才觀以及朝廷現實的因材任用導致科舉考試仍然沿著文學取士的路子發展，文人的知識結構進一步走向「虛」化。

故而在肅宗、代宗時期，舉朝論議明經、進士科的缺陷及其去留問題，其中以劉嶢、楊綰、賈至等官員爲代表。〔註 107〕這些熱鬧的議論幾乎都是圍繞著明經科試帖、進士科試詩賦進行，他們普遍認爲現行科舉考試方法嚴重違背了取士之道，導致舉子們投機取巧，很難選拔出眞正的人才，甚至有失士子的德性，導致安史之亂的發生。實際上，上述議論基本上可以看成是文人們在安史之亂之後對科舉制度的反思，但所提科舉考試缺陷以及對文人知識結構的影響仍然沒有出玄宗《條制考試明經進士詔》中對明經、進士科的論述。這也充分說明經和進士科的問題在玄宗頒佈詔書過後並未有實質的改變，長此以往，造成了文人知識結構的失衡發展的問題亦愈嚴重。

（三）中唐錄取標準的變化與文人知識結構

1、中唐科舉錄取標準的理論變化

正如前文所論，高宗試圖劃清明經與進士科之間的界限，玄宗又反其道試圖模糊明經與進士科各自的特點。前者使得明經和進士科個性明確之外，確實造成應考文人的「偏科」，後者則意識到了這種「偏科」導致文人知識結構的狹窄和虛化，試圖擴大明經和進士科文人的知識結構廣度和深度，但盛唐王朝所做出的改變並未帶來滿意的效果。

肅宗和代宗朝的文人還未從安史之亂的驚慌中走出來，他們對科舉考試缺陷還停留在感性的思考中，試圖摸清科舉制度和安史動亂之間的千絲萬縷之聯繫。而歷史進入中唐，中唐文人顯然可以對帝國的動亂更加理性和冷靜的看待，他們更注重問題的解決之道。以前輩們對科舉考試的紛繁議論和感性思考爲基礎，中唐一批文人直接理論作用於實際，對科舉考試進行改革，首當其衝便是明經和進士科的錄取標準。實際上，我們從知識結構角度來看，中唐科舉考試所要解決的問題仍然是文人知識結構「虛」化的問題。

〔註 107〕以傅璇琮《唐代科舉與文學》（陝西人民出版社 2003 年版）、吳宗國《唐代科舉制度研究》（北京大學出版社 2010 年版）爲代表，學界相關研究成果甚多，可參看。

中唐首先高舉科舉考試改革大旗的應該是趙匡。建中二年（781），趙匡在揚州刺史任上，《舉選議》、《舉人條例》、《選人條例》及《舉選後論》論選舉。〔註 108〕他在《舉選議》中論述了當時科舉常見弊病，我們引述其重要言論於下：

> 進士者，時共貴之。主司褒貶，實在詩賦，務求巧麗，以此爲賢。不惟無益於用，實亦妨其正習；不惟撓其淳和，實又長其佻薄。自非識度超然，時或孤秀，其餘溺於所習，悉昧本源。欲以啓導性靈，獎成後進，斯亦難矣。故士林鮮體國之論，其弊一也。又人之心智，蓋有涯分；而九流七略，書籍無窮，主司問目，不立程限。故修習之時，但務鈔略，比及就試，偶中是期。業無所成，固由於此。故當代寡人師之學，其弊二也。疏以釋經，蓋筌蹄耳。明經讀書，勤苦已甚，既口問義，又誦疏文，徒竭其精華，習不急之業。而其當代禮法，無不面牆，及臨民決事，取辦胥吏之口而已。所謂所習非所用，所用非所習者也。故當官少稱職之吏，其弊三也。〔註 109〕

趙匡嚴詞批評了進士科以詩賦好壞以及明經科以背誦經文多寡爲錄取的知識結構標準。趙匡認爲文人們在進士科考試中「務求巧麗，以此爲賢。」過分沉溺於追求文學知識，導致所學無用於實際，有用的政事知識無心涉獵，導致其時「士林鮮體國之論」。同時文人爲了方便應對考試，又投機取巧地在修習之時，只研究「鈔略」，學問根底淺薄，導致整個社會「寡人師之學」。明經科考試又過度專於背誦經文，不通政務，造成「所習非所用，所用非所習」的局面。我們可以看出盛唐科舉制度遺留的問題到了中唐逐漸嚴重，爲了通

〔註 108〕通典》卷十七記載：「揚州刺史趙匡舉選議曰」可見趙匡論選舉應在刺史任上。查屏球在《唐學與唐詩》中考證趙任揚州刺史當在建中二年之後，而上書論選舉則在此後。（參看查屏球《唐學與唐詩》，商務印書館，2000 年版，第 20～21 頁。）筆者認爲趙匡上書事件的確切時間應該就在建中二年，《唐會要》中記有趙匡兄弟趙贊知貢舉之事：「建中二年十月。中書舍人權知禮部貢舉趙贊奏。進士先時試詩賦各一篇，時務策五道。明經策三道。今請以箴、論、表、贊、代詩賦，仍試策二道。」此外《新唐書・選舉制》、《登科記考》均有類似記述，而建中三年春試進士科確試《學官箴》。由此贊知貢舉很有可能直接實施了匡的理論，我們據此可推定匡上書時間應該只可能在建中二年十月之前。傅璇琮先生在《唐代科舉與文學》中也認爲趙贊曾一度實施了趙匡的理論，但是傅先生進一步認爲趙匡任刺史時間無法確考，或在大曆年間（陝西人民出版社 2003 年版，第 392 頁）。

〔註 109〕趙匡《舉選議》，董誥等編《全唐文》，中華書局 1983 年版，第 3620 頁。

過考試，進士和明經科的文人都過度追求「本專業」所學，導致其他方面知識的短缺，造成知識結構的嚴重失衡。而趙匡觀點不同於前輩所論，他格外強調文人的政事知識，認爲科舉考試不僅導致了文人知識面的狹窄，知識深度的淺薄，更爲關鍵的逐漸削弱了文人對政事知識吸取的興趣。

趙匡先進之處還在於他明確提出了改變科舉考試錄取標準的具體實施方法。

> 進士習業，請令習《禮記》、《尚書》、《論語》、《孝經》並一史。其雜文請試兩首，共五百字以上、六百字以下。試箋表、議論、銘頌、箴檄等有資於用者，不試詩賦。其理通、其詞雅爲上，理通詞平爲次，餘爲否。其所試策，於所習經史內問；經問聖人旨趣，史問成敗得失。並時務共十節，貴觀理識，不用求隱僻，詰名數，爲無益之能。言詞不至鄙陋，即爲第。〔註110〕

可以看出在趙匡的設想中，進士科應增加對文人經術知識考查，且以雜文取代詩賦考試，注重對箋表、議論、銘頌、箴檄等實用文體的考查，並強調對時務的關注，而對進士科一向重視的文采，認爲只要言詞不至鄙陋就可以及第通過。趙匡又對明經科提出設想：

> 諸試帖一切請停，惟令策試義及口問。其試策自改問時務以來，經業之人，鮮能屬綴，以此少能通者。所司知其若此，亦不於此取人。故時人云：「明經問策，禮試而已。」所爲變實爲虛，無益於政。今請令其精習，試策問經義及時務各五節，並以通四以上爲第。〔註111〕

趙匡認爲明經原來的時務策等同於虛設，文人根本不能對此精通，而主考官也不由此選拔人才，實際造成了「變實爲虛，無益於政」的局面，所以應該加大對明經科文人時務的考查，取消試貼考試。趙匡的建言雖未得到統治者的採納，他也因爲位卑並未有機會直接實施自己的主張，但我們認爲趙匡的觀點幾乎代表了中唐文人對科舉的認識，而後來嘗試對科舉進行改革的文人也幾乎是沿著趙匡的設想進行。

不難發現，趙匡對科舉考試改革的設想基本上也是圍繞「虛」、「實」二字展開，即文人知識結構中那些與實際脫鉤，無用於政的知識，如辭藻華麗的詩賦、死記硬背的經條應該予以輕視，而關乎時務，有利於文人從政做官

〔註110〕趙匡《舉人條例》，董誥等編《全唐文》，中華書局1983年版，第3604頁。
〔註111〕趙匡《舉人條例》，董誥等編《全唐文》，中華書局1983年版，第3603頁。

的政事知識理當備受重視。趙匡兄弟趙贊主試建中三年（782）科舉時就一度以箴、論、表、贊、代詩賦考試，雖然最終這種政策只實施了五六年的時間，但在當時已經是個巨大的實踐進步。值得一提的是趙贊知貢舉時選拔了一些人才，其中就有永貞革新的主導成員韋執誼。

2、中唐科舉錄取標準的改革與文人知識結構

大概到了貞元時期，科舉考試的錄取標準有著非常大的變化。其中歷史上最爲出名的三次選人事件，當數貞元初期的鮑防、貞元中期的陸贄以及貞元末期的權德輿知貢舉時的科舉考試。此三人對科舉考試錄取標準都進行過不小的調整，他們科舉改革實踐下選拔出的人才也幾乎成了中唐文化建設的中堅。

從貞元初期開始，朝廷就非常重視應舉文人的政事才能，知貢舉的官員也非常重視文人對當時要務的見解。我們現已無法找到貞元初期進士、明經科的策文，但可以從側面瞭解，如貞元元年，鮑防知貢舉。《新唐書》記載：「貞元元年，策賢良方正，得穆質、裴復、柳公綽、歸登、崔邠、韋純、魏弘簡、熊執易等，世美防知人。時比歲旱，策問陰陽祲沴，質對：『漢故事，免三公，卜式請烹弘羊。』指當時輔政者。右司郎中獨孤愐欲下質，防不許，曰：『使上聞所未聞，不亦善乎？』卒置質高第，帝見策嘉揖。」〔註 112〕雖然記載的是賢良方正科，但是確實反映了鮑防知貢舉時注重文人的實際才能的情況。貞元元年自然災害不斷，就此發問，考查文人對時事的瞭解。後來柳宗元高度評價錄取的穆質策文：「賢良發策，始振其義。天子動容，敬我直辭。載之冊府，命以諫司。」〔註 113〕

貞元八年（792），陸贄權知貢舉，他對選士標準的有心調整更是造就了歷史上著名的「龍虎榜」。孟二冬補正《登科記考》引洪興祖《韓子年譜》云：「貞元八年陸贄主司，試《明水》、《御溝新柳詩》。其人賈棱、陳羽、歐陽詹、李博、李觀、馮宿、王涯、張季友、齊孝若、劉遵古、許季同、侯繼、穆贄、韓愈、李絳、溫商、庾承宣、員結、胡諒、崔群、邢冊、崔光輔、萬當，是年一榜多天下孤雋偉傑之士，號『龍虎榜』。」〔註 114〕《唐會要》中記載了此

〔註 112〕宋祁、歐陽修等《新唐書》，中華書局 1986 年版，第 4945 頁。
〔註 113〕柳宗元《祭穆質給事文》，《柳宗元集》，中華書局 1979 年版，第 1050 頁。
〔註 114〕徐松撰，孟二冬補正《登科記考補正》，北京燕山出版社 2003 年版，第 539 頁。

次榜單誕生的過程：「貞元七年，兵部侍郎陸贄，權知貢舉，時崔元翰梁肅，文藝冠時，贄輸心於肅，與元翰推薦藝實之士。升第之日，雖眾望不愜，然一歲選士，才十四五，數年之內，居臺省者十餘人。」〔註 115〕我們發現「藝實」二字正是陸贄、崔元翰與梁肅人才理念中的核心觀念。所謂「藝實」即眞才實學，但陸贄眼中的眞才實學絕不僅僅專指詩賦才能，其中最為重要的當是應考文人的經世致用能力。上文所提「一歲選士，才十四五，數年之內，居臺省者十餘人。」〔註 116〕正是陸贄調整錄取標準後人才選拔取得優秀成果的最佳注腳。

實際上，龍虎榜成員中又以歐陽詹、韓愈、李觀、李絳、崔群、王涯、馮宿、庾承宣八人最為知名。也正如諸多學者所研究，以八位著名文人為代表的「龍虎榜」可以看成是元和文化的起點，是中唐古文運動興起和發展的重要一環。查屏球先生認為：「從他們在科場屢遭挫折的經歷看，『龍虎榜』的形成正是八士思想與文風與陸、梁文化導向相契合的結果，也就是陸、梁對韓愈、李觀、歐陽詹等人的古文風格的發現與肯定。『龍虎榜』是韓愈等人在事業上的一個起點。從這一角度分析這一事件的意義。我們也可以說梁肅與陸贄的思想即是『龍虎榜』成員的所代表的古文運動與元和文化新思潮的思想起點，陸、梁、崔等所傳承的天寶儒士的文化精神就是由此傳到元和一代士人精神中。」〔註 117〕由於現存史料的關係，除了八位最為著名的成員，我們很難準確地描述出其他成員的知識結構特點。但我們完全可以以點窺面，考察陸贄基於錄取標準調整下的「龍虎榜」所表現出的其時文人知識結構建構的新趨向。

單從每個知識要素來分析，我們發現榜上成員仍然多以文藝見長。韓愈自是不必多言，其他如歐陽詹早已聞名於京師，韓愈後來回憶和其交往道：「貞元三年，余始至京師，舉進士，聞詹名尤甚。」〔註 118〕李觀也以文章揚名於時，韓愈稱其「才高乎當世，而行出乎古人。」〔註 119〕宋人晁公武也評價道：

〔註 115〕王溥《唐會要》，中華書局 1955 年版，第 1384 頁。

〔註 116〕王溥《唐會要》，中華書局 1955 年版，第 1384 頁。

〔註 117〕查屏球《唐學與唐詩》，商務印書館 2000 年版，第 110 頁。

〔註 118〕韓愈《歐陽生哀辭》，劉眞倫、岳珍校注《韓愈文集匯校箋注》，中華書局 2010 年版，第 1278 頁。

〔註 119〕韓愈《李元賓墓銘》，劉眞倫、岳珍校注《韓愈文集匯校箋注》，中華書局 2010 年版，第 1515 頁。

「觀爲文不襲前人，時謂與韓愈相上下。觀少夭，文故未極，愈得中壽，故獨擅名。」〔註 120〕指出其時李觀文名和韓愈不相上下。馮宿「幼有文學」，其《試百步穿楊葉賦》被士子奉爲楷範。此外並未入八人之列的如陳羽，工詩，晚唐張爲《詩人主客圖》列其爲瑰奇美麗主升堂者之一。

其次，榜單成員很多對經術知識格外重視。除了中唐儒學標杆性人物韓愈之外，如李絳，他在《請崇國學疏》中詳細論述了國家興衰與儒學興廢的關係，其言：「自三代哲王已降，奄有天下者，未嘗不崇建太學，尊重名儒，習干戚羽之容，盛樽俎揖讓之禮，以興教化，以致太平。……故太學興廢，從古及今，皆興於理化之時，廢於衰亂之代。所以俾風俗趨末而背本，好虛而忘實，蓋由國學廢講論之禮，儒者靡師資之訓。自是以降，不本經義，不識君臣父子之道，不知禮樂制度之方，和氣不流，悖亂遂作。其師氏之廢，如是之害也。」〔註 121〕表現出對重建國學、復興儒學的強烈願望。同樣認爲儒教對國家興亡有直接影響的是李觀，他在《請修太學書》中說道：「夫學廢則士亡，士亡則國虛，國虛則上下危，上下危則禮義銷，禮義銷則狂可奸聖，賊可凌德，聖德逶迤，不知其終。」〔註 122〕再如王涯，《新唐書・藝文志》中記載其著有《注太玄經》六卷、《說玄》一卷，其經術才能也不可小覷。

另外，龍虎榜最爲後人所稱道的當是諸多成員在政壇上的建樹。其中王涯、李絳、崔群三人後都位居宰相，馮宿、庾承宣都官至節度使，韓愈則歷任監察御史、考功郎中知制誥、刑部侍郎、國子監祭酒、吏部侍郎等官職，在官場上一度叱吒風雲，即便歐陽詹沉淪下僚，也異常兢兢業業期望有所作爲。想必，陸贄在選拔人才的時候非常注重士子們的政事才能。

進一步看，龍虎榜成員知識結構多是兼項型和全能型。以上述八位爲例，韓愈、李絳、王涯、歐陽詹、李觀是全能型人才，其中尤以在文藝、經術、政事各個領域均擅長的韓愈知識結構最爲宏大，崔群、馮宿、庾承宣是文藝與政事兼項型人才。實際上，陸贄本人實屬全能型知識結構人才，蘇軾感歎陸贄的「大才」道：「伏見唐宰相陸贄，才本王佐，學爲帝師，論深切於事情，言不離於道德。智如子房，而文則過；辯如賈誼，而術不疏。上以格君心之

〔註 120〕晁公武撰、孫猛校證《郡齋讀書志校證》，上海古籍出版社 1990 年版，第 879 頁。

〔註 121〕李絳《請崇國學疏》，董誥等編《全唐文》，中華書局 1983 年版，第 6529 頁。

〔註 122〕李觀《請修太學書》，董誥等編《全唐文》，中華書局 1983 年版，第 5402 頁。

非，下以通天下之志。」〔註 123〕陸贄被稱爲「救時內相」，一生取得了矚目的政績，又擅長以駢文寫官文，是唐代駢文大家，同時極具眼光和魄力，鼓勵和推動中唐古文運動的發展，直接影響了中唐文學的格局，又具備「重新闡釋儒家文化傳統的求新意識。」〔註 124〕可見，陸贄和龍虎榜成員不僅僅在精神上契合，在知識結構上，陸贄也比較深愛那些知識結構比較宏達、全面型的人才。

龍虎榜誕生的意義不僅僅在於選拔了多位「孤俊偉傑」之士，還在於對中唐文人知識結構的新變產生了一定的影響。在「經世致用」理念下，陸贄知貢舉選拔人才非常注重文人的實際才能。貞元元年（785）十一月，陸贄在起草的《冬至大禮大赦制》中明確提出：「致理之本，在乎審官；審官之由，資乎選士。將務選士之道，必精養士之方。魏晉已還，澆風未革，國庠鄉校，唯尚浮華，選部禮闈，不稽實行，學非爲己，官必徇人，法且非精，弊將安救？宜令百僚，祥思所宜，各修議狀，送中書門下，參較得失，擇善而行。」〔註 125〕認爲養士、選士、選官三者不可分離，教育、科舉、銓選實爲一途。

龍虎榜成員複合型的知識結構與陸贄「經世致用」人才選拔理念是兩相契合的。如李觀在帖經考試失利的情況下寫信給陸贄：

> 昨者奉試《明水賦》《新柳詩》平生也，實非甚尚；是日也，頗亦極思。侍郎果不以嫫奪妍，不以瑕廢瑜，獲邀福於一時，小子不虛也，而以帖經爲本，求以過差去留。
>
> 觀去冬十首之文，不謀於侍郎矣，豈一賦一詩足云乎哉？十首之文，去冬之所獻也。有《安邊書》、《漢祖斬白蛇劍贊》、《報弟書》、《寧慶三州饗軍記》、《謁文宣王廟》、《文大夫種碑》《項籍碑》《請修太學書》、《弔韓沒胡中文》等作，上不罔古，下不附今，直以意到爲辭，辭訖成章。中最逐情者，有《報弟書》一篇，不知侍郎嘗覽之耶？未嘗覽之耶？觀嘗竊覽侍郎頃年詩一篇，言才者許以不一，端文者許以所長，則雖班固、司馬遷、相如，未聞若話言，是侍郎雅評，掩於三賢矣。故觀今日以所到之文，謀於侍郎，不以帖

〔註 123〕蘇軾撰、傅成標點《蘇東坡全集》，上海古籍出版社 1995 年版，第 1335 頁。

〔註 124〕查屏球《唐學與唐詩》，商務印書館 2000 年版，第 114 頁。

〔註 125〕陸贄《冬至大禮大赦制》，董誥等編《全唐文》，中華書局 1983 年版，第 4707～4708 頁。

經疑侍郎也。

且昔聖人曰：「後世罪我者以《春秋》，知我者亦以《春秋》。」夫聖人祖述堯舜，憲章文武，然猶以《春秋》爲言者何也？蓋以誼有所不加，道有所不拘。夫文人讀《春秋》，求旨歸，觀實忝爲文，不敢越，及來應舉，知有此事，意希知音，遇以特知，而有司多守文相沿。今遇侍郎，其特知乎？且侍郎曰：「帖經爲本，本實在才。才不由經，文自謬矣。由經之才，文自見矣。本於是在，不在帖是，或亦所司以是　人，不然其恥耳」。〔註 126〕

李觀認爲帖經考試應該注重對經術大意的理解而不是簡單機械的背誦，希望陸贄能夠發現自己的才能，不因爲帖經失利而捨棄自己。這篇書信經常被很多學者引用說明陸贄不拘一格降人才。實際上李觀除了世人皆知的文學才能之外，極具抱負之心，他自言：「觀東人之後，十歲讀書，十六能文。不止能文，亦有壯心。及茲弱冠，頗覽古今，輒不自量，謂以可取天下之名，遂以去歲三月，賓來咸陽。」〔註 127〕他對時事政治也非常有見解，我們以書信中提到的干謁詩文爲例。《請修太學書》是李觀思考經術與政治關係之所得；《安邊書》全文則思考了國家邊疆安邊無期的弊病，並提出一系列問題的解決方案；《文大夫種碑》、《項籍碑》則是由古觀今、頗見功底的史論。由此推知，陸贄破格錄取李觀，不僅僅在於李觀文筆了得，還因爲李觀是具備經世致用的能力。再如韓愈登進士，是年作《爭臣論》，全文直言不諱，從時事出發，批評諫議大夫陽城不作爲，並對其時的民風不振，官員腐敗等現狀進行思考，並提出著名的「修其辭以明其道」的「明道」觀。此外李絳《請崇國學疏》中對國運與儒學之間相契關係的思考等都體現出龍虎榜成員並非只是一介書生，他們大多具備實際才能，對時事深有見地。

龍虎榜的誕生是中唐文人知識結構新變的標誌。幾乎是從龍虎榜開始，文人知識結構逐漸走向宏大，社會複合型人才逐漸增多。以韓愈等八人爲代表的龍虎榜成員是中唐文化創造的中堅者，圍繞著他們迅速成長了一批文學、政事、經術等方方面面的人才。「韓門子弟」是其典型，李肇《唐國史補》卷下載：「韓愈引致後進，爲求科第，多有投書請益者，時人謂之『韓門弟子』。」

〔註 126〕李觀《帖經日上侍郎書》，董誥等編《全唐文》，中華書局 1983 年版，第 5415～5418 頁。

〔註 127〕李觀《與右司趙員外書》，董誥等編《全唐文》，中華書局 1983 年版，第 5407 頁。

〔註 128〕韓愈成名之後，獎掖後進，門生弟子眾多，如其中的李翺是典型的全能型人才，文學和經術方面的成就對後世都有著巨大的積極影響，他推崇：「義深則意遠，意遠則理辯，理辯則氣直，氣直則辭盛，辭盛則文工。……文理義三者兼併，乃能獨立於一時，而不泯滅於後代，能必傳也。」〔註 129〕實有後世桐城派之先風。劉熙載又道：「韓文出於《孟子》，李習之文出於《中庸》；宗李多於宗韓者，宋文也。」〔註 130〕在文學和經術上李翺是深受韓愈影響的，但是李翺學古文於韓愈又出於韓愈，文學與經術知識融合後形成了獨有的古文特色，對宋文的影響甚或高於韓愈。而在政壇上，李翺雖未達到老師韓愈的高度，但是也履歷豐富、頗有政績，他在朗州刺史任上，所修堰池被人稱「考功堰」，深受當地人稱頌。此外諸如韓愈的得意門生張籍、皇甫湜等都是知識結構比較全面的人才。除了「韓門」之外，其他龍虎榜成員也提攜後進，比如李絳提拔的柳公綽、鄭絪等，而柳公綽好學喜藏書，政事、軍事、文學、書法無一不通，鄭絪官至宰相，文學、經術皆有擅通。可見，圍繞著龍虎榜成員，中唐確實形成了一批優秀，知識結構優化的士人階層。

由上文所言，陸贄「龍虎榜」的誕生是陸贄調整錄取標準的結果。以「龍虎榜」成員爲榜樣，中唐一大批優秀的士子在政治上不甘雌伏、勤於進取，在文學和學術上極具創新精神。查屏球先生評價這個士人群體道：「從文化主體看，它是以一大批像『龍虎榜』這樣的中下層新興士人爲主體的，他們多成長於科場競爭中，少有舊式貴族保守的政治觀念與僵化的文化惰性，在政治上極具進取之心。在學術文化上，他們與成長於經學世家的學者不同，多不循漢儒章句老路，不以繁煩的考證與淵源的家學炫人，而好以新論驚世。」〔註 131〕以「龍虎榜」成員爲代表，一大批不甘落後的士人創造了中唐文化特別是元和文化的繁榮。

實際上，陸贄「龍虎榜」誕生的意義還在於帶動了之後中唐科舉錄取標準的調整和優化。貞元十五年到十七年，高郢知貢舉「時應進士舉者，多務朋遊，以取聲名，唯務觶集，罕肄其業，郢性專介，尤疾其風，既領職，拒

〔註 128〕李肇《唐國史補》，上海古籍出版社 1979 年版，第 57 頁。

〔註 129〕李翺《答朱載言書》，董誥等編《全唐文》，中華書局 1983 年版，第 6411 頁。

〔註 130〕劉熙載《藝概》，上海古籍出版社 1978 年版，第 26 頁。

〔註 131〕查屏球《唐學與唐詩》，商務印書館，2000 年版，第 121～122 頁。另外查屏球先生總結出元和學風呈現出的三大特點：學者的文人化、獨承道統的自信、思維的新奇化。

絕請託，雖同列通熟，無敢言者，志在經義，專考程試。凡三歲掌貢士，進幽獨，抑聲華，浮濫之風一變。」〔註 132〕高郢和陸贄一樣，掌貢舉三年，抑制進士科過於重視詞華的作風，在一定程度上扭轉了學風、文風的浮濫之勢。而影響最大的莫過於不久之後權德輿的貢舉主張。

貞元十八年到貞元二十一年，權德輿知貢舉，史書記載：「貞元十八年，權德輿主文，陸傪員外通榜帖，韓文公薦十人於傪，其上四人曰侯喜、侯雲長、劉述古、韋紓，其次六人：張弦、尉遲汾、李紳、張俊餘，而權公凡三榜共放六人，而弦、紳、俊餘不出五年內，皆捷矣。」〔註 133〕他對科舉之弊有很清醒的認識：「禮部求才，猶似爲仁由已，然亦沿於時風，豈能自振。」〔註 134〕他在思考前賢科舉改革理論時，發出「爲時求人，豈敢容易」之歎。實際上，「爲時求人」便是權德輿科舉實踐的核心理論。他進一步解釋了這一主張：「是以半年以來，參考對策，不訪名物，不徵隱奧，求通理而已，求辨惑而已。習常而力不足者，則不能回覆於此，故或得其人，庶他時有通識懿文可以持重不遷者，而不盡在於齷齪科第也。」〔註 135〕考試的重點放在通理和辨惑，而不是那些過於綺靡雕蟲的「甲賦律詩，儷偶對屬」。〔註 136〕

我們考察權德輿策問發現，除了傳統策問中熱門的儒家經典、禮樂文教之外，還涉及到邊疆戰事、賦稅安民等實際問題，比如貞元十八年（802）進士策問五道中的第三道便是從人力、土地、漕運、商業等方面考察文人對實際生活中經濟問題的理解能力。貞元十三年（797）的進士策問兩道中的第二道則涉及民族關係與邊疆戰事。此外，權德輿乾脆在策問中直接要求文人對現行考試制度暢所欲言，比如貞元十八年進士策問五道中的第五道：

> 問：育才造士，爲國之本。豈速促於儷偶、牽制於聲病之爲耶？但程試司存，則有拘限。音韻頗叶者，或不聞於軼響；珪璋特達者，亦有累於微瑕。欲使楚無獻玉之泣，齊無吹竽之濫，取捨之際，未知其方。子曰：「盍各言爾志」，趙孟亦請七子皆賦，以觀鄭志。又

〔註 132〕劉昫等《舊唐書》，中華書局 1986 年版，第 3976 頁。

〔註 133〕王定保《唐摭言》，中華書局 1960 年版，第 82 頁。

〔註 134〕權德輿《答柳福州書》，董誥等編《全唐文》，中華書局 1983 年版，第 4993 頁。

〔註 135〕權德輿《答柳福州書》，董誥等編《全唐文》，中華書局 1983 年版，第 4994 頁。

〔註 136〕權德輿《答柳福州書》，董誥等編《全唐文》，中華書局 1983 年版，第 4994 頁。

> 古人有述祖德、敘家風之作。眾君子藏器而含章者久，積厚而流慶者遠，各言心術，兼敘代德。鄙夫佇立，以廣未聞。〔註 137〕

這是篇典型的策問三段論：第一步表示人才選拔對國家治理的重要性，所謂「育才造士，爲國之本」。〔註 138〕第二步：人才選拔中的問題，「修詞待問，賢者能之。豈速促於儷偶、牽制於聲病之爲耶？但程試司存，則有拘限。音韻頗叶者，或不聞於軼響；珪璋特達者，亦有累於微瑕。」〔註 139〕眞正有才的人不應該局限於儷偶聲病，但是任何考試都有一個程式化的規定，這就導致音韻和諧的人難以具備過人的觀點，而資質優秀才能出眾的人仍然會有微小的毛病。第三步：引經據典，希望應考士子暢所欲言「眾君子藏器而含章者久，積厚而流慶者遠，各言心術，兼敘代德。鄙夫佇立，以廣未聞。」〔註 140〕權德輿是不贊成進士科以聲韻長短爲錄取標準的，他認爲科舉選士應該以文人的眞才實學爲考察關鍵，這和陸贄的相關觀點不謀而合。至此，中唐的科舉考試的錄取標準經過鮑防，特別是陸贄和權德輿的有意調整，基本上以具有實才的策文爲錄取標準已成共識。比如元和三年（808 年），衛次公「尋知禮部貢舉，斥浮華，進貞實，不爲時力所搖。」〔註 141〕元和七年（812 年），許孟容「俄以本官權知禮部貢舉，頗抑浮華，選擇才藝。」〔註 142〕等。

值得一提的是，和陸贄一樣，權德輿自身的知識結構就相當全能，他是中唐時期全能型人才的典型代表之一。《新唐書》本傳稱：「德輿生三歲，知變四聲，四歲能賦詩，積思經術，無不貫綜。自始學至老，未曾一日去書不觀。嘗著論，辨漢所以亡，西京以張禹，東京以胡廣，大指有補於世。其文雅正贍縟，當時公卿侯王功德卓異者，皆所銘紀，十常七八。雖動止無外飾，其醞藉風流，自然可慕。貞元、元和間，爲縉紳羽儀云。」〔註 143〕權德輿自身知識結構的

〔註 137〕權德輿《進士策問五道》，董誥等編《全唐文》，中華書局 1983 年版，第 4935 頁。

〔註 138〕權德輿《進士策問五道》，董誥等編《全唐文》，中華書局 1983 年版，第 4935 頁。

〔註 139〕權德輿《進士策問五道》，董誥等編《全唐文》，中華書局 1983 年版，第 4935 頁。

〔註 140〕權德輿《進士策問五道》，董誥等編《全唐文》，中華書局 1983 年版，第 4935 頁。

〔註 141〕劉昫等《舊唐書》，中華書局 1975 年版，第 4180 頁。

〔註 142〕劉昫等《舊唐書》，中華書局 1975 年版，第 4102 頁。

〔註 143〕宋祁、歐陽修等《新唐書》，中華書局 1975 年版，第 5078～5079 頁。

宏大以及對科舉考試錄取標準的有意調整對其時文人知識結構建構有著莫大的影響。比如他在科舉考試的策問中直接批評崇尚綺靡虛浮的學風：「今雖以文以經貴祿學者，而詞倚靡於景物，寖失古風。學因緣於記問，寧窮典義。說無師法，經不名家，有司之過，敢不內訟。」〔註 144〕權德輿認爲其時雖然以文學和經術爲選拔人才的關鍵，但是文學者多沉迷於綺靡，丟掉了古風，而經術走向了記誦，不通經典的眞正含義，又毫無師法。在考試中直接批評崇尚文辭華麗的詩賦、虛浮陳舊的經術學習以及對眞才實學之人的重視，不僅對參加考試的文人有極大的震撼力，對整個社會希望通過科舉進入官場的士子都有很強的指導力。

封演在《封氏聞見記》中記有中唐這段時期進士科考試對文人知識結構要求的變化：「又舊例：試雜文者，一詩一賦，或兼試頌論，而題目多爲隱僻。策問五道，舊例：三道爲時務策，一道爲方略，一道爲徵事；近者方略之中或有異同，大抵非精究博贍之才，難以應乎茲選矣。」〔註 145〕此時應舉文人在知識上必須達到「精究博贍」的程度，即不僅要求具備某方面的專才譬如詩賦等，還需博學擅通其他諸多方面的知識。中唐在經歷了以陸贄、權德輿等對科舉錄取標準進行了實際改革之後，人才選拔上確實呈現出了新的面貌。

最後，我們可以簡單提一下晚唐的科舉錄取標準以及與文人知識結構的關係。晚唐對科舉考試進行最大改革的是李德裕在大和年間的改革，大和七年（833）：「禮部奏：進士舉人先試帖經，並略問大義，取經義精通者，次試議論各一首，文理高者，便與及第。其所試詩賦並停者。伏請帖大、小經各十帖，通五、通六爲及格。所問大義，便與習大經內準格明經例問十條，仍對眾口義。伏准新制，進士略問大義，緣初釐革，今且以通三通四爲格，明年以後，並依明經例。其所試議論，請限五百字以上爲式。敕旨：依奏。」〔註 146〕大和八年「十月，禮部奏：『進士舉人自國初以來試詩賦、帖經、時務策五道，中間或暫改更，旋即仍舊。蓋以成法可守，所取得人故也。去年八月節文，先試帖經、口義、論議等。以臣商量，取其折衷。伏請先試帖經，通

〔註 144〕權德輿《貞元十九年禮部策問進士五道》，董誥等編《全唐文》，中華書局 1983 年版，第 4935 頁。

〔註 145〕封演撰、趙貞信校注《封氏聞見記校注》，中華書局 2005 年版，第 17 頁。

〔註 146〕王溥《唐會要》，中華書局 1955 年版，第 1381 頁。

數依新格處分；時務策五道，其中三道問經義，兩道時務。其餘並請准太和六年以前格處分。』敕旨：依奏」〔註 147〕

此次改革起先規定進士科一併取消了試詩賦和試策，一律嚮明經科看齊，轉而第二年立即進行了修正，試策被保留，其中五道策問中經義占三道，時務占兩道，詩賦仍然被摒棄不用。修正的原因官方解釋爲：「蓋以成法可守，所取得人故也。」〔註 148〕即承認原來的進士考試方法是可以取人的。實際上，雖然如前文所言，中唐的進士科考試錄取標準得到了調整，朝廷開始重視文人的實際才能，但本質上進士科考試仍然以詩賦、策文的考察爲自身特點。社會上的文人從小學習以中第爲目標，知識吸取自然傾向於「文」方向，朝廷突然提出改革必然使得文人們措手不及，他們很難一時改變自己的知識結構來適應新的考試，故而下令停詩賦和策問的第二年立即宣佈恢復策問的「折衷」方法。策問雖然有別於詩賦，但畢竟還是關乎「文」，而所謂「折衷」即一方面希望改變考試文人知識結構過度偏向「文」，另一方面又考慮到社會文人整體知識結構特性，不能一味打擊文人應舉的積極性。

對大和年間這次科舉改革很多學者都有論述，如陳寅恪先生《唐代政治史述論稿》中篇《政治革命與黨派分野》、岑仲勉先生《隋唐史》、傅璇琮先生《唐代科舉與文學》、陳飛先生《唐代試策考述》等。不管李德裕大和年間對科舉考試錄取標準的調整是不是關乎了牛李黨爭，但改革本身確實體現了當政者對當時文人知識結構狀況的思考。〔註 149〕《資治通鑒》稱：「上患近世文人不通經術，李德裕請依楊綰議，進士試論議，不試詩賦。」〔註 150〕另外《舊唐書》記載了李德裕對科舉態度的一番話：「『臣無名第，不合言進士之非。然臣祖天寶末以仕進，無他伎，勉強隨計，一舉登第。自後不於私家置《文選》，蓋惡其祖尚浮華，不根藝實。然朝廷顯官，須公卿子弟。何者？少習其業，目熟朝廷事，臺閣之儀，不教而自成。寒士縱有出人之才，固不能

〔註 147〕王欽若等編纂、周勳初等校訂《冊府元龜》，鳳凰出版社 2006 年版，第 7403 頁。

〔註 148〕王欽若等編纂、周勳初等校訂《冊府元龜》，鳳凰出版社 2006 年版，第 7403 頁。

〔註 149〕上述學界研究成果都提到了李德裕大和年間的科舉改革是否與政治上的牛李黨爭有關。其中有的學者認爲牛李黨爭的性質可以直接歸結於對科舉的反對和贊成，如陳寅恪等。有的學者反對科舉之爭關乎牛李黨爭，如岑仲勉、傅璇琮等。

〔註 150〕司馬光《資治通鑒》，中華書局 1956 年版，第 7886 頁。

閒習也。則子弟未易可輕。』」〔註 151〕我們由上述史書所記，大體可以看出進入晚唐，參加進士考試的文人知識結構仍然以浮薄爲弊病，經術仍然是他們的知識弱勢，不僅如此，在李德裕眼中，通過科舉考試進入仕途的寒士往往在政事上很難有所作爲，因爲和子弟相比，他們缺少了從小對朝廷之事的耳濡目染。雖然李德裕的觀點有所偏激，但多少指出了科舉出身特別是進士科出生的文人知識結構的缺陷。李德裕此次對科舉的改革並未堅決得以實行，詩賦僅僅停試了一年旋又恢復，這又說明了與進士科相適應，社會文人的知識結構已然形成了偏文的慣性。

〔註 151〕劉昫等《舊唐書》，中華書局 1986 年版，第 602 頁。

第三章　中唐文人知識結構觀念

當我們瞭解了中唐文人知識結構大致情況過後，就會出現一個疑問，即中唐人的知識結構觀念是什麼？我們請從中唐文人公共知識觀念以及他們意識中理想知識結構類型入手，考察中唐文人的知識結構觀念及其對文學創作的影響。

第一節　中唐文人的知識結構觀念

一、中唐文人的公共知識觀念

因爲教育制度、書籍傳播、文化政策這些時代因素的影響，同一個時代的文人知識結構具有重合的部分，我們稱之爲「公共知識」。公共知識是群體對話的前提條件，也是文人階層區劃的標準。中唐文人也是一個群體，公共知識則是他們知識結構的基礎組成部分。我們按照知識要素類型的不同，同樣可以將公共知識劃分爲：文學公共知識、經史公共知識、政事公共知識、其他公共知識。

我們決定選擇少兒教育爲切入點考察中唐文人的公共知識，主要基於以下幾點考慮：第一，教育提供了中唐文人知識結構的絕大部分構件，文人通過蒙學教育接受最早、最基礎的知識啓蒙。第二，唐代官學教育有著嚴格的等級之分，國子、太學、四門、州縣學的入學資格不以士子的知識豐富程度來決定，而是以士子的家庭出生、年紀等爲衡量，而且官學教育資源有限，所以進入官學學習的文人並不會是大多數，我們從官學角度考察公共知識會有誤差。第三，如果以科舉制度來考察公共知識同樣會出現結果的偏差，科舉考試雖然對文人知識吸取具有指導作用，但不同的科舉考試科目會有著不同的知識吸取側重點，所以科舉考試涉及到的所有知識也並不能完全歸爲公共知識。

唐人的少兒教育到底教什麼？今天能提供這個答案的最好記載，來自敦煌文書。學者發現：

> （敦煌）文書所見西州官、私教材有《千字文》、《開蒙要訓》、《孝經》、鄭玄注《論語》、孔安國傳《尚書》、鄭玄注《禮記》、何晏《論語集解》等，實際當然遠不止此。〔註1〕

其中包括了幾種儒家經典以及一些識字類的書籍。當然，唐人的官學、私學教材恐怕遠不止這些。敦煌學專家鄭阿財、朱鳳玉伉儷在《敦煌蒙書研究》中專門對此做過專門研究。他們提到的敦煌寫本蒙書包括《千字文》、《開蒙要訓》、《碎金》、《蒙求》、《孔子備問書》等二十餘種，並將這些蒙書可以分爲識字類、知識類、德行類三大類。每一類又可再細分，其中涉及歷史、習文、算術、姓氏等豐富內容。〔註2〕敦煌這樣偏遠的地方童蒙教育情況如此，相信唐代的大多數地方也與此類似。換句話說，漢字的辨認、書寫，歷史、文學、算術，德行教育是唐人眼中最爲基礎的知識。我們可以具體考察一下。

（一）經史公共知識

儒家經典是蒙學階段的重頭戲，但是因爲孩童接受知識特點決定了並不是所有的儒家經典都是學習的重中之重，其中《論語》、《孝經》最爲重要，兼學其他。

《論語》、《孝經》被認爲是文人發蒙後的基礎讀物，我們可以找到眾多例子。比如「獨孤及，字至之，河南洛陽人。爲兒時，讀《孝經》。」〔註3〕梁春「小學大成，至於《孝經》、《論語》，通卷背文」。〔註4〕楊行立「七歲通《孝經》、《論語》，十歲明《詩》、《禮》。」〔註5〕事實上，《孝經》、《論語》

〔註1〕姚崇新《唐代西州的私學與教材——唐代西州的教育之二》,《西域研究》2005年第1期。

〔註2〕鄭阿財，朱鳳玉《敦煌蒙書研究》，甘肅教育出版社2002年版。

〔註3〕宋祁、歐陽修等《新唐書》，中華書局1975年版，第4990頁。

〔註4〕《唐故安定梁君墓誌銘並序》，周紹良主編《唐代墓誌彙編》，上海古籍出版社1992年版，第2141頁。

〔註5〕《大唐故楊府君墓誌》，周紹良、趙超主編《唐代墓誌彙編續集》，上海古籍

也是童子科的必考科目，據《新唐書・選舉制》載：「凡童子科，十歲以下能通一經及《孝經》、《論語》，卷誦文十，通者予官；通七，予出身。」〔註 6〕可見官方認可《孝經》、《論語》在是童蒙教育中必須掌握的基礎知識。第二章中我們也簡單論述過，成年人參加進士科考試也必須先學此二經。杜牧曾寫過一位開成年間參加進士科考試的盧秀才，他年少時好玩成性，弱冠後才因事力學，「入王屋山，請詣道士觀。道士憐之，置之外門廡下，席地而處，始開《孝經》、《論語》。布褐不襪，捽草爲茹，或竟日不得食，如此凡十年。年三十，有文有學，日聞習人事，誠敬通達，汝、洛間士人稍稍知之。」〔註 7〕這說明士人學習的入門典籍當推《孝經》與《論語》。連偏遠的西州都有《孝經》、《論語》的身影。前引姚崇新先生的文章就提到「《孝經》、鄭玄注《論語》、孔安國傳《尚書》、鄭玄注《禮記》、何晏《論語集解》等」。〔註 8〕請注意，當地《論語》注本就有兩種，不但有官方推重的何晏集解本，還有當時已經不怎麼流行的鄭玄注本。

其他經典也可作爲童蒙儒學教育教材，如《尚書》、《禮記》，盧仝：「《尚書》當畢功，《禮記》速須剖。」〔註 9〕強調學習《尚書》的重要性。事實上，唐人經學教育開始時間有時是很早的，比如王建曾提到司空神童「暗寫五經收部秩，初年七歲著衣裳」，〔註 10〕年雖沖齡就可以默寫五經了。有的文人中第時間非常早，如張士陵「年八歲，以通《古文尚書》、《論語》，登春官上第」。〔註 11〕其人元和十一年逝世，享年五十四歲，則發蒙、中第皆在大曆年間。李貞曜「爲兒童時，愛玩筆硯，才年十二三，通兩經書，就試春官，帖義如格，遂擢第焉。」〔註 12〕其人雖亡於大中十年，享年三十八歲，但其中第在大和年間，受教育則當在長慶、寶曆時期。此二例正可說明中唐少兒經學教

出版社 2001 年，第 934 頁。

〔註 6〕宋祁、歐陽修等《新唐書》，中華書局 1975 年版，第 1162 頁。

〔註 7〕杜牧《盧秀才墓誌》，《樊川文集》，上海古籍出版社 1978 年版，第 144 頁。

〔註 8〕姚崇新《唐代西州的私學與教材——唐代西州的教育之二》，《西域研究》2005 年第 1 期。

〔註 9〕盧仝《寄男抱孫》，彭定求等編《全唐詩》，中華書局 1960 年版，第 4369 頁。

〔註 10〕王建《送司空神童》，《全唐詩》卷三〇〇，第 3409 頁。

〔註 11〕張士階《唐故朝請大夫使持節都督邕州諸軍事守邕州刺史兼御史中丞充本管經略處置招討等使賜紫金魚袋張公墓誌銘並序》，周紹良主編《唐代墓誌彙編》，上海古籍出版社 1992 年版，第 2022 頁。

〔註 12〕《唐故萬年縣尉直弘文館李君墓誌銘》，周紹良主編《唐代墓誌彙編》，上海古籍出版社 1992 年版，第 2341 頁。

育的效果。而文人們從小習得的經學知識構成了他們知識結構的基本組成部分。我們也可以舉出其他少兒讀史書的例子。如會昌五年（845）官至廬州參軍的李存「過十歲則通禮樂，讀九經三史，亹亹在口。及見古人奇節，至其文字精潔者，必自鈔納，積數千幅」。〔註 13〕李氏會昌年間已然成人，受教育期間也當在中唐，他不但讀經史，且專意注意積累歷史人物知識，建構起自身的知識體系。墓誌中特地以「三史」與「九經」並提，也從一個側面反映出時人對歷史知識的重視程度。

當然，中唐文人的經史公共知識並不只局限於儒家本典，公共經史知識往往是以靈活易懂的形式出現於童蒙教育中，其中專門爲孩童編撰的童蒙教材就是最好的經史知識載體。如果說前文我們所提儒家經典教學並未集中反映出「中唐特色」的話，那麼中唐時期出現的《蒙求》就是一個值得關注的點。〔註 14〕《蒙求》涉及到的知識可謂廣博至極，傅璇琮先生對此有論述：

> 《蒙求》不僅字數多，篇幅長，且知識含量高，涉及領域廣……不僅是正文，據現在留存的作者自注與後人注解，其典故出處，所用之書，也極浩博，如義理之作，有《論語》、《孔子家語》、《列子》、《莊子》、《韓子》；歷史典籍，有《左傳》、《戰國策》、《史記》、《漢書》、《後漢書》、《三國志》等；傳記，有《列女傳》、《列仙傳》、《楚國先賢傳》、《孝子傳》、《高士傳》；甚至還有不少筆記小說，如《世說新語》、《西京雜記》、《搜神記》、《幽冥錄》、《神怪志》等……這樣典故多、引書博、立意高、文化含量廣，而又可讀性強的啓蒙讀物，在我國古代是少有的。〔註 15〕

《蒙求》和之前的童蒙教材相比，涉及到的知識廣度格外引人注目，它在中唐出現和流行應該並不是一個歷史偶然。中唐文人知識結構相較而言比較宏大，這是《蒙求》編撰的前提條件之一，試想李瀚應該是一個知識淵博之人方能撰

〔註 13〕李鄠《唐孝子故廬州參軍李府院君墓誌》，吳鋼《全唐文補遺》，三秦出版社 1994 年版，第 334 頁。

〔註 14〕《蒙求》作者究竟是李翰還是李瀚，成書時間是唐時還是五代，學界相關考證成果豐富，比如傅璇琮先生《尋根索源——〈蒙求〉流傳與作者新考》、唐雯《〈蒙求〉作者新考》、郭麗《〈蒙求〉作者及作年新考》等。筆者翻閱眾家研究論述後採用傅璇琮先生之說，認爲《蒙求》的作者應是中唐時期的李瀚。

〔註 15〕傅璇琮《尋根索源——〈蒙求〉流傳與作者新考》，《尋根》，2004 年第 6 期。

成此書，而書撰成之後需要得到認同和追捧方能流行。童蒙教材中的知識應該是作者認爲非常重要，孩童應需掌握的知識，具備如此浩瀚知識《蒙求》的出現從側面上說明了中唐兒童教育已經非常重視知識吸取的廣博度。啓蒙之時便追求知識面的廣博，這也許這也是中唐文人知識結構能夠博通因素之一。

（二）文藝公共知識

經學知識之外，詩賦之學也是中唐文人的公共知識。白居易自稱：「及五六歲便學爲詩，九歲諳識聲韻。」〔註 16〕韓昶自稱：「性好文字，出言成文，不同他人所爲。張籍奇之，爲授詩，時年十餘歲，日通一卷。籍大奇之，試授詩，童皆不及之。能以所聞，曲問其義，籍往往不能答。受詩未通兩三卷，便自爲詩。及年十一二，樊宗師大奇之。」〔註 17〕白居易的苦節讀書和韓昶的如有宿慧雖然是不同的表現形式，但都是中唐文人少兒時期接受詩賦教育的明證。少兒詩賦教育一方面增加了受教育者的識字辨音能力，訓練了其詩文屬對的基本能力，另一方面也令兒童接觸前賢經典，在記憶力較強的年齡熟悉典故。例如戴令言「垂髫，能誦《離騷》及《靈光》、《江海》諸賦，難字異音，訪對不竭。」〔註 18〕所謂字、音的訪對就是一個學習字詞的過程。值得注意的是，戴令言學習文學經典作品均收入在《文選》中。

唐人重視運用《文選》吸取前人文學創作經驗，學習典故、用字、聲律等文學知識。《太平廣記》引《朝野僉載》云：「唐國子監助教張簡，河南緱氏人也。曾爲鄉學講《文選》。有野狐假簡形，講一紙書而去。」〔註 19〕鄉校屬於初等教育，學生們也要讀《文選》，且盡一紙而不以爲異。以「紙」計量，是符合唐人書寫慣例的，今存敦煌寫本中就有數十件《文選》寫本，可以看出其書寫形式。這些寫本大部分被饒宗頤先生的《敦煌吐魯番本文選》（中華書局 2000 年版）收錄，另外羅國威先生《敦煌本〈文選注〉箋證》（巴蜀書社 2000 版）所收兩種又溢出饒先生編纂者之外。敦煌、吐魯番出土的這些文獻，足以證明《文選》在當時的需求量。我們可推知：唐代《文選》收錄的

〔註 16〕白居易《與元九書》，朱金城箋校《白居易集箋校》，上海古籍出版社 1988 年版，第 2792 頁。

〔註 17〕韓昶《唐故朝議郎檢校尚書户部郎中兼襄州別駕上柱國韓昶自爲墓誌銘並序》，周紹良主編《唐代墓誌彙編》，上海古籍出版社 1992 年版，第 2329 頁。

〔註 18〕賀知章《唐故朝議大夫給事 中上柱國戴府君（令言）墓誌銘並序》，吳鋼《全唐文補遺》，三秦出版社 2000 年版，第 33 頁。

〔註 19〕李昉等《太平廣記》，中華書局 1961 年版，第 1332 頁。

文章也是文人們的公共知識。白居易曾讚美裴侍郎「投君之文甚荒蕪，數篇價直一束芻。報我之章何璀璨，累累四貫驪龍珠。《毛詩》三百篇後得，《文選》六十卷中無。」〔註 20〕稱其文章比《文選》中所收錄的名篇巨製還要出色。這當然是恭維過度的話，但也從一個側面說明《文選》在唐代知識人心中的地位，《選》學知識對中唐文人而言，是一種公共知識。

實際上，有唐一代，文人都非常重視文藝公共知識的吸取，但是中唐時期因爲私學教育的迅猛發展，相較其他時段而言，文學公共知識教育在中唐應該更爲充分。私學的興起伴隨著官學衰微，《新唐書》記載了中唐時期的官學情況：

> 元和二年，置東都監生一百員。然自天寶後，學校益廢，生徒流散。永泰中，雖置西監生，而館無定員。於是始定生員：西京國子館生八十人，太學七十人，四門三百人，廣文六十人，律館二十人，書、算館各十人。東都國子館十人，太學十五人，四門五十人，廣文十人，律館十人，書館三人，算館二人而已。〔註 21〕

官學提供的教育資源本來就有限，無法滿足唐代大多數士子教育需求，當中唐時期官學衰微至此促進了私學發展，絕大部分文人通過私學學習知識，所以私學中諸多教育內容也就漸成了中唐文人知識結構中的公共知識，其中文學知識最爲典型。中唐時期私學相較官學，更有利於文學知識傳播。總結起來主要有以下幾點：第一，因爲科舉制度導向，私學注重文學技能的傳授；第二，私學教育者身份豐富、教學方法靈活、教學環境自由有利於文學知識傳播，比如中唐時期諸多著名的文學家孩童啓蒙時接受的便是家族教育，柳宗元、白居易、韓愈都是典型案例。第三，中唐著名的全能文人，經常通過私下相授形式對學子進行文學創作的指導，典型莫過於韓愈，「韓文公名播天下。李翺、張籍，皆升朝，籍北面師之。故愈答崔立之書曰：『近有李翺張籍者從予學文』……後愈自潮州量移宜春郡，郡人黃頗師愈爲文，亦振大名。」〔註 22〕實際上，不僅僅是文學，這些全能文人作爲教育者對士子才能全面發展產生著有利影響。第四，私學促進了文學作品的傳播，進而有利於擴大文

〔註 20〕白居易《偶以拙詩數首寄呈裴少尹侍郎蒙以盛制四篇一時酬和重投長句美而謝之》，白居易撰、朱金城箋校《白居易集箋校》，上海古籍出版社 1988 年版，第 2094 頁。

〔註 21〕歐陽修、宋祁等《新唐書》，中華書局 1975 年版，第 1162 頁。

〔註 22〕王定保《唐摭言》，中華書局 1960 年版，第 52 頁。

人的文學知識教育。〔註 23〕總之，中唐私學教育的繁榮促進了其時文人文學知識的學習，擴大了他們個文藝公共知識面。

（三）政事公共知識

我們所說的童蒙時期的政事公共知識並非如經史公共知識、文藝公共知識一樣，有具體的教材或者明確的知識技能訓練。或者說孩童時期接受的教育中很少涉及到直接的政事經驗，政事實踐就更不可能，但兒童在接受教育時總是會不可避免、或多或少間接地接觸到一些政事知識。接觸途徑主要有三種可能。

第一，有些童蒙教材中會零星涉及到政事知識。比如中唐時期既已流行的《兔園冊府》便是模仿科舉對策形式行文，內容諸如《議封禪》、《征東夷》等都是涉及到了一定的政事知識。第二，政事觀念的薰陶。孩子天性本應天眞、無邪，但生存的壓力以及建功立業的追求，唐代文人在教導下代時總是有意無意強調讀書做官的必要性。如獨孤及「爲兒時，讀《孝經》，父試之曰：『兒志何語？』對曰：『立身行道，揚名於後世。』」〔註 24〕獨孤及從小立志建功立業的思想恐怕和其家庭教導不無關係。而韓愈著名的《符讀書城南》和《示兒》則是直接教導其子讀書以追求利祿。第三，政事技能的耳濡目染。父輩如果擁有比較強的政事能力的話，子輩很有可能從小見識過相關政事處理，潛移默化中接受到政事技能知識。這也是爲什麼晚唐時李德裕強調門第觀念的直接原因之一。

（四）其他公共知識

正如前文提到的，除去經學與文學知識之外、算術、姓氏等豐富內容都是蒙學教育的內容。比如算術知識對中唐文人而言，只是需要應付簡單的生活運算。如鄭阿財、朱鳳玉教授的《敦煌蒙書研究》提到敦煌蒙書中曾出土過九九表，這屬於較爲基礎的數學知識。更爲高深的數學知識，則有隸屬於國子寺的算學博士專門負責教導。算學博士「掌教文武官八品以下及庶人之子爲生者」〔註 25〕。雖然外地也有數學基礎教育的地方，如《新唐書》提到：「（突厥）至韋皋鑿青溪道，以和群蠻，使道蜀入貢，擇子弟

〔註 23〕康震先生在《唐代私學教育中的文學性特徵》中有著比較詳細的論述，可參看。（康震《唐代私學教育中的文學性特徵》，《陝西師範大學學報》，2006 年第 6 期。）

〔註 24〕歐陽修、宋祁等《新唐書》，中華書局 1975 年版，第 4986 頁。

〔註 25〕李林甫等撰、陳仲夫點校《唐六典》，中華書局 1992 年版，第 562 頁。

習書算於成都。」〔註26〕但數學都並非當時人們學習的重點。《顏氏家訓》告誡子孫云：「算術亦是六藝要事，自古儒士論天道，定律曆者，皆學通之。然可以兼明，不可以專業。」〔註27〕可見作爲公共知識的算術，可能更多集中在加減乘除的簡單運算。蒙書中涉及的其他內容大約也和算學知識一樣，不爲文人深究，只需略知一二即可。以上提到的這些內容均構成中唐文人基礎教育階段接受的教育內容，並陪伴他們終生，影響他們的知識構成。儒家經典以及文學知識，在中唐文人的啓蒙教育中，受到的重視程度之高，在他們知識體系的構建中影響也最深。

事實上，公共知識雖然伴隨文人終生，但他們仍然會通過後續的學習完善、改進自身的知識結構。比如盧子鶩「自童丱讀儒書，弱冠通子史，才藻逸發」，〔註28〕孩童時期學習儒家經典，所得知識尚有局限，到了弱冠之後便繼續學習子史方面的知識，以完善自己的知識結構。又如裴華「少專儒學，長習弧矢，精黃石公之三略，善養由基之七箚」，〔註29〕儘管他少年時代專注儒經學習，但成人後卻補充學習兵書《三略》。再如李说「丱歲習禮經，弱冠應鄉賦，一舉不第，乃謂知故曰：文字即雕蟲之藝，儒墨是潤身之業。大丈夫安能劬劬於一經而求達耶？乃學孫吳之術，窮莊羿之要。解褐從戎，累有勳績」。〔註30〕此例也是少兒階段接受了公共知識的教育，因爲鄉試不中，人生境遇發生轉變，走向學習兵法、投筆從戎的另一條人生道路。上述諸例說明，雖然童蒙教育作爲公共知識伴隨文人一生，但是由於個體的興趣愛好、人生經歷不同，導致基礎的公共知識在他們知識結構過程中發揮著不盡相同的作用。

二、中唐文人理想知識結構觀

大部分中唐文人在少兒階段受到儒經、詩賦的基礎教育，相關內容成了他們的公共知識，在知識結構中佔據重要位置。經過童蒙教育，文人們的知

〔註26〕歐陽修、宋祁等《新唐書》，中華書局1975年版，第6024頁。

〔註27〕顏之推撰、王利器集解《顏氏家訓集解》，上海古籍出版社1980年版，第524～525頁。

〔註28〕鄭紳《唐故鄉貢進士范陽盧府君墓誌》，周紹良主編《唐代墓誌彙編》，上海古籍出版社1992年版，第2085頁。

〔註29〕張眞《唐故游擊將軍撫王府典軍河東裴公墓誌銘並序》，周紹良主編《唐代墓誌彙編》，上海古籍出版社1992年版，第843頁。

〔註30〕《大唐故銀青光祿大夫檢校太子賓客李府君墓誌銘並序》，周紹良、趙超主編《唐代墓誌彙編續集》，上海古籍出版社2001年，第852頁。

識結構並未最終形成，此時的知識面仍比較狹窄，知識結構也不盡博通。但我們卻注意到，中唐文人在潛意識中格外熱衷追求知識結構的全面，希望成爲兼項或者全能性人才。

我們希望借助墓誌銘的書寫，並輔以其他材料來討論中唐文人追求的理想型知識結構。選擇墓誌銘爲討論的主要範圍，是因爲墓誌銘是對墓主一生的總結，通常情況下，作者會放大墓主的亮點，將其塑造成理想的形象，而墓主的知識修養情況也是構成其理想形象的重要內容，因此，更可見到文人追求的知識結構理想。

提到墓主學問、知識的墓誌銘在敘述模式上體現出一定的程式化傾向，大體可以歸爲三類。其一，墓主博通群書，而不言具體內容。此種泛泛而論的敘述意在突出墓主知識豐富，而不在乎其細節。如陳如「幼而聰明，器識宏達，六經百氏，渙然冰釋矣」。〔註31〕焦鑰「從官妙年，博學多識，文武兼著，藝術備通，結託忠良，竭節王事。」〔註32〕王訓「公文備四教，學通六藝，博聞雅量，厚德高明」。〔註33〕竇寓「少而好學，博綜群書，孝友承家，忠爲令德」。〔註34〕任紫宸「隨師受諸書，無不通備」。〔註35〕此處所舉數例，都是泛論墓主學識富贍，博通該備，但涉及具體如何富贍就付之闕如了。其中不無諂媚意味，然而也可見墓誌銘的作者對博學者的推崇仰慕。

其二，墓主博覽墳典，尤其擅長某種學問。這種敘述模式較第一種模式更爲具體，但仍然有含糊其辭之處，事實上也體現出中唐文人對知識類型的判斷。如李濤「弱歲好學，篤志經術，專戴氏禮；晚節躭太史公書，酌百代之典故，以輔儒行，遂以經明行修，宗正寺舉第一」。〔註36〕李濤是唐朝皇族，

〔註31〕《唐故通議大夫試秘書少監兼漢州別駕上柱國陳府君墓誌銘並序》，周紹良、趙超主編《唐代墓誌彙編續集》，上海古籍出版社2001年，第732頁。

〔註32〕劉弼《唐故焦府君墓誌並序》，周紹良、趙超主編《唐代墓誌彙編續集》，上海古籍出版社2001年，第752頁。

〔註33〕王漶《大唐故光祿卿王公墓誌銘並序》，周紹良主編《唐代墓誌彙編》，上海古籍出版社1992年版，第1763頁。

〔註34〕《唐故河南府洛陽縣尉竇公墓誌》，周紹良主編《唐代墓誌彙編》，上海古籍出版社1992年版，第1817頁。

〔註35〕《唐故西河任府君墓誌文》，周紹良主編《唐代墓誌彙編》，上海古籍出版社1992年版，第1967頁。

〔註36〕梁肅《唐故衢州司士參軍府君李公墓誌銘並序》，周紹良主編《唐代墓誌彙編》，上海古籍出版社1992年版，第1808頁。此文又見同書第1783頁，題爲獨孤及所作。兩通墓誌均出自周紹良藏拓本，河南千唐誌齋藏石。其中必

墓誌稱其學經而專精戴氏禮，又通《史記》。張翃「博綜墳籍，兼通子史，尤精意文章，爲中書舍人郗昂所許，稱風雅六義復起於公，著文集十二卷」。〔註37〕這裡雖然沒有提到張氏專精哪一種典籍，卻指明他擅長文章，說明他在詩賦知識方面有其特長。張任「少在京師從儒者遊，慕鄉人選舉之事，學爲詞賦，頗造堂室」。〔註38〕墓誌作者齊孝若沒有說張任讀經學史，只說他在京師從儒者遊，足以說明其重視修習儒經了。作者又提到張氏豔羡科舉，學詞賦，且窺其堂奧。以上三例足以說明墓誌作者對墓主所長的突出。我們不妨再細讀此三例背後的意味，李濤篤志經術，用《史記》「以輔儒行」；張翃通典籍之外，還兼通子史，精意文章；張任從儒者遊，又學爲詞賦。作者本意似乎都在強調墓主對儒經的熟悉之外仍學習文史知識以補充儒術。我們不難發現作者觀念中，知識結構的基礎是儒經，而其他內容都只是儒術的附庸。換句話說，在中唐人的意識中，追求知識結構的宏大博通往往是建立在重視經術知識基礎之上的。當然了，有時也會由於墓主自身的情況，中唐文人書寫墓誌時並不總是說墓主傾心儒家經典，或詩賦等等常見的知識，而是特地突出墓主其他方面的知識才幹。如韓愈爲李虛中所作墓誌就稱：

> 年少長，喜學，學無所不通，最深於五行書。以人之始生年月日所值日辰干支，相生勝衰死王相，斟酌推人壽夭貴賤利不利，輒先處其年時，百不失一二。其說汪洋奧美，關節開解，萬端千緒，參錯重出。學者就傳其法，初若可取，卒然失之。星官曆翁，莫能與其校得失。〔註39〕

此段文字對李虛中的五行陰陽之學描述極爲細緻，雖然前文也點到墓主「學無所不通」，然不過是後文「最深於五行書」的鋪墊，作者在說明墓主深於此道時用了大段文字細寫突出。此種寫法在墓主子嗣的形象塑造中也有其例，如武龍賓次子「迴，幼而聰敏，長又多能，討論經典，乃朋儕共推；攻乎書判，同官豈可因年而語矣」。〔註40〕

有僞託，張氏爲安定人，與梁同鄉，或出自梁肅之手，待考。

〔註37〕張士源《唐故郴州刺史贈持節都督洪州諸軍事洪州刺史張府君墓誌銘並序》，周紹良主編《唐代墓誌彙編》，上海古籍出版社1992年版，第1820頁。

〔註38〕齊孝若《唐故蔚州刺史兼殿中侍御史張府君墓誌銘並序》，周紹良、趙超主編《唐代墓誌彙編續集》，上海古籍出版社2001年，第773頁。

〔註39〕韓愈《大唐故殿中侍御史隴西李府君墓誌銘並序》，周紹良主編《唐代墓誌彙編》，上海古籍出版社1992年版，第1993頁。

〔註40〕齊孝若《唐故昭武校尉延州金明府折衝上柱國武君墓誌銘並序》，周紹良、趙

其三，專一強調墓主精於某類知識。例如趙鬲墓誌的作者就幾乎不提墓主其他才幹，而稱其「孝而忠，謹而信，功於染□，妙於運籌，故劉忠州曩承詔命，轉江湖之粟帛，活國資軍，一日萬計，用公而度，舉無遺事。由是奏公尉靈昌、蘄春二縣，末授諸暨。在官三歲，遍判六曹，雖獄訟紛於公庭，簡牘盈於幾按，援筆立盡，事無不適」。〔註41〕作者在泛稱墓主之忠孝、謹信後陳述趙氏在處理政事方面的才能。墓主既然能在六曹公事中游刃有餘，又能援筆立就，無不合適，其政事方面的知識與能力顯然值得肯定。又如梁國橋爲楊仲雅作墓誌時，同樣在例行公事似地誇讚他「幼而聰明」云云之後，特別強調楊氏的工詩善賦，其云：

> 工於歌詩，天然自妙，風月滿目，山水在懷，採月中桂，探驪龍珠，變化無方，駭動人鬼。故劉水部復，唐之何遜；君之宗人巨源，今之鮑昭；咸所推伏，莫敢敵偶。雖跡繫寰中，而心希物外，不揖卿相，不目流俗。〔註42〕

整篇墓誌幾乎沒有提及楊氏在經術、政事方面的情況，著力點卻放在其詩歌創作的情況上。甚至於以「駭動人鬼」這樣的詞揚譽墓主，爲突出強調，更是以當時詩壇薄有詩名的劉復、楊巨源爲證，說此二人見之也要授首。雖然這些話語並不一定準確描述楊氏詩歌的眞相，卻足以說明墓主在文學上的才能，可以看出文學在墓主的知識結構中佔有極重要的分量。

以上三種書寫墓誌的模式，第三種少之又少，大部分提及墓主知識結構的墓誌銘都會強調其博學多聞。由此，我們可以發現中唐文人的知識結構觀念：他們主張融通，希望知識富贍。前述「六經百氏」、「博學多識」、「博聞雅量」、「博綜群書」、「隨師受諸書，無不通備」云云，無不基於此種觀念展開。我們再舉一例，詳細說明。從庭訓《唐故鳳翔觀察使神策行營兵馬上都留後段府君墓誌銘》稱墓主段晏「弱冠之歲，經史博通。屬國步艱危，從戎棄筆，文武備體，忠義資身。在幕掌記，判曹人奏，獻敷軍務。」〔註43〕此處論及

超主編《唐代墓誌彙編續集》，上海古籍出版社2001年，第760頁。

〔註41〕《唐通直郎越州諸暨縣尉天水趙公墓誌銘並序》，周紹良、趙超主編《唐代墓誌彙編續集》，上海古籍出版社2001年，第738頁。

〔註42〕梁國橋《唐故鹽鐵轉運等使河陰留後巡官前徐州蘄縣主簿弘農楊君墓誌銘並序》，周紹良主編《唐代墓誌彙編》，上海古籍出版社1992年版，第2031頁。

〔註43〕從庭訓《唐故鳳翔觀察使神策行營兵馬上都留後段府君墓誌銘》，周紹良、趙超主編《唐代墓誌彙編續集》，上海古籍出版社2001年，第705頁。

墓主對經史公共知識掌握的範圍廣，具有一定的武力技能，又精於政務。作者在此處的論述無非是要證明墓主允文允武，通經善政，具備這樣的知識結構，可以稱得上是通才、兼才。

中唐人這種人才觀念與漢魏時期劉劭的觀念有些差異。劉氏在《人物志》中把人才劃分爲偏才、兼才、兼德，並表示：「偏至之材，以材自名。兼材之人，以德爲目。兼德之人，更爲美號。」〔註 44〕基於此，他進而把人才劃分爲 12 種，即清節家、法家、術家、國體、器能、臧否、伎倆、智意、文章、儒學、口辯、雄傑。偏才是劉劭重點論述的對象，他認爲兼才是可遇而不可求，而兼德便是最高境界。劉劭更爲重視的是具有某方面特殊才能、專門化的人才，本質上仍是著眼於儒生與文吏的差別，並未過多重視才能之間的融合。但是到了中唐，文人對知識結構全面的追求更爲自覺，講究各種知識的貫通融合。

這一階段知識精英的代表，如韓愈、柳宗元、白居易等，不單具備了文藝、政事、經術多項才能，更爲重要的是在他們心目中，融各種知識要素爲一爐格外重要。例如白居易就能觸類旁通，把儒家孔門的「四科」、「六義」與佛家進行對照，〔註 45〕足可見其深諳儒家、佛教經典，思維活躍，知識融通。我們再以韓愈爲例，韓昌黎自言：「生七歲而讀書，十三而能文，二十五而擢第於春官，以文名於四方。前古之興亡，未嘗不經於心也；當世之得失，未嘗不留於意也。」〔註 46〕讀書詩文可以明動四方，而古今興亡、政事得失必須時常經於心，文藝、經術和政事都應該受到重視。韓愈對「通」的涵義也進行了古今一番對比，他在《通解》中言：

> 且古聖人言通者，蓋百行眾藝備於身而行之者也；今恒人之言通者，蓋百行眾藝闕於身而求合者也。是則古之言通者，通於道義；今之言通者，通於私曲，其亦異矣！〔註 47〕

〔註 44〕劉劭《人物志》，長春出版社 2001 年版，第 15 頁。

〔註 45〕白居易言：「四科六義之名教，今已區別；四科六義之旨意，今合辨明。請以法師本教佛法中比方，即言下曉然可見。何者？即如《毛詩》有六義，亦猶佛法之義例，有十二部分也。佛經千萬卷，其義例不出十二部中。《毛詩》三百篇，其旨要亦不出六義內。故以六義，可比十二部經。又如孔門之有四科，亦猶釋門之有六度。六度者，六波羅密……夫儒門、釋教，雖名數則有異同；約義立宗，彼此亦無差別。所謂同出而異名，殊途而同歸者也。」

〔註 46〕韓愈《與鳳翔邢尚書書》，劉眞倫、岳珍校注《韓愈文集匯校箋注》，中華書局 2010 年版，第 842 頁。

〔註 47〕韓愈《通解》，劉眞倫、岳珍校注《韓愈文集匯校箋注》，中華書局 2010 年版，

《通解》是韓愈關於「通才」問題的辨析，差不多是其年輕時所作，此處「通」概有二義，既指博通，又言通達。韓愈認爲古人的「通」是指具備各種行爲、技藝又身體力行，通於道義；今人的通則是各種行文、技藝不具備卻只求苟合，實際上是通於一己私心。可見在韓愈心目中，眞正的通才，應該百技集於一身，又以道義爲行事根本，博通之才和道義聯繫一起，不論文藝還是吏能，都應該本於「道」。另外，韓愈也善舉人才，所舉之人多爲博學多才之人，如樊宗師是「窮究經史，章通句解，至於陰陽、軍法、聲律，悉皆研極原本。又善爲文章，辭句刻深，獨追古作者爲徒，不顧世俗輕重。通微曉事，可與晤語。又習於吏職，識時知變，非如儒生文士止有偏長。」〔註48〕樊宗師，經術上，著有《春秋集傳》；文章上，爲文艱澀刻深，但自成一家，極具獨創精神。政事上，任過檢校水部員外郎、殿中侍御史、左司朗中、絳州刺史等，雖然官位頗微，但在任皆有治績。故而韓愈進一步評價宗師有言：「孝有忠信，稱於宗族朋友，可以厚風俗；勤於藝學，多所通解，議論平正有經據，可以備顧問；謹潔和敏，持身甚苦，遇物仁恕，有材有識，可任以事。」〔註49〕再如韓愈弟子李翱在儒學、古文、政事上也皆有一番成就。

知識結構觀念對文人知識的吸取影響很大，雖然前文我們也強調過因爲科舉應試考試，中唐一度出現很多文人偏科現象，但對於中唐文人來說，追求知識結構強烈的「融通」觀一直是共識，他們自覺地希望可以把文藝、政事、經術貫通於己一身，雖然對於大多數文人來說，結果並不如意，但是對於一些頂尖文人來說，知識結構終於博通起來。

第二節　中唐文人知識結構觀念的文學影響

中唐文人以儒經、詩賦爲公共知識，又以融通、博聞爲理想的知識結構類型，此種觀念對文學有何影響？我們試從以下三個方面申說：

第3150頁。

〔註48〕韓愈《與袁滋相公書》，劉眞倫、岳珍校注《韓愈文集匯校箋注》，中華書局2010年版，第931頁。

〔註49〕韓愈《薦樊宗師狀》，劉眞倫、岳珍校注《韓愈文集匯校箋注》，中華書局2010年版，第2876頁。

一、追求融通的知識結構觀與文學觀之關係

唐人認爲理想型的知識結構需淵博融通，能夠縱橫捭闔、包容萬象，這種知識結構觀念與唐人的文學觀念關係密切，交互影響。中唐文人眼中的文學，並非完全如後世所謂的「純文學」觀念，而是「六經皆史」，是一種雜文學觀。韓愈自道：「性本好文學，因困厄悲愁無所告語，遂得窮究於經傳史記百家之說，沉潛乎訓義，反覆乎句讀，礱磨乎事業，發奮乎文章。凡自唐虞以來，編簡所存，大之爲河海，高之爲山嶽，明之爲日月，幽之爲鬼神，纖之爲珠璣華實，變之爲雷霆風雨，奇辭奧旨，靡不通達。」〔註 50〕既然稱自己性好文學，又將經傳史記百家之說，甚至於相關的訓義都納入其「好」的範圍，體現出博通眾家的知識結構觀念，而「自唐虞以來，編簡所存」都未離其視野，足見其知識觀有「求廣」的一面。而歷代書於竹帛者，都被認爲是「文學」，可見韓文公觀念中的「文學」是包含了經史的。

韓愈的這種文學觀念在《進學解》中體現的尤爲明顯，其云：

> 先生口不絕吟於六藝之文，手不停披於百家之編，紀事者必提其要，纂言者必鉤其玄。貪多務得，細大不捐，焚膏油以繼晷，恒矻矻以窮年。先生之於業，可謂勤矣。抵排異端，攘斥佛老；補苴罅漏，張皇幽眇。尋墜緒之茫茫，獨旁搜而遠紹。障百川而東之，回狂瀾於既倒。先生之於儒，可謂有勞矣。沉浸濃鬱，含英咀華；作爲文章，其書滿家。上規姚、姒，渾渾無涯；《周誥》、《殷盤》，佶屈聱牙；《春秋》謹嚴，《左氏》浮誇；《易》奇而法，《詩》正而葩；下逮《莊》、騷》，太史所錄，子雲、相如，同工異曲。先生之於文，可謂閎其中而肆其外矣。〔註 51〕

口不絕六藝之文，手不停百家之編，體現出作者閱讀範圍之廣，閱讀又是爲獲取豐富的知識，構建起理想型的知識結構。韓愈又將《周誥》、《殷盤》以降至於楊雄、司馬相如諸多經、史、子、集之書都稱爲「文」，同樣體現了他的雜文學觀念。他對這些「文學」吸收兼採，毫無排斥，將《詩》、《書》、《易》、《春秋》、《左傳》、《莊子》、《離騷》、《史記》、漢賦等同讀，尤其體現出他追求知識結構之博通。其實韓愈這種追求知識博通的觀念還偶而在別的文章中

〔註 50〕韓愈《上兵部李侍郎書》，劉眞倫、岳珍校注《韓愈文集匯校箋注》，中華書局 2010 年版，第 600 頁。

〔註 51〕韓愈《進學解》，劉眞倫、岳珍校注《韓愈文集匯校箋注》，中華書局 2010 年版，第 147 頁。

流露出，如他給李郱作墓誌銘就特地提到李氏幼年父母棄養，從其姑長大，「年十四五，能誾記《論語》、《尙書》、《毛詩》、《左氏》、《文選》，凡百餘萬言，凜然殊異，姑氏子弟莫敢爲敵。浸傳之聞諸父，諸父泣曰：『吾兄尙有子耶？』迎歸而坐門之，應對橫從無難。諸父悲喜，顧語群子弟曰：『吾爲汝得師。』於是縱學無不觀。」〔註 52〕李氏凜然殊異也正因其腹有詩書，腹中丘壑恰恰來自苦讀獲取的理想型知識結構。韓愈爲之揚譽，正說明韓文公自身也是認可兼採眾長的。

中唐文人有此觀念者並非韓愈一人，獨孤及、梁肅師徒論藝時也曾有：「後世雖有作者，六籍其不可及已。《荀》、《孟》樸而少文，屈、宋華而無根，有以取正，其賈生、史遷、班孟堅云爾。唯子可與共學，當視斯文，庶乎成名。」〔註 53〕獨孤及同樣是雜言諸史百家，認爲賈誼之文、《史記》、《漢書》需要共學，以補足《荀》、《孟》少文之弊端，屈、宋無根之缺憾。所謂「共學」事實上也就是強調知識之廣，不能拘泥於某家、某人之學。

中唐文人的「雜文學」觀體現了他們強調博採眾家之長，追求廣博淵深的知識結構觀念。譬如白居易《元稹除中書舍人翰林學士賜紫金魚袋制》代天立言云：「吾精求雄文達識之士，掌密命，立內廷。甚難其人，爾中吾選。」〔註 54〕制文中特別指出掌誥命者需要「雄文達識」，亦即知識面廣，見識不凡，文字工夫了得。而唐人對知識結構宏通、廣博的追求也指向文學創作，眾多知識拉雜運用，便造就了部分中唐文人「資書爲詩」的創作觀念。韓愈稱盧殷「能爲詩，自少至老，詩可錄傳者，在紙凡千餘篇。無書不讀，然止用以資爲詩」。〔註 55〕盧氏無書不讀，用資爲詩，韓愈並未採取否定的態度。這恐怕也和韓愈自己以學問爲詩的傾向有一定關係。後來李重華《貞一齋詩說》即評價韓詩云：「詩家奧衍一派，開自昌黎。然昌黎全本經學，次則屈、宋、揚、馬，亦雅意取裁，故得字字典雅。」〔註 56〕這說明，韓愈的知識結構觀

〔註 52〕韓愈《唐故中大夫陝府左司馬李公墓誌銘》，劉眞倫、岳珍校注《韓愈文集匯校箋注》，中華書局 2010 年版，第 2588 頁。

〔註 53〕梁肅《常州刺史獨孤及集後序》，董誥等編《全唐文》，中華書局 1983 年版，第 5261 頁。

〔註 54〕白居易《元稹除中書舍人翰林學士賜紫金魚袋制》，朱金城《白居易集箋校》，上海古籍出版社 1988 年版，第 2954 頁。

〔註 55〕韓愈《唐故登封縣尉盧殷墓誌》，劉眞倫、岳珍校注《韓愈文集匯校箋注》，中華書局 2010 年版，第 1611 頁。

〔註 56〕李重華《貞一齋詩說》，昭代叢書本，詩談雜說卷。

念對其文學創作是有積極影響的。

中唐著名宰相楊綰曾針對高宗以來部分文人束書不觀的弊端提出匡正之法，他說：

> 至高宗朝，劉思立爲考功員外郎，又奏進士加雜文，明經填帖，從此積弊，浸轉成俗。幼能就學，皆誦當代之詩。長而博文，不越諸家之集。遞相黨與，用致虛聲，《六經》則未嘗開卷，《三史》則皆同掛壁。〔註 57〕

在楊氏看來，這些爲博取功名，只讀當代詩歌，而不讀六經、三史等歷代經典的做法將會弊端叢生，容易導致政治上的互結朋黨，學術上的虛而不實。可知他也是主張博及群書的。

以此看來，中唐文人追求融通的知識結構，對文人知識面有寬廣的要求，也影響到了他們的文學觀念，並進一步落實在了他們的文學創作實踐中。

二、詩賦公共知識對文學創作的影響

第一，從詩文創作的格律、文法直接影響文人實踐。中唐文人以詩賦爲公共知識之一，必然教導少兒學習詩賦知識，熟悉詩賦格律、用韻等基本規則，又通過學習經史擴充其語彙、典故等，凡此都影響著他們的文學創作實踐。我們注意到中唐詩人少兒時代便能作詩，如「(楊）牢絕乳即能詩，洛陽兒曹壯於牢者皆出其下。」〔註 58〕所謂的「能詩」，最起碼需要符合詩歌的對仗、押韻等基本規則，但楊牢的文學才能甚至讓長者驚豔，《唐語林》載：

> 華陰楊牢，幼孤，六歲時就學歸，誤入人家，乃父友也。二丈人彈棊次，見楊氏子，戲曰：「而能爲丈人詠此局否？」楊登時叉手詠曰：「魁形下方天頂凸，二十四寸窗中月。」父友驚撫其首，遺以梨栗，曰：「而後必有文。」年十八，一上中進士第，有詩集六十卷。〔註 59〕

楊牢詩名在眾多中唐文人卷中雖不能拔得頭籌，卻也令一時流輩束手。《唐詩紀事》曾提到「大中時，顧陶作《唐詩類選》，取去甚嚴。其序云：『刪定之初，如楊牢等十數公，時猶在世，及稍稍淪謝，一篇一詠，未稱所錄，若續

〔註 57〕劉昫等《舊唐書》，中華書局 1975 年版，第 3430 頁。
〔註 58〕宋祁、歐陽修等《新唐書》，中華書局 1975 年版，第 4288 頁。
〔註 59〕王讜撰，周勳初校證《唐語林校證》，中華書局 1987 年版，第 317 頁。

有所得，當別爲卷軸，庶無遺恨。』」〔註 60〕去取甚嚴的選家，在眾多詩人中特地點出未收楊牢詩歌的遺憾，正是楊氏詩歌水平得到時人認可的明證。而究其緣由不得不說是少兒時期詩賦知識訓練及此後積累所致。

前文提到的楊綰也是著名的早慧兒童，他四歲時已經掌握了四聲變化。《舊唐書》記載說：「綰生聰惠，年四歲，處群從之中，敏識過人。嘗夜宴親賓，各舉坐中物以四聲呼之，諸賓未言，綰應聲指鐵燈樹曰：『燈盞柄曲。』眾咸異之。」〔註 61〕他對四聲的熟悉是唐人重視詩賦教育，從小以之教育兒童的結果。

又如劉鄴，史云：「鄴六七歲能賦詩，李德裕尤憐之，與諸子通硯席師學。」〔註 62〕劉鄴成人後也有《甘棠集》十五卷，此外還有制誥別集《翰苑集》一卷。〔註 63〕可知小時了了，大亦甚佳。再如李賀「七歲能辭章，韓愈、皇甫湜始聞未信，過其家，使賀賦詩，援筆輒就如素構，自目曰《高軒過》，二人大驚，自是有名。」〔註 64〕李賀七歲爲韓愈、皇甫湜賦《高軒過》的記載出自唐末五代王定保的《唐摭言》，雖然錢仲聯先生考訂其事未核，但錢先生也說：「賀早慧，七歲能歌詠，隨父在京師，非絕不可能之事。」〔註 65〕不論材料在史源上是否出現問題，權德輿、李賀作爲早慧兒童的典型是毫無問題的。他們對聲韻方面的規則掌握得非常好，這才可能在學語不久就能詩屬文。以詩賦爲知識結構基礎的觀念貫徹到少兒教育中，使得這些兒童在那麼早的人生階段就開始了創作實踐。

事實上，並非只有這些能進入正史的名流幼年能詩，即便在敦煌也有不少少年學子創作的詩歌流傳。項楚先生在《敦煌詩歌導論》中提到：「我們在閱讀敦煌卷子時，常常會看到書寫卷子的學生隨手寫下的天真可愛的詩歌。這些詩歌大多數都寫在中唐以後。」〔註 66〕他又將這些詩歌分爲學習生活即興、勤學發奮、戲謔嘲諷、情詩、書手詩、格言詩等類別進行介紹。據郭麗

〔註 60〕計有功撰、王仲鏞校箋《唐詩紀事校箋》，中華書局 1965 年版，第 1437 頁。
〔註 61〕劉昫等《舊唐書》，中華書局 1975 年版，第 4002 頁。
〔註 62〕劉昫等《舊唐書》，中華書局 1975 年版，第 4617 頁。
〔註 63〕陳尚君《〈新唐書・藝文志〉補——集部別集類》，《唐研究》，北京大學出版社 1995 年版，第 186 頁。
〔註 64〕宋祁、歐陽修等《新唐書》，中華書局 1975 年版，第 5787～5788 頁。
〔註 65〕錢仲聯《李賀年譜會箋》，《夢苕庵專著兩種》，中國社會科學出版社 1984 年版，第 16 頁。
〔註 66〕項楚《敦煌詩歌導論》，新文豐出版股份有限公司 1993 年版，第 210 頁。

博士研究，中原內地與西州敦煌的兒童詩歌在構思上有精巧與隨意之別；在題材上有狹窄與豐富之別；在語言上有文雅與通俗之別；在表現手法上有多樣與單一之別。〔註 67〕我們需要注意的是：不論創作水平之高下，這些少年作者掌握的文學知識起碼已經符合文學創作基本要求，他們已經熟悉詩文規範能隨手寫詩，進行相應的文學創作。少兒時期掌握的詩賦知識將伴隨他們終生，將詩賦知識視作公共知識的知識結構觀念直接影響著有唐文人的文學創作實踐。

此外，中唐文人還熱衷於傳授文法、詩格。比如柳宗元貶謫之後，就以文法教授南方士人，《舊唐書》載云：「江嶺間爲進士者，不遠數千里皆隨宗元師法；凡經其門，必爲名士。」〔註 68〕《新唐書》也指出「南方爲進士者，走數千里從宗元遊，經指授者，爲文辭皆有法」。〔註 69〕這顯然是在掌握一定的文學知識之後，才專門訓練作文之法的例子。中唐文人重視詩賦作爲公共知識的內容，所以出現了不少詩歌格律、做法的專著，比如舊題白居易《文苑詩格》、《金針詩格》、皎然《詩式》、舊題賈島《二南密旨》、王濬《炙轂子詩格》等。這些專著中有後人僞託，如舊題白居易的《文苑詩格》便出自於五代人之手，而其《金針詩格》或許原先白居易也曾作過此書，只是流傳過程當中，原書散佚，後人重新整理的時候，夾雜了其他的內容。借中唐重要詩人之名完成此類專書，一方面說明這些詩人自身詩歌是有「法」的，另一方面也說明此類專書在當時有特定的市場。當時人們需要詩歌、作文之法對其創作進行指導，需要吸收這些格律知識作爲優化自身知識結構的法寶。

第二，影響文人創作的遣詞用語等具體操作過程。文人學習前人文字，並將所學到的典故、妙句用於文學作品創作是極其自然的事。中唐文人也是如此，他們並非完全無意識地將所學的文學內容用於創作，有時是有意爲之的。例如王昌齡就教導弟子作詩之法說：「凡作詩之人，皆自抄古人，詩語精妙之處，名爲隨身卷子，以防苦思。作文興若不來，即須看隨身卷子，以發興也。」〔註 70〕這種所謂的隨身卷子就是具體寫作時化用前人的「葵花寶典」。

事實上，今傳唐寫本《文選》在當時就起到了隨身卷子的作用。唐人重

〔註 67〕郭麗《唐代教育與文學》，南開大學 2012 年博士學位論文，第 341 至 358 頁。
〔註 68〕劉昫等《舊唐書》，中華書局 1975 年出版，第 4214 頁。
〔註 69〕歐陽修、宋祁等《新唐書》，中華書局 1975 年出版，第 5142 頁。
〔註 70〕遍照金剛撰，盧盛江校考《文境秘府論匯校匯考》，中華書局 2006 年版，第 1331 頁。

《文選》，在作品中化用《文選》的用法非常之多。以至於近人李詳有《杜詩證選》、《韓詩證選》，專論杜甫和韓愈詩歌對《文選》的借鑒與化用。〔註 71〕丁紅旗博士則在此基礎上愈發用力，認為「《韓詩證選》共列舉 69 首詩歌、158 條，至少能增加 86 條，共計 244 條」。〔註 72〕韓愈存詩 420 餘首，平均每首兩首詩就至少有一處化用《文選》者。中唐好《選》者顯然不止韓愈，李德裕也好之不歇，雖然他曾宣稱「臣無名第，不合言進士之非。然臣祖天寶末以仕進無他伎，勉強隨計，一舉登第。自後不於私家置《文選》，蓋惡其祖尚浮華，不根藝實」。〔註 73〕但是據劉鵬博士統計，「李德裕 130 首詩歌中，明顯借鑒《文選》者 62 首，占將近一半。涉及《文選》篇目 87 篇。在 60 卷《文選》中，李詩涉及的借鑒範圍達到 25 卷，占 42%。其中涉及 6 卷賦，占賦卷的 32%；涉及 12 卷詩，占詩卷的 92%；涉及 7 卷雜文，占文卷的 25%。」〔註 74〕以此二例就可瞭解文學知識對士人文學創作在遣詞用語上的影響。這裡還只是舉出《文選》一個例子，其他文學經典，甚至蒙書等粗淺文學知識也能影響他們創作，我們不再贅例。

三、儒經、歷史公共知識對文學創作的影響

首先，影響士人創作心態。儒家經典的學習對於型塑士人心態有著重要意義，功利性的創作心態很難說不是受到經術的影響。經世致用、用行捨藏似乎都是士大夫階層寄託在文學審美精神以外的期待。中唐文人以苦學經術為根本，化要義於政治，明道於文章，政治是他們的理想，文藝則可以為了理想時而搖旗吶喊、時而冥想沉思，經術則內化成了理想的血液。因此白居易、元稹等人的新樂府運動，以詩歌反映民生疾苦，希望起到奏章的作用。如他在《與元九書》中說：「僕當此日，擢在翰林，身是諫官，手請諫紙，啓奏之外，有可以救濟人病，裨補時闕，而難於指言者，輒歌詠之。」〔註 75〕

〔註 71〕武漢大學博士生葉黛瑩在其博士論文《從閱讀到創作的詩學歷程——論初盛唐詩人對〈文選〉的接受》中通過初盛唐詩人與前代相似句對比考察，認為《文選》在初盛唐詩人對前代詩人的接受中產生了重要影響。

〔註 72〕丁紅旗《李詳〈杜詩證選〉〈韓詩證選〉的再審視》，《西南石油大學學報》2010 年第 2 期。

〔註 73〕劉昫《舊唐書》卷一八《宣宗本紀》上，中華書局 1975 年版，第 603 頁。

〔註 74〕劉鵬《李德裕與〈昭明文選〉》，《中國文學研究》2012 年第 3 期。

〔註 75〕白居易《與元九書》，朱金城箋校《白居易集箋校》，上海古籍出版社 1988 年版，第 2792 頁。

在諫書章奏不能影響到的黑暗角落，白居易願以詩歌爲武器戰鬥。所以白居易說：「篇篇無空文，句句必盡規。功高虞人箴，痛甚騷人辭。非求宮律高，不務文字奇。惟歌生民病，願得天子知。」〔註 76〕這種以文學經世致用的主張很大程度上又與其政事知識相互關聯。如其奏章有《請揀放後宮內人》與同一時期《上陽白髮人》詩，兩項關聯、呼應作用。事實上中唐文人主張經世致用者不少，如權德輿也主張文章應該「體物導志」，「有補於時」。這也與其政事認知有密切關係。我們想說明的是中唐文人以文學爲政治服務，與其儒家觀念息息相關，同時也受到其政事知識的影響。

其次，引用儒經，加重議論的分量。元稹在進行寫作時，就時不時引用自小熟悉的儒經以增加議論的說服力，如其《令狐楚等加階制》直接引《詩經》。其文云：

> 夫以朕之不敏不明，尚克用濟，實賴吾二三臣朝夕之誨。《詩》云：「無言不酬，無德不報。」爰因進等之詔，用申交警之詞，各竭乃誠，同底於道，康天下，平泰階，而後越級之賜行焉。〔註 77〕

又如其《沈傳師授中書舍人制》引《尚書》道：「《書》云，『臣作朕股肱耳目。』」〔註 78〕此皆其顯例。其實又何止是元稹，前文提到楊綰曾向肅宗上抨擊貢舉弊端的奏章，肅宗詔左右丞、諸司侍郎、御史大夫、中丞、給、捨同議奏聞，賈至在論事時就連引《周易》與《詩經》，其云：「《易》曰：『觀乎人文以化成天下。』《關雎》之義曰：『先王以是經夫婦，成孝敬，厚人倫，美教化，移風俗，蓋王政之所由廢興也。』」似乎不如此，便無以言事。

再如李德裕，史臣稱之「語文章，則嚴、馬扶輪；論政事，則蕭、曹避席」。〔註 79〕他除精熟《文選》之外，還「幼有壯志，苦心力學，尤精《西漢書》、《左氏春秋》」。〔註 80〕《漢書》與《左傳》也成爲他詩文中重要的典故來源。如其《幽州紀聖功碑銘》開篇道：

> 豈不以諸侯有四夷之功，獻其戎捷，《春秋》舊典也；宗周納肅

〔註 76〕白居易《寄唐生》，朱金城箋校《白居易集箋校》，上海古籍出版社 1988 年版，第 43 頁。

〔註 77〕元稹《令狐楚等加階》，冀勤點校《元稹集》，中華書局 2010 年版，第 618 頁。

〔註 78〕元稹《沈傳師授中書舍人制》，冀勤點校《元稹集》，中華書局 2010 年版，第 561 頁。

〔註 79〕劉昫《舊唐書》卷一七四《李德裕傳》，中華書局 1975 年版，第 4530 頁。

〔註 80〕劉昫《舊唐書》卷一七四《李德裕傳》，中華書局 1975 年版，第 4509 頁。

愼之貢，銘於楛矢，天子令德也。斯可以爲元侯表，可以爲後世法。〔註81〕

開篇即以春秋典故爲證，且當時藩鎮割據，天子不尊的實際也與春秋時期的周王室不無相似之處，其用典可謂之契合。其文章以《漢書》中漢帝故事比唐皇的例子就更是比比皆是。如《遣王會等安撫回鶻制》、《論田牟請許党項仇覆回鶻嗢沒斯部落事狀》就都以匈奴比回鶻，以漢代中興之主宣帝比武宗。實際上，又何止是用歷史典故，詠史詩更是直接將文人知識結構中的歷史知識調出作爲詩歌體裁。對詠史詩的研究前人已經有了豐富的積累，我們不再細述。

總之中唐文人追求博通的知識結構觀和其文學創作有著盤根錯節的聯繫，最集中體現於對其時文人的文學觀念以及創作技法方面的影響。

〔註81〕李德裕《幽州紀聖功碑銘》，董誥等編《全唐文》，中華書局1983年版，第7300頁。

第四章　文人地方知識的累積及其文學意義

「地方」、「地域」是個空間視角，它是一個地理範圍概念。在這個範圍內，自然條件、物產風俗甚至語言行爲都有自身特色，是該範圍內人們的共同生活基礎。古往今來，在該範圍生活過的人們和他們留下的記憶都成爲區域內特定的掌故，而人們對該範圍的特殊認識則構成了地方知識。

地方知識不是封閉的，它在開放中流傳，某些地方知識會擴散開來成爲世人皆知的全局性認知，儘管這些地方性知識有時候是模糊不清的，甚或不爲準確的。例如本章第二節將要提到的瘴氣，就是一種地方知識，在唐代具有全國性的影響。地方知識的獲得往往需要文人具有特定的地方經驗，這些知識累加到文人知識結構中，最終豐富了文人知識結構，也擴大了文人的知識視野。

中唐文人在獲取地方知識時，有時非常主動，比如劉禹錫貶謫朗州、和州時主動通過圖經瞭解當地情形。韓愈南貶也向地方官員借圖經參考。這些例子我們後文還將提到，不贅。當文人進行文學創作時，地方知識時常不經意地流露出來，體現出其知識結構中個性的一面，從而具有了獨特的文學意義。

本章討論地方知識內容、中唐文人獲取地方知識的途徑及其文學意義等問題。還將選取唐代文人對瘴癘這一地方病的認知與文學呈現，討論地方經驗在文人知識結構建構中的意義，最終確定地方知識在中唐文人知識結構中的價值與地位。〔註 1〕

〔註 1〕 廖宜方《唐代的歷史記憶》（台灣大學出版中心，2011 年版）對唐代的地方歷史記憶有很好的論述，本章在寫作中受益匪淺。

第一節　地方知識與中唐文人文學創作

《禹貢》以來，先民們就對山川地理的區位有所認識，例如班固說道：「胡貉之地，積陰次處也，木皮三寸，冰厚六尺，食肉而飲酪，其人密理，鳥獸毳毛，其性能寒；楊粵之地，少陰多陽，其人疏理，鳥獸希毛，其性能暑。」〔註2〕體現了其對南北自然環境、生物習性相異點非常熟悉，是其地方知識經驗豐富的體現。文學化的語言表述班固的話就是「胡馬依北風，越鳥巢南枝」。

由於古時交通限制，文人往往對自己所處地域的知識熟悉於他地，家鄉的地方知識往往耳熟能詳、倍感親切，他鄉的相關知識則相對陌生、需要學習。從這種意義上來講，唐代文人遷轉越頻繁越容易獲取更爲豐富的地方經驗。

一、地方知識：對地方的情感與認知

正如前文所舉班固與《古詩十九首》之例，文人對地方認知的記述由來已久。有唐一代，文人在其作品中不遺餘力的對地方知識進行表達。比如劉知幾區分前代典籍，其中就有所謂郡書、地理書、都邑薄之類。劉氏認爲郡書是「汝潁奇士，江漢英靈，人物所生，載光郡國，故鄉人學者編而記之」；〔註3〕地理書是「九州島土宇，萬國山川，物產殊宜，風化異俗。如各志其本國，足以明此一方」；〔註4〕都邑薄是「帝王葉梓，列聖遺塵，經始之制，不常厥所，苟能書其軌，則可以龜鏡將來」。〔註5〕劉氏的相關解釋提到了地方知識最重要的幾個方面：人物、山川、物產、風化、遺塵等等。劉知幾又論諸類載籍的弊端，談到郡書：「矜其鄉賢，美其邦族，施於本國，頗得流行，置於他方，罕聞愛異。」〔註6〕又地理書是：「人自以爲樂土，家自以爲名都，競美所居，談過其實。又城池舊跡，山水得名，皆傳諸委巷，用爲故實。」〔註7〕再都邑簿爲「煩而且濫，博而無限，故論榱棟則尺寸皆書，記草木則根株必數。務求詳審，持此爲能，遂使學者觀之瞀亂而難紀也。」〔註8〕過度頌美

〔註2〕班固《漢書》，中華書局1962年版，第2284頁。
〔註3〕劉知幾撰、浦起龍通釋《史通通釋》，上海古籍出版社1978年版，第274頁。
〔註4〕劉知幾撰、浦起龍通釋《史通通釋》，上海古籍出版社1978年版，第274頁。
〔註5〕劉知幾撰、浦起龍通釋《史通通釋》，上海古籍出版社1978年版，第275頁。
〔註6〕劉知幾撰、浦起龍通釋《史通通釋》，上海古籍出版社1978年版，第275頁。
〔註7〕劉知幾撰、浦起龍通釋《史通通釋》，上海古籍出版社1978年版，第276頁。
〔註8〕劉知幾撰、浦起龍通釋《史通通釋》，上海古籍出版社1978年版，第275頁。

鄉賢、論事不盡不實、記述繁雜無用等是劉知幾認爲上述典籍記述地方知識時出現的問題。到了中唐，李吉甫也認爲前代地理類書籍在記載地方知識時「尙古遠者或搜古而略今，採謠俗者多傳疑而失實。飾州邦而敘人物，因邱墓而徵鬼神，流於異端，莫切根要。至於邱壤山川，攻守利害，本於地理者，皆略而不書」。〔註 9〕重古輕今、傳疑失實、頌美鄉賢、流於異端等是前代地理書籍的弊端。比較來看，李氏的論斷與劉知幾所言不少觀點相似，二人都致力於地方知識經驗的傳播。

文人墨客也總是在詩文中對家鄉充滿著溫情的表述，他們「矜其鄉賢，美其邦族」，關於家鄉的地方性知識總是倍感親切。他們對家鄉的「人傑地靈」、「物華天寶」津津樂道、如數家珍，對鄉土似乎有天然的向心力。如趙璘在《因話錄》中記載過：「（趙櫓）應進士時著《鄉籍》一篇，大誇河東人物之盛，皆實錄也。同鄉中趙氏軒冕文儒最著，曾祖父、祖父世掌綸誥，櫓昆弟五人進士及第，皆歷臺省。盧少傅弘宣、盧尙書簡辭、弘正、簡求皆其姑子也時稱『趙家出』。外家敬氏先世亦出自河中，人物名望皆謂至盛。櫓著《鄉籍》載之。」〔註 10〕趙櫓撰寫《鄉籍》一篇誇稱鄉梓人物，並且記錄家族出人之盛，滿是自豪感。實際上，趙璘在轉述時又何嘗不是在誇飾家鄉的人物之盛呢？可見，二趙的行爲體現了他們對鄉土的熱戀，對家鄉地方性知識的重視。

進一步看，這些被地方文人著述的鄉賢，在某種程度上就是地方知識的組成部分。試想我們熟悉的《紅樓夢》中對「護官符」敘寫，難道不是地方人士兜售的「地方知識」麼？雖然相關認知被用到了歪門邪道上，但其記述地方望族知識的表現與中唐文人趙櫓創作《鄉籍》的用心是基本一致的。我們知道，文人對鄉里人物的彬彬之盛的敘述熱情，「置於他方」便會「罕聞愛異」，可見這些知識是有地域局限的，這種局限性在交通限制的古代就更爲明顯。

鄉賢留給文人的不僅僅是簡單的姓名符號，他們的活動遺跡也會成爲地方記憶，口耳相傳。封演在《封氏聞見記》卷八中記錄了數則地方人士對當地名人活動遺跡的傳說：

〔註 9〕李吉甫《上元和郡縣圖志序》，董浩等編《全唐文》，中華書局 1983 年版，第 5204 頁。

〔註 10〕趙璘《因話錄》，《叢書集成初編》本，商務印書館 1939 年版，第 14 頁。

青州城南佛寺中，有古鐵鑊二口，大者四十石，小者三十石，製作精巧。又有一釜，可受七八石，似甕而有耳。相傳云是孟嘗君家宅，鑊釜皆是孟嘗君之器也。〔註 11〕

御史大夫李季卿河南宣尉，過曲阜，謁文宣王廟，因遍尋魯中舊跡。縣使一老人導引，每至一所，老人輒指云，「此是顏子陋巷，此是魯靈光殿階，此是泮宮。」季卿聞之皆沉吟嗟賞，曰：「此翁眞魯人也。」〔註 12〕

且不論這些當地人所指明的前人遺跡是否附會，其遺跡在當地人的認知中是占很重要地位的。封演對這些知識進行鄭重其事的辨析足見其對這些認知的重視程度。而中唐李匡乂的《資暇錄》也曾條分縷析地討論相關地方知識的謬誤，如其卷中稱：「永樂坊內古冢，今人皆呼爲『東王公墓』，有祠堂加其上。俗以祈祀稱『造化東王公』，大謬也。」〔註 13〕所謂「今日皆呼」則是當地人對古冢的群體認知，而李氏對其進行匡正，則可謂是地方認知的認知。

這些地方知識雖然有所地域局限性，但並非完全封閉，仍然可以通過不同途徑傳播出去。如前文所引李季卿過曲阜，當地老人爲其一一介紹古蹟就是傳達地方知識的案例。再如地方特產也是人們對地方的認知，它們中的一部分同樣會傳播四方，作爲人們的共有認知。比如元稹在《浙東論罷進海味狀》就提到：「淡菜等味不登於俎豆，名不載於方書，海物鹹腥，增痰損肺，俗稱補益，蓋是方言。」〔註 14〕淡菜有補於人體這是浙東一代人的地方經驗，傳播到元稹這裡，就豐富了他的地方知識，而元稹認爲淡菜對人體有補益是「方言」則又表明他是有所辨析地吸取地方知識。再如以圖經爲載體的地方知識也會穿過空間限制，爲其他地方的士人所知曉。李吉甫修《元和郡縣圖志》就使用了不少地方圖經。圖經中提示地名由來、地方名勝、物產等信息，雖然不乏謬誤，卻也有助地方知識的傳播，最終爲李吉甫所吸取，前引《元和郡縣圖志》垓下條，即爲其例。

地方知識是人們對特定地理範圍內一切事物的認知，包涵內容極爲廣泛。這些認知實際上蘊含著人們對家鄉的情感，譬如地方文人對當地先賢名

〔註 11〕封演撰、趙貞信校注《封氏聞見記校注》，中華書局 2005 年版，第 76 頁。
〔註 12〕封演撰、趙貞信校注《封氏聞見記校注》，中華書局 2005 年版，第 75 頁。
〔註 13〕李匡乂《資暇集》，《叢書集成初編》本，商務印書館 1985 年版，第 15 頁
〔註 14〕元稹《浙東論罷進海味狀》，冀勤點校《元稹集》，中華書局 2010 年版，第 506 頁。

流的指陳，對當地古蹟形勝的描述，對地方物產的記錄等等。這些知識雖然有著地域性，但是往往又可以通過各種途徑傳播出去，參與到文人知識結構的建構過程中。

二、人與書：地方知識的主要來源途徑

地方知識又是怎樣加入到文人的知識結構中，成爲其組成部分呢？文人地方遊歷獲得的實地經驗、聽聞當地人陳述，或者通過閱讀瞭解地方情況，這些都是文人獲取相關知識的途徑。總結起來，文人獲取地方知識主要有兩大渠道：人與書。

晚唐詩人陸龜蒙「兒時在溧陽，聞白頭書佐言，孟東野，貞元中以前秀才，家貧，受溧陽尉。溧陽昔爲平陵，縣南五里有投金瀨，瀨南八里許，道東有故平陵城，周千餘步，基趾坡隨，裁高三四尺，而草木勢甚盛，……氣候古澹可喜，除里民樵罩外無入者。東野得之忘歸，或比日，或間日，乘驢領小吏，經驀投金渚一往，至則蔭大櫟，隱岩篡，坐於積水之旁，苦吟到日西而還，而後衰衰去，曹務多弛廢。」〔註 15〕這個故事很有意思，陸龜蒙得知孟郊故事是「聞白頭書佐言」，而平陵故城是「除里民樵罩外無入者」的所在，孟東野竟然能入其中，想必也是地方人士的引領。可見耳聞對文人地方地理情況以及相關前賢掌故的認知有著重要的作用。

實際上，中唐文人愛尋古探幽，據此獲得的地方古蹟故事常有得之於當地民眾。比如獨孤及遊梁宋時經過嘯臺，有言：「余登大梁之墟。墟中之人方誦公遺塵，歎元風蕪沒，議欒石以旌朽壞。余采其故事之存於糟粕者，勒而爲《嘯臺頌》。」〔註 16〕獨孤及登臨時的嘯臺，在當時已經是「遺塵」、「朽壞」，作爲一個外方人，他如何得知所登臨處就是阮籍嘯臺呢？正是「墟中之人」將此地方的古蹟告訴獨孤及。前文所引封演《封氏聞見記》記載的地方古蹟與此類似，都是地方人士通過當地之人才會對當地古蹟有所認知。這是「人」的因素在地方知識傳播中所起到的作用，但這種傳播方法往往會因「傳疑而失實」，進而導致文人吸取到的是錯誤性的地方經驗，也會影響到知識結構的建構。

〔註 15〕陸龜蒙《書李賀小傳後》，董誥等編《全唐文》，中華書局 1983 年版，第 8418 頁。

〔註 16〕獨孤及《阮公嘯臺頌（並序）》，董誥等編《全唐文》，中華書局 1983 年版，第 3903 頁。

地方知識進入文人的知識結構中，除了「人」的因素外，「書」也格外的重要。如前文所提，古老相傳的地方知識時常爲文人搜羅整理，載入圖經，圖經便是文人獲取地方知識重要的書本渠道。圖經是獲得官方認可的，比如開元年間，褚無量就上書請皇帝巡幸所經地方「有名山大川，丘陵墳衍，古之帝王，及忠臣烈士，備在祠典，皆合致祭」，〔註 17〕而其所據即「望令所管州縣，據圖經具錄先報」。〔註 18〕這裡圖經可爲官方事務所用，可見其權威性。不僅如此，圖經往往對地方知識的介紹非常詳細而且相對準確。劉禹錫曾提到源乾曜所修《夔州圖經》道：「故相國安陽公幹曜嘗參軍事，修圖經，言風俗甚備。」〔註 19〕說明圖經記述風俗的詳細。實際上，圖經本身已經成爲中唐文人檢索、熟悉地方知識的重要來源。如元稹修《京西京北圖經》四卷時自言：「尋於古今圖籍之中，纂撰《京西京北圖經》。」〔註 20〕可見舊有的圖經是元稹新修圖經、地圖的重要參考資料。

韓愈離潮州赴袁州途經韶州，就先向地方官借圖經，其《將至韶州先寄張使君借圖經》云：「曲江山水聞來久，恐不知名訪倍難。願借圖經將入界，亦逢佳處便開看。」〔註 21〕借圖經入州界，其目的在於逢到名勝古蹟便可查看以尋找相關信息。所以圖經對於那些地方認知不足又「恐不知名訪倍難」的士人來說就擔當了很重要的地圖功能。同樣，顏眞卿也愛借圖經瞭解地方情況，他著名的書法作品《撫州南城縣麻姑山仙壇記》中提到「大曆三年，眞卿刺撫州。按圖經南城縣有麻姑山，頂有古壇。相傳云麻姑於此得道，壇東南有池，中有紅蓮，近忽變碧，今又白矣。」〔註 22〕此段文字有兩個信息值得注意，一是「按圖經」，二是「相傳云」。所謂「按圖經」，就是依據圖經瞭解地方知識，是文人通過「書」來主動獲取地方知識；所謂「相傳云」，則可能是從當地人民的口耳相傳中所得，是我們前文所說的通過「人」的渠道獲得知識。顏眞卿的例子不但證明圖經在文人瞭解地方知識時的重要地位，

〔註 17〕王溥《唐會要》中華書局 1955 年版，第 519 頁。

〔註 18〕王溥《唐會要》中華書局 1955 年版，第 519 頁。

〔註 19〕劉禹錫《夔州刺史廳壁記》，卞孝萱《劉禹錫集》，中華書局出版社 1990 年版，第 107 頁。

〔註 20〕元稹著，冀勤點校《元稹集》，中華書局 2010 年版，第 468 頁。

〔註 21〕韓愈《將至韶州先寄張使君借圖經》，錢仲聯集釋《韓昌黎詩繫年集釋》，上海古籍出版社 1984 年版，第 1179 頁。

〔註 22〕顏眞卿《撫州南城縣麻姑山仙壇記》，董誥等編《全唐文》，中華書局 1983 年版，第 3424 頁。

同樣爲向當地居民尋找地方信息提供了證明。

唐時圖經一般在官府中才有，它有時候也並不能涵蓋當地全部的信息，有時候雖有記錄但也許會有所出入，轉而向別人詢問也會有各種的限制。故而文人獲得地方知識除了上述兩種渠道之外，文人自己的實地經驗就格外重要。比如顏眞卿有次經過南嶽，發現魏夫人得道後「於石井山建立壇場，往來遊憩。歲月深久，榛蕪淪翳。雖備載圖經，而略遺無跡」。〔註 23〕圖經中雖詳細記有魏夫人的道場，但生活實際情況卻是道場未能經受住歲月的考驗，已經消失得乾乾淨淨。顏眞卿若不去實地考察，只按圖經說事，必然就是一種錯誤的地方知識，可見實踐在知識獲得過程中的重要作用。我們可以再看一個例子，段文昌《修仙都觀記》中曾提到：

> 平都山最高頂，即漢時王、陰二眞人蟬蛻之所也。峭壁千仞，下臨湍波；老柏萬株，上插峰嶺，靈花彩羽，皆非圖志中所載者。〔註 24〕

段文昌閱讀圖經又實地考察過後，發現平都山根本不是圖志所記載那樣，可見實地經驗對地方認知的重要性。當然我們需要一提的是，顏眞卿和段文昌之例暗含了兩條信息：第一，文人們特意在詩文中點出圖經內容的錯誤以及缺失實則有著自我獲得正確地方知識的得意；第二，文人指出圖經的錯誤的行爲便於其他文人獲得正確的地方認知。

綜上，向當地人士問詢、作者的實地經驗和參考圖經等書籍應該是文人獲取地方知識的主要途徑。而前二者是「人」的因素，圖經等則是「書」的因素，人與書是地方知識的主要來源途徑。而「人」因素中的文人親身實地考察又具有著特殊作用，是對當地認知的一種補充或者修正。有些地方特有的知識，則非實地經驗難以有切實認知。

三、聞見成詩：地方知識的文學意義

地方知識是文人對地方的認知，它調整、補充了文人知識結構。這些認知在士人的詩文創作過程中，起到了相當的作用，具有特定的文學意義。

首先，以地方知識作爲文學作品的描寫對象。唐前重要的敘寫地方風貌

〔註 23〕顏眞卿《晉紫虛元君領上眞司命南嶽夫人魏夫人仙壇碑銘》，董誥等編《全唐文》，中華書局 1983 年版，第 3454 頁。

〔註 24〕段文昌《修仙都觀記》，董誥等編《全唐文》，中華書局 1983 年版，第 6233 頁。

的文學作品當推漢代都邑賦，以班固《兩都賦》、張衡《二京賦》爲代表。「舉凡一個城市（首先是京都）的自然物產、歷史沿革、經濟發展、風俗民情等各個方面都能在賦中得到全面、集中的反映」。〔註 25〕賦中體現的內容顯然可看成是地方知識的大集結。唐時，仍有都邑賦，柳宗元《晉問》就是一篇七體都邑賦。文章以主客問答體起篇，從山川形勢、鐵冶兵革、駿馬宮室等方面敘述晉地的情況，內容涉及到地理知識、物產知識和人物掌故知識。顯然柳宗元諳熟相關地方知識是寫作這篇賦不可或缺的先決條件。柳宗元是晉人，相關知識應該是得之於故鄉的，以故鄉認知爲基礎，創作出的這篇七體賦辭章華美，氣勢縱橫。

劉禹錫赴朗州司馬之貶，也創作過不少以當地地方認知爲主要內容的詩歌，比如其中有對當地少數民族生活的描述，如其在朗州創作的《蠻子歌》就記述了生活在當地的莫傜蠻的風俗。詩云：「蠻語鉤輈音，蠻衣斑斕布。薰狸掘沙鼠，時節祠盤瓠。忽逢乘馬客，恍若驚麏顧。腰斧上高山，意行無舊路。」〔註 26〕詩歌描述了該族的語言、服飾，生活習慣、節日風俗等，是劉禹錫由實地經驗得來的地方知識。柳宗元南貶時也曾寫過少數民族的風俗，他的《柳州峒氓》說：「郡城南下接通津，異服殊音不可親。……鵝毛御臘縫山罽，雞骨占年拜水神。愁向公庭問重譯，欲投章甫作文身。」〔註 27〕「異服殊音」導致需要外人幫忙重譯才能得知土人說話的意思，這讓詩人有一種「不可親」的疏離感。在柳子厚眼中奇異的祭祀、占卜風俗都是親眼所見，當地人以鵝毛製衣禦寒，以雞骨頭占卜都是新鮮、前所未見的地方知識，故而特意在詩文中記述。這些以地方認知爲書寫對象的作品正是地方知識的文學呈現方式之一。

再者，作家們還有意搜集地方知識以便創作相關作品。劉禹錫赴朗州司馬之貶，下車伊始便尋找當地圖經瞭解地方情況，並將地方知識詢問當地人民，以印證其實，最後寫入詩中。他自言：「至則以方志所載，而質諸其人民，

〔註 25〕王樹森《「賦代志乘」說評議——以都邑賦爲中心》，《中國韻文學刊》2009 年第 1 期。

〔註 26〕劉禹錫《蠻子歌》，卞孝萱《劉禹錫集》，中華書局出版社 1990 年版，第 343 頁。

〔註 27〕柳宗元《柳州峒氓》，王國安箋釋《柳宗元詩箋釋》，上海古籍出版社 1993 年版，第 330 頁。

顧山川風物，皆騷人所賦，乃具所聞見而成是詩。」〔註 28〕可見劉禹錫以地方知識入詩時創作的嚴謹性。實際上，考察地方知識寫諸成詩似乎成爲了劉禹錫的一種創作習慣，後來他在和州任上，也是「至則考圖經，參見事，爲之詩」，撰寫了《歷陽書事七十韻》。該詩云：

> 一夕爲湖地，千年列郡名。霸王迷路處，亞父所封城。漢置東南尉，梁分肘腋兵。本吳風俗剽，兼楚語音傖。沸井今無湧，烏江舊有名。土臺遊柱史，石室隱彭鏗。曹操祠猶在，濡須塢未平。〔註 29〕

詩歌從歷史沿革、當地名勝、前人遺跡、風俗語音等地方知識入手，句句堆砌和州歷陽地方事情，可見劉禹錫創作詩歌之始是經過充分地方知識準備的。所以文人在詠唱地方詩文時大多數需要具備相應的地方知識，否則在創作時很難做到得心應手。

其次，以地方知識爲典故、材料，寫入詩文。和前者所說的「以地方知識作爲文學作品的描寫對象」情況不同，後者的地方知識只是文學作品的組成部分，作者的描寫對象並不是地方知識，地方知識只是作爲一種技法參與到文學創作之中。如杜密《唐故河南府密縣丞河東薛府君墓誌銘並序》本意是爲人作墓誌，並不在於寫山川形勢，卻在起句稱：「□山北臨，汾水南注，川原□軫，氣象徘徊，賢達挺生，忠良間出，地靈人傑，豈徒然哉！」〔註 30〕墓主薛迅是汾陰人，作者此處矜誇汾陰地方的山川人物，實際意義卻在引發對逝者得地靈滋潤的想像。作者是墓主外甥，汾陰的山川地勢顯然是他所熟悉的地方知識，故而順口拈來。

當然士人的間接經驗也是文人地方知識的來源，同樣成爲其知識結構的組成部分，有時候會作爲材料入詩。如王建《送流人》所作就是將間接得來的南方認知寫入詩中，其云：

> 見說長沙去，無親亦共愁。陰雲鬼門夜，寒雨瘴江秋。水國山魈引，蠻鄉洞主留。漸看歸處遠，垂白住炎州。〔註 31〕

〔註 28〕劉禹錫《武陵書懷五十韻並引》，卞孝萱《劉禹錫集》，中華書局出版社 1990 年版，第 277 頁。

〔註 29〕劉禹錫《歷陽書事七十韻》，卞孝萱《劉禹錫集》，中華書局出版社 1990 年版，第 557 頁

〔註 30〕杜密《唐故河南府密縣丞河東薛府君墓誌銘並序》，《唐代墓誌彙編》下冊，第 1913 頁。

〔註 31〕王建《送流人》，彭定求等編《全唐詩》，中華書局 1960 年版，第 3391 頁。

詩中提到的鬼門，就是嶺南的鬼門關（今廣西玉林一帶），王建曾到過荊州，但並未穿過該關，關於鬼門關的描述應該是得之於間接經驗。其時，「鬼門關」的知識應該是文人比較容易接觸到的知識，比如高適曾說：「鬼門無歸客，北戶多南風。蜂蠆隔萬里，雲雷隨九攻。」〔註32〕時人謠諺也說：「鬼門關，十人去，九不還。」〔註33〕這些都對「鬼門關」進行了普泛化的總結，而且唐人關於鬼門關的知識似乎都偏向於負面。王建詩的特殊之處在於，他進一步提到了鬼門關「十人去，九不還」的原因，即該地的瘴氣。詩人所用到的「秋」與「雨」，一個指明了瘴氣的生成季節，一個說出了瘴氣的生成條件。此外詩人還提到了山魈和洞主，這說明他對南方山林的居住民族和相關傳說也有所耳聞。這些間接得來的地方知識，並不是詩人要詠唱的對象，而是作爲敘述「流人」將去的地方背景。

我們所想指出的是這些作爲詩文材料和典故的地方知識，不僅有各地風俗、氣候，也包括地方名勝等其他內容，例子不勝枚舉。這些認知經過士人的轉換、表達，呈現在詩文中，就形成詩文作品中極其富有地方特色的部分。而在文學創作過程中，地方知識的文學意義遠不止作爲詠唱對象，它內化成文人知識結構中重要的一部分，轉化成創作技法參與到文學創作活動中。

再次，地方名勝、地方先哲、地方物產、地方風俗等諸多地方知識成爲士人詠唱的靈感，是文學創作的觸發物。比如劉禹錫「在朗州十年，唯以文章吟詠，陶冶情性。蠻俗好巫，每淫辭鼓舞，必歌俚辭。禹錫從事其間，乃依騷人之作，爲新辭，以教巫祝。故武陵溪洞間夷歌，率多禹錫之辭也。」〔註34〕所謂「爲新辭，以教巫祝」指的是劉禹錫創作的《竹枝詞》。劉禹錫自言：

> 四方之歌，異音而同樂。歲正月，余來建平，里中兒聯歌《竹枝》，吹短笛，擊鼓以赴節。歌者揚袂睢舞，以曲多爲賢。聆其音，中黃鍾之羽，卒章激訐如吳聲。雖傖佇不可分，而含思宛轉，有淇澳之豔音。昔屈原居沅湘間，其民迎神，詞多鄙陋，乃爲作九歌。到於今荊楚歌舞之。故余亦作竹枝九篇，俾善歌者揚之，附於末。後之聆巴渝，知變風之自焉。〔註35〕

〔註32〕高適《李雲南征蠻詩》，彭定求等編《全唐詩》，中華書局1960年版，第2209頁。
〔註33〕《鬼門關諺》，彭定求等編《全唐詩》，中華書局1960年版，第9936頁。
〔註34〕劉昫等《舊唐書》，中華書局1975年版，第4210頁。
〔註35〕劉禹錫《竹枝詞九首·引》，卞孝萱《劉禹錫集》，中華書局出版社1990年版，第359頁。

詩人在小序中提到親眼所見、親耳所聞當地土人歌唱《竹枝》，歌唱的方式是用笛、鼓來伴奏，並且隨歌而舞，而伴奏的音樂是黃鍾宮的羽聲，含思婉轉。劉禹錫受當地歌唱《竹枝》的激發，觸發了他創作新的《竹枝》作品。實際上，《竹枝》本身就是記述風土的文學作品，《香祖筆記》卷三稱：「唐人《柳枝詞》專詠柳，《竹枝詞》則泛言風土。」〔註36〕這一判斷大體無誤。從這個意義上來說，劉禹錫創作《竹枝詞》有了兩重意義，首先是劉禹錫受到了相關地方經驗的激發創作作品，激發之後，其地方經驗又轉而成爲了文學作品的描寫對象。

縱觀上文論述，我們可以總結：地方知識是文人知識結構的組成部分，這些知識可以是直接經驗得來的認知，也可以是間接經驗的表現。地方知識有助於調整和豐富文人的知識結構，在文學創作中發揮著特定的作用。

第二節　地方經驗與中唐文人知識結構的累積——以瘴癘認知爲中心

由於地理環境的差異與人員流動條件的限制，中唐知識精英對地方知識的掌握程度遠遜於他們對經史文章等公共知識的掌握。特別是經濟尚未發達、大片土地仍未開發的南方，文人們對其就更爲陌生，導致文人對於南方的知識偏於負面，甚至官員任職都不願意前往南方。〔註37〕南方成爲被處分官員的主要流放地，尚永亮師統計中唐文人貶謫南方者達 217 人次，占到中唐貶謫文人的 75%以上。〔註38〕

南方多雨潮濕的環境容易滋生疾病，匱乏的生產資源、落後的文化環境加劇了南來文人生活條件的惡劣程度。由此使得文人需要掌握更多的知識才足以面對生活困境。例如劉禹錫謫守連州，由於當地醫療條件的限制，他只好自己診治疾病，最終久病成醫，「篋中得已試者五十餘方」〔註39〕積成了《傳

〔註36〕王士禛《香祖筆記》，文淵閣《四庫全書》本，上海：上海古籍出版社 1987 年版，第 870 冊，第 418 頁。

〔註37〕張衛東《唐代官員不願外任刺史原因新探》，《江漢論壇》2009 年第 3 期。

〔註38〕尚永亮《唐五代文人逐臣分佈時期與地域的計量考察》，《東南大學學報》2007 年第 6 期。

〔註39〕劉禹錫《傳信方述》，卞孝萱《劉禹錫集》，中華書局出版社 1990 年版，第 587 頁。

信方》二卷。劉禹錫的這種經歷有利於他在原有知識結構基礎上，累加了新的知識，優化了其知識結構模式。而本節我們擬通過唐人的瘴癘認知，論述地方經驗、地方知識在知識結構累加中的作用，及其在文學呈現中的意義。

瘴癘是一種南方疾病，北方文人未曾南來便已有所耳聞。得之於傳聞畢竟未盡其實，「三人成虎」的恐懼在所難免。沒有親生經歷過瘴毒的士人，對瘴毒的形成環境、病理表現、預防療治等知識大多知之甚少，而南來之後，地方經驗增加了他們對瘴毒的認識，相關知識得到累加，某種程度上調整了其知識結構的序列。這種知識的調整不經意間也被文人寫進了詩文中，影響到了他們的創作。

一、瘴：唐代文人對南方的恐怖認知

當代學者研究認爲「瘴病主要是指亞熱帶和熱帶地區流行的惡性瘧疾，並主要發生在氣候熱濕的地理環境與夏秋季節。……到了隋唐五代時期，瘴病的分佈北界則南移到了大巴山和長江一線，而以嶺南爲甚。」〔註 40〕除淮南道以外，南方大部分地區都有瘴氣、瘴水分佈。漢晉以來，人們對南方瘴病的認知影響深遠，所以唐人談瘴色變，對瘴病也有初步認識。

韓愈《左遷至藍關示侄孫湘》就有「知汝遠來應有意，好收吾骨瘴江邊」〔註 41〕的說法。一封朝奏，夕貶潮州，未出秦嶺，便做好了棄身瘴江的準備。潮州瘴毒大盛，韓愈應該早有認知。一旦身去瘴區，便難以全身而還的認識似乎是唐人常識：「瘴江西去火爲山，炎徼南窮鬼作關。從此更投人境外，生涯應在有無間。」〔註 42〕「北別傷士卒，南遷死炎瘴。」〔註 43〕前者以爲瘴

〔註 40〕龔勝生：《2000 年來中國瘴病分佈變遷的初步研究》，《地理學報》1993 年第 4 期。近年來對瘴氣的研究，除基礎概念辨析之外，相關成果主要集中在醫療史、疾病史、歷史地理學等領域，可參看周瓊《瘴氣研究綜述》（《中國史研究動態》2006 年第 5 期）。古代文學研究領域，通常從作家對外在環境的感受、體認與反映的角度闡發其對作品創作的影響。周瓊還認爲瘴是概括性的稱呼，瘴的表現形式分瘴氣和瘴水兩種，人罹患瘴病的表現就是瘴癘。

〔註 41〕韓愈《左遷至藍關示侄孫湘》，錢仲聯集釋《韓昌黎詩繫年集釋》，上海古籍出版社 1984 年版，第 1097 頁。

〔註 42〕張均《流合浦嶺外作》，彭定求等編《全唐詩》，中華書局 1960 年版，第 985 頁。

〔註 43〕張謂《同孫構免官後登薊樓》，彭定求等編《全唐詩》，中華書局 1960 年版，第 2015 頁。

處是非人境，從此一去便是生死兩茫茫，生存不可預料；後者則對舉北上戍邊與南下遷謫，以爲遷入南方瘴氣的地方幾乎沒有存活的可能。所以沈佺期道：「昔傳瘴江路，今到鬼門關。土地無人老，流移幾客還。」〔註 44〕最後一句暴露了詩人內心的悲愁。當張說得以生還中原，度梅嶺時就情不自禁寫下了《喜度嶺》：

東漢興唐歷，南河復禹謀。寧知瘴癘地，生入帝皇州。〔註 45〕

從瘴癘之地生還，成爲「流移幾客還」中的還者之一，貶謫之地的瘴毒再不能侵襲身體，喜形於色。

唐代官員到南方赴任，上表常以身在蠻瘴之地乞憐，陳子昂代人上表稱：「臣自到桂州，病轉增劇，更加瘴虐，臥在床枕，兩目漸不見物，起動皆須扶引，死在朝夕。」〔註 46〕又柳冕代作《青帥乞朝覲表》就稱：「臣雖上恃天慈，不殞瘴癘；而下悲骨肉，繼以死喪。」〔註 47〕再韓愈到潮州上謝表亦有「州南近界，漲海連天；毒霧瘴氛，日夕發作。臣少多病，年才五十，髮白齒落，理不久長，加以罪犯至重，所處又極遠惡，憂惶慚悸，死亡無日」的哀鳴。〔註 48〕甚至有官員因爲身在瘴氣多發之地，長期抑鬱而病死任上，如李道興爲交州都督，「以南方瘴厲，恐不得年，頗忽忽憂悵，卒於官」。〔註 49〕由此可見，有唐一代，文人們對瘴的恐怖認知由來已久，但對瘴的科學認識卻不十分明瞭。個中原因是文人往往通過間接經驗獲得「瘴氣」這種地方知識，口耳相傳中加劇了文人對其恐怖度。

基於這樣的認識，唐代官員被派往瘴毒多發區域工作，有的拒絕赴任，有的請託逃避，有的堅請還朝，種種表現不一而足。如太宗遣盧祖尙爲交州都督，祖尙就以「嶺南瘴癘，皆日飲酒，臣不便酒，去無還理」爲由拒之。〔註 50〕永泰二年（766），陳少游除桂州刺史、桂管觀察使，他向人泣訴道：「南方

〔註 44〕沈佺期《入鬼門關》，彭定求等編《全唐詩》，中華書局 1960 年版，第 1050 頁。

〔註 45〕張說《喜度嶺》，彭定求等編《全唐詩》，中華書局 1960 年版，第 976 頁。

〔註 46〕陳子昂《爲義興公陳請終喪第三表》，徐鵬校點《陳子昂集・補遺》，中華書局 1962 年版，第 236 頁。

〔註 47〕柳冕《青帥乞朝覲表》，董浩等編《全唐文》，中華書局 1983 年版，第 5351 頁。

〔註 48〕韓愈《潮州刺史謝上表》，劉眞倫、岳珍校注《韓愈文集匯校箋注》中華書局 2010 年版，第 2922 頁。

〔註 49〕歐陽修、宋祁等《新唐書》，中華書局 1975 年版，第 3513 頁。

〔註 50〕劉昫等《舊唐書》，中華書局 1975 年版，第 2522 頁。

炎瘴，深愴違辭，但恐不生還再睹顏色矣。」〔註 51〕貞元年間，黔中觀察使裴佶「爲瘴毒所侵，堅請入覲，拜同州刺史」。〔註 52〕他們無一例外提到南方的瘴毒，盧、陳二人雖未赴任卻都認爲瘴癘將使他們命喪異鄉。這三個例子足可見唐人對瘴癘的一般印象，所以中唐詩人張籍在送人赴官廣州時也善禱善祝道：

> 聖朝選將持符節，內使宣時百辟聽。海北蠻夷來舞蹈，嶺南封管送圖經。白鷴飛繞迎官舫，紅槿開當宴客亭。此處莫言多瘴癘，天邊看取老人星。〔註 53〕

起筆從鄭某得官至榮耀敘起，頷聯、頸聯分別說到持節建封的威儀與嶺表風情，結末不忘提到嶺外的瘴癘，但以「老人星」收束全篇，表達祝福。由詩中「多瘴癘」三字不難推知張籍對嶺南的印象。瘴毒幾乎成爲南方的特質，是北方文人對其恐怖的認知。〔註 54〕

事實上，此時醫者對其基本狀況已然有一定的認識。如孫思邈說：「凡人吳蜀地遊宦，體上常須三兩處灸之，勿令瘡暫瘥，則瘴癘溫瘧毒氣不能著人也。」〔註 55〕他提到了瘴病多發的基本地域包括吳、蜀，針灸可以預防瘴癘。可知初唐時醫療界對瘴病已經做過醫學上的預防治療嘗試。此外，前引盧祖尚所說的「嶺南瘴癘，皆日飲酒」，也說明一般士人也知道瘴癘通過飲酒是可以預防的。但大多數北方士人對屬於地方性疾病的瘴病惡疾雖有所耳聞，卻並未詳知其具體情況。瘴毒知識是不少北方士人的認知盲區，他們的相關知識儲備極爲匱乏，越是這樣士人們也就越發對其恐懼。這也說明當一種地方經驗作爲一種「普識」進入到文人的知識結構中，就很難得到改變。因爲相較文藝、經術知識而言，地方知識的獲取並不是一件簡單的事情。所以，從準確度上考慮，地方知識經驗的錯誤率要高於其他諸種知識。

〔註 51〕劉昫等《舊唐書》，中華書局 1975 年版，第 3564 頁。

〔註 52〕劉昫等《舊唐書》，中華書局 1975 年版，第 3084 頁。董浩等編《全唐文》，中華書局 1983 年版。

〔註 53〕張籍《送鄭尚書赴廣州》，彭定求等編《全唐詩》，中華書局 1960 年版，第 4340 頁。

〔註 54〕尚永亮師《貶謫文化與貶謫文學：以中唐元和五大詩人之貶及其創作爲中心》第二章《五大詩人的生命沉淪和心理苦悶》分析貶謫南方士人心態時曾多次指出士人對南方瘴毒的恐怖心理，以及瘴區環境對詩人們身心的折磨，對詩人創作的影響，可參。

〔註 55〕孫思邈《備急千金要方》，中國中醫藥出版社 1998 年版，第 183 頁。

二、實地經驗與知識結構的豐富

瘴氣作爲一種地方知識，實地經驗所得與「道聽途說」所得，獲取效果差別很大。北方文人沒有親身經歷瘴氣、瘴水，雖然知道瘴毒危害極大，卻無切膚之感。「瘴」在沒有實地經歷者的詩文中，更多是作爲意象出現。例如高適詩中就有三處用「瘴」的例子：

登臨多瘴癘，動息在風水。〔註 56〕

東路雲山合，南天瘴癘和。〔註 57〕

風霜驅瘴癘，忠信涉波濤。〔註 58〕

第一例「登臨多瘴癘」是一句幾乎沒有情感色彩的陳述句，後兩例則是對友人南遊的祝福，字裏行間並未見特別的恐懼心態，瘴只是作爲詩句中的意象而存在。但在有貶謫南方經驗的韓愈眼中，對瘴毒的體驗就要具體很多。他說：「湖波連天日相騰，蠻俗生梗瘴癘烝。江氛嶺祲昏若凝，一蛇兩頭見未曾。」〔註 59〕身在蠻地，風俗、環境都讓他極不適應，瘴癘之氣滾滾升騰，使得江上山頭的不祥之氣昏暗，似乎要凝固住面前的世界。可見韓愈詩中描寫的瘴氣是形象而具體的。他又很擔心自己會死於非命，稱「未報恩波知死所，莫令炎瘴送生涯。」〔註 60〕滿是對毒瘴的深深恐懼，故而當他北還時，長舒了一口氣，寫下「面猶含瘴色，眼已見華風。歲暮難相値，酣歌未可終。」〔註 61〕瘴色和華風對比，詩句滿是欣喜之情。可見，有無實地感受，對瘴的認識程度會很不一樣，文學呈現也會自有差別。我們可以進一步看看，擁有相關經驗的文人們對瘴氣又有哪些具體的認識？又是怎樣通過實踐豐富著自己的知識結構。

首先認識到瘴氣總是伴隨炎熱而生。如

〔註 56〕高適《宋中送族侄式顏》，彭定求等編《全唐詩》，中華書局 1960 年版，第 2199 頁。

〔註 57〕高適《送鄭侍御謫閩中》，彭定求等編《全唐詩》，中華書局 1960 年版，第 2230 頁。

〔註 58〕高適《送柴司户充劉卿判官之嶺外》，彭定求等編《全唐詩》，中華書局 1960 年版，第 2238 頁。

〔註 59〕韓愈《永貞行》，錢仲聯集釋《韓昌黎詩繫年集釋》，上海古籍出版社 1988 年版，第 333 頁。

〔註 60〕韓愈《答張十一功曹》，錢仲聯集釋《韓昌黎詩繫年集釋》，上海古籍出版社 1988 年版，第 185 頁。

〔註 61〕韓愈《自袁州還京行次安陸，先寄隨州周員外》，錢仲聯集釋《韓昌黎詩繫年集釋》，上海古籍出版社 1988 年版，第 1190 頁。

煙塵三川上，炎瘴九江邊。（白居易）〔註62〕

江瘴炎夏早，蒸騰信難度。（元稹）〔註63〕

晚程椒瘴熱，野飯荔枝陰。（盧綸）〔註64〕

詩人們對「瘴」與「熱」的聯繫有所感受，他們往往使用「炎」、「椒」等字修飾「瘴」。「炎」本身是指「熱」，而「椒」雖不直接指向「熱」，但花椒帶給人的味覺本是火辣辣的，盧綸對「瘴」的感覺就如他對花椒的味覺，這是一種通感用法。〔註65〕比較有意思的是，元、白愛用「炎」字修飾，而盧綸則喜以「椒」字修飾。筆者認爲其中或許是元、白二人講究詩歌的淺顯易懂，所用字一般都比較直白，而盧綸則更追求詩意的形象性。

其次，炎熱的瘴氣對人體具有著非常大的破壞力，身處瘴區的中唐文人，會在詩文中很詳細地描述瘴氣帶給人們的生理感受。比如柳宗元就非常喜歡在詩文中描寫瘴毒蒸熱對身體的影響，他說道：「瘴茅葺爲宇，溽暑常侵肌。適有重膇疾，蒸鬱寧所宜。」〔註66〕以帶瘴氣的茅草爲屋頂，溽暑令身體極不舒適，會導致腳腫的毛病。又瘴病讓他「夙志隨憂盡，殘肌觸瘴旉」，「癘氣劇囂煩」，〔註67〕身體備受受到折磨，精神上也頗不安寧。再如元稹也感覺到夏天的瘴毒如火爐上蒸籠般炙熱，他說「蒸瘴熱於爐」，〔註68〕用瘴熱和火爐作比較，直接道出了瘴氣帶給人的生理體驗。元稹在詩句中也曾提到自己感染瘴毒：「瘴侵新病骨」。〔註69〕並且很詳細地描述感染之後的情況：「脹腹

〔註62〕白居易《憶洛下故園》，朱金城箋校《白居易集箋校》，上海古籍出版社1988年版，第554頁。

〔註63〕元稹《表夏十首》其三，冀勤點校《元稹集》，中華書局2010年版，第272頁。

〔註64〕盧綸《送從舅成都縣丞廣歸蜀》，彭定求等編《全唐詩》，中華書局1960年版，第3126頁。

〔註65〕「椒瘴」還可以理解爲對瘴氣發生時間的陳述，白居易《新豐折臂翁》就有「聞道雲南有瀘水，椒花落時瘴煙起」的句子。但盧綸兩次「椒瘴」用例，詩中均已有時間限定語境，再將「椒」作爲「椒花落時」之類的時間修飾詞語意重複，似非必要。

〔註66〕柳宗元《茅簷下始栽竹》，王國安箋釋《柳宗元詩箋釋》，上海古籍出版社1993年版，第89頁。

〔註67〕柳宗元《酬韶州裴曹長使君寄道州呂八大使因以見示二十韻一首》，王國安箋釋《柳宗元詩箋釋》，上海古籍出版社1993年版，第94頁。

〔註68〕元稹《酬樂天東南行詩一百韻》，冀勤點校《元稹集》，中華書局2010年版，第272頁。

〔註69〕元稹《酬樂天見憶，兼傷仲遠》，冀勤點校《元稹集》，中華書局2010年版，第108頁。

看成鼓，羸形漸比柴。道情憂易適，溫瘴氣難排。」〔註 70〕以及「病瘴年深渾禿盡，那能勝置角頭巾。」〔註 71〕身瘦腹脹、落髮禿頭，他感覺自己「瘴色滿身治不盡，瘡痕刮骨洗應難」。〔註 72〕以上諸例說明親身經歷過瘴病的侵襲，讓他們刻骨銘心，也讓他們對瘴毒有了進一步認識，豐富了相關的知識，也優化了他們的知識結構。

再次，應對瘴毒方面有了新的知識。中唐文人們注意到了瘴疾多發的季節、預防爲主的應對措施以及染疾後的治療，而這些應對地方病的地方性知識，通常情況不是遠離瘴區的文人可以憑空想像出來的，需要切身的體會。比如劉禹錫爲連州刺史，自稱：「伏以南方癘疾，多在夏中。臣自發郴州，便染瘴瘧，扶策在道，不敢停留。」〔註 73〕他在這數十字中提到兩個問題：一是瘴病多發的季節；二是遠離瘴源，減少接觸。可見，身在瘴區，又罹患惡疾，劉禹錫對瘴病的知識有了更多的認知。再如白居易也提到過瘴病的好發季節，其言：「人稀地僻醫巫少，夏旱秋霖瘴瘧多。」〔註 74〕直接點明夏秋季節是瘴病多發的時間。又言：「九江地卑濕，四月天炎燠。苦雨初入梅，瘴雲稍含毒。」〔註 75〕農曆四月，春夏之交天氣讓詩人倍覺炎熱，瘴氣更是容易致病。元稹也同樣對瘴氣季節特性有認識，他說道：「江瘴炎夏早，蒸騰信難度。」〔註 76〕點明瘴氣在初夏時期就已很肆掠。另外值得一提的是，中唐文人也常用「秋瘴」點明時間，如「人經秋瘴變，鳥墜火雲多。」〔註 77〕「荒徼辰陽遠，窮秋瘴雨深。」〔註 78〕「若待更遭秋瘴後，便愁平地有

〔註 70〕元稹《痁臥聞幕中諸公徵樂會飲因有戲呈三十韻》，冀勤點校《元稹集》，中華書局 2010 年版，第 148 頁。

〔註 71〕元稹《三兄以白角巾寄遺髮不勝冠因有感歎》，冀勤點校《元稹集》，中華書局 2010 年版，第 264 頁。

〔註 72〕元稹《酬樂天見寄》，冀勤點校《元稹集》，中華書局 2010 年版，第 270 頁。

〔註 73〕劉禹錫《連州刺史謝上表》，《全唐文》，董誥等編《全唐文》，中華書局 1983 年版，第 6074 頁。

〔註 74〕白居易《得微之到官後書備知通州之事悵然有感因成四章》其三，朱金城箋校《白居易集箋校》，上海古籍出版社 1988 年版，第，923 頁。

〔註 75〕白居易《孟夏思渭村舊居寄舍弟》，朱金城箋校《白居易集箋校》，上海古籍出版社 1988 年版，第 560 頁。

〔註 76〕元稹《表夏十首》其三，冀勤點校《元稹集》，中華書局 2010 年版，第 272 頁。

〔註 77〕劉長卿《送張司直赴嶺南謁張尚書》，彭定求等編《全唐詩》，中華書局 1960 年版，第 1490 頁。

〔註 78〕戎昱《辰州建中四年多懷》，彭定求等編《全唐詩》，中華書局 1960 年版，第 3015 頁。

重泉。」〔註 79〕都是以「秋瘴」作爲時間的秋天的代名詞。以上諸例說明，生活在瘴區的詩人對瘴氣的敘述脫離了簡單物象的印象式疊加，而是將「瘴」作爲實體來陳述，這是建立在直接體驗了瘴氣，可以深入認識瘴病的基礎之上。

面對持續時間長達夏秋兩季的瘴毒侵害威脅，詩人們找到了避免接觸是預防瘴癘的最佳辦法。所以元稹特地提醒即將去嶺外的友人說：

> 宿浦宜深泊，祈瀧在至誠。瘴江乘早度，毒草莫親芟。〔註 80〕

幾乎句句都是在說對瘴度的預防：及早渡江、莫芟毒草。一天當中，早晨是瘴毒肆虐程度最低的時間段，野草也可能含有瘴毒，早行可以避免被重度的瘴氣侵襲，不親手割草以避免直接接觸感染源，這些都是預防瘴病的有效辦法。這種認知是元稹實地經驗的總結。可見在對瘴毒的知識上，道聽途說遠不如親身經歷更豐富、更準確。

除避免直接接觸之外，藥物預防也是中唐文人應對瘴癘侵襲的實地經驗。比如裴行立就曾寄預防瘴癘的藥品給韓愈，韓愈報詩曰：「遺我數幅書，繼以藥物珍。藥物防瘴癘，書勸養形神。」〔註 81〕再如元稹也曾以藥物防瘴，還將預防瘴毒的金石棱寄給白居易，白居易答謝道：

> 今冬臘候不嚴凝，暖霧溫風氣上騰。山腳崦中才有雪，江流慢處亦無冰。欲將何藥防春瘴，只有元家金石棱。〔註 82〕

白樂天的答謝詩不僅僅只是禮節性的回函，而是元家所寄藥物恐怕眞是雪中送炭。實際上，元稹對於自己服藥預防瘴毒的知識，頗有得意，他在《遣病十首》其一中說：

> 服藥備江瘴，四年方一癘。豈是藥無功，伊予久留滯。滯留人固薄，瘴久藥難制。去日良已甘，歸途奈無際。〔註 83〕

認爲自己四年才罹患一次瘴癘完全是服藥預防之效果，但由於生活時間久，

〔註 79〕元稹《酬樂天聞李尚書拜相以詩見賀》，冀勤點校《元稹集》，中華書局 2010 年版，第 272 頁。

〔註 80〕元稹《送崔侍御之嶺南二十韻》，冀勤點校《元稹集》，中華書局 1982 年版，第 144 頁。

〔註 81〕韓愈《贈別元十八協律六首》，彭定求等編《全唐詩》，中華書局 1960 年版，第 3826 頁。

〔註 82〕白居易《十二年冬江西溫暖喜元八寄金石棱到因題此詩》，朱金城箋校《白居易集箋校》，上海古籍出版社 1988 年版，第 1087 頁。

〔註 83〕元稹《遣病十首》，冀勤點校《元稹集》，中華書局 1982 年版，第 91 頁。

難免被感染，受瘴度侵害越久也就越難用藥物來治療。進一步看，用藥物預防瘴癘的醫學知識，通過友朋之間的輾轉流傳，也最終成爲了當時瘴區士人所熟知的生活知識。

如果預防無用的話，治療就是關鍵。中唐文人們注意到了當地土人的治療方法。元稹對其描述有：「病賽烏稱鬼，巫占瓦代龜。連陰蛙張王，瘴瘧雪治醫。」〔註 84〕從元詩的語氣中看來，他對以雪醫治瘴瘧的辦法是嗤之以鼻的。文人們似乎更願意相信自己掌握的醫學知識。盧仝就感歎：「就中南瘴欺北客，憑君數磨犀角吃，我憶君心千百間。」〔註 85〕犀角，中醫入藥，盧仝以爲用之可以治療欺負北人的「南瘴」。白居易在得知元稹感染瘴癘之後，也曾爲寄藥，並作《聞微之江陵臥病以大通中散碧腴垂雲膏寄之因題四韻》詩歌問候，詩題就直接點明了所寄藥物，說明在白居易在瘴區生活之後，有了相關的應對瘴病的醫藥知識，並將這種知識與朋友分享。元稹爲此還作了《予病瘴樂天寄通中散碧腴垂雲膏寄之四韻因有酬答》加以回覆。還有一些文人則熱衷於藥方的研究，完善藥方的「君臣佐使」，比如陸贄貶忠州時曾言道：「家居瘴鄉，人多癘疫，乃抄撮方書，爲《陸氏集驗方》五十卷，行於代。」〔註 86〕若不是貶謫瘴區，陸贄未必會有抄撮方書的條件，而抄寫藥方則進一步豐富了他的相關知識。

以上事例說明，曾在瘴區生活過的文人們對瘴毒已經有過直接的感受，由實地經驗和相關措施應對瘴病。對於瘴病這種地方性疾病的知識，豐富了文人的知識內容。實際上，地方性疾病的知識並不具備普遍認知的條件，若非親身經驗，北方文人對瘴毒的認知是有限的。這說明實地經驗對完善特定知識具有重要作用。文人對瘴毒認識的深入，也影響到他們的文學書寫。

三、士人文學書寫對瘴毒知識的呈現

士人對瘴毒的書寫是他們相關知識的呈現。一方面，士人耳聞瘴毒，對其產生莫名的恐懼，這種情緒化的認知會反映在詩文中。另一方面，身不由己處於瘴區，對瘴毒有更多認識之後，這種認識同樣在詩文中出現。中唐詩歌創作

〔註 84〕元稹《酬翰林白學士代書一百韻》，冀勤點校《元稹集》，中華書局 1982 年版，第 132 頁。

〔註 85〕盧仝《寄蕭二十三慶中》，彭定求等編《全唐詩》，中華書局 1960 年版，第 4382 頁。

〔註 86〕劉昫等《舊唐書》，中華書局 1975 年版，第 3818 頁。

用「瘴」，調動了作家知識結構中存儲的瘴毒知識元素。除將「瘴」作爲南方地理、文化區域的代表事物以及我們前文提到的生理感受和醫藥知識等進行常規敘述之外，其用例大體有以下方面：陳述瘴毒發生的條件；描繪瘴毒起落的視覺景象；敘述作者對瘴區的文化體認。我們將就此三種用例進行討論。

首先，瘴毒產生的條件與環境。日本學者許山秀樹先生提到中唐人已經有意識的用「瘴」字作爲詩歌的語言，該字與其他字組合「構成了表現南方生活的一個要素。」中唐「詩人們幾乎都有被左遷的經歷，因而詩人們便有了直接接觸南方風土與事物的經驗。這些經驗在中唐以後的詩人中，大多是他們直接獲取的。」〔註 87〕中唐詩人以生動的筆觸，細膩地表現了瘴毒產生的時空條件。前文專門討論過瘴病發生的時間，瘴病發生與瘴毒產生的時間應該是同一的，亦即多發生於夏、秋兩季，所引詩句皆可爲例，不贅。

關於瘴毒產生的地理環境，詩人們有不同的描述，但不外乎山林水際。詩人們毫不吝嗇地用「瘴」字修飾之，比如元稹認爲：「陰深山有瘴，濕墊草多虻。」〔註 88〕韓愈說：「惡溪瘴毒聚，雷電常洶洶。」〔註 89〕郎士元則提到：「海霧多爲瘴，山雷乍作鄰。」〔註 90〕這是中唐文人對瘴毒產生地理環境的一種認識。但是知識本身有正誤之分的，不同地域的地方知識也是有所差異的。所以中唐文人詩中表達的瘴毒知識並不完全一致，例如戴叔倫就與元稹的看法相反，他說：「嶺陰無瘴癘，地隙有蘭蓀」。〔註 91〕無論詩人們對瘴氣意見是否有異同，但文學作品中都體現了詩人對瘴毒多發的地理環境認知。

瘴區的氣候條件也出現在詩人的筆下，元稹就曾以植物展示瘴區的節候。他說：「江瘴節候暖，臘初梅已殘。」〔註 92〕「瘴江冬草綠，何人驚歲寒。」〔註 93〕我們注意到南方的文人或許知道南方冬季並不特別寒冷，但氣候情況究竟怎樣只能是憑空想像或者道聽途說。而曾有過地方經驗的元稹卻能用梅

〔註 87〕許山秀樹著，李寅生譯《論中國古代詩人的南方意識——兼論「瘴」字的含義》，《欽州學院學報》2009 年第 5 期。

〔註 88〕元稹《蟲豸詩・虻》，彭定求等編《全唐詩》，中華書局 1960 年版，第 4474 頁。

〔註 89〕韓愈《瀧吏》，彭定求等編《全唐詩》，中華書局 1960 年版，第 3825 頁。

〔註 90〕郎士元《送林宗配雷州》，彭定求等編《全唐詩》，中華書局 1960 年版，第 2781 頁。

〔註 91〕戴叔倫《桂陽北嶺偶過野人所居聊書即事呈王永州邕李道州圻》，彭定求等編《全唐詩》，中華書局 1960 年版，第 3115 頁。

〔註 92〕元稹《寒》，彭定求等編《全唐詩》，中華書局 1960 年版，第 4497 頁。

〔註 93〕元稹《種竹》，彭定求等編《全唐詩》，中華書局 1960 年版，第 4459 頁。

花殘落的時間和經冬尤綠的草來說明瘴區的氣候，這種地方經驗是元稹經過實踐而得到的。

其次，瘴毒起落帶給詩人的視覺景象。這是一種直觀的視覺經驗，非親身經歷很難描繪。我們前面提到過，瘴氣、瘴水是瘴毒的主要表現形式，水、氣形成的煙、霧、雲、嵐、露、雨都有被詩人們冠上「瘴」作修飾語的用例。文人們從色彩、距離等不同層面敘述瘴氣帶給他們的視覺衝擊。瘴氣起時，人們似乎被裹挾其中，他們描述瘴毒這種無所不在的感覺時說道：

瘴雲四面起，臘雪半空消。〔註 94〕

瘴江昏霧連天合，欲作家書更斷腸。〔註 95〕

鋪天蓋地的瘴氣從四下騰起，讓詩人無法置身其外，所以劉禹錫看到的瘴雲是「四面」而來，李紳看到江上的瘴霧與天相接不休不止。再如元稹也有：「瘴雲愁拂地，急溜疑注瓶。」以及「瘴雲拂地黃梅雨，明月滿帆青草湖」詩句，寫到了瘴雲從天到地的彌漫，且兩句詩歌字面都用了「瘴雲」、「拂地」二詞。〔註 96〕張籍的說法就更別出心裁，他說道：「瘴開山更遠，路極水無邊。」〔註 97〕瘴氣未開時，視線受阻，遠山模糊不清，瘴氣散去，眼界豁然開朗。

進一步看，中唐文人在書寫瘴氣充盈時不同於初盛唐詩人。中唐詩人通常是置身其中的，不論是「四面起」、「連天合」抑或是「拂地」、「瘴開山更遠」都是因爲身處瘴氣中才能看到的景象，是所謂「有我之境」。而初盛唐的士人們則是跳出物外，用一種較爲客觀冷靜的態度描述瘴氣在身邊的彌漫。如宋之問的「處處山川同瘴癘」，〔註 98〕杜甫的「瘴癘浮三蜀，風雲暗百蠻」〔註 99〕只是陳述嶺南或巴蜀的山川大地無處不布滿瘴氣的實際情況，是站在客觀角度陳述事實，少了中唐文人描述瘴氣時的那種文學性的畫面感。

〔註 94〕劉禹錫《連州臘日觀莫傜獵西山》，彭定求等編《全唐詩》，中華書局 1960 年版，第 3972 頁。

〔註 95〕李紳《江亭》，彭定求等編《全唐詩》，中華書局 1960 年版，第 5495 頁。

〔註 96〕元稹這兩句詩分別是：「瘴雲愁拂地，急溜疑注瓶。」（元稹《書異》，彭定求等編《全唐詩》，中華書局 1960 年版，第 4461 頁。）「瘴雲拂地黃梅雨，明月滿帆青草湖。」（元稹《送友封二首》，彭定求等編《全唐詩》，中華書局 1960 年版，第 4573 頁。）

〔註 97〕張籍《奉和陝州十四翁中丞寄雷州二十二翁司戶之作》，彭定求等編《全唐詩》，中華書局 1960 年版，第 4325 頁。

〔註 98〕宋之問《至端州驛見杜五審言沈三佺期閻五朝隱王二無競題壁慨然成詠》，彭定求等編《全唐詩》，中華書局 1960 年版，第 626 頁。

〔註 99〕杜甫《悶》，彭定求等編《全唐詩》，中華書局 1960 年版，第 2539 頁。

中唐文人還比初盛唐或晚唐詩人更加喜歡描寫瘴氣的顏色。初盛唐詩人或是晚唐詩人幾乎不具體敘述瘴氣的色彩。晚唐許渾的《送杜秀才歸桂林》雖然寫了「瘴雨欲來楓樹黑」的句子，〔註 100〕但色彩詞「黑」形容的是楓樹而已，並不關乎瘴雨。中唐詩人則直接將自己的視覺經驗呈現在作品中，在他們眼中瘴色大多數是晦暗的黑色，比如柳宗元《別舍弟宗一》有一聯說：「桂嶺瘴來雲似墨，洞庭春盡水如天。」〔註 101〕李紳也說：「回雁峰南瘴煙黑」。〔註 102〕這些讀起來總是會帶來強烈的視覺效應，讀者可以輕易的想像出滿天雲層濃厚如墨的景象。也有詩人認爲瘴氣是黃色的，比如盧綸《江北憶崔汶》有句道：「月昏驚浪白，瘴起覺雲黃。」〔註 103〕直接對讀者說起自己的視覺感受，瘴氣起時讓人覺得是黃色。上述諸例說明瘴氣經驗對詩人們造成的視覺，詩人再據此轉換成了詩歌的裁剪。

再次，敘述作者對瘴區的文化體認。中唐文人的南方經驗讓他們認識到瘴毒的厲害，在敘述時多表現出一種文化體認感，詩文中就表現爲對瘴區風物的描寫上。如：

> 瘴地難爲老，蠻陬不易馴。土民稀白首，洞主盡黃巾。〔註 104〕
>
> 野市依蠻姓，山村逐水名。瘴煙沙上起，陰火雨中生。〔註 105〕
>
> 瘴水蠻中入洞流，人家多住竹棚頭。一山海上無城郭，唯見松牌記象州。〔註 106〕

詩中多用「瘴」對「蠻」，描繪民俗也多以化外之風看待。唐人詩中的這種文化偏見，左鵬、許山秀樹等學者都曾提到。〔註 107〕我們不難發現，越是在瘴

〔註 100〕許渾《送杜秀才歸桂林》，彭定求等編《全唐詩》，中華書局 1960 年版，第 6121 頁。

〔註 101〕柳宗元撰、王國安箋釋《柳宗元詩箋釋》，上海古籍出版社 1993 年版，第 336 頁。

〔註 102〕李紳《逾嶺嶠止荒陬抵高要》，彭定求等編《全唐詩》，中華書局 1960 年版，第 5463 頁。

〔註 103〕盧綸《江北憶崔汶》，彭定求等編《全唐詩》，中華書局 1960 年版，第 3155 頁。

〔註 104〕白居易《送客春遊嶺南二十韻》，白居易撰，朱金城箋校《白居易集箋校》，上海古籍出版社 1988 年版，第 1067 頁。

〔註 105〕王建《南中》，彭定求等編《全唐詩》，中華書局 1960 年版，第 3390 頁。

〔註 106〕張籍《蠻州》，彭定求等編《全唐詩》，中華書局 1960 年版，第 4350 頁。

〔註 107〕參左鵬《漢唐時期的瘴與瘴意象》（《唐研究》2002 年 8 卷），許山秀樹著，李寅生譯《論中國古代詩人的南方意識——兼論「瘴」字的含義》（《欽州學

區生活時間久的詩人，筆下的當地生活敘述就越發詳細，越詳細的敘述也越能表明他們對當地的認識之深入。

總結：正如我們前一節所說，地方性知識對唐人知識結構的影響，主要體現在對特定事物的認知上。區域性事物會讓其他地域人士有陌生感，但著名的地方性知識是當地的代表，讓人提到某地就先想到某物。比如提到南方，北方士人就先想到瘴癘。但一般情況下大多數文人對瘴癘的認知，卻是模糊不清，甚至得諸耳聞。當士人們有過地方經驗之後，他們對區域性的知識會有更深的認知，由此地方性知識具有了累加效果。文人獲得地方性知識，豐富了其知識庫，完善了他們的知識結構。這種新得的知識結構會影響到士人的詩文創作，他們會將新知呈現於詩文作品中，書寫新的篇章。

院學報》2009 年第 5 期)。此外，張文《地域偏見和族群歧視：中國古代瘴氣與瘴病的文化學解讀》(《民族研究》2005 年第 3 期)、馬強《地理體驗與唐宋「蠻夷」文化觀念的轉變——以西南與嶺南民族地區爲考察中心》(《西南師範大學學報》2005 年第 5 期)也均討論過唐人對瘴區文化歧視的問題，也可參考。

第五章　中唐文人知識結構個案研究

我們前文從宏觀意義上考察了中唐文人的知識結構概況、知識結構觀念、知識結構的建構以及某種知識要素的獲得過程及其與文學之間的關係，本章我們希望通過具體個案，來看中唐文人知識結構與文學之間的關係。

筆者擬選取白居易、柳宗元以及古文家群體三個案，前二者屬於典型個體研究，後者是典型的群體研究。本章旨在揭示文人知識結構究竟如何成型，成型過程中最重要的讀書活動又是怎樣和知識結構發生互動，群體文人在知識吸取方面有哪些共通或者相異的特點等等。

第一節　白居易知識結構的成型過程

本文所謂「知識結構成型」是指文人知識結構類型的基本確立。白居易在文學、經術、政事上都成就突出，是中唐典型的全能型文人。文學上，以白樂天爲首的元白詩派在中唐文壇獨樹一幟。經術上，他儒、釋、道兼通並「爲我」所用。政事上，他被授翰林學士，上書陳事、直言時事，有一番政治作爲。

後世評家也注意到了白樂天宏大淵深的知識，如皮日休在《七愛詩》中說道：「吾愛白樂天，逸才生自然。誰謂辭翰器，乃是經綸賢。欻從浮豔詩，作得典誥篇。立身百行足，爲文六藝全。清望逸內署，直聲驚諫垣。所刺必有思，所臨必可傳。」〔註 1〕他並且在詩序中說：「爲名臣者，必有眞才，以白太傅爲眞才焉。」〔註 2〕皮氏基本上從文藝、經術和政事三個方面認可了白

〔註 1〕彭定求等編《全唐詩》，中華書局 1985 年版，第 7018 頁。
〔註 2〕彭定求等編《全唐詩》，中華書局 1985 年版，第 7016 頁。

居易，他認爲樂天詩文六藝皆全，官場中甚有清望，直刺很有水平，是謂名臣中的眞才。樂天讀書萬卷，知識淵博，文學成就可以和李杜並駕齊驅。

我們探討白居易全能型知識結構的形成，希望可以借由對白樂天的相關研究管窺一斑，以一推三，揭示出文人知識結構成型的兩個問題：第一，知識結構成型的過程究竟怎樣；第二，知識結構成型過程中又有哪些影響因素。當然，知識不斷處於吸取、內化、遺忘的過程，所以知識結構始終是一個動態的概念。我們所說的白居易知識結構的定型是指他全能型知識結構之形成，並非指其知識結構發展到了某種固定不變的靜態。

一、白居易知識結構成型過程

（一）白居易知識結構成型過程的分期

白居易何時成爲全能型人才並且基本確立了宏大的知識結構，我們可以從元稹的一段話中一探究竟。元稹在《白氏長慶集序》中有言：

> 《白氏長慶集》者，太原人白居易之所作。居易，字樂天。樂天始言，試指「之」、「無」二字，能不誤。始既言，讀書勤敏，與他兒異。五六歲識聲韻，十五志詩賦，二十七舉進士。貞元末，進士尚馳競，不尚文，就中六籍尤擯落。禮部侍郎高郢始用經藝爲進退，樂天一舉擢上第。明年，拔萃甲科。由是《性習相近遠》、《求玄珠》、《斬白蛇》等賦，及百道判，新進士競相傳於京師矣。會憲宗皇帝冊召天下士，樂天對詔稱旨，又登甲科。未幾，入翰林，掌制誥，比比上書言得失。因爲《賀雨》、《秦中吟》等數十章，指言天下事，時人比之《風》《騷》焉。〔註3〕

元稹可謂樂天一生摯友，他對白居易的評價應該非常中肯準確，以上引文大致可見白居易知識結構形成的脈絡。根據引文，我們可看出白居易知識吸取大致過程：十五歲之前屬於知識啓蒙階段。十五歲後開始用心於詩賦，二十七歲準備考進士，隨後三登高第，此時期應試其知識結構漸成時期。登科後入翰林掌制誥，生活閱歷更上一層樓，是其知識結構成型階段。

以上我們對樂天知識結構成型過程的分期是有據可依的：首先，白居易十五歲之前，雖然是早慧人物，抱在乳母懷裏的嬰兒時期便已認識「之」和

〔註3〕 元稹《白氏長慶集序》，冀勤點校《元稹集》，中華書局1982年版，第641頁。

「無」字，童年時光中讀書也很勤奮，五、六歲即可認識聲韻，但顯然在這個階段，他沒有經歷過任何系統的學習，讀書可謂「漫無目的」，只能算是知識啓蒙時期。白居易也曾自言：「十五六始知有進士，苦節讀書。」〔註 4〕白居易十五歲以後讀書比以前更爲苦學。從其十五歲讀書準備考進士開始到其連登三科，白居易的人生奮鬥的核心幾乎就是爲了科舉考試而努力，故而他在文學、經術、政事知識方面都大有長進，知識結構也逐漸呈現出複合型趨勢。白居易三十六歲召入翰林院，也許是因爲工作性質的原因，翰林學士時期，白居易不僅在文學上小有成就，在政治上的積極作爲更是成爲其後來不斷回憶的驕傲，這個階段可以看成是他知識結構成型階段。四十歲離開翰林院後，樂天的人生閱歷不斷豐富、思想境界逐漸提升、閱讀範圍更是廣泛，知識結構較之前也更爲宏達博通。他的知識結構此時繼續優化，但文學、經術、政事兼通的全能型知識結構在此之前已然建成，所以樂天四十歲以後的精彩人生時光並非我們本節討論的主要對象。

我們由此據朱金城先生的《白居易年譜簡編》梳理一下白居易知識結構成型的過程。第一個階段，唐代宗大曆七年（772）到唐德宗貞元元年（785），白居易一歲到十四歲，知識啓蒙時期；第二個階段，唐德宗貞元二年（786）到唐憲宗元和元年（806），白居易十五歲到三十五歲，知識結構漸成時期；第三個階段，元和二年（807）到元和六年（811），白居易三十六歲到四十歲，知識結構成型時期。

（二）白居易知識結構成型的過程

1、知識啟蒙時期

白居易知識啓蒙接受的是家庭教育，關於這段時期白居易的學習狀況，除了上文元稹所述之外，白居易自述則更爲詳細。他在《與元九書》中說道：「僕始生六七月時，乳母抱弄於書屏下，有指『無』字『之』字示僕者，僕雖口未能言，心已默識。後有問此二字者，雖百十其試，而指之不差。則僕宿習之緣，已在文字中矣。及五六歲便學爲詩，九歲諳識聲韻。」〔註5〕又道：

〔註 4〕白居易《與元九書》，朱金城箋校《白居易集箋校》，上海古籍出版社 1988 年版，第 2792 頁。

〔註 5〕白居易《與元九書》，朱金城箋校《白居易集箋校》，上海古籍出版社 1988 年版，第 2791～2792 頁。

「十歲解讀書，十五能屬文。」〔註6〕白居易主要是受其外祖母和母親的教養，成長過程中只有三到四年的很短時間和父親白季庚一起生活（兩歲到四歲時，祖父去世，父親丁憂在家，十一歲到十二歲，離開鄭州跟隨父親寄家符離），父親在其知識啓蒙階段起到的知識引導作用非常有限。

這種以女性爲主要教導者的家庭教育對白居易的知識結構形成產生了深遠影響。有唐一代，女性地位雖然比較高，很多家境尚可的女子也能夠接受一定的教育，但和男性相比，她們知識儲備畢竟有限，以女性爲主導的家庭教育很有可能導致教育時的知識單一現象發生。白居易所謂：「及五六歲便學爲詩，九歲諳識聲韻。」〔註7〕「十歲解讀書，十五能屬文。」〔註8〕都表明樂天啓蒙時期接受的主要是識字、文學方面的簡單訓練。而且女性主內，視野有限，她們對家庭之外的社會上事物瞭解甚少。她們人際交往範圍有限，無法切身體驗科舉考試，對官場上的政事知識就更無認知，被教導者視野也隨之狹小，缺少了考試進取類以及政事類知識的耳濡目染。〔註9〕所以白居易到了十五歲才知有進士，才決心奮發圖強讀書考功名。

女性作爲施教者往往是溫柔感性的，這種特有的柔情也許更有利於被教者天性的自由發展以及性格的溫和形成。我們從白居易回憶外祖母和母親教導子女的文字中就可看出一抹溫情：「及別駕府君即世，諸子尙幼，未就師學，夫人親執詩書，晝夜教導，恂恂善誘，未嘗以一呵一杖加之。十餘年間，諸子皆以文學仕進，官至清近，實夫人慈訓所致也。」〔註10〕「及居易、行簡生，夫人鞠養成人，爲慈祖母。迨乎潔蒸嘗，敬賓客，睦娣姒，工刀尺，善

〔註6〕白居易《朱陳村》，朱金城箋校《白居易集箋校》，上海古籍出版社1988年版，第512頁。

〔註7〕白居易《與元九書》，朱金城箋校《白居易集箋校》，上海古籍出版社1988年版，第2792頁。

〔註8〕白居易《朱陳村》，朱金城箋校《白居易集箋校》，上海古籍出版社1988年版，第512頁。

〔註9〕家中有父兄的教導也是唐代一些世家大族自以爲豪的原因之一，比如《唐語林》中記載：「博陵崔倕，緦麻親三世同爨。貞元已來，言家法者以倕爲首。倕生六子，一爲宰相，五爲要官。太常卿邠，太原尹酆，外壹尚書郎鄽，廷尉郇，執金吾鄯，左僕射平章事鄲。兄弟亦同居光德里一宅。宣宗嘗歎曰：『崔鄲家門孝友，可爲士族之法矣。』鄲嘗構小齋於別寢，御書賜額曰『德星堂』。」崔氏一族兄弟同居，家族當要官者甚多，這與家庭環境有非常大的關係。（王讜撰，周勳初校證《唐語林校證》，中華書局1987年版，第19～20頁）

〔註10〕白居易《襄州別駕府君事狀》，朱金城箋校《白居易集箋校》，上海古籍出版社1988年版，第2838頁。

琴書，皆出於餘力焉。」〔註11〕他對外祖母和母親所用形容詞皆爲「慈」，這種來自於女性親情的慈懷雖然對樂天知識結構的形成沒有直接的影響，但白居易童年因此而過的無憂無慮，使得他沒有過早感受到學習的艱難痛苦，對其圓融、樂觀性格的形成有著一定的影響。

和母親爲主導的家庭教育相對，父親角色在白居易童年生活中的缺失，應該對其教育形成了一些不利的影響。好在知識啓蒙階段的學習任務並不嚴重，學習目的在於基礎知識的掌握，白居易天資聰穎，外祖母和母親也都有很好的文化修養，他最終完成了啓蒙學習任務。

2、知識結構漸成

白居易關於從十五歲到三十五歲長達二十年的生活，有過詳細的「人生總結」，他回憶這段生活道：

> 初應進士時，中朝無緦麻之親，達官無半面之舊。策蹇步於利足之途，張空拳於戰文之場。十年之間，三登科第。名入眾耳，跡升清貫。出交賢俊，入侍冕旒。……日者又聞親友間說，禮吏部舉選人，多以僕私試賦判傳爲準的。其餘詩句，亦往往在人口中。僕恧然自愧，不之信也。〔註12〕

樂天自己總結這段人生幾乎都是圍繞「科考」二字進行，他以一種萬分自豪的語氣回憶這段單打獨鬥、獨闖科舉考場的生活。十年連登三第，在功名的考場上如此這般連戰連捷的確少見，而且他的詩賦、判文水平被官方定爲判斷文人考試寫作優劣的標準，自己寫的詩歌也廣爲傳播。白居易在科舉考試上的順利除了那些可以忽略不計的幸運成分外，勤奮刻苦是關鍵，同時，他的知識結構非常適應三場考試。

他後來又回憶道：

> 十五六始知有進士，苦節讀書。二十已來，晝課賦，夜課書，間又課詩，不遑寢息矣。以至於口舌成瘡，手肘成胝。既壯而膚革不豐盈，未老而齒髮早衰白。瞥瞥然如飛蠅垂珠在眸子中也，動以萬數。蓋以苦學力文所致，又自悲矣。家貧多故，二十七方從鄉賦。

〔註11〕白居易《唐故坊州鄜城縣尉陳府君夫人白氏墓誌銘並序》，朱金城箋校《白居易集箋校》，上海古籍出版社1988年版，第2727頁。

〔註12〕白居易《與元九書》，朱金城箋校《白居易集箋校》，上海古籍出版社1988年版，第2793頁。

及第之後，雖專於科試，亦不廢詩。及授校書郎時，已盈三四百首。或出示交友如足下輩，見皆謂之工，其實未窺作者之域耳。〔註13〕

這段文字經常爲學者所引用說明白居易的苦學精神。「晝課賦，夜課書，間又課詩」，賦、書、詩是科考成功必備的技能，說明他日常知識訓練是非常全面的，知識吸取方向極具應試性。〔註14〕「及第之後，雖專於科試，亦不廢詩」，知識學習又極具持之以恆性。白居易從貞元十六年（800）進士及第到貞元十九年（803）登書判拔萃科再到元和元年（806）登才識兼茂明於體用科，求取功名的整個過程中，他都經過非常耐心、細緻、周密、充分的準備。

第一，備考進士科，獲得文藝、經術知識的歷練。在長達十幾年的時光中，爲了參加進士考試，白居易進行著非常嚴格而痛苦的文學、經術訓練，且以他的律賦練習爲例。我們知道科舉考試的詩賦題一般出自於經典，並且標明要求的韻部，要求考生不僅能夠在賦文中對經典進行「敷衍大意」，還需嚴格遵守用韻要求。文人要想寫好律賦，必須具備非常紮實的文學和經術功底。日本學者岡村繁先生對此曾進行過研究，他考察白居易的律賦後指出：「白居易在其最富精力的二十歲至三十歲的十年中……爲了應進士科，將其精力和歲月傾注於這種至難的律賦的學習和試作中。於是他二十八歲鄉試合格，翌年接著早早地省試及第。他的進士及第，似乎可以據以確定他對律賦的自信。」〔註15〕岡村先生點明了科舉考試與律賦練習之間的關係，認爲白居易爲此進行過嚴格認眞的訓練。他對樂天詩賦的用典情況也進行過統計，指出：白居易省試所作《性習相遠近賦》共420字，用典達30餘處，其中典出《論語》、《尚書》、《周易》、《老子》、《文選》、《左傳》、《禮記》等。〔註16〕其日常練習之作，如《君子不器賦》，用典達40處，典出五經、老莊、論孟等。〔註17〕筆者認爲在短短的一篇賦當中，而且又是在時間緊迫的考場上所作，大量使用典故且順手拈來，足可見白居易對經典的熟悉程度，也足可以證明他不僅經術擅通，還能夠融會貫通的運用到文學創作中。

〔註13〕白居易《與元九書》，朱金城箋校《白居易集箋校》，上海古籍出版社1988年版，第2792頁。

〔註14〕我們在第二章中已經詳細交待過文人參加科舉考試所需的基本書目，白居易應該也無例外需要研讀考試書目，相關知識儲備應該非常紮實，故而本小節並不重複探討白居易的科舉考試書目問題。

〔註15〕岡村繁《唐代文藝論》，上海古籍出版社2002年版，第112頁。

〔註16〕岡村繁《唐代文藝論》，上海古籍出版社2002年版，第125～126頁。

〔註17〕岡村繁《唐代文藝論》，上海古籍出版社2002年版，第128頁。

元稹對白居易進士及第也有所描述：「貞元末，進士尚馳競，不尚文，就中六籍尤擯落。禮部侍郎高郢始用經藝爲進退，樂天一舉擢上第。明年拔萃甲科，由是《性習相近遠》、《求玄珠》、《斬白蛇劍》等賦，及百節判，新進士競相傳於京師矣。」〔註 18〕強調白居易因爲高郢知貢舉以經藝才能高下爲判斷標準而一舉中第，且其《性習相近遠》、《求元珠》、《斬白蛇劍》爲應考舉子爭相傳閱，成爲考試參考文章。由此我們基本可以下結論：進士科文人只擅長文學而輕視經術的現象在白居易身上似乎沒有發生，進士科考試反而對白居易的知識結構建構起到了非常積極的影響，備考過程促使樂天反覆琢磨詩藝，苦讀經典。

第二，擬作《百道判》，將文學、經術融合於政事。《百道判》又名《甲乙判》。白居易於進士及第後的第二年貞元十八年（802）試書判拔萃科，又登科。書判拔萃科在吏部考試中非常有難度，「試判是吏部考試的專項，關試要試判，不過是兩條，而且簡短；平選常調要試判，也是兩條，但卻較關試要長，而且難度大；流外入流也要試判，一般也是兩條；平判和書判拔萃科也要試判，唯有書判拔萃科是三條，其難度、水平當然會超過以上各類試判了。」〔註 19〕吏部的書判拔萃科考試不同於其他科，需試判三條，難度高於其他諸科，白居易竟然一考即中。白居易非常嚴肅對待這次考試，他發揮超強的應試能力，在考試之前大量練習判文的寫作，這些判文最後彙集成書，便有了《百道判》。

判文看似簡短也有固定的程序，但其寫作對考生也有很高的要求。馬端臨解釋道：「唐取人之法，禮部則試以文學，故曰策，曰大義，曰詩賦；吏部則試以政事，故曰身，曰言，曰書，曰判。然吏部所試四者之中，則判爲尤切。蓋臨政治民，此爲第一義。必通曉事情，諳練法律，明辨是非，發擿隱伏，皆可以此規之。」〔註 20〕判文的寫作，要求文人除了必須知曉現實，熟悉律令條文基礎知識經驗之外，還需有辯是非，明洞察，隨機應變的爲官能力。《百道判》雖然只是白居易考試之前的模擬之作，但實實在在反映了白居易的政事解決能力。

這一百道判文中，涉及到了戶婚、喪葬、興造、賊盜、衛禁、職官、教

〔註 18〕元稹《白氏長慶集序》，冀勤點校《元稹集》，中華書局 1982 年版，第 554 頁。
〔註 19〕王勳成《唐代銓選與文學》，中華書局 2001 年版，第 295～296 頁。
〔註 20〕馬端臨《文獻通考》，中華書局 1986 年版，第 354 頁。

育、軍界等等諸多社會現實問題。其中不僅有嚴格依據《唐律疏議》進行的判決，還有完全拋開了律令隨機應變的行判，後者恰恰更能體現他乾脆獨到的處事能力。例如判詞：

> 判題：得洛水暴漲，決破中橋，往來不通，人訴其弊，河南府云：「雨水猶漲，未可修橋，縱苟施功，水來還破，請待水定。」人又有辭。
>
> 判詞：大水爲災，中橋其壞。車徒未濟，誠有阻於往來；修造從宜，亦相時之可否。顧茲浩浩，阻彼憧憧。人訴川梁不通，壅而爲弊；府慮水沴薦至，毀必重勞。苟後患之不圖，則前功之盡棄。將思濟眾，固合俟時。徵啓塞之文，雖必葺於一日；防懷襄之害，未可應乎七星。無取人辭，請依府見。〔註21〕

洛水暴漲，橋樑毀壞，當地居民希望有關方面能趕快修理以便利生活，根據大唐律令要求：「諸不修堤防及修而失時者，主司杖七十。」〔註22〕官府應該立即修建橋樑，但實際上河水仍在上漲，貿然修建必有危險，白居易果斷判決百姓應該依照官府決定行事，待水落之後方可建造。可見白居易處理政務並非死搬書本，頑固不化，而是根據現實狀況，及時處理突發事件，極具應變能力。

進士考試時白居易還未強調對政事能力的訓練，書判拔萃科考試剛好補足了這一缺憾。判文針對的都是生活中的具體事件，通過對判文的研習，白樂天的政務處理能力顯然得到了提高，順利通過當年只錄取一人的拔萃科考試絕對體現了他出類拔萃的綜合能力。

白居易的判文除了具備問題解決之道之外，還具有文學作品之美，經術理論之思。杜佑《通典》載：「初，吏部選才，將親其人，覆其吏事，始取州縣案牘疑議，試其斷割，而觀其能否，此所以爲判也。後日月寖久，選人猥多，案牘淺近，不足爲難，乃採經籍古義，假設甲乙，令其判斷。既而來者益眾，而通經正籍又不足以爲問，乃徵僻書、曲學、隱伏之義問之，惟懼人之能知也。」〔註23〕杜氏勾勒出了唐代判文考試發展的三個過程。白居易參

〔註21〕白居易《百道判·得洛水暴漲決破中橋往來不通人訴其弊河南府雲雨水猶漲未可修橋縱苟施功水來還破請待水定人又有辭》，朱金城箋校《白居易集箋校》，上海古籍出版社1988年版，第3613頁。

〔註22〕長孫無忌等《唐律疏議》，中華書局1983年版，第504頁。

〔註23〕杜佑《通典》，中華書局1988年版，第361～362頁。

加考試時，考官對判文的要求大概處於杜氏口中的第三個階段，即判文考察中割斷案件，採經籍義已是小兒科，對經典中那些冷偏門的經義的考察才是主道。

我們可以看一個例子，《百道判》判文中涉及到了諸多儒家經典，比如：

> 判題：得丁喪親，賣宅以奉葬，或責其無廟云：「貧無以爲禮。」
>
> 判文：愼終之道，必信必誠；死葬之儀，有豐有省。諒欲厚於卜宅，亦難輕於慮居。丁昊天降凶，遠日叶吉。思葬具之豐備，欲祔九原；顧家徒之屢空，將鬻三畝。愛雖深於送死，義且涉於傷生。念顏氏之貧，豈宜厚葬？覽子游之問，固合稱家。禮所貴於從宜，孝不在於益侈。盍伸破產之禁，以避無廟之嫌。〔註24〕

我們可以統計一下這篇判文的典故使用情況：判題之意取《禮記》之「喪不慮居，毀不危身。喪不慮居，爲無廟也。毀不危身，爲無後也」。〔註25〕「必信必誠」則取《禮記·檀弓上》：「『子思曰：喪三日而殯，凡附於身者必誠必信，勿之有悔焉耳矣。三月而葬，凡附於棺者必誠必信，勿之有悔焉而矣』」。〔註26〕「死葬之儀，有豐有省。」典出《左傳·昭公三十年》晉頃公卒事「舊有豐有省，不知所從」。〔註27〕「諒欲厚於卜宅，亦難輕於慮居」典出《禮記·雜記》之「故得卜宅與葬日」。〔註28〕「顧家徒之屢空，將鬻五畝」意出《論語·先進》之「回也其庶乎，屢空」〔註29〕，以及《孟子·梁惠王上》：「五畝之宅，樹之以喪，五十者可以衣帛矣」。〔註30〕「念顏氏之貧，豈宜厚葬」意出《論語》之「一簞食，一瓢飲，在陋巷，人不堪其憂，回也不改其樂」。〔註31〕「覽子游之問，固合稱家」典出《禮記·檀弓上》之「子游問喪具，夫子曰：『稱家之有亡』」。〔註32〕「禮所貴於從宜，孝不在於益侈」意從《禮記·曲禮上》之「禮，從宜；使，從俗」〔註33〕，以及《左傳》：「君生則縱

〔註24〕白居易《百道判·得丁喪親賣宅以奉葬或責其無廟云貧無以爲禮》，朱金城箋校《白居易集箋校》，上海古籍出版社1988年版，第3628～3629頁。

〔註25〕陳戍國校注《禮記校注》，嶽麓書社2004年版，第79頁。

〔註26〕陳戍國校注《禮記校注》，嶽麓書社2004年版，第32頁。

〔註27〕楊伯峻編著《春秋左傳注》，中華書局1981年版，第1507頁。

〔註28〕陳戍國校注《禮記校注》，嶽麓書社2004年版，第296頁。

〔註29〕楊伯峻譯注《論語譯注》，中華書局1980年版，第122頁。

〔註30〕趙岐注，孫奭疏《孟子注疏》，北京大學出版社1999年版，第10頁。

〔註31〕楊伯峻譯注《論語譯注》，中華書局1980年版，第62頁。

〔註32〕陳戍國校注《禮記校注》，嶽麓書社2004年版，第55頁。

〔註33〕陳戍國校注《禮記校注》，嶽麓書社2004年版，第2頁。

其惑，死又益其侈，是棄君於惡也」中出。〔註 34〕從統計結果來看，這篇判文幾乎句句用典，可見白居易在寫這道判文時是充分調動了經術知識儲備，而《百道判》中這樣的作品俯拾皆是。

馬端臨認爲：「今主司之命題，則取諸僻書曲學，故以所不知而出其所不備；選人之試判，則務爲駢四儷六，引援必故事，而組織皆浮詞。然則所得者，不過學問精通、文章美麗之士耳。」〔註 35〕雖然馬氏之言旨在指出判文考試的弊端，但卻一語道破錄取者必須具備的兩種主要才能：學問精通與文章美麗。白居易備考寫作《百道判》不僅用典頻繁，頗見學問功底，其判文遣詞造句也非常耐人尋味，比如：

判題：得軍帥選將，多用文儒士，兵部詰其無武藝，帥云：「取其謀也。」

判文：忘身死節，誠重武夫；制敵伐謀，則先儒士。將籌策而可尚，奚騎射之足稱？軍帥明以知兵，精於選將。以爲彎弧學劍，用無出於一夫；悅《禮》敦《詩》，道可弘於七德。功宜保大，理貴從長。若王師之有征，以謀則可；苟戎略之無取，雖藝何爲？況晉謀中軍，選於義府；漢求上將，舉在儒流。豈惟我武惟揚？誠亦斯文不墜。元戎舉德，未爽能軍；兵部執言，恐爲辱國。〔註 36〕

公文寫作講究觀點鮮明直接，故而判文開頭便亮出觀點，肯定儒士在軍隊中的作用。隨後以「將籌策而可尚，奚騎射之足稱」問句帶出下文的論據，論證語氣有力，再以軍部輕視儒生錯誤的觀點反證文士悅禮敦詩、運籌帷幄的重要性，並進一步以晉國與漢代選將重儒的史例來證明觀點，增加說服力，最後總結觀點，作出斷判。行文邏輯非常嚴密，文中接連兩處的問句又使得行文鏗鏘有力。「忘身死節」、「制敵伐謀」、「彎弧學劍」等詞語的運用非常精妙，溢出一股雄渾之氣，和判詞涉及的軍隊內容氣質相稱。

由此可見，《百道判》中的判文雖短，但短小精悍，備具文學之美。洪邁在《容齋隨筆》中也提及到了白居易《百道判》的文學之美：「（唐）以判爲貴，故（文人）無不習熟。而判語必駢麗，今所傳《龍筋鳳髓判》及《白樂

〔註 34〕楊伯峻編著《春秋左傳注》，中華書局 1981 年版，第 803 頁。

〔註 35〕馬端臨《文獻通考》，中華書局 1986 年版，第 354 頁。

〔註 36〕白居易《百道判·得軍帥選將多用文儒士兵部詰其無武藝帥云取其謀也》，朱金城箋校《白居易集箋校》，上海古籍出版社 1988 年版，第 3568～3569 頁。

天集甲乙判》是也。」〔註 37〕他以白居易《百道判》爲唐代判文的代表，而《百道判》到了宋代還流行於文人之間，足見白氏判文水平之高。〔註 38〕洪邁進一步評價道：「白樂天《甲乙判》則讀之愈多，使人不厭……不背人情，合於法意，援經引史，比喻甚明，非『青錢學士』所能及也。」〔註 39〕「人情」、「法意」、「經史」、「比喻」，洪氏評論所用的這些關鍵詞基本上肯定了《百道判》是樂天文學、經史、吏事三種才能合力的結果。《百道判》的練習，有利於白居易知識結構的合理建構，促使他綜合知識技能得到進一步提高，全能型知識結構已現眉目。

第三，創作《策林》，顯示綜合能力的提高。白居易通過書判拔萃科後，乘勝追擊又準備制舉考試。《策林》便是白居易和應試制舉前精心備考所得。對此，白居易自言：

> 元和初，予罷校書郎，與元微之將應制舉。退居於上都華陽觀，閉户累月，揣摩當代之事，構成策目七十五門。及微之首登科，予次焉。凡所應對者，百不用其一二，其餘自以精力所致，不能棄捐，次而集之，分爲四卷，命曰《策林》云耳。〔註 40〕

我們知道白居易此時的才能已爲人所矚目，但仍不遺餘力備考。同前兩次的進士科、科目選考一樣，此次應考對白居易知識水平又有一個很大的提高。他充分調動、整合知識，使得積累的知識能夠在考場上最大限度的得到利用。

我們知道若想順利通過考試，「揣摩」考官的意圖應該是備考中的應有之義，在考官心目中，人才標準是什麼？什麼樣的人值得選拔？這些應該都是考生需要揣摩的內容。人才標準的根本即是知識結構標準，考官選拔人才時，必然優先選拔那些知識結構符合自己用人觀念的考生。制舉更是不同於常科，它的考官是天子，招錄的是社會特需人才，所以白居易怎樣使自己讀書多年的滿腹經綸符合朝廷對考生知識結構要求才是被錄取的關鍵。那麼白居易究竟又是怎樣「揣摩」以調動知識結構應付這次考試的呢？

〔註 37〕洪邁《容齋隨筆》，上海古籍出版社 1978 年版，第 127 頁。

〔註 38〕付興林博士《白居易散文研究》（陝西師範大學 2006 年博士學位論文）總結了《百道判》的藝術成就：一，體制精巧、窮極變化；二，情理相兼、條分縷析；三，按經據典、博奧典雅；四，抑揚起伏、委婉達意；五，對仗精工、比喻貼切。可參看。

〔註 39〕洪邁《容齋續筆》，上海古籍出版社 1978 年版，第 354 頁。

〔註 40〕白居易《策林序》，朱金城箋校《白居易集箋校》，上海古籍出版社 1988 年版，第 3436 頁。

第一，揣摩考試內容。我們在第二章中已經交待過制舉科不同於常科考試，它的考試內容每年並不固定，但它獨有的「時事」特性又使得考生備考之時有機可尋，白居易謂之「揣摩當代之事」。「在《策林》中，白氏既從宏觀的角度，又從微觀角度，既從歷史的視野，又從現實的視野出發，全面、深入、系統地探討了諸如爲君爲聖之道、施政化民之略、求賢選能之方、整肅吏治之法、省刑慎罰之術、治軍御兵之要、矜民恤情之核、禮樂文教之功等問題」〔註 41〕《策林》內容涉及到了經濟、文化、教育、思想、吏治等等社會生活的各個方面。〔註 42〕

我們不得不感歎白居易知識面的豐富，也幾乎可以斷定，白樂天此次考試的成功完全可以歸功於考試前的充分準備。這一過程也恰是白樂天知識吸取、複習、調動、運用的過程。練習某方面內容的策文，理所應當的對相關知識要進行準備，比如《策林・二十・平百貨之價》中不僅詳細論述了私家製造貨幣的危害，還準確的指出了貨幣製造多寡與物價之間的關係，其云：「夫錢刀重則穀帛輕，穀帛輕則農桑困，故散錢以斂之，則下無棄穀遺帛矣；穀帛貴則財物賤，財物賤則工商勞，故散穀以收之，則下無廢財棄物矣。」〔註 43〕文中所述非常符合現代經濟學中的貨幣與物價理論。可見白居易寫就這篇專業性的策文，認眞觀察生活、吸取相關知識、調動知識儲備必不可少，這個過程本身就是對知識結構的歷練。每一篇策文寫作都是綜合知識運用的結果。比如《策林・五十六・論刑法之弊》洋洋灑灑論述了其時朝廷刑法不舉的弊端和原因，涉及到了法律、教育、歷史、職官等等多方面。

筆者還發現一個有趣的現象，可以例證《策林》的知識準備特點。我們知道考試答文對字數是有要求的，制舉考試雖然只對策一道，但策問並不會只有一個問題，往往是數個毫無關聯的問題也就是「策目」拋出來讓考生作答。翻開元和元年（806）制舉考試的對策，元稹策文近 3400 字、韋惇 3100 多字、獨孤郁近 3000 字，白居易近 2900 字，也就是說制舉考場中策文寫作

〔註 41〕付興林《白居易散文研究》，陝西師範大學 2002 年博士學位論文。

〔註 42〕學界已經有不少研究《策林》內容的論文，除了上文所引付興林博士的論文以外，諸如汪國林《白居易的經濟思想述論——以其〈策林〉爲中心的考察》（《宜賓學院學報》2012 年第 1 期）、滕雯《〈策林〉所呈現的政治、軍事、思想與文化探究》（《遼寧教育行政學院學報》2011 年第 1 期）等。本文不贅述。

〔註 43〕白居易《策林・二十・平百貨之價》，朱金城箋校《白居易集箋校》，上海古籍出版社 1988 年版，第 3471 頁。

多是3000字左右，這樣攤到而每篇策文中的每個小問題，闡釋字數一般都是四五百字左右，但《策林》中大多數篇目都沒有達到考試字數要求。白居易創作《策林》很有可能主要是希望起到「備忘」功能，防止遺忘主要答題知識點和邏輯思路。因爲備考時間有限，至於敷演大義就可以留待臨場發揮了，這也反映了樂天對自己才能的自信。而且《策林》中有一些篇幅過於短小的篇目，其中有些是關於某些專業性知識，有些是大家老生常談的問題，前者如第四十一《議百司食利錢》、四十二《議百官職田》、四十五《復府兵置屯田》等，後者如第五十九《議赦》、第六十六《禁厚葬》、第七十三《養老》等。筆者認爲前者很有可能是白居易認爲考的幾率甚小抑或專業知識儲備有限，而後者很有可能是因爲問題太過普通，相關知識非常熟悉，比如提到的第六十六《禁厚葬》、第七十三《養老》問題在當年的《百道判》中早已涉及，無須過度關注，所以上述二者備考時都不是重點。而《策林》中字數較多的策文很有可能就是樂天認爲非常重要的內容，需要認眞加以準備。

第二，揣摩創作技法。制策是有一定格式的，而《策林》一開頭便有樂天練習的策頭、策項、策尾，這三點應該是當時策文的基本形式。〔註44〕白樂天對此特意針對性的加以練習，認眞揣摩研究。

我們可以看一個例子，策林第二十六《養動植之物》：

> 臣聞：天育物有時，地生財有限，而人之欲無極。以有時有限奉無極之欲，而法制不生其間，則必物暴殄而財乏用矣。先王惡其及此，故川澤有禁，山野有官，養之以時，取之以道。是以豺獺未祭，罝網不布於野澤；鷹隼未擊，矰弋不施於山林。昆蟲未蟄，不以火田；草木未落，不加斤斧。漁不竭澤，畋不合圍。至於麛卵蚔蝝，五穀百果不中殺者，皆有常禁。夫然，則禽獸魚鱉不可勝食矣，財貨器用不可勝用矣。臣又觀之，豈直若此而已哉？蓋古之聖王，使信及豚魚，仁及草木，鳥獸不㹕，胎卵可窺，麟鳳效靈，龜龍爲畜者，亦由此途而致也。〔註45〕

這是我們隨意在《策林》中選取的一篇，該文在《策林》中並不特別醒目，

〔註44〕陳飛先生《唐代試策研究》中對策文的形式作了非常詳盡的介紹，可參看。（中國社會科學院2000年博士學位論文）

〔註45〕白居易《策林·二十六·養動植之物》，朱金城箋校《白居易集箋校》，上海古籍出版社1988年版，第3483頁。

論者也幾無提及，惟其如此才更加能見白居易揣摩技法之一斑。文章一開頭就亮出觀點，指出天地生物有限，不應暴殄天物以滿足人類無休止的欲望。隨之不是以反面例子來論證破壞自然平衡的後果，而是以「先王惡其及此」一句話轉折到以先王對山、野、田、澤中萬物取之有道的做法作爲正面例證，發揮了策文對天子的直刺規勸功能。文末並不由此簡單作結，而是以「豈直若此而已哉？」這樣一個問句宕開一層，認爲古代聖人推仁信於草木鳥獸的做法才是眞正有道所在。雖然只是短短的一篇策文但論證有力，文意也並不平泛，每轉一處必有承接句以承上啓下，文筆展開自然。文中還使用了大量典故。如其首句就使用了《文子・上仁》之「貪主暴君，涸漁其下，以適無極之欲，則百姓不被天和、履地德也」〔註 46〕典故。統計此篇策文用典共達十三處之多，典出《禮記》、《國語》、《漢書》、《呂氏春秋》、《易》、《春秋繁露》、《潛夫論》諸書。典故的使用實則就是知識的運用，大量使用典故不僅使得文章更有深意，也充分展示了作文者的才情，更容易獲得主考官的青睞。策文的大量練習，在一段時間內集中地提高了白樂天策文的創作技法，由此熟能生巧，在緊張的考場中，筆頭方可遊刃有餘地游離於紙墨之間。

第三，揣摩科場導向。正確認清科場導向也是考試成功的關鍵，查屛球先生認爲：「從貞元中至元和初元、白等一直是圍繞科場而奮鬥，因此他們的思想也深深受到了科場導向的作用。這主要表現爲敢於直諫的政治品格、倡復儒道的精神以及對現實政治批判的勇氣。」〔註 47〕關於白居易科場中的直諫精神，查先生作了非常詳細的論述，此處不贅。〔註 48〕我們所要點明的是，白居易在《策林》中所體現出的直諫品格也是其政事能力的體現，揣摩的那些「當代之事」則全面地反映了他的政治眼光。

可見，在《策林》的練習過程中，樂天的應試傾向非常明顯，充分發揮了綜合知識，對考試內容、創作技法以及科場導向都加以揣測。經過這個揣摩過程，白居易進一步提高了知識水平、擴大了知識面，優化了知識結構，最終成爲了考場上的贏者。我們認爲白居易從其十五歲有目標讀書開始到其高中制舉科，二十年的光陰年輪幾乎都圍繞著科考求功名而轉，其知識結構的建構也漸成於進士科、科目選以及制舉科的三場考試。三場考試的不同性

〔註 46〕王利器撰《文子疏義》，中華書局 2000 年版，第 450 頁。
〔註 47〕查屛球《唐學與唐詩》，商務印書館 2000 年版，第 68 頁。
〔註 48〕查屛球《唐學與唐詩》，商務印書館 2000 年版，第 61～68 頁。

質以及不同考試內容逐漸把白樂天塑造成了全能型人才。

3、知識結構成型

白居易通過三場考試已經展示了非常了不得的知識面，但我們認為到制舉考試為止，除了書判拔萃科之後的短暫時間，樂天擔任過校書郎之職外，他幾乎都是處於單純的讀書生活中。他的政事水平縱然有目共睹，但是《百道判》也好，《策林》也罷，畢竟都是考試之前對政事的「想像」，難免紙上談兵。白居易全能型的知識結構最終成型於他意氣風發的翰林學士階段。正如傅璇琮先生在《從白居易研究中的一個誤點談起》中所言：「五年間的翰林學士生活，是白居易一生從政的最高層次，也是他詩歌創作的一個高峰，但同時又給他帶來思想、情緒上的最大衝擊。在這之後他就逐漸疏遠政治，趨向閒適。」〔註 49〕可見翰林學士一職對白居易知識結構發展有著重要意義。

元和元年（806）春，白居易備考制舉創作《策林》，四月登科，隨後擔任周至縣尉，元和二年（807）十一月，召為翰林學士，元和三年（808）由周至縣尉改任左拾遺，元和四年（807）由左拾遺改任京兆府戶曹參軍，元和六年（808）丁憂，退居下邽。相關研究可參看傅璇琮先生在《唐翰林學士傳論》中曾考述白居易在翰林學院時期的直諫事蹟、心態變化、新樂府的創作、著作情況。我們需要關注的是翰林學士一職與白居易知識結構之間的關係。

首先，應該明確一下翰林學士職務本身對文人知識結構的要求。翰林學士的職能主要分兩大塊，起草詔書與參議政事。〔註 50〕元稹談及該問題曾說道：「大凡大詔令、大廢置、臣相之密畫、內外之密奏、上之所甚注意者，莫不專對，他人無得而參。非自異也，法不當言。用是十七年間，由鄭至杜，十一人而九參大政。」〔註 51〕既然如此，翰林學士對應選文人的基本要求就是文筆優贍和精通政事。

從實際情況來看，因為翰林學士地位和職能的特殊，翰林學士多為知識

〔註 49〕傅璇琮《唐代翰林學士傳論》，遼海出版社 2011 年版，第 106 頁。

〔註 50〕近年來對翰林學士職能的研究已經很充分，除了傅璇琮先生的《唐代翰林學士傳論》之外，趙康《論唐代翰林學士院之沿革及其政治影響》（《學術月刊》1986 年第 10 期）、徐茂明《唐代翰林院和翰林學士設置時間考辨》（《蘇州大學學報》1992 年第 3 期）、馬自力《唐代的翰林待詔、翰林供奉和翰林學士》（《求索》2002 年第 5 期）、李厚培《此學士非彼學士——從唐代翰林院的設置說李白的翰林使職》（《人文雜誌》2003 年第 1 期）等。

〔註 51〕元稹《翰林承旨學士記》，冀勤點校《元稹集》，中華書局 1982 年版，第 647 頁。

淵博的全能型人才。比如李吉甫官至宰相，史書稱：「吉甫少好學，能屬文。年二十七，爲太常博士，該洽多聞，尤精國朝故實，沿革折衷，時多稱之。……吉甫嘗討論《易象》異義，附於一行集注之下；及綴錄東漢、魏、晉、周、隋故事，訖其成敗損益大端，目爲《六代略》，凡三十卷；分天下諸鎮，紀其山川險易故事，各寫其圖於篇首，爲五十四卷，號爲《元和郡國圖》；又與史官等錄當時戶賦兵籍，號爲《國計簿》，凡十卷；纂《六典》諸職爲《百司舉要》一卷。皆奏上之，行於代。」〔註 52〕李氏不僅以政事著稱，在文學和經術上都小有成就，其著作豐碩，涉及到經典本義、唐前歷史、地理方志以及職官典故，實爲宏偉之才。再如李絳，劉禹錫評價其道：「肇自從試有司，至於宰天下，詞賦、詔誥、封章、啓事、歌詩、贈餞、金石、颺功，凡四百餘篇，勒成二十卷。上所以知君臣啓沃之際，下所以備風雅詩聲之義。……今考其文，至論事疏，感人肺肝，毛髮皆聳。」〔註 53〕李絳作品涉及知識範圍之廣也可謂歎爲觀止。

事實上，若把翰林學士、科舉考試、知識結構三者聯繫起來看，會有新發現。筆者據傅璇琮先生《唐代翰林學士傳論》（遼海出版社 2011 年版）統計，憲宗朝翰林學士可考者約有 20 人，其中 15 人進士及第，4 人科第情況無考，1 人門蔭。足可見其時翰林學士的選拔偏向進士及第的人才。進士最重要的是以文學才能爲主，但顯然如我們前文所論，其時進士科已悄然發生改變，選拔人才更重視文人的眞才實學，而這些能夠充任翰林學士的文人才能絕對不是普通文人所能比擬。另外，傅璇琮先生考察了翰林學士在科舉考試中起到的作用，「大致有三個方面：一是出院後主持考試即知貢舉，以及在職時協助知舉者舉薦人才，任通榜；二是覆試；三爲制舉試草擬策問。」〔註 54〕三個方面歸於一途，其核心實則是翰林學士可以參與到科考選拔人才的活動中。翰林學士的職務特性，使得選拔該職官員時，主事者很有可能偏向那些知識結構博通的文人。如我們前文討論過的陸贄就是其中典型代表，他在知貢舉時提倡選拔眞才實學之人。從這個意義上來說，翰林學士參與到科舉考試工作中是非常有利於科考的良性發展，也有利於社會整體知識結構的合理建構。如此這般，翰林學士——科舉制度——知識結構形成了一個循環，三者

〔註 52〕劉昫等《舊唐書》，中華書局 1975 年版，第 3992、3997 頁。

〔註 53〕劉禹錫《唐故相國李公集紀》，瞿蛻園箋證《劉禹錫集箋證》，上海古籍出版社 1989 年版，第 480 頁。

〔註 54〕傅璇琮《唐代翰林學士傳論》，遼海出版社 2011 年版，第 55 頁。

中任何一者朝著良性方向發展，其他二者都可能因此獲得有利的影響。中唐出現了諸多知識結構全能的翰林學士，科舉制度也改革了一些弊端選拔了一批飽學之士，社會整體的文人知識結構比前代更爲合理博通，以上三者之間不得不說存在著某些千絲萬縷的聯繫。

基於上文所述，雖然白居易的才能足以使他充任了翰林學士，但反過來翰林學士一職對他知識結構的形成也有著不小的影響。從宏觀上來看，白居易入翰林院後，參政意識空前高揚，直陳當時宦官、藩鎮、稅收、文化、軍事等等弊政，一方面反映了樂天政事才能的優秀，另一方面樂天在此過程中也得到了政治素養、參政心態的進一步錘鍊和蛻變。〔註 55〕微觀上來看，擔任翰林學士對白居易知識結構的影響主要有三：

第一，制詔寫作技藝的提高。翰林學士日常基本的工作是寫作制詔，白居易對其做過不少的努力。〔註 56〕翰林制詔有時會涉及到「擬制」情況，所謂「擬制」，謝思煒先生作了考證，他認爲翰林「擬制」的發生會有三種情況：首先，翰林學士入職之前，需要考試，所作考制即是擬制，如白居易《奉敕試制書詔批答詩等五首》；其次，朝廷對指詔的寫作要求很高，文人日常需要對此加以練習寫作，所習之指詔也屬擬制，如白居易《除軍使邠寧節度使制》、《除常侍制》等；再次，朝廷有些重要的指詔會同時讓多位文人撰寫，取其優秀者，這些同題指詔也稱擬制，如白居易《田布贈右僕射制》。擬制的寫作恰能反映白居易爲制詔寫作做出過的努力。此外，元稹曾在一首詩歌的自注中提及過白居易的《白樸》。據元稹說這是一部關於制詔寫作的書，其云：「樂天於翰林中書，取書詔批答詞等，撰爲程序，禁中號曰白樸。每有新人學士求仿，寶重過於《六典》也。」〔註 57〕《野客叢書》中記錄《白樸》云：「檢《唐書・藝文志》及《崇文總目》，無聞，每訪此書不獲。適有以一編求售，號曰《制樸》，開帙覽之，即微之所謂《白樸》者是也。爲卷上中下三卷，上卷文武勳階等，中卷制頭、制肩、制腹、制腰、制尾，下卷將相刺史節度之

〔註 55〕傅璇琮在《唐代翰林學士傳論》中詳細介紹了白居易翰林學士期間的諫諍行跡，參看，不綴。

〔註 56〕白集中有翰林制詔 200 篇，岑仲勉先生在《〈白氏長慶集〉僞文》（《歷史語言研究所集刊》第 9 本）中考證認爲其中 122 篇可以認定爲白居易所作，存疑 30 篇，僞作 48 篇。

〔註 57〕元稹《酬樂天余思不盡加爲六韻之作》，冀勤點校《元稹集》，中華書局 1982 年版，第 284 頁。

類。此蓋樂天取當時制文編類，以規後學者。」〔註 58〕樂天把制詔分爲制頭、制肩、制腹、制腰、制尾，足見他對制詔的寫作經過非常認眞的研究。據此，通過《百道判》、《策林》以及《白樸》三部著作的寫作，白居易的公文寫作技藝幾乎有了全面發展。

第二，政事視野的擴大，實踐能力的提高。白居易自己對翰林學士有一個定位，他說道：「予有侍臣，咸士之秀者，或左右以書吾言動，前後以補吾闕遺。」〔註 59〕翰林學士必須輔佐天子參議政事，時稱「內相」。與白居易之前備考閉門揣摩想像的「政事」不同，這些政事是官員甚至皇帝必須面對的實際事務，其涉及到的政務非常之廣。白居易在翰林學士時期接觸到的政事問題大大地擴大了他的政事視野，提高了實踐能力。比如元和四年（810），他曾上書言事：

> 上以久旱，欲降德音。翰林學士李絳、白居易上言，以爲「欲令實惠及人，無如減其租稅。」又言「宮人驅使之餘，其數猶廣，事宜省費，物貴徇情。」又請「禁諸道橫斂，以充進奉。」又言「嶺南、黔中、福建風俗，多掠良人賣爲奴婢，乞嚴禁止。」閏月，己酉，制降天下繫囚，蠲租稅，出宮人，絕進奉，禁掠賣，皆如二臣之請。」〔註 60〕

皇帝因爲久旱不雨，欲降德音，白居易和李絳根據其時社會上的問題提出了一系列的建議，諸如減租稅、驅出宮人、止暴斂、絕進奉、禁掠賣等，諍諫內容關乎的都是老百姓切身的利益。如果說這次的上言實踐只是涉及到了日常政務中的小事的話，那麼元和五年（811）王承宗事則是關乎軍國大事了，史書有載：「王承宗拒命，上令神策中尉吐突承璀爲招討使，諫官上章者十七八。居易面論，辭情切至。既而又請罷河北用兵，凡數千百言，皆人之難言者。上多聽納。」〔註 61〕歷史證明，白居易的建言對事件的及時處理非常有利，王承宗事件的最終解決成爲了「元和中興」標誌之一，雖然白居易因此爲憲宗所惡，但此次的上言實屬白居易政事實踐中的一件大事。除了直諫實

〔註 58〕王楙《野客叢書》，上海古籍出版社 1991 年版，第 439 頁。

〔註 59〕白居易《高鉞等一十人亡母鄭等贈太君制》，朱金城箋校《白居易集箋校》，上海古籍出版社 1988 年版，第 2901 頁。

〔註 60〕司馬光《資治通鑒》卷二三七《唐紀五十三》，中華書局 1997 年版，第 1943 頁。

〔註 61〕劉昫等《舊唐書》，中華書局 1975 年版，第 4344 頁。

踐之外，我們翻開白集，白居易保存下來的翰林制詔，內容涉及到了職官、儀禮、對外、軍事等等，這些制詔的撰寫同樣對其基本的政事知識起到很大的補充和完善作用。

第三，文學創作的蛻變。傅璇琮先生論述白樂天《新樂府》的創作道：「實際上白居易當時在翰林學士任內，從翰林學士的職能出發，立意於『時聞得至尊』，將其創作視爲反映民情國政的奏議性詩篇。」〔註 62〕翰林學士職位影響到了白居易的文學創作，這個時期他大量創作反映現實，同情民間疾苦的作品，實踐了他的詩歌理論。論者至多，不贅言。筆者想要強調的是，白居易文學創作理論、風格的蛻變實則也是其全能知識結構作用的結果。樂天說道：「自登朝來，年齒漸長，閱事漸多，每與人言，多詢時務，每讀書史，多求理道，始知文章合爲時而著，歌詩合爲事而作。」〔註 63〕其中「多詢時務」、「每讀書史，多求理道」、「文章合爲時而著，歌詩合爲事而作。」可以看成是樂天自己從政事、經術、文藝三個方面總結過往，這也是爲什麼筆者最終將其翰林學士時期作爲其知識結構成型階段的原因。

二、白居易知識結構成型的影響因素

我們一再強調知識結構的建構是一個動態的過程，這個過程會受到諸多因素的影響。我們主要從社會現實、家學傳承、友人影響、個人追求四個方面探討白居易知識結構成型的影響因素。

（一）社會現實

文人知識結構的建構離不開社會大環境，社會現實需求的改變直接影響著文人知識結構的建構。中唐社會藩鎮割據加劇、黨爭愈演愈烈、社會風氣日趨惡化。解決這些社會問題，需要更多的是實幹型的知識，這種實幹性的需求直接導致有志文人不斷思考國家的命運，對政事知識更爲追求，同時文藝型、經術型知識也染上了實幹主義特色。和盛唐相比，中唐文化風尚由外拓趨於內斂、由感性趨於思辨、由保守趨於標新，這種文化風尚的變化，使得文人對經術知識格外看重，不僅熱衷文藝創作，也更爲重視對文藝知識的理論性思考。所以探討白居易的知識結構形成，社會風尚是我們必須要考慮的因素。

〔註 62〕傅璇琮《唐代翰林學士傳論》遼海出版社 2011 年版，第 444～445 頁。

〔註 63〕白居易《與元九書》，朱金城箋校《白居易集箋校》，上海古籍出版社 1988 年版，第 2792 頁。

永貞革新絕對是白居易知識結構成型時期最重大的歷史政治事件，我們可以據此爲考察的切入點。永貞革新的貞元二十一年（805），白居易時任秘書省校書郎，家居永崇里華陽觀，過著和朋友遊樂、飲酒、作詩的悠閒生活。元和元年（806）白居易與元稹忙著應付制舉考試，練習策文的寫作。由此看來白居易的生活狀態似乎和革新的如火如荼氛圍相差甚遠，但永貞革新的震撼力卻同樣投射到了「旁觀者」樂天身上。〔註 64〕革新雖然是一場政治運動，但並未直接參加的白居易卻從中吸取到了某些知識和經驗。

我們知道白居易與元稹辭官習寫《策林》，是「二王八司馬」被貶，革新失敗剛過不久。《策林》中「揣摩」的「時事」則與王叔文集團的很多措施有驚人的相似。尚永亮師總結了革新內容道：「打擊權奸，進用賢能，減免賦稅，革除弊政，強化中央權威，乃是王叔文集團之革新的主要內容。」〔註 65〕《策林》中以上內容幾乎都有涉及，比如其中的《不奪人利》、《息遊墮》、《人之困窮由君之奢欲》等主張君不與民奪利，減輕賦稅；《尊賢》、《請行賞罰以勸舉賢》、《審官》等都是主張選拔賢能人才，量才用人；《去諂佞從讜直》等主張遠離小人姦佞；《革吏部之弊》等討論冗官對政務的影響；《議封建論郡縣》等則主張加強國家集權統一。雖然我們不能百分百下結論白居易《策林》中的政事論點學習於王叔文集團的革新措施，但樂天揣摩過革新人士的觀點、做法當是極有可能的。也正是由於這種揣摩之法，才導致元稹一再強調「搜求激直詞」是一種「指病危言，不顧成敗」的行動，革新集團失敗剛過去不久，元、白二人對直諫大概也是深有顧慮。當然也許是因爲英雄所見略同，在相同的社會大潮中，白居易的很多論點和革新集團觀點不謀而合，即便如此，革新的失敗也必然會給樂天以思維上的衝擊，促進他對時事、政事的進一步思考。

〔註 64〕關於白居易與永貞革新的關係，論者多有論述，如顧學頡《白居易與永貞革新》、胡可先《唐代重大歷史事件與文學研究》、蹇長春《白居易評傳》等，不贅述，我們主要考察的是永貞革新和白居易知識結構之間的關係。

〔註 65〕尚永亮《唐五代逐臣與貶謫文化研究》，武漢大學出版社 2007 年版，第 267 頁。尚永亮師總結革新的具體措施有：1、詔數京兆尹李實殘暴掊斂之罪，貶通州長史。2、諸色逋負，一切蠲免，常貢之外，悉罷進奉。貞元末年政事爲人患者，如宮市、五坊小二之類，悉罷之。並罷鹽鐵使月進錢。罷翰林冗官三十二人。出後宮三百人及教坊女妓六百人。3、停發內侍郭忠政等十九人正員官俸。4、追忠州別駕陸贄、道州刺史陽城及貶官鄭餘慶、韓皋等赴京師，詔未至而陸、陽已死，乃贈官以示褒賞。5、加杜佑度支及諸道鹽鐵轉運使，王叔文充任副使，罷免浙西觀察使李錡的鹽鐵轉運使之職。6、以名將范希朝爲左右神策，京西諸城鎮行營節度使，韓泰爲行軍司馬，謀奪宦官兵權。

永貞革新雖然短暫，但卻如一計強心針，促使文人認清社會現實，他們因此對貞元弊政有著更爲深刻的理解，尚永亮師強調「因這瞭解而產生過不可遏制的激憤和革除弊政的堅定信念，而且由於知識結構、社會地位的改變和心理位移大大強化了他們的參政意識。」〔註 66〕中唐文人的知識結構促使了他們參政意識的強化。而參政意識的強化也促使了他們知識結構的進一步完善。白居易開始主張文學和政事知識融合，創作了一大批揭露時弊，反映政治的文學作品，以文學干政。前人相關研究成果豐碩，不贅。同樣是因爲參政意識的強化，白居易主張學政合一的經學觀。他談及禮、樂、《詩》、《書》說道：

> 伏望審官師之能否，辨教學之是非，俾講《詩》者以六義風賦爲宗，不專於鳥獸草木之名也；讀《書》者以五代典謨爲旨，不專於章句詁訓之文也；習禮者以上下長幼爲節，不專於俎豆之數、裼襲之容也；學樂者以中和友孝爲德，不專於節奏之變，綴兆之度也。……積而行立者，乃升之於朝廷；習而事成者，乃用之於宗廟。是故溫柔敦厚之教，疏通知遠之訓，暢於中而發於外矣；莊敬威嚴之貌，易直子諒之心，行於上而流於下矣。則睹之者莫不承順，聞之者莫不率從。管乎人情，出乎理道，欲人不化上不安，其可得乎？〔註 67〕

白居易認爲學者在研究、教授禮、樂、《詩》、《書》之時不應該專注於經典的表面內容，而應著重提倡經典對人心的感化，對國家政教的有益推動，只有這樣社會才可以安定和諧。

身處中唐的白居易，社會的波詭雲譎的變化對其知識結構的形成影響至大，在歷史的洪流中，文學、經術和政事知識都染上了時代特點。

（二）家庭環境

家庭環境對個體成長格外重要，家庭教育往往可以成爲一種最初並且頑固的經驗存在於文人知識結構的建構過程之中，祖輩的知識經驗會潛移默化地進入子輩的知識視野中。

〔註 66〕尚永亮《唐五代逐臣與貶謫文學研究》，武漢大學出版社 2007 年版，第 285 頁。

〔註 67〕白居易《策林・五十九・救學者之失》，朱金城箋校《白居易集箋校》，上海古籍出版社 1988 年版，第 3536 頁。

白居易出生在一個「世敦儒業」的家庭，他的祖父白鍠「幼好學，善屬文，尤工五言詩，有集十卷，年十七明經及第。」〔註 68〕雖然做官只做到縣令，但卻也以善政而出名。外祖父陳潤是大曆年間有點名氣的詩人，亦是明經出身，做過縣令。父親也是天寶末明經出身，官至襄州別駕。可見，在白居易的家庭中，祖父、外祖父、父親雖然不是達官大儒，但是在經術以及文學上對白居易都有著或多或少的影響。學界對此也多有論述，筆者不再饒舌。我們應疑問的是，祖父、外祖父和父親都是明經出身，爲什麼白居易卻選擇了進士科的考試？我們知道進士考試和明經考試對考生的知識結構要求是不一樣的：前者偏向文學，後者偏向經術。從常理上來推斷，白居易如果跟從父祖們的步伐繼續參考明經科，不管是在考試經驗方面，還是人脈幫助層面對其應該會更有利一點。其中緣由大概有如下數端：

其一，白居易幼年的教育主導方向。白居易的祖父在其兩歲時就已去世，對其教導應該很少。他的外祖父去世也很早，對他教育方面影響也很小。前文已簡單提到過，白居易啓蒙階段接受的主要是外祖母和母親給予他文學方面的啓蒙。換句話說，白居易決定力學讀書考取功名時，他的知識結構應該更爲偏向文學層面，更加適合進士科的考試。

且不說那首著名的拜訪顧況所作《賦得古草原送別》已體現出的少年文學才情，他十五歲寫登高思歸的《江樓望歸》就達到了一個較高的水準，後人在《瀛奎律髓》中評價其詩道：「此少年作，已自作成就如此。」〔註 69〕同書李慶甲集評引紀昀評價也有云：「此香山少作，轉勝老境之頹唐。」〔註 70〕表明白居易此時的詩歌創作技法已相當成熟。再如十七歲作的《王昭君二首》中的一首：

> 漢使卻回憑寄語，黃金何日贖蛾眉？
>
> 君王若問妾顏色，莫道不如宮裏時。〔註 71〕

全詩想像昭君寄語於回朝的漢使，新意異常。後世評家對此詩評價頗高，如《歸

〔註 68〕白居易《故鞏縣令白府君事狀》，朱金城箋校《白居易集箋校》，上海古籍出版社 1988 年版，第 2832 頁。

〔註 69〕方回選評，李慶甲集評校點《瀛奎律髓匯評》，上海古籍出版社 1986 年版，第 1272 頁。

〔註 70〕方回選評，李慶甲集評校點《瀛奎律髓匯評》，上海古籍出版社 1986 年版，第 1272 頁。

〔註 71〕白居易《王昭君二首》，朱金城箋校《白居易集箋校》，上海古籍出版社 1988 年版，第 870 頁。

田詩話》:「詩人詠昭君者多矣，大篇短章，率敘其離愁別恨而已，惟樂天云『漢使卻回憑寄語……』不言怨恨，而惓惓舊主，高過人遠甚。」〔註72〕認爲白詩從立意上高出歷史上眾人的詠昭君詩。《唐宋詩醇》說:「舊事翻新，思路自別，後二句總從『贖』字生出。」〔註73〕認爲詩歌寫作技法很是精妙。《雪濤小書》指出:「白樂天《題昭君》云:『漢使卻回憑寄語……』用意深遠，思人不及思。《香山集》如此首，亦難多覓」〔註74〕認爲此詩在白樂天的所有詩歌中別出一格。由此我們基本可以確定，白居易決定參加科舉考試時期，他的文學創作水平已然很高，選擇參加進士科的考試應該是件水到渠成的事情。

其二，進士科地位優於明經科。中唐時期的進士科地位逐漸高於明經科，白居易選擇可以給自己帶來更高社會地位的進士科就不足爲奇。但選擇背後的心態卻值得一究，這很有可能和其家族期望也有關係。樂天雖然在不同的場合都表示過自己出生於書香門第，但顯然他的家族已經沒落，從祖輩開始，家族中人的官職大多都是些縣令級別，所以「白居易準備應進士舉，嚮往更高的社會地位，帶有光大門庭、振興家道的目的，這當然也是家族對他的要求。」〔註75〕白居易人生的選擇不可避免的打上了家族的印記，不同的人生選擇必然會帶來不同的人生境況，不同的人生道路也必然會建立起不同的知識結構。

最後我們需要提的是，白居易的弟弟白行簡和白敏中也都小有成就，二人幼年也都爲白母所啓蒙，都最終考取了進士。史書有傳:「行簡字知退。貞元末，登進士第，授秘書省校書郎。元和中，盧坦鎮東蜀，辟爲掌書記。府罷，歸潯陽。居易授江州司馬，從兄之郡。十五年，居易入朝爲尚書郎，行簡亦授左拾遺，累遷司門員外郎、主客郎中。……有文集二十卷。行簡文筆有兄風，辭賦尤稱精密，文士皆師法之。」〔註76〕又「敏中少孤，爲諸兄之所訓厲。長慶初，登進士第……因言從弟敏中辭藝類居易，即日知制誥，召入翰林充學士，遷中書舍人。」〔註77〕二人成就雖不如兄，但知識結構卻似有兄風，都是複合型人才。這又證明了家庭環境對文人知識結構的建構是有不小的影響。

〔註72〕瞿祐《歸田詩話》，周維德集校《全明詩話》，齊魯書社 2005 年版，第 15 頁。

〔註73〕愛新覺羅·弘曆選《御選唐宋詩醇》第十冊，浙江書局光緒七年（1881）刻本，卷二三，第四頁。

〔註74〕江進之《雪濤小書》，中央書局 1948 年版，第 26 頁。

〔註75〕嚴傑《白居易的歷史使命感和家族責任感》，文載《唐代文學研究》第七輯，廣西師範大學出版社 1998 年版，第 487～499 頁。

〔註76〕劉昫等《舊唐書》，中華書局 1975 年版，第 4358 頁。

〔註77〕劉昫等《舊唐書》，中華書局 1975 年版，第 4358 頁。

（三）友人影響

孔子有曰：「益者三友，損者三友。友直，友諒，友多聞，益矣。友便辟，友善柔，友便佞，損矣。」〔註 78〕其中「友多聞」是朋友交往有益方面之一。與人交往過程也是學習的過程，我們往往可以從別人身上獲得別樣的知識。比如白居易有詩言：「僧說客塵來眼界，醫言風眩在肝家」〔註 79〕，提及僧徒和醫生對眼病原因的不同看法，前者認爲眼病緣於日常所見，後者認爲主要是體內肝病的原因導致，說明他善於從日常生活中不同的人身上獲得不同的知識。我們考察白居易知識結構形成因素，友人影響應該是其中之一。

白居易一生交遊的人很多，元和六年之前，交往過的人可考的主要如張徹、張復兄弟、賈餗、賈竦、錢徽、崔群、裴垍、楊虞卿、李翺、唐衢、元稹、張敦簡、王起、呂炅、呂穎、崔玄亮、劉敦質、張仲方、元仲簡、李紳、李建、韋慶復、王質夫、陳鴻、楊汝士、張籍等。〔註 80〕有趣的是其中大部分人都是進士及第，如張籍、李建、崔玄亮、張徹、張復、賈餗、張仲方、元宗簡、錢徽、崔群、楊汝士、李紳、王起、呂炅、呂穎、陳鴻等無不如此。撇開其他原因不談，進士人群的知識結構是有共通部分的，自然多一些共同話語，相互交流起來更易投契。

比如他青年寄居符離時期，與其地「符離五子」過從甚密，〔註 81〕一起

〔註 78〕楊伯峻譯注《論語譯注》，中華書局 1980 年版，第 185 頁。

〔註 79〕白居易《眼病二首》，朱金城箋校《白居易集箋校》，上海古籍出版社 1988 年版，第 1672 頁。

〔註 80〕學界相關研究頗多，其中以朱金城《〈白氏長慶集〉人名箋證》（《中華文史論叢》第九輯）、《〈白氏長慶集〉人名箋證續編》（《中華文史論叢》第二十二輯）、《白居易交遊考》（《河北大學學報》1982 年第 1 期）最爲全面，最具代表性。

〔註 81〕關於「符離五子」《光緒宿州志》（《中國地方志集成》本，江蘇古籍出版社 1998 年版，第 328 頁）載：「劉翕習，符離人，住城內北巷。性孤介，善屬文，與同縣二張二賈爲知名士，時稱符離五子。太原白居易攜弟敏中游楚、宋時，寓符離東林草堂，相友善。嘗秋夜聯句，泛埤湖，遊武里諸山。白公應制西行，賦三十韻詩送之，登貞元初進士，出爲岐陽主簿，位不稱才，鬱鬱辭官去，有《秦中行路吟》一篇寄白公，歸隱於縣之北武里前，不復仕。」又：「張仲素，字績之，符離人，善詩文，登貞元進士，爲翰林學士，從知武寧軍，爲司勳員外郎。與太原白居易、彭城劉禹錫相友善。」又：「張美退，符離人，與兄仲素同登貞元進士，元和元年對策，亦擢翰林學士，棣萼聯輝，時人榮之。」又：「賈握中，符離人，與同縣二張齊名，登貞元中進士，後隱埤湖不仕。」又：「賈沅犀，握中弟也，刻苦好學，與白樂天、劉袁習並二張齊名，時稱符離五子。遇獨晚，登元和中進士。白樂天贈符離五子詩云：『五人十載九登科，蓋謂此也。不樂仕進，兄弟同隱灘上」。朱金城《白居易集箋校》中

度過了詩酒言歡的青年時光，很多年以後已是翰林學士的白居易還回憶起這段生活，寫了長篇七言古《醉後走筆酬劉五主簿長句之贈兼寄張大賈二十四先輩昆季》，詩中多見朋友間的臭味相投與共同勵志。詩曰：「得意忘年心跡親，寓居同縣日知聞……秋燈夜寫聯句詩，春雪朝傾暖寒酒……心畏後時同勵志，身牽前事各求名……二賈二張與余弟，驅車邐迤來相繼。操詞握賦爲干戈，鋒銳森然勝氣多。齊入文場同苦戰，五人十載九登科。二張得雋名居甲，美退爭雄重告捷。棠棣輝榮並桂枝，芝蘭芳馥和荊葉。唯有沅犀屈未伸，握中自謂駭雞珍。三年不鳴鳴必大，豈獨駭雞當駭人。」〔註 82〕雖然沒有直接材料可證明當年五子對白居易知識長進方面的直接影響，但我們基本可以推定白居易當年和「五子」在符離是共同苦讀過的，他們因爲共同的人生目標，相互切磋詩意，最終「五人十載九登科」。他們有諸多相似點，「符離五子」都小有才情。比如軍亂中不懼安危指罵亂者最終以死的張徹，韓愈稱其：「方直強毅」，並贊他：「漬墨竄舊史，磨丹注前經，義苑手秘寶，文堂耳驚霆。」〔註 83〕這說明他在性格上不僅剛正不阿，在學問上也頗有見地。再如賈餗，《舊唐書》稱其：「進士擢第，又登制策甲科，文史兼美，四遷至考功員外郎。長慶初，策召賢良，選當時名士考策，餗與白居易俱爲考策官，選文人以爲公……權知禮部貢舉。五年，榜出後，正拜禮部侍郎。凡典禮闈三歲，所選士七十五人，得其名人多至公卿者。」〔註 84〕賈氏在文學和史學上都頗擅長，在官場上也小有成就，還與白居易一起做過考策官，知貢舉時選人頗多。由此可見，人與人之間的交往，往往以群聚的特徵出現，而具備一定相同的知識結構是群聚要素之一。

說到友人對白居易知識結構形成的影響，絕對繞不開其一生摯友元稹。白居易評價這段友誼有：「貞元季年，始定交分。行止通塞，靡所不同；金石膠漆，未足爲喻。死生契闊者三十載，歌詩唱和者九百章……。」〔註 85〕以金石膠漆、死生契闊形容他們的友誼並不爲過。考察元稹在白居易知識結構

考劉，名不詳，二張爲張徹、張復，二賈爲賈餗兄弟。

〔註 82〕白居易《醉後走筆酬劉五主簿長句之贈兼寄張大賈二十四先輩昆季》，朱金城箋校《白居易集箋校》，上海古籍出版社 1988 年版，第 636～637 頁。

〔註 83〕韓愈《答張徹》，錢仲聯集釋《韓昌黎詩繫年集釋》，上海古籍出版社 1984 年版，第 396 頁。

〔註 84〕劉昫等《舊唐書》，中華書局 1975 年版，第 4407 頁。

〔註 85〕白居易《祭微之文》，朱金城箋校《白居易集箋校》，上海古籍出版社 1988 年版，第 3721 頁。

成型過程中所擔當的角色，元和元年（806）二人退居華陽觀準備制舉考試的過程最能說明問題。元稹在《酬翰林白學士代書一百韻》中提到過這次考試：

略削荒涼苑，搜求激直詞。那能作牛後，更擬助鴻基。

自注：舊說：制策皆以惡訐取容爲美，予與樂天，指病危言，不顧成敗，意在決求高等。初就業時，今裴相公戒予，慎勿以策苑爲美。予深佩其言，然而怪其多大擬取。有可取，遂切求潛覽，功費累月，無所獲。先是穆員、盧景亮同年應制，俱以詞直見黜。予求獲其策，皆手寫之，置在筐篋。樂天、損之輩，常詛予篋中有不第之祥，而又哂予決求高第之僭也。〔註86〕

論者多關注元稹和樂天一起苦習策文，但我們發現其中元稹和樂天對制策的態度很值得玩味。元稹反對舊時制策「以惡訐取容爲美」，認爲制舉考試應該具備直諫的功能，但是直諫是有風險的，非常難得，所以他苦求範文而不得，最後決定只好直接尋取往年因爲激直之詞而落榜的穆員與盧景亮的策文來研習。〔註87〕元稹非常認眞地手寫穆、盧二人的策文置於筐中，珍視異常，樂天因此「嘲笑」筐中之物有不第的預感，又「譏笑」元稹決求高等的野心。雖然樂天的話是朋友之間的善意打趣，但其中卻透露出一條隱含的信息，白居易起碼一開始對元稹模仿穆、盧二人策文的行爲是持懷疑態度的。可能白居易在備考揣摩過程中逐漸接受了元稹的觀點，所以有了「予與樂天，指病危言，不顧成敗，意在決求高等。」之說。也就是說，在科場導向的揣摩上，白居易很有可能受到了元稹的影響。

白居易接受了元稹對科場導向的分析，沿此準備考試，知識準備朝著指關時事方向而進行。查屏球先生認爲：「這一態度，正與他們在諷喻詩中表現

〔註86〕元稹《酬翰林白學士代書一百韻》，冀勤點校《元稹集》，中華書局1982年版，第134頁。

〔註87〕許孟容《穆公集序》評價穆員有：「麟蔚鳳採，自天而授，誦六經得其研深，閱百代得其英華，屬詞匠意，必本於道。……故其文融朗恢健，沉深理辨，墉闠四會，精芒百練。結而爲峻極，散而爲遊衍，其工也異今而從古，其旨也懲惡而從善。」（董誥等編《全唐文》，中華書局1983年版，第4898頁。）《新唐書》記載道：「盧景亮，字長晦，幽州范陽人。少孤，學無不覽。……景亮志義岸然，多激發，與穆質同在諫爭地，書數上，鯁毅無所回……景亮善屬文，根於忠仁，有經國志，嘗謂：『人君足食足兵而又得士，天下可爲也。』乃興軒、項以來至唐，剟治道之要，著書上下篇，號《三足記》。又作《答問》，言輓運大較及陳西戎利害，切指當世，公卿伏其達古今云。」（歐陽修、宋祁等《新唐書》，中華書局1975年版，第5043頁。）

的批判勇氣是一致的。很顯然，他們創作諷喻詩的精神與勇氣也受到了當時科場文化的作用。」〔註 88〕樂天的諷喻詩、新樂府很有可能在此既已埋下了創作的萌芽，元稹不僅影響了白居易的考試結果，也自然地影響了白居易的文學創作理念，最終影響到了知識結構建構。

白居易在後來的《和答詩十首序》中說過：「頃者在科試間，常與足下同筆硯，每下筆時輒相顧，共患其意太切而理太周。故理太周則辭繁，意太切則言激。然與足下爲文，所長在於此，所病亦在於此。足下來序，果有辭犯文繁之說，今僕所和者，猶前病也。待與足下相見日，各引所作，稍删其繁而晦其義焉。」〔註 89〕認爲自己和元稹在科試時互相影響形成了文章有理周辭繁、意切言激的毛病，並且這個習慣影響了他們一生。可見一旦某種技能和經驗內化到了一個人的知識結構當中，其作用和影響是非常固定、巨大的。

轉而看，白居易對別人的知識結構也是有影響的。唐代小說雖然發展迅速，但和詩歌、散文相比，它畢竟還是屬於「小道」。元稹記載過白居易有關於小說的一個經歷，他在《酬翰林白學士代書一百韻》中提到：「翰墨題名盡，光陰聽話移」〔註 90〕，並且作注：「樂天每與予遊從，無不書名屋壁，又嘗於新昌宅，說《一枝花》話，自寅至巳，猶未畢詞也。」〔註 91〕「一枝花」是李娃舊名，《一枝花》即是關於李娃故事的說話，白居易曾經表演過關於李娃故事的說話，不可避免的給在座友人「普及」了「一枝花」的知識，而後白行簡就直接據此創作了《李娃傳》。有學者就認爲以白居易爲核心，中唐形成了一個小說創作集團，其中如貞元十八年（802）李公佐創作《南柯太守傳》，貞元二十年（804）元稹作《鶯鶯傳》、李紳《鶯鶯歌》，貞元二十一年左右（805）牛僧孺作《玄怪錄》等。〔註 92〕這些人都或多或少和白居易有交集。筆者認爲在小說態度、創作技法以及相關趣聞知識方面他們應該相互有所影響。

〔註 88〕查屏球《唐學與唐詩》，商務印書館 2000 年版，第 63 頁。

〔註 89〕白居易《和答詩十首並序》，朱金城箋校《白居易集箋校》，上海古籍出版社 1988 年版，第 105 頁。

〔註 90〕元稹《酬翰林白學士代書一百韻》，冀勤點校《元稹集》，中華書局 1982 年版，第 133 頁。

〔註 91〕元稹《酬翰林白學士代書一百韻》，冀勤點校《元稹集》，中華書局 1982 年版，第 133 頁。

〔註 92〕蘇興《以白居易、元稹爲核心的中唐小說集團述論》，《明清小說研究》1997 年第 3 期。

由上分析，白居易交友甚多，在知識結構成型的過程中，朋友的影響是一個不可忽略的因素。

（四）自我完善

大凡以才聞於世的人，對知識少不了不懈追求，無論外界因素怎樣影響，文人自我主動對知識結構進行完善才是根本之途。白居易對知識追求孜孜不倦，他曾自嘲：「人各有一癖，我癖在章句，萬緣皆已消，此病獨未去。」〔註93〕對文學創作熱愛成癖。文人在知識結構完善過程中，苦學肯定少不了，前文我們已經交待過樂天的苦學精神，那麼本小節中我們主要談樂天對知識的好奇之心。

白居易知識結構博通的原因少不了他對新知的好奇，他對不懂之知識渴求追問明白。有次他和濟法師交遊，討論佛法，有很多不明白之處，第二天非常急迫地寫信求教：「月日，弟子太原白居易白。濟上人侍右：昨者頂謁時，不以愚蒙，言及佛法或未了者，許重討論。今經典間未諭者其義有二。欲面問答，恐彼此卒卒，語言不盡，故粗形於文字，願詳覽之。敬佇報章，以開未悟，所望所望。」〔註94〕他怕當面求教時難以言盡問題所在，故而先記下問題寫信詳細論述一己之困惑。樂天最後還表示：「上人耆年大德，後學宗師，就出家中又以說法而作佛事，必能研精二義。合而通之，仍望指陳，著於翰墨。蓋欲藏於篋笥，永永不忘也。其餘疑義亦續咨問。居易稽首。」〔註95〕若法師可以回信點撥，一定好好加以收藏，語氣非常懇切，足見其急迫想解開疑問，最後還表示「其餘疑義，亦續咨問」其他不懂的疑慮仍然會繼續不恥下問。〔註96〕白居易對知識的好奇、上進之心明顯可見。

好奇之心在日常生活中的知識吸取過程中格外重要，比如有次樂天在長安時期，久聞張敦簡畫藝高超，觀畫後曰：

〔註93〕白居易《山中獨吟》，朱金城箋校《白居易集箋校》，上海古籍出版社1988年版，第407頁。

〔註94〕白居易《與濟法師書》，朱金城箋校《白居易集箋校》，上海古籍出版社1988年版，第2809頁。

〔註95〕白居易《與濟法師書》，朱金城箋校《白居易集箋校》，上海古籍出版社1988年版，第2812頁。

〔註96〕除此之外，白居易詩文中記載過不少對佛家知識的追尋，比如他向惟寬禪師數次問道：「然居易爲贊善大夫時，嘗四詣師四問道。」（白居易《傳法堂碑》，朱金城箋校《白居易集箋校》，上海古籍出版社1988年版，第2691頁。）

居甚閒，聞甚熟，乃請觀於張。張爲予盡出之，厥有山水、松石、雲霓、鳥獸暨四夷、六畜、妓樂、華蟲咸在焉。凡十餘軸，無動植，無大小，皆曲盡其能。莫不向背無遺勢，洪纖無遁形。迫而視之，有似乎水中了然分其影者。然後知學在骨髓者，自心術得；工侔造化者，由天和來。張但得於心，傳於手，亦不自知其然而然也。至若筆精之英華，指趣之律度，予非畫之流也，不可得而知之。今所得者，但覺其形真而圓，神和而全，炳然儼然，如出於圖之前而已耳。〔註 97〕

這次觀畫非常有所得，樂天不僅欣賞了關乎山水、松石、雲霓、鳥獸等唯妙的畫作，提高了藝術欣賞水平，還悟出了藝術家們的知識結構和創作之間的關係。所謂「然後知學在骨髓者，自心術得；工侔造化者，由天和來。張但得於心，傳於手，亦不自知其然而然也。」藝術家不僅苦學技藝入骨髓，還需師法自然有所悟，由心入手，創作的作品才能達到自然而然的高超境界。樂天認爲畫家作畫不僅需要具備技藝這種基礎的知識技能，還需擁有感受自然的藝術敏感之心，與物同化方能創作佳作。

白居易對知識的不懈追尋實則是對知識的重視，而其重視知識的心態表現在文學作品中非常值得我們尋味。如果翻開樂天的詩文，我們會發現一些「知識普及」的意味，比如他寫過一篇《荔枝圖序》：

荔枝生巴峽間。樹形團團如帷蓋。葉如桂，冬青。華如橘，春榮。實如丹，夏熟。朵如蒲萄，核如枇杷，殼如紅繒，膜如紫綃，瓤肉瑩白如冰雪，漿液甘酸如醴酪。大略如彼，其實過之。若離本枝，一日而色變，二日而香變，三日而味變，四五日外色香味盡去矣。元和十五年夏，南賓守樂天命工吏圖而書之，蓋爲不識者與識而不及一二三日者云。〔註 98〕

此文完全可以看成是一篇現代意義的說明文，文中詳細介紹了荔枝生長地、樹形、成長過程、外形、特性。樂天在此完全就是在情不自禁進行知識普及，正如文末所言：「蓋爲不識者與識而不及一二三日者云。」《藝林伐山・荔枝》

〔註 97〕白居易《記畫》，朱金城箋校《白居易集箋校》，上海古籍出版社 1988 年版，第 2746 頁。

〔註 98〕白居易《荔枝圖序》，朱金城箋校《白居易集箋校》，上海古籍出版社 1988 年版，第 2818 頁。

評價此文道：「此文可歌、可詠、可圖、可畫。」〔註99〕而「可歌、可畫」的原因就在於文章描寫荔枝具體而詳盡，爲畫家描寫出了荔枝的形神。此外再如非常有名的《太湖石記》，雖然記載的是牛僧孺嗜石之事，但全篇詳細介紹了太湖石的價值、收藏和鑒賞方法，成爲了我國賞石文化史上重要的文獻材料。

「知識普及」類型詩文的寫作從某種意義反映了文人的文化傳播心態，不管是古人還是現代文人，他們與生俱來的就具備知識傳播的擔當，我們也可以自然理解白居易熱衷修編自己詩文集的原因和心態。白居易作品保存完整和重視編集有很大關係，他總結過自己的作品：「前後著文集七十卷，合三千七百二十首，傳於家。又著《事類集要》三十部，合一千一百三十門，時人目爲《白氏六帖》，行於世。凡平生所慕所感，所得所喪，所經所遇所通，一事一物已上，佈在文集中，開卷而盡可知也。」〔註100〕白居易編輯詩文集除了「立言」目的之外，應該還具備知識傳播心態。這種心態甚至都不爲他自己所察，特別是他《白氏六帖》類書的編撰就更是起到了知識普及的作用。

總之，作爲文人，特別是一位才具出眾的文人，白居易總是在不斷的自我完善知識結構過程中，其詩文中總是流露出對知識的好奇與重視，他也有意識無意識促使著知識的普及與傳播。

第二節　中唐文人閱讀與知識結構

閱讀是文人日常生活中的基本活動，也是他們汲取知識的最重要來源。閱讀過程中，閱讀態度、範圍、方法等都直接影響著文人知識結構的形成。〔註101〕

一、柳宗元閱讀活動與知識結構之關係

我們在第一章中已經指出，柳宗元屬於全能型文人，不論其文學、政事，抑或經術都頗有建樹，是唐代文人中的佼佼者。陸之淵評價子厚的詩文有言：

〔註99〕楊愼《藝林伐山》卷五《荔枝》，《叢書集成初編》本，上海商務印書館1936年版，第28頁。

〔註100〕白居易《醉吟先生墓誌銘》，朱金城箋校《白居易集箋校》，上海古籍出版社1988年版，第3815頁。

〔註101〕張仲民《從書籍史到閱讀史》（《史林》2007年第5期）：「閱讀史中所謂的閱讀不完全，等同於讀書，閱讀的對象遠比讀書的對象來得豐富。閱讀針對的是文本，文本並不只表現爲書寫或印刷的形式，它可以包括文字、圖像、口語、圖片、印刷、音樂等表現形式」。本文討論的閱讀對象特指文字文本。

「惟柳州內外集，凡三十三通，莫不貫穿經史，轇轕傳記、諸子百家、虞初裨官之言，古文奇字比韓文不啻倍蓰，非博學多識前言者，未易訓釋也。」〔註102〕他指出了柳宗元詩文涉及知識之廣，不僅有儒家經典、史家之論、稗官之言，還大量運用了古語奇字，讀通其文唯有博學多識者能之，柳文的這些特點和其閱讀活動有很大的關係。作爲典型的士人，子厚的日常生活離不開閱讀。

（一）閱讀心態：功利性與非功利性

1、閱讀心態的轉變

柳宗元從小養成了好學苦讀的良好習慣，他在《祭呂衡州溫文》中有言：「宗元幼雖好學，晚未聞道，洎乎獲友君子，乃知適於中庸，削去邪雜，顯陳直正，而爲道不謬，兄實使然。」〔註103〕話語雖是爲讚美呂溫而說的自謙之辭，但宗元自幼好學無所異議。《新唐書》贊其道：「宗元少聰警絕眾，尤精《西漢》、《詩》、《騷》。」〔註104〕指出子厚年少時資質就超邁時輩，對經史（《前漢書》、《後漢書》、《詩經》）以及文學（《離騷》）都非常擅長，已經算是複合型人才。實際上，柳宗元苦學一生，所精通者又何止《新唐書》所提到的這幾種典籍？

子厚苦讀心態不是一成不變，而是隨著他的人生閱歷以及知識結構的變化有所變化。我們發現柳宗元貶謫前後的閱讀心態，存在很大的差別，貶謫之前，子厚讀書目的以功利性爲主，讀書心態主要是期望建功立業。他在貞元十四年（798）給元公瑾的書信中自言：「始僕之志學也，甚自尊大，頗慕古之大有爲者。」〔註105〕明確表示自己讀書之始便是以那些大有作爲的古人爲奮鬥榜樣。而且，他對自己此時期的知識結構已有認識：「若宗元者，智不能經大務、斷大事，非有恢傑之才；學不能探奧義、窮章句，爲腐爛之儒。雖或置力於文學，勤勤懇懇於歲時，然而未能極聖人之規矩，恢作者之聞見，勞費翰墨，徒爾拖逢掖、曳大帶，遊於朋齒，且有愧色，豈有能乎哉？」〔註106〕宗元從事務、學

〔註102〕陸之淵《柳文音義序》，柳宗元《柳宗元集》，中華書局 1979 年版，第 1450 頁。

〔註103〕柳宗元《祭呂衡州溫文》，《柳宗元集》，中華書局 1979 年版，第 1053 頁。

〔註104〕劉昫等《舊唐書》，中華書局 1986 年版，第 4213 頁。

〔註105〕柳宗元《答貢士元公瑾論仕進書》，《柳宗元集》，中華書局 1979 年版，第 876 頁。

〔註106〕柳宗元《上權德輿補闕溫卷啓》，《柳宗元集》，中華書局 1979 年版，第 912 頁。

儒、章句三個方面作自謙語，他認爲政事才能最高表現是經大務、斷大事，經術知識應能探奧義、窮章句，並能運翰墨發揚聖人之道。

貶謫時期，雖然是人生的低谷，但柳宗元仍然以施教者的角色鼓勵晚輩讀書求仕，顯示出一如既往的功利性讀書目的。比如他曾寫信鼓勵親戚楊誨之「勤讀書，決科求仕」。〔註 107〕勤奮讀書的目的是要求仕，說得很是直白。又比如他在貶地教人不倦，「衡湘以南，爲進士者，皆以子厚爲師。其經承子厚口講指畫，爲文詞者，悉有法度可觀。」〔註 108〕《舊唐書》載云：「江嶺間爲進士者，不遠數千里皆隨宗元師法；凡經其門，必爲名士。」〔註 109〕《新唐書》也認爲「南方爲進士者，走數千里從宗元遊，經指授者，爲文辭皆有法」。〔註 110〕經過宗元的指導，很多從他問學的年輕士子都順利考取了進士。但是在子厚的私人閱讀生活中，讀書心態卻又有著不小的轉換。

柳宗元在元和四年（809）專門寫了一首以「讀書」爲題的五言詩：

> 幽沉謝世事，俛默窺唐虞。上下觀古今，起伏千萬途。遇欣或自笑，感戚亦以吁。縹帙各舒散，前後互相逾。瘴痾擾靈府，日與往昔殊。臨文乍了了，徹卷兀若無。竟夕誰與言，但與竹素俱。倦極便倒臥，熟寐乃一蘇。欠伸展肢體，吟詠心自愉。得意適其適，非願爲世儒。道盡即閉口，蕭散捐囚拘。巧者爲我拙，智者爲我愚。書史足自悅，安用勤與劬。貴爾六尺軀，勿爲名所驅。〔註 111〕

整首詩歌可以看成是柳宗元被貶之後讀書生活的高度概括。這一年，柳宗元被貶已有五個年頭，他的境遇並未因朝廷冊立皇太子大赦而有所改善，只好「幽沉謝世事，俯默窺唐虞」，埋頭苦讀。柳宗元雖身處貶謫地，但可以從書本中尋求精神上的愉悅。此時他讀書的心態是：「書史足自悅，安用勤與劬。貴爾六尺軀，勿爲名所驅。」讀書可以帶來心靈上的愉悅，何必過分追逐世間的名利。讀書講究的是精神上的蕭散自由，應拋棄外在的束縛，「道盡即閉口，蕭散捐囚拘」。讀書又可以和書本產生心靈上的契合，並不需要追求成爲

〔註 107〕柳宗元《與楊誨之第二書》，《柳宗元集》，中華書局 1979 年版，第 850 頁。

〔註 108〕韓愈《柳子厚墓誌銘》，劉眞倫、岳珍校注《韓愈文集匯校箋注》中華書局 2010 年版，第 2408 頁。

〔註 109〕劉昫等《舊唐書》，中華書局 1975 年出版，第 4214 頁。

〔註 110〕歐陽修、宋祁等《新唐書》，中華書局 1975 年版，第 5142 頁。

〔註 111〕柳宗元《讀書》，王國安箋釋《柳宗元詩箋釋》，上海古籍出版社 1993 年版，第 118～119 頁。

世間大儒，「得意適其適，非願爲世儒」。被貶後的柳河東私下讀書心態大多時候是非功利性的，「盜取古書文句，聊以自娛」又可「欠伸展肢體，吟詠心自愉」，讀書活動具備了自我安慰、消遣時間的功能。

由此，我們可以總結，貶謫之前的柳宗元讀書講究學以致用，希望通過讀書來建功立業，讀書心態比較趨於功利性。貶謫之後的柳柳州讀書更多傾向於滿足自我興趣，追尋心靈上的愉悅，私人閱讀心態以非功利性爲主。年輕的宗元必須通過讀書踏入仕途，讀書考取功名必然是彼時讀書所要解決的最主要問題，而貶謫回朝無望時的柳宗元因爲政治處境以及自然環境的限制，讀書自然成了清閒又艱苦的生活中難能可貴的調味品。但在貶地，柳子厚擔當著師者角色之時，往往又鼓勵年輕學子讀書求仕，說明他對功名的態度是始終不變的，自己無法實現的抱負或可轉移於年輕學子。

如果柳宗元被貶之後只是安然於書桌一角，借書消磨時間或者意志，那麼他也就不是後世我們所熟識的子厚了。非功利性閱讀並不是絕對概念，其中摻合著諸多功利性因素，只是被貶之後的功利性因素已經從之前的讀書、考試、追尋功名轉移成了讀書、作文以言道。身處貶地，柳子厚思考作文之法，主張文以明道，相關研究成果豐碩，不贅。我們要提出的是，「文以明道」的關鍵在於主動融合文學、經術和政事知識，而子厚相關的主張和實踐也直接體現在了閱讀活動之中。章士釗就曾指出：「《非國語》者，子厚體物見志之作業。凡子厚讀古書，以『世用』二字爲之標準，絕非好古而漫爲讀，此旨在《答武陵》一書中已明言之，所謂『以輔時及物之道』者也。子厚《非國語》脫稿後，再三與其友往復馳辯，其爲自重其書，認爲必垂於後無疑。」〔註112〕章氏一語道破子厚讀書並非漫無目的，而重視世用的特點。也就是說，柳宗元主動將閱讀、作文、輔時、體道結合起來，文學、政事、經術知識融爲一爐。

2、閱讀心態與知識結構的優化

不同的讀書心態對宗元知識結構也有著不同的影響。以樹功立業爲目的讀書很大程度上屬於被動接受知識，雖然子厚「少精敏，無不通達」，〔註113〕在長安時期也是「俊傑廉悍，議論證據今古，出入經史百子，踔厲風發，率

〔註112〕章士釗《柳文指要》，中華書局1971年版，第1287頁。

〔註113〕韓愈《柳子厚墓誌銘》，劉眞倫、岳珍校注《韓愈文集匯校箋注》，中華書局2010年版，上海古籍出版社1997年版，第2407頁。

常屈其座人，名聲大振，一時皆慕與之交」〔註 114〕，年紀輕輕即已擅長經、史、子、集，但宗元深知和非功利性讀書相比，功利性讀書的效果會大打折扣。他在元和四年（809）寫給岳父的書信中稱：「宗元自小學爲文章，中間幸聯得甲乙科第，至尚書郎，專百官章奏，然未能究知爲文之道。自貶官來無事，讀百家書，上下馳騁，乃少得知文章利病。」〔註 115〕在這封書信中，柳宗元把自己的讀書作文生活分成了四個階段，即幼年啓蒙讀書階段、科舉應試中第、擔任京官草奏、貶謫之後。他強調前三個階段中自己並未認清文章的本質，直到被貶之後，讀百家之書才略知文章之優劣。可見，從接受知識角度來看，上下馳騁古今經典而不用考慮功利性（如應試、公文寫作等）的閱讀屬於主動性閱讀。主動性的閱讀可以使讀者完全沉浸於閱讀對象中，閱讀效果最佳。所以被貶之後，柳宗元一再強調從閱讀中收穫甚多。如元和四年（809），他在給友人的書信中又說道：「僕近求得經史諸子數百卷，嘗候戰悸稍定，時即伏讀，頗見聖人用心、賢士君子立志之分。」〔註 116〕強調閱讀經史諸子百家之書所得頗豐。閱讀效果的好壞也直接影響著創作質量的高下，這也是爲什麼子厚文學作品、學術作品在被貶之後可以呈現出量、質俱佳的井噴態勢。

身處貶所的讀書活動進一步優化了柳宗元的知識結構。被貶之前，子厚的全能型知識結構模式基本形成。他在文學、經術以及政壇都嶄露頭角，名聲大振，以至於後來落魄貶謫回憶長安的生活：「往在京師，後學之士到僕門，日或數十人，僕不敢虛其來意」〔註 117〕又說：「吾在京師時，好以文寵後輩，由吾文知名者，亦爲不少焉。」〔註 118〕而被貶之後，子厚因爲潛心閱讀，其知識結構得到優化，顯得更爲博通。元和三年、四年，他在永州完成的《非國語》，採用讀後感的寫法，逐條批判《國語》中錯誤的觀點，內容涉及政治、經濟、文學、歷史等等諸多知識。由此可見柳宗元此時知識面之廣、知識結構之宏大。陸游曾指出：「柳子厚《非國語》之作，正由平日法《國語》爲文

〔註 114〕韓愈《柳子厚墓誌銘》，劉真倫、岳珍校注《韓愈文集匯校箋注》，中華書局 2010 年版，上海古籍出版社 1997 年版，第 2407 頁。

〔註 115〕柳宗元《與楊京兆憑書》，《柳宗元集》，中華書局 1979 年版，第 789 頁。

〔註 116〕柳宗元《與李翰林建書》，《柳宗元集》，中華書局 1979 年版，第 802 頁。

〔註 117〕柳宗元《報袁君陳秀才避師名書》，《柳宗元集》，中華書局 1979 年版，第 880 頁。

〔註 118〕柳宗元《答貢士廖有方論文書》，《柳宗元集》，中華書局 1979 年版，第 884 頁。

章，看得熟，故多見其疵病。」〔註 119〕放翁點明了子厚的閱讀活動對其《非國語》的創作視野的影響。此外和《非國語》類似的「讀書筆記」性的文章，如《辯列子》、《辯文子》、《論語辯二篇》、《辯晏子春秋》等都表明了子厚被貶之後讀書、做學問都取得了較高成就。

我們可以再看和《讀書》作於同時的柳詩，如《詠史》、《詠三良》、《詠荊軻》詩。這三首是典型的爲抒發讀後感慨而作的「讀書詩」，是他被貶永州思考自己過往的經驗總結，是其政治、學術、文學知識融合的產物，也是知識結構優化的體現。比如《詠三良》：

> 束帶值明後，顧盼流輝光。一心在陳力，鼎列誇四方。款款效忠信，恩義皎如霜。生時亮同體，死沒寧分張。壯軀閉幽隧，猛志填黃腸。殉死禮所非，況乃用其良。霸基弊不振，晉楚更張皇。疾病命固亂，魏氏言有章。從邪陷厥父，吾欲討彼狂。〔註 120〕

「三良」是春秋秦國子車氏的三個兒子奄息、仲行、鍼虎，《左傳》記載說：「秦伯任好卒，以子車氏之三子奄息、仲行、鍼虎爲殉，皆秦之三良也。」〔註 121〕全詩前半部分著重刻畫三良忠心參政爲國的過程和殉死陪葬的淒慘結局，後半部分則發表議論認爲三良爲君殉葬是非禮不可取的。這是首典型的以議論入詩、以學問爲詩作品，詩歌不僅直接對三良殉死評論，還引用魏武帝之子不遵父命，不以人爲殉葬的典故作爲論據加以論證，論點、論據、論證齊備。這首詩前半段學曹植，後半段以議論爲主，詩歌具有史論色彩。許學夷指出：「元和諸公議論痛快，以文爲詩，故爲大變。子厚五言古如《掩役夫骸》、《詠三良》、《詠荊軻》亦漸涉議論矣。」〔註 122〕事實上，「詠三良」可以視爲文學的一種傳統題材，王粲、曹植、陶淵明等都有相關作品，子厚詩相較前代文人「詠三良」之作更具有思想性和學術性。前人「詠三良」題材出發點多出於對「三良」忠義的肯定並未對秦穆公進行直接過多的批評，而宗元則重新考察了史實，直接表達對此事的憤慨。從文學情感上來看，此詩又借三良之酒杯，澆自己之塊壘，暗指王叔文集團革新失敗的命運，抒發一己孤憤。《詠三良》可看成是柳柳州「以學問爲詩」的一種嘗試，是其政治經歷、文學修養以及學術見地相互融合的產物。雖然這樣的詩歌相較子厚其他

〔註 119〕陸游《老學庵筆記》卷十，中華書局 1979 年版，第 127 頁。
〔註 120〕柳宗元《詠三良》，《柳宗元集》，中華書局 1979 年版，第 1258 頁。
〔註 121〕楊伯峻編著《春秋左傳注》，中華書局 1981 年版，第 547 頁。
〔註 122〕許學夷《詩源辯體》卷二三，人民文學出版社 1987 年版，第 245 頁。

題材的作品而言，也存在稍欠渾融的瑕疵，然而瑕不掩瑜。

綜上所論述，在閱讀心態上，柳宗元經過了從功利性到非功利性的轉變，貶謫之後的非功利性讀書活動，閱讀效果更爲明顯，進一步優化了子厚的宏大知識結構，促進了他文學、經術與政事的融會貫通。

（二）柳宗元的閱讀書目

閱讀書籍的多寡、類型直接決定著文人知識結構的形成。我們考察柳宗元的閱讀範圍，藉此深入細緻地看出他知識結構特點。當然非常精確地還原單獨個體一生的閱讀書目非常困難，但仍可從相關記載中尋找到蛛絲馬蹟。

我們首先要確定的是柳宗元讀書範圍非常廣泛，他曾自稱：「家有賜書三千卷，尚在善和里舊宅，宅今已三易主，書存亡不可知。」〔註 123〕家藏的三千卷書應該就是其早期閱讀書籍來源之一。此外柳宗元在任集賢殿書院正字之時，因爲工作地點之便，閱讀館閣的豐富藏書是題中應有之義。正如前文所論，柳宗元到了貶謫地之後愈發潛心讀書著文、用心體道。其具體閱讀書目又呈現出怎樣的特點？這和其知識結構又有何關係？這是我們本小節期待解決的問題。

1、從柳宗元的「夫子自道」看其閱讀書目

所謂「夫子自道」的閱讀書目，就是柳宗元自己明確說他閱讀過的書籍。事實上，柳子厚經常在詩文中說明自己所讀書籍，比如他曾提及：「讀《周易・困卦》至『有言不信，尚口乃窮』也，往復益喜，曰：『嗟乎！余雖家置一喙以自稱道，詬益甚耳。』用是更樂喑默，思與木石爲徒，不復致意。」〔註 124〕此處《周易》便是其「夫子自道」的書目。

我們按傳統經、史、子、集分類，權且列出柳宗元詩文中「夫子自道」的書目如下：〔註 125〕

> 經：《太玄》、《詩經》、《春秋》、《尚書》、《周易》、《周禮》、《禮記》、《儀禮》、《春秋公羊傳》、《微指》、《宗指》、《辨疑》、《集注》、《春秋後語》、《春秋穀梁傳》、《春秋左氏傳》、《論語》、《孟子》。
>
> 史：《名例律》、《魯史》、《國語》、《史記》、《戰國策》、《前漢書》、《後漢書》、《唐開元禮》、《漢儀》。

〔註 123〕柳宗元《寄許京兆孟容書》，《柳宗元集》，中華書局 1979 年版，第 781 頁。
〔註 124〕柳宗元《與蕭翰林俛書》，《柳宗元集》，中華書局 1979 年版，第 798 頁。
〔註 125〕具體情況詳見附表。

子：《法言》、《毛穎傳》、《莊子》、《荀子》、《老子》、《列子》、《大報恩》、《念佛三昧詠》、《釋淨土十疑論》、《管子》、《呂氏春秋》、《山海經》、《文子》、《鬼谷子》、《晏子春秋》、《墨子》、《鶡冠子》、《亢倉子》、《王命論》。〔註 126〕

集：《楚辭》、《文選》。

柳宗元「自言」書目中，經類書籍基本囊括了唐代的「九經」，此外還有《孟子》、《論語》等，史類也基本包括了其時士子必讀的史書，經史知識儲備非常豐富。從其閱讀量來判斷，經中的《春秋》類的書籍讀的相對多，除了《春秋》、《春秋穀梁傳》、《春秋公羊傳》、《春秋左氏傳》三傳之外，還讀過其時「春秋學派」代表人物陸質的著作。他在給友人的書信中有言：「京中於韓安平處，始得《微指》，和叔處始見《集注》。……復於亡友凌生處盡得《宗旨》、《辨疑》、《集注》等一通。伏而讀之……反覆甚喜。若吾生前距此數十年，則不得是學矣。」〔註 127〕可見其對陸質著作應該頗下過一番工夫，並非簡簡單單的泛讀。他對《春秋》及相關書籍的研讀，對其學術研究產生了很大影響。例如子厚的《非〈國語〉》堪稱學術專著，他談及此書有言：

宗元嘗著《非國語》六十餘篇，其一篇爲「息」發也，今錄以往，可如愚之所謂者乎。《微指》中明「鄭人來渝平」，量力而退，告而後絕，固先同後異者也。今檢此前無與鄭同之文，後無與鄭異之據，獨疑此一義，理甚精而事有不合，兄亦當指而教焉。往年又聞和叔言兄論楚商臣一義，雖啖、趙、陸氏，皆所未及，請具錄，當疏《微指》下，以傳末學。〔註 128〕

子厚自認爲《非〈國語〉》中的某些內容可以補陸質《微指》之闕典。

柳宗元還精讀過非常多的子類書籍，一方面相較經學、史學書籍而言，子學著作的內容更爲駁雜，在一定程度上可以拓寬子厚的知識面；另一方面，爲數不少的子學著作思想性極強，可以鍛鍊他的思維能力，對知識結構可以起到深化作用。子厚讀子書之餘，寫了一系列思辨性極強的文章，比如《辯

〔註 126〕柳宗元因爲工作原因看到的《嘉禾圖》、《連理棠樹圖》、《白龍見圖》、《合歡黃瓜圖》、《嘉瓜二實同蒂圖》、《合歡蓮花圖》等官員獻圖，以及日常所觀書法類作品，嚴格意義上也屬於子類書目，但是筆者認爲這並不屬於嚴格意義上的「閱讀」，故而不在我們討論的範圍。

〔註 127〕柳宗元《柳宗元集》，中華書局 1979 年版，第 818～819 頁。

〔註 128〕柳宗元《答劉禹錫天論書》，《柳宗元集》，中華書局 1979 年版，第 820 頁。

文子》、《辯列子》、《辯鬼谷子》、《辯晏子春秋》等。這些文章多喜旁徵博引、對比研究，比如他在《辯列子》中引《史記》對「鄭殺其相駟子陽」的年代記載，考辯《列子》成書時間不應是鄭穆公而可能是魯穆公，又進一步和《莊子》比較，認爲《列子》風格類於《莊子》。再如《辯晏子春秋》，同樣將其與墨家思想比較，認爲《晏子春秋》不是儒家著作而是墨家的作品。柳宗元讀書廣博才使得他思考作文時可以縱橫捭闔、前後瞻顧，學問成就高於流輩。

《楚辭》對柳宗元影響很大，他在詩文中多處提到閱讀《離騷》:「投跡山水地，放情詠《離騷》！」〔註129〕《新唐書》本傳又謂：柳宗元「既竄斥，地又荒癘，因自放山澤間，其堙厄感鬱，一寓諸文，仿《離騷》數十篇，讀者咸悲惻。」〔註130〕子厚不僅在經歷、感情、思想上與屈原有相通之處，在文學創作方面的遣詞、造句、立意等都仿傚屈原，深受《楚辭》影響。學界對該問題研究頗爲透徹，相關成果頗豐，不贅言。

上文所列書目，我們只羅列了書籍，單篇文章作品未列入，故而集類書籍筆者所檢只有《楚辭》，但這並不代表柳宗元欠缺集類書籍的閱讀。實際上，從其「自稱」中來看，他讀過不少「集」類作品。比如他在《答韋珩示韓愈相推以文墨事書》中有言：「若雄者，如《太玄》、《法言》及《四愁賦》，退之獨未作耳，使作之，加恢奇，至他文過揚雄遠甚。」〔註131〕他又評價陳京才華云：「有文章若干卷，深茂古老，慕司馬相如、揚雄之辭。」將韓愈與揚雄，陳京與司馬相如、揚雄作比，理應對諸人的作品有所研讀。此外，他還讀過不少當時人的作品，且不說他和韓愈相互寄文相酬，他曾提到：「自古文士之多莫如今，今之後生爲文希屈、馬者可得數人；希王褒、劉向之徒者又可得十人；至陸機、潘岳之比，累累相望。若皆爲之不已。則文章之大盛，古未有也。」〔註132〕這話透露出兩點信息：第一，柳宗元讀過不少當時之人的作品，故而可下如此論斷；第二，陸機、潘岳、王褒、劉向等知名作家的作品都在其閱讀視野中，足見其閱讀範圍之廣。

〔註129〕柳宗元《遊南亭夜還敘志》，王國安箋釋《柳宗元詩箋釋》，上海古籍出版社1993年版，第69頁。

〔註130〕宋祁、歐陽修等《新唐書》，中華書局1975年版，第5129頁。

〔註131〕柳宗元《答韋珩示韓愈相推以文墨事書》，《柳宗元集》，中華書局1979年版，第882頁。

〔註132〕柳宗元《與楊京兆憑書》，《柳宗元集》，中華書局1979年版，第789頁。

2、從柳宗元詩文典故看其閱讀書目

從柳宗元詩歌中的典故使用來看閱讀範圍，還會有新的發現。比如《跂烏詞》中「還顧泥塗備螻蟻，仰看棟樑防燕雀」〔註133〕一句便是化用《史記》的「陳涉太息曰：『嗟乎，燕雀焉知鴻鵠之志哉』」。〔註134〕便可知他應該閱讀過《史記》。

我們據王國安先生《柳宗元詩箋釋》對子厚現存 163 首詩歌進行了統計分析，檢得典故 263 條制錶，按典源出處先後排序如下：

表 8：柳宗元詩歌典故來源書目

書籍	類別	舉例
《史記》	史	《善誰驛和劉夢得酧淳于先生》：「水上鵠已去，亭中鳥又鳴。」《史記》：齊王使淳于髡獻鵠於楚。出邑門，道飛其鵠，徒揭空籠，造詐成詞，往見楚王曰：「齊王使臣來獻鵠，過水上，不忍鵠之渴，出而飲之，去我飛亡。吾欲刺腹而死，恐人議王以鳥獸之故令士自殺。吾欲買而代之，是不信而欺吾王也。」楚王曰：「齊有信士若此哉」。《史記》又曰：齊威王喜隱，髡說之以隱曰：「國中有大鳥，止王之庭，三年不飛又不鳴。王知此鳥何也？」王曰：「不飛則已，一飛衝天；不鳴則已，一鳴驚人」。
《莊子》	子	《遊南亭夜還敘志七十韻》：「鹿鳴驗食野，魚樂知觀濠。」《莊子秋水》：「莊子與惠子游於濠梁之上，莊子曰『鯈魚出遊從容，是魚之樂也……吾知之濠之上也。』」
《山海經》	子	《行路難三首》：「北方竫人長九寸，開口抵掌更笑喧。」，《山海經・大荒東經》：「東海之外，……有小人國，名靖人。」
《漢書》	史	《重贈二首》：「聞道將雛向墨池，劉家還有異同詞。」《漢書》：劉向父子俱好古，博見強志，過絕於人。
《樂府》	集	戲題石門長老東軒
《陶淵明集》	集	《構法華寺西亭》：「夕照臨軒墜，棲鳥當我還。」陶淵明：「山氣日夕佳，飛鳥相與還」
《老子》	子	酬婁秀才寓居開元寺早秋月夜病中見寄》：「味道憐知止，遺名得自求」《老子》：知足不辱，知止不殆。

〔註133〕柳宗元《跂烏詞》，王國安箋釋《柳宗元詩箋釋》，上海古籍出版社 1993 年版，第 15 頁。

〔註134〕司馬遷《史記》，中華書局 1982 年版，第 1949 頁。

《列子》	子	《放鷓鴣詞》：「齊王不忍觳觫牛，簡子亦放邯鄲鳩。」《列子》：邯鄲之民獻鳩於簡子，簡子厚賞之。客問其故，簡子曰：「正旦放生，示有恩也。」
《詩經》	經	《遊南亭夜還敘志七十韻》：「鹿鳴驗食野，魚樂知觀濠。」《詩經小雅》：「呦呦鹿鳴，食野之蘋。」
《楚辭》	集	《同劉二十八院長述舊言懷感時書事奉寄澧州張員外使君五十二韻之作因其韻增至八十通贈二君子》：「共思捐佩處，千騎擁青緺。」《楚辭．湘君》篇曰：「捐余玦兮江中，遺余佩兮澧浦。」王逸注云：「屈原既放逐，常思念君，設欲遠去，猶捐玦佩置於水涯，冀君求己，示有還意。」
《後漢書》	史	《從崔中丞過盧少府郊居》：「聞道偏為五禽戲，出門鷗鳥更相親。」《後漢書》：「華佗言：『吾有一術，名五禽之戲，一曰虎，二曰鹿，三曰熊，四曰猿，五曰鳳。體有不快，起作一禽之戲，以當導引。』」
《戰國策》	史	《桂州北望秦驛手開竹逕至釣磯留待徐容州》：「幽徑為誰開？美人城北來。」《戰國策》：「城北徐公，齊國之美麗者也。」
《孟子》	經	《放鷓鴣詞》：「齊王不忍觳觫牛，簡子亦放邯鄲鳩。」《孟子》：齊宣王坐於堂上，有牽牛而過堂下者，曰：「將以釁鐘。」王曰：「吾不忍其觳觫。」
《文選》	集	《酬賈鵬山人郡內新栽松寓興見贈二首》，《文選．左思》：「鬱鬱澗底松，離離山上苗。」
《禮記》	經	《掩役夫張進骸》：「貓虎獲迎祭，犬馬有蓋帷。」《禮記》：古之君子，使之必報之。迎貓，為其食田鼠也；迎虎，為其食田豕也，迎而祭之也。
《魏書》	史	《弘農公以碩德偉材屈於誣枉左官三歲復為大僚天監昭明人心感悅宗元竄伏湘浦拜賀末由謹獻詩五十韻以畢微志》：「挺生推豹蔚，遐步仰龍驤。」《魏書》：陳琳曰：「今將軍龍驤虎步，高下在心。」
《論語》	經	《弘農公以碩德偉材屈於誣枉左官三歲復為大僚天監昭明人心感悅宗元竄伏湘浦拜賀末由謹獻詩五十韻以畢微志》：「合樂來儀鳳，尊祠重餼羊。」《論語》：「子貢欲去告朔之餼羊。二句皆以謂憑嘗為太常少卿」
《左傳》	經	《古東門行》：「魏王臥內藏兵符，子西掩袂眞無辜。」《左傳》哀十六年，白公殺子西、子期於朝而劫惠王，子西以袂掩面而死。
《抱朴子》	子	《弘農公以碩德偉材屈於誣枉左官三歲復為大僚天監昭明人心感悅宗元竄伏湘浦拜賀末由謹獻詩五十韻以畢微志》：「刻木終難對，焚芝未改芳。」《抱朴子》曰：「慮巫山之失火，恐芝艾之並焚。」

《易》	經	《弘農公以碩德偉材屈於誣枉左官三歲復爲大僚天監昭明人心感悅宗元竄伏湘浦拜賀末由謹獻詩五十韻以畢微志》:「挺生推豹蔚，遐步仰龍驤。」《易》: 君子豹變，其文蔚也。
《晉書》	史	《弘農公以碩德偉材屈於誣枉左官三歲復爲大僚天監昭明人心感悅宗元竄伏湘浦拜賀末由謹獻詩五十韻以畢微志》:「淵龍過許劭，冰鯉弔王祥。」《晉書》:「王祥性至孝。後母朱氏，嘗欲生魚，時天寒冰凍，祥解衣割冰求之，冰忽自解，雙鯉躍出，持之以歸。」
《維摩詰所說經》	子	《送元暠師詩》:「家山餘五柳，人世遍千燈。」《維摩詰所說經》:「有法門名無盡燈，汝等當學。無盡燈者，譬如一燈，然百千燈，冥者皆明，明終不盡。」
《賢愚經》	子	《送元暠師詩》:「莫讓金錢施，無生道自弘。」《賢愚經》:「波婆梨自竭所有爲設大會，一切都集，設會已訖大施嚫嚫，人得五百金錢。」
《荀子》	子	《同劉二十八院長述舊言懷感時書事奉寄澧州張員外使君五十二韻之作因其韻增至八十通贈二君子》:「鶂翼嘗披隼，蓬心類倚麻。」,《荀子・勸學篇》:「蓬生麻中，不扶而直。」
《晉陽秋》	子	《同劉二十八院長述舊言懷感時書事奉寄澧州張員外使君五十二韻之作因其韻增至八十通贈二君子》:「肯隨胡質矯，方惡馬融奢。」《晉陽秋》曰:「胡質爲荊州刺史，其子威自京都來省之。告歸，質賜其絹一疋，威跪曰:『大人清白，不審於何得此絹？』質曰:『是吾俸祿之餘，以爲汝資耳。』其父子清慎如此。」
《尚書》	經	《貞符》:「於禹曰『文命祗承於帝』」,《尚書・大禹謨》:「文明敷於四海，祗承於帝。」
《韓非子》	子	《同劉二十八院長述舊言懷感時書事奉寄澧州張員外使君五十二韻之作因其韻增至八十通贈二君子》:「耳靜煩喧蟻，魂驚怯怒蛙。」,《韓非子》:「越王伐吳。欲人之輕死也，出見怒蛙，乃爲之式。從者曰:『奚欽於此？』王曰:『爲其有氣故也。』」
《金簍子》	子	《秋曉行南谷經荒村》:「機心久已忘，何事驚麋鹿。」《金簍子》:「伯夷、叔齊，不食周粟，餓於首陽，依麋鹿以爲群。」
《揚子》	子	《貞符》:「孰稱古初樸蒙空侗而無爭」《揚子》:「天降生民，空侗顓蒙。」

從簡表來看，柳宗元的典故來源主要有 29 種，其中以子類爲多，達到 12 種。

其次則是經類 7 種、史類 6 種，最後集類 4 種。〔註 135〕《樂府》、《文選》、《晉陽秋》、《賢愚經》、《金簍子》等則是「夫子自道」的補充。

從上表來看，柳宗元的典故使用情況和其閱讀興趣一致。子厚喜歡閱讀子類書籍，而典故則多來源此，子厚對經史非常有研究，典故來源亦較集類爲多。而從柳宗元使用的典故頻率來看同樣如此，他多使用史類典故，其中出自《史記》、兩《漢書》的典故最多，其次是子類和經類。可見典故的使用和知識儲備有非常大的關係，詩人除了詩意的考慮，往往會優先考慮自己熟悉知識領域的典故。

柳子厚被貶之前，在長安的詩作只有 4 首，貶謫時期則達 157 首。〔註 136〕被貶之前的詩歌典故使用只有三處，分別出於鮑照的詩、《史記》和《莊子》，難以看出其中規律，而身處貶地的詩歌用典和宗元的讀書情況聯繫起來則值得尋味。我們發現同類型的典故往往紮堆出現。元和四年（809）他在給友人的書信中說道：「僕近求得經史諸子數百卷，嘗候戰悸稍定，時即伏讀，頗見聖人用心、賢士君子立志之分。」〔註 137〕我們發現這年子類典故突然多了起來，如《種仙靈毗》：「我聞畸人術，一氣中夜存。」〔註 138〕《莊子》中記有：「子貢問孔子曰：『敢問畸人？』曰：『畸人者，畸於人而侔於天。』」《孟子》又有：「梏之反覆，則其夜氣不足以存。」一句當中，同時使用到了《莊子》和《孟子》典故。再如《種術》：「單豹且理內，高門復如何。」〔註 139〕《莊子》云：「魯有單豹者，岩居而水飲，不與民共利，行年七十，而有嬰孩之色。不幸遇餓虎，餓虎殺而食之。有張毅者，高門縣薄，無不走也，行年四十，而有內熱之病以死。豹養其內而虎食其外，毅養其外而病攻其內。」〔註 140〕取單豹、張毅所養不同典故，以明不遊高門之志。而幾乎作於同時的《種仙

〔註 135〕文人詩文中的典故生成過程往往非常複雜，一條典故的來源可能不只源於某一本書，由此導致典故統計非常有難度。筆者以王國安先生《柳宗元詩箋釋》爲基礎文獻，參以其他注本，並大致考慮唐代書籍的傳播情況，權製表格，大體可以反映出柳宗元典故來源以及使用情況。

〔註 136〕參考尚永亮師《柳宗元古近體詩與表述類型之關聯及其創作動因》（《文學遺產》2011 年第 3 期）中統計數據，其中有 2 首詩作時間地點未明。

〔註 137〕柳宗元《與李翰林建書》，《柳宗元集》，中華書局 1979 年版，第 802 頁。

〔註 138〕柳宗元《種仙靈毗》，王國安箋釋《柳宗元詩箋釋》，上海古籍出版社 1993 年版，第 112 頁。

〔註 139〕柳宗元《種術》，王國安箋釋《柳宗元詩箋釋》，上海古籍出版社 1993 年版，第 116 頁。

〔註 140〕王先謙撰《莊子集解》，中華書局 1999 年版，第 159～160 頁。

靈毗》、《種術》都不約而同地使用了經、子類典故，我們或可據此推測二詩所用典故正和子厚此時讀書情況相關。元和九年（814）是情況就更爲明顯，這一年中子厚讀了不少子類書籍，還寫了《辯文子》、《辯列子》、《辯鬼谷子》等一系列子類文章，隨之而來的現象是其典故使用不僅格外多而且多出於子書。比如《新植海石榴》:「糞壤擢珠樹，莓苔插瓊英」〔註 141〕中的「珠樹」典就出於《列子》:「渤海之東不知幾億萬里，有大壑焉。……珠玕之樹叢生。」〔註 142〕《博物志》中也記有：「三珠樹生赤水之上。」〔註 143〕再如其《從崔中丞過盧少府郊居》之「出門鷗鳥更相親」〔註 144〕句，典出《列子》:「海上之人有好漚鳥者，每旦之海上，從漚鳥遊。漚鳥之至者百住而不止，其父曰:『吾聞漚鳥皆從汝游，汝取來吾玩之。』明日之海上，漚鳥舞而不下也」。〔註 145〕

進一步看，典故的使用本質上是知識的運用，而知識的運用不僅和作者的知識結構構成有關，還和知識的「喚起」有聯繫。也就是說，當詩人在創作的時候，需要運用到的知識往往需要一種外在的刺激，這種刺激要麼是所要表達之「意」的激發，要麼就是外在因素的影響。筆者以上討論的子厚典故使用的紮堆現象，除了「詩意」本身要求作者運用相關類型知識儲備之外，柳宗元讀書情況（外在因素）影響到了他知識的運用。讀書類型有利於集中喚起同類型知識的蘇醒，進而反映在了文學創作中。

詩文中出現的歷史人物寬泛意義上講，也是屬於典故的一種，我們可再從柳宗元詩文中出現的歷史人物管窺。比如《非國語·律》中談及的賓牟賈，其人曾與孔子討論過周初《大武》,《禮記·樂記》中對此事有記載，我們或可據此推測柳子厚讀過《禮記·樂記》。再比如柳子在詩文中對歷史上某個人物的言行、作品進行過評價，由此也可推斷他應該讀過其人的相關作品。柳宗元詩文中出現的古今人物一共概有 1100 位左右，〔註 146〕比如歷史上有名的政治類人物：比干、韓千秋、胡廣、衛鞅、諸葛亮、王猛、夫差、李斯、吳

〔註 141〕柳宗元《新植海石榴》，王國安箋釋《柳宗元詩箋釋》，上海古籍出版社 1993 年版，第 130 頁。

〔註 142〕楊伯峻撰《列子集釋》，中華書局 1979 版，第 151～152 頁。

〔註 143〕張華撰，范甯校正《博物志校正》，中華書局 1980 年版，第 13 頁。

〔註 144〕柳宗元《從崔中丞過盧少府郊居》，王國安箋釋《柳宗元詩箋釋》，上海古籍出版社 1993 年版，第 213 頁。

〔註 145〕楊伯峻撰《列子集釋》，中華書局 1979 版，第 67～68 頁。

〔註 146〕根據吳文治、謝漢強主編《柳宗元大辭典》（黃山書社 2004 年版）中「人名」目錄進行統計。

起等。文學類代表有：揚雄、王粲、王褒、馮衍、司馬相如、司馬遷、陸機、班固等。經術類：子思、劉向、王充、左丘明等。此外如音樂家、畫家、佛家、還有傳說中人物等等不一而足。由此可以看出柳宗元的知識結構非常宏大，似乎各種知識領域的代表人物都非常熟悉，順手拈來。

（三）閱讀方法

閱讀方法影響著知識的選擇和吸收，方法得當則有利於文人知識結構的完善。柳宗元是非常注重閱讀方法的，總體來看，柳子的閱讀方法主要有如下三個特點：

第一，需抓重點，尋取精華。柳宗元讀書時往往善於抓住閱讀目標的重點，尋取精華。他在給求教的學子開書目道：「其外者當先讀六經，次《論語》、孟軻書，皆經言。《左氏》、《國語》、莊周、屈原之辭，稍採取之，穀梁子、太史公甚峻潔，可以出入。」〔註 147〕認爲讀書首先要讀經，其次《左氏》、《國語》、莊周和屈原的言辭値得學習，而穀梁子和司馬遷的風格可以參考。在眾多書籍多中，柳子厚認爲不能毫無側重，什麼都讀，應該深讀其中某些書，吸取書中精華知識爲我所用。

我們不僅可從中看出他的閱讀興趣所在，還能發現他毒辣的讀書眼光。因爲唐時《孟子》並未列入經，宗元卻直接列《孟子》於經書類，足見其讀書眼光超過一般時人。後世很多文論家評價宗元的此篇書信時，也關注到了這點，如《唐宋文醇》對此評價道：「『當先讀六經，次《論語》、孟軻書，皆經言。』此在宋人前表彰孟子者。」〔註 148〕《義門讀書記》也有言：「『次《論語》、孟軻書，皆經言。』子厚斷然以《孟子》爲經。」〔註 149〕我們現在看子厚對待《孟子》的態度不足爲奇，但在其時果斷將《孟子》列入經類應該是個了不起的行爲，這種行爲和柳宗元知識結構有千絲萬縷的聯繫。他應該對唐代九經非常熟悉，諳熟它們作爲經典的原因和意義所在，對《孟子》也深諳其旨，方可將二者聯繫起來作爲「同類」。其次，官方頒佈的儒家經典對文人的知識吸收起到了指導方向的作用，柳子厚大膽挑戰權威抬高《孟子》的

〔註 147〕柳宗元《答韋珩示韓愈相推以文墨事書》，《柳宗元集》，中華書局 1979 年版，第 882 頁。

〔註 148〕愛新覺羅・弘曆《御選唐宋文醇》卷一三，《影印摛藻堂四庫全書薈要》第 460 冊，臺灣世界書局 1990 年版，第 226 頁。

〔註 149〕何焯《義門讀書記・河東集中》中華書局 1987 年版，第 658 頁。

地位，顯然他認爲其時文人在知識結構建構過程中，缺乏《孟子》經義是有所缺憾的，應該對其加以精讀。再次，唐人認爲儒家經典不僅僅只是經術而已，它關乎的是國家社稷的存亡、社會心理的建構，柳子顯然認爲《孟子》在此方面足以稱爲經典。

不盲目亂讀，注意閱讀內容取捨，柳宗元正是擅於此道，閱讀效果才非常明顯，可以對不同書籍抓住重點侃侃而談也足以證明他讀書的廣博和用功。所以知識結構的生成和讀書是一個時時互動的過程，一個文人讀書廣博必然有利於建構一個全面博通的知識結構，知識結構合理、宏大也必然會指導著書籍的閱讀。兩者互動越好，知識結構的優化、讀書效果也就越爲明顯。

第二，主動閱讀，加強記憶。閱讀往往需要反覆進行，溫故知新，柳宗元一再強調讀書需要反覆加強。被貶之後他身體一度爲疾病所困擾，他的詩文中有大量描寫健康每況愈下的詩文，如作於永州期間的《覺衰》:「久知老會至，不謂便見侵。今年宜未衰，稍已來相尋。齒疏髮就種，奔走力不任。」〔註150〕他感歎衰老來的突然，牙齒稀疏，頭髮脫落，連走路也感到力不從心。身體健康程度的下降體現在讀書上便是健忘，他自言道:「往時讀書，自以不至抵滯，今皆頑然無復省錄。每讀古人一傳，數紙已後，則再三伸卷，復觀姓氏，旋又廢失。」〔註151〕有心於讀書著文，但無奈以往讀書一目十行，而現在卻過目即忘，必須再三開卷，卻又不能卒卷。

記憶力減退，讀書必須反覆再三才可記住，我們發現柳子厚的這種「讀書痛苦」對他知識的吸取呈現出了兩種截然相反的效果。一方面，讀書人都知道健忘確實影響著知識吸取的效率，故而宗元又有坦白:「自遭責逐，繼以大故，荒亂耗竭，又常積憂恐，神志少矣，所讀書隨又遺忘。」〔註152〕自言神志大不如以前，讀書效果大打折扣。但另一方面，反覆再三的苦讀行爲在一定程度上類似於「品讀」，有利於閱讀者對閱讀對象思考成熟，更有利於知識深層次的吸取。所以如前文所論，他才一再強調此時自己的讀書效果好於之前。

實際上，柳宗元在詩文中多處描寫環境惡劣、健康尷尬之下的閱讀活動，從心理學上來看，這又體現出了柳宗元的知識吸取心理。環境越惡劣的情況

〔註150〕柳宗元《覺衰》,《柳宗元集》，中華書局1979年版，第1198頁。
〔註151〕柳宗元《寄許京兆孟容書》,《柳宗元集》，中華書局1979年版，第784頁。
〔註152〕柳宗元《與楊京兆憑書》,《柳宗元集》，中華書局1979年版，第790頁。

下的苦讀越說明了他對知識「渴求」的主動度，越主動的閱讀就越期待閱讀對象可以給予「回報」。貶謫時期的閱讀「回報」，一方面確實擴大了知識面，提高了知識和思想水平；另一方面，此時的讀書活動顯然擔當了「心理」寬慰的功能，且不說讀書是貶地無聊生活的調劑，更是他官場失意之後人生抱負的轉接。正如他所說「賢者不得志於今，必取貴於後，古之著書者皆是也」。〔註 153〕柳子厚總是喜歡在詩文中表述在貶地讀書的不易與艱難，實則反映出了他內心的焦慮：人生本來難以在仕途上大展宏圖，而如今健康狀況堪憂，讀書效率的下降，著書貴於後的理想也難以實現。

第三，前後發疑，旁推交通。柳宗元明確表示對讀書應該持有懷疑精神，在給劉禹錫的詩歌《三贈劉員外》中說道：「信書成自誤，經事漸知非。」〔註 154〕詩雖自嘲，但反映了柳宗元的讀書觀點，他認爲過於相信書本反而會有所誤解，只有經歷過實踐才知道是非。所以讀書時前後發疑便是子厚一個重要的讀書方法。我們發現他帶些學術意味的作品大多都從發疑、解疑入手，比如《非〈國語〉》就是典型，他對《國語》諸多言論持懷疑態度，通過自己的思考解決疑問從而得出創新型觀點。此外再如《〈論語〉辯二篇》、《辯列子》、《思維論》、《時令論》等都是對經典發出精彩疑問的文章。他還站在一定高度上評價古時「言理者」和現時的「追理者」：「噫！古之言理者，罕能盡其說。建一言，立一辭，則臲卼而不安，謂之是可也，謂之非亦可也，混然而已。教於後世，莫知其所以去就。明者慨然將定其是非，則拘儒瞽生相與群而咻之，以爲狂爲怪，而欲世之多有知者可乎？夫中人可以及化者，天下爲不少矣，然而罕有知聖人之道，則固爲書者之罪也。」〔註 155〕柳子厚認爲古時候的那些理論家，很少能夠全面表達自己的意思，言論總是模糊不清，認爲是也可，覺得非也可，後世眞正明白的人判定其中是非，卻被那些不懂的人認爲是狂人，被人奚落，所以現今眞正知道聖人之道的人越發罕見起來。話語核心意思在於，對於古聖人言論的是是非非，今人要敢於提出疑問，不能盲目信從，那些拘泥舊說的人永遠追尋不到「道」的眞正含義。

柳宗元有時也調動自己的知識儲備去解決閱讀中遇到的問題。事實上，知識結構越合理、宏大、博通的閱讀者越容易得出正確的信息，不斷擴大的

〔註 153〕柳宗元《寄許京兆孟容書》，《柳宗元集》，中華書局 1979 年版，第 783 頁。

〔註 154〕柳宗元《三贈劉員外》，王國安箋釋《柳宗元詩箋釋》，上海古籍出版社 1993 年版，第 296 頁。

〔註 155〕柳宗元《六逆論》，《柳宗元集》，中華書局 1979 年版，第 97 頁。

知識面、優於常人的知識結構也更有助於他在閱讀時看出問題所在。讀書善於提出疑問的關鍵在於能夠旁推交通。所謂「旁推交通」，是他在一封書信中明確提出來的，其文曰：「本之《書》以求其質，本之《詩》以求其恒，本之《禮》以求其宜，本之《春秋》以求其斷，本之《易》以求其動：此吾所以取道之原也。參之穀梁氏以厲其氣，參之《孟》，《荀》以暢其支，參之《莊》，《老》以肆其端，參之《國語》以博其趣，參之《離騷》以致其幽，參之太史公以著其潔：此吾所以旁推交通，而以爲之文也。」〔註 156〕雖然談的是爲文之道，但也完全可以看成宗元是在談讀書方法。清人林雲銘在《古文析義》中對此有言：「是書論文章處，曲盡平日揣摩苦心。」〔註 157〕他又說：「君子之學，將有以異也，必先窮其書，究窮而不得焉，乃可以立而正也。今二子尚未能讀韓氏《注》、孔氏《正義》，是見其道聽途說者，又何能知所謂易者哉？」〔註 158〕所論慧眼如炬。

我們必須說明的是，柳子厚不僅在文學、政事、經術上成就了得，在其他方面也小有成就。他在書法上非常有研究，有次呂溫的弟弟呂恭特意託人帶來一副墓中石書的拓文拜託他加以鑒別，他非常專業的從署年、字體、文辭以及禮制風俗方面斷定石書是僞。柳宗元在醫學上也小有研究，他多次和友人來往書信討論服藥養生事宜，比如《與崔連州論石鍾乳書》、《答周君巢餌藥久壽書》、《與李睦州論服氣書》等，由這些書信來看，柳宗元大談養生觀念，反對盲目服藥以求長壽。不僅如此，由《與崔連州論石鍾乳書》來看柳宗元對石鍾乳的產地、性質等都非常的有研究，可見其在自然知識方面也小有知識儲備。而柳子厚廣闊的知識離不開我們上文討論的閱讀活動。

二、中唐古文家的史書閱讀

史書是士子必讀的書籍，唐代各級官學和私學均開有史學課程，科舉諸科考試也重視對士子史學知識的考察，就連唐中後期以詩賦取士的進士科也規定「兼有精通一史，能試策十條得六已上者，委所司奏聽進止」。〔註 159〕

〔註 156〕柳宗元《答韋中立論師道書》，《柳宗元集》，中華書局 1979 年版，第 873 頁。
〔註 157〕林雲銘評注《古文析義》卷一三，臺灣廣文書局 1979 年版。
〔註 158〕柳宗元《與劉禹錫論周易九六說書》，《柳宗元集》，中華書局 1979 年版，第 814 頁。
〔註 159〕王欽若等編纂、周勳初等校訂《冊府元龜》，鳳凰出版社 2006 年版，第 7391 頁。

關於唐代史學繁榮的問題，研究成果甚豐，不贅。我們主要希望通過梳理唐代古文家閱讀歷史典籍的狀況，以考察他們的史學知識與文學才能之間的互動關係。

（一）古文運動與史學

在考察古文家史書閱讀情況之前，我們有必要交待一下中唐古文運動與其時史學之間的關係。

梁肅總結古文運動曾說：「唐有天下幾二百載，而文章三變：初則廣漢陳子昂以風雅革浮侈；次則燕國張公說以宏茂廣波瀾；天寶以還，則李員外、曹功曹、賈常侍、獨孤常州比肩而出，故其道益熾。」〔註160〕將陳子昂、張九齡以及天寶時期的李華、獨孤及等人作爲唐代古文發展三個階段的代表人物，肯定了他們在唐文發展史上的地位。由於梁肅生平經歷所限，他未能對元和以後諸如韓愈、柳宗元、李翺等人的古文作出評判。宋祁繼承了梁肅的「三變」說：

> 唐有天下三百年，文章無慮三變。高祖、太宗，大難始夷，沿江左餘風，絺句繪章，揣合低卬，故王、楊爲之伯。玄宗好經術，群臣稍厭雕瑑，索理致，崇雅黜浮，氣益雄渾，則燕、許擅其宗。是時，唐興已百年，諸儒爭自名家。大曆、貞元間，美才輩出，擩嚌道眞，涵泳聖涯，於是韓愈倡之，柳宗元、李翺、皇甫湜等和之，排逐百家，法度森嚴，抵轢晉、魏，上軋漢、周，唐之文完然爲一王法，此其極也。〔註161〕

宋氏認爲唐代古文運動大致起於高祖、太宗朝，興於玄宗時期，而盛於貞元、元和之際，其中貞元、元和年間以韓愈、柳宗元、皇甫湜等爲代表的一批中唐文人在古文方面的創新成就格外突出。宋氏基本勾勒出了有唐一代古文運動的發展脈絡。

唐代古文發展的幾個關鍵時期恰好也是史學發展的幾個重要時段。對照來看：高祖、太宗朝正是著名的唐初「八史」修撰成書之時，玄宗朝又是劉知幾《史通》廣泛流傳的時期，貞元以後史學更是向縱深發展，文人們愛論史、著史，貞元十七年（801）杜佑寫就《通典》，開創了典章制度史的修撰

〔註160〕梁肅《補闕李君前集序》，董誥等編《全唐文》，中華書局1983年版，第5261頁。

〔註161〕宋祁、歐陽修等《新唐書》，中華書局1986年版，第5725～5726頁。

新篇章。

中唐古文運動與其時史學發展之間的關係，已有學者作過非常精到的論斷，蒙文通先生認爲：「思想學術之壁壘一新，則文學不能安於駢儷之舊，而古文之說倡。凡以古文名者，莫不與異儒共聲氣……凡古文家之與異儒，皆歸於義理。故一則曰『效揚雄、王通之辭』，再則曰『取之六經』。則所謂文起八代之衰者，其思想與異儒一致，又其人皆相互於詩友之間。一質一文，相爲表裏，與夫唐初正義之學，駢儷之文，釋、老之教，畫若鴻溝，隔如胡越。」〔註162〕中唐文人的古文創作與史學研究互爲表裏，二者都關注聖人之道，也都試圖變新求異。

（二）中唐代古文家的讀史概況

唐代古文家對史學感興趣的頗多，史學知識是其知識結構中的基本組成部分之一。古文運動早期代表梁肅自己就曾說過「慕學文史」，〔註163〕古文運動的中堅力量韓愈與柳宗元對史學知識格外熱衷。韓愈習慣從舊史中吸取文學創作的靈感，曾言：「性本好文學，因困厄悲愁，無所告語，遂得究窮於經傳、史記、百家之說，沉潛乎訓義，反覆乎句讀，礱磨乎事業，而奮發乎文章。」〔註164〕柳宗元也表示對修史的羨慕：「期爲史，志甚壯」。〔註165〕雖然史學與文學差別甚大，但是如果疏抉唐代古文家們讀史、治史情況，便會發現他們研讀的史學知識早已內化爲文學創作的血液。

古文家所讀史書範圍相當廣泛，杜佑《通典》中記有士子所需閱讀的基本史書目錄，說道：「其史書，《史記》爲一史，《漢書》爲一史，《後漢書》並劉昭所注志爲一史，《三國志》爲一史，《晉書》爲一史，李延壽《南史》爲一史，《北史》爲一史。習《南史》者，兼通《宋》、《齊》志；習《北史》者，通《後魏》、《隋書》志。國朝自高祖以下及《睿宗實錄》，並《貞觀政要》，共爲一史。」〔註166〕略微關注一下這個書目，我們不難發現除去前四史之外，

〔註162〕蒙文通《中國史學史》，上海世紀出版集團2006年版，第69頁。

〔註163〕梁肅《祭獨孤常州文》，董誥等編《全唐文》，中華書局1983年版，第5206頁。

〔註164〕韓愈《上兵部李侍郎書》，劉眞倫、岳珍校注《韓愈文集匯校箋注》中華書局2010年版，第600頁。

〔註165〕柳宗元《與史官韓愈致段太尉逸事書》，《柳宗元集》，中華書局1979年版，第812頁。

〔註166〕杜佑《通典》，中華書局1988年版，第423頁。

唐初所修史書及舊注、政書、實錄都成爲杜佑認爲應該掌握的內容，其範圍不可謂不廣，由此也可知唐代精英文人讀史的取徑之寬。

1、史書評價——異中有同

個體閱讀興趣各有不同，不同的人對史書鍾愛程度也必然不同。如蕭穎士所言：「仲尼作《春秋》，爲百王不易法，而司馬遷作本紀、書、表、世家、列傳，敘事依違，失褒貶體，不足以訓。」〔註 167〕認可《春秋》是百王之法，批評《史記》敘事模棱兩可，有失史書褒貶之功能，有諸多不可取之處。柳冕也持有同樣觀點，其云：「遷之過，在不本於儒教以一王法，使楊朱墨子得非聖人，此遷之罪也」，〔註 168〕又言：「夫聖人之於《春秋》，所以教人善惡也。修經以志之，書法以勸之，立例以明之，恐人之不至也，恐人之不學也。苟不以其道示人，則聖人不復修《春秋》矣；不以其法教人，則後世不復師聖人矣。」〔註 169〕他認爲司馬遷之過錯在於沒有本儒家之道，而《春秋》褒貶功能是以明聖人之道。但也有持反對意見的，比如皇甫湜則表示：「歷代論者，以遷爲率私意，蕩古法，紀傳煩漫，不如編年。以爲合聖人之經者，以心不以跡，得良史之體者，在適不在同。」〔註 170〕認爲司馬氏之《史記》也是聖人之志的體現，並且指出合乎聖人之道在於心不在於表面形式，眞正好的史書在於體例適合。

上述兩派對《史記》的不同觀點，看似相左，實則本意殊途同歸。二者爭論的焦點在於《史記》是否和《春秋》一樣是否體現了聖人之「道」，歸根結底，兩派的立足點都是對聖人之志的重視。「宗聖」是古文家們重要理論之一，柳冕就認爲：「文章者本於教化，發於情性。本於教化，堯舜之道也；發於情性，聖人之言也。」文章的根本在於教化，而教化的根本則是堯舜之道，宗聖、尊經才是寫好文章的關鍵。皇甫湜曾自稱：「湜自學聖人之道，誦之於口，銘之於心。」〔註 171〕時時刻刻銘記聖人之道。可見，固然古文家們對同

〔註 167〕宋祁、歐陽修等《新唐書》，中華書局 1975 年版，第 5765 頁。

〔註 168〕柳冕《答孟判官論宇文生評史官書》，董誥等編《全唐文》，中華書局 1983 年版，第 5355 頁。

〔註 169〕柳冕《答孟判官論宇文生評史官書》，董誥等編《全唐文》，中華書局 1983 年版，第 5355 頁。

〔註 170〕皇甫湜《編年紀傳論》，董誥等編《全唐文》，中華書局 1983 年版，第 7030 頁。

〔註 171〕皇甫湜《上江西李大夫書》，董誥等編《全唐文》，中華書局 1983 年版，第 7019 頁。

一史書持有相左觀點，但究竟下去，行爲背後的原因和思想實屬一致。

進一步看，上述爭論又反映了中國古代文人對經學與史學的某種認知。我們知道唐人大多數時候是經史同提，翻開其時的墓誌或者傳記大多如此表述，如韓愈爲人作表道：「臣少涉經史，粗知古今，天與樸忠，性惟愚直。」〔註172〕李翺爲別人作墓誌也說：「九歲貫涉經史，魯山令元德秀，行高一時，公往師焉。」〔註173〕再如李華在《質文論》中就提出：「將求致理，始於學習經史。《左氏》、《國語》、《爾雅》、《荀》、《孟》等家，輔佐五經者也。」他認爲致理的途徑之一是學習經史，其中的《左氏》、《國語》具有輔弼五經的作用，史和經都是並提同稱的。可見在他們心目中經與史應該是有想通之處的。

但筆者認爲「經史想通」涉及到了一個邏輯思維問題，即所謂「經史不分」是經趨於史還是史趨於經，是經類似於史還是史類似於經？這個問題在唐古文家這裡尤爲重要。在他們的評價體系中，經往往是可以作爲史來閱讀，也可以作爲評價一部史書優劣的標準，但反過來命題不成立。比如唐人劉知幾就提出：「自古帝王編述文籍，外篇言之備矣。古往今來，質文遞變，諸史之作，不恒厥體。榷而爲論，其流有六：一曰《尚書》家，二曰《春秋》家，三曰《左傳》家，四曰《國語》家，五曰《史記》家，六曰《漢書》家。」〔註174〕將《尚書》、《春秋》、《左傳》作爲史作源流之一。〔註175〕所以在古文家的心目中，經學知識很大程度上仍然是凌駕於史學知識之上的，史書優劣的判斷標準就在於是否合乎經義，這也是上文柳冕和皇甫湜爭論的關鍵所在。

2、閱讀興趣——紛繁有通

讀史活動必然會關注所讀典籍的特點，古文家們對此也自有取捨，縱觀眾多古文家讀史的興趣，紛繁有通。有的關注史書語言藝術，例如李翺有云：「前漢事蹟，灼然傳在人口者，以司馬遷、班固敘述高簡之工，故學者悅而習焉，其讀之詳也。」〔註176〕因爲司馬遷與班固敘述簡潔扼要，使人讀起來

〔註172〕韓愈《代裴相公讓官表》，劉眞倫、岳珍校注《韓愈文集匯校箋注》中華書局2010年版，第2857頁。

〔註173〕李翺《秘書少監史館修撰馬君墓誌》，董誥等編《全唐文》，中華書局1983年版，第6452頁。

〔註174〕劉知幾《史通・六家》，上海商務印書館1929年版，第1頁。

〔註175〕清人章學誠在《文史通義》中提出著名「六經皆史」的觀點，認爲《易》、《書》、《詩》、《禮》、《樂》、《春秋》也是史的一種。

〔註176〕李翺《答皇甫湜書》，董誥等編《全唐文》，中華書局1983年版，第6410頁。

賞心悅目，故二人之史書常常被列入詳讀之範圍。同時李翱也非常關注史書作文技巧，其云：「為文者又非游、夏、遷、雄之列，務於華而忘其實，溺於辭而棄其理，故為文則失六經之古風，記事則非史遷之實錄，不如此，則辭句鄙陋，不能自成其文矣。」〔註177〕認為做文章不應該因文害意、得辭棄理、華而不實，像司馬遷作文既有文辭又有言理才是真正的「文」。此外古文家讀史對史筆異常關注，如柳冕評價司馬遷：「以遷之雄才，奮史筆，不虛美，不隱惡，守凡例而書之，則與左氏並驅爭先矣。」〔註178〕不虛美、不隱惡的實錄精神對於著史來說最為重要，司馬遷以其豪偉之才運史筆，書寫有凡例可依，實屬值得深讀之史書。也有深諳著者撰寫目的，如李翰評價當朝杜佑《通典》曰：「使學者得而觀之，不出戶，知天下；未從政，達人情；罕更事，知時變。」〔註179〕他對杜佑心跡了然於心，高度讚揚《通典》經世致用的特點。再者時人對史書的體制有所分析，蕭穎士有言：「有漢之興，舊章頓革。馬遷唱其始，班固揚其風，《紀》、《傳》平分，《表》、《志》區別。其文複而雜，其體漫而疏，事同舉措，言殊卷帙。首末不足以振綱維，支條適足以助繁亂，於是聖明之筆削、貶之文廢矣。」〔註180〕對司馬氏、班固大加批評，其立足點主要在於認為《史記》與《漢書》為文駁雜，體制疏漫，敘述煩亂，丟棄了漢之前為文簡潔、樸實之優點，是後世文章沉淪藝術不佳的源頭。此外也對史書風格也有所關注的，如梁肅總結：「賈生、馬遷、劉向、班固，其文博厚，出於《王風》者也。」〔註181〕將司馬遷與班固文章風格列於博大厚重一派，是「風」的繼承延續，此處雖沒有直接評論《史記》與《漢書》，但司馬氏與班固最為重要的作品是兩部歷史著作，筆者認為梁肅實是暗自點明了兩史書的風格特徵。

實際上，不論古文家對所讀史書關注點有何異同，閱讀興趣紛繁不同，但出發點在本質上大多殊途同，我們從中可以管窺古文運動的諸多理論特

〔註177〕李翱《百官行狀奏》，董誥等編《全唐文》，中華書局1983年版，第6399～6400頁。

〔註178〕柳冕《答孟判官論宇文生評史官書》，董誥等編《全唐文》，中華書局1983年版，第5356頁。

〔註179〕李翰《通典序》，董誥等編《全唐文》，中華書局1983年版，第4379頁。

〔註180〕蕭穎士《贈韋司業書》，董誥等編《全唐文》，中華書局1983年版，第3278頁。

〔註181〕梁肅《祭獨孤常州文》，董誥等編《全唐文》，中華書局1983年版，第5261頁。

點。對於文章寫作風格的繁簡程度，古文家大多尚簡棄繁，認爲簡單樸實、言之有物的文章才是最佳文章。我們把前文李翱和蕭穎士關於司馬遷、班固之文的論述拿出來單獨進行對比，便可得知。前者認爲司馬氏、班固的文章敘述簡工，是爲上乘；而後者認爲司馬氏與班固爲文駁雜、繁縟異常，故而加以否定批評。可見，二者出發點都是崇簡棄繁，而蕭氏與李氏態度的差異，恰好體現了古文運動早期與盛期理論的微妙變化。蕭穎士是古文運動早期代表人物，早期古文理論一般對於文采堅決牴觸，以比較決絕的姿態進入古文運動的潮流，柳冕就曾自云：「小子志雖復古，力不足也。言雖近道，辭則不文，雖欲拯其將墜，末由也已。」〔註 182〕到了中唐以韓柳爲代表的古文運動時期，他們更爲理性，擅長從實際創作中總結古文理論，認爲文章的「簡」和文采的高妙並不矛盾，兩者完美的結合恰恰才是好文章的體現。如前文所述，和韓愈相善的李翱肯定司馬氏最爲重要的出發點之一便是司馬遷文章言之有物、文質彬彬，文辭與理趣同在。梁肅對司馬遷與班固博厚風格的讚賞，也屬於對言之有物的肯定。再者，古文運動是文人借文學變革達到對社會革新的一種嘗試，本質上希望誇大、激發文學對社會的干預功能，由此李翰對杜佑《通典》經世致用的特點格外讚賞就不難理解了。

3、讀史策略——用之得當

讀書需講究策略，古文家也從閱讀中總結讀史方法。首先應該具備發疑之精神，如獨孤及在其名作《吳季子劄論》中，對前史關於吳公子季札讓國稱賢褒揚持質疑態度：

> 謹按季子三以吳國讓，而《春秋》褒之。余徵其前聞於舊史氏，竊謂廢先君之命，非孝也；附子臧之義，非公也；執禮全節，使國簒君弒，非仁也；出能觀變，入不討亂，非智也。左邱明、太史公書而無譏，余有惑焉。〔註 183〕

全文開篇便是直接樹立自己的觀點，認爲前史，包括《左轉》、《史記》對吳公子讓國讚賞的態度是不理智的，是一種愚腐的節義觀，也是非公、非仁、非智的體現，獨孤氏旨在表達一種「尚賢」的核心觀點。可見獨孤氏讀史並

〔註 182〕柳冕《答荊南裴尚書論文書》，董誥等編《全唐文》，中華書局 1983 年版，第 5358 頁。

〔註 183〕獨孤及《吳季子劄論》，董誥等編《全唐文》，中華書局 1983 年版，第 3954 頁。

不是簡單的只讀不思，對前史也不是一味的趨同認可，而是勇於懷疑，大膽表示一己之歷史觀。這種對史書「懷疑」態度見之於諸多古文家身上，如李觀「觀讀漢史，見景帝殺御史大夫晁錯，以姑息吳王濞，痛非其罪也，故直筆以議」〔註 184〕寫就《晁錯論》，又閱「《太史氏書》，見漢武之御極，雖非求仁蹈道之主，亦英雄之君也」〔註 185〕而作《弔漢武帝文》，兩篇史論可謂李觀讀史發疑之作。同樣，權德輿也「讀東漢史，至彭寵舉兵拔薊城，自爲燕王，蒼頭子密等因寵獨在便室臥寢，遂共殺之，以其首詣闕，封爲不義侯，愚以爲非先哲王封賞之本旨也」〔註 186〕遂作《世祖封不義侯議》。

疑問精神是創新精神的另一面，需要的是大膽與勇氣，私下讀史是看似簡單的閱讀活動，和膽量無關，但日常活動恰能無意識地體現行動者的慣性思維方式。試想，整個古文運動前赴後繼的革新精神、大膽反叛現實的勇氣和日常閱讀的懷疑態度起碼是屬於同一個精神氣質範疇的。善於提出疑問是和閱讀者的知識結構有很大關係的，知識結構宏大的人更能正確發出疑問。獨孤及與權德輿都是屬於全能人才，李觀英年早逝但在文學和儒學上也都頗爲擅長。

讀史也應該講究詳略關係。李翱在給皇甫湜書信中就曾探討讀史詳略問題。其云：

> 前漢事蹟，灼然傳在人口者，以司馬遷、班固敘述高簡之工，故學者悅而習焉，其讀之詳也。足下讀范蔚宗《漢書》、陳壽《三國志》、王隱《晉書》，生熟何如左邱明、司馬遷、班固書之溫習哉？故溫習者事蹟彰，而罕讀者事蹟晦，讀之疏數，在詞之高下，理之必然也。唐有天下，聖明繼於周漢，而史官敘事，曾不如范蔚宗、陳壽所爲，況足擬望左邱明、司馬遷、班固之文哉！〔註 187〕

此段文字體現了李氏三層意思：其一，《史記》與《漢書》是記述前漢事蹟高簡的史書，應是學者深讀的史書；其二，推測崔甫湜對於范蔚宗《漢書》、陳壽《三國志》、王隱《晉書》不如司馬遷與班固所著熟悉，因爲前三者在文辭

〔註 184〕李觀《晁錯論》，董誥等編《全唐文》，中華書局 1983 年版，第 5424～5425 頁。

〔註 185〕李觀《弔漢武帝文》，董誥等編《全唐文》，中華書局 1983 年版，第 5436 頁。

〔註 186〕權德輿《世祖封不義侯議》，董誥等編《全唐文》，中華書局 1983 年版，第 4987 頁。

〔註 187〕李翱《答皇甫湜書》，董誥等編《全唐文》，中華書局 1983 年版，第 6410 頁。

的高妙程度上比不上後二者；其三，唐代史官敘事不如范蔚宗、陳壽諸人，更何況和左丘明、司馬遷、班固相比，言下之意，當代史書可讀更爲少許了。李氏比較隱晦地表達出讀史詳略的選擇，具有崇古抑今思想傾向。這種評斷傾向正好應證了李翺古文創作中的尊古意識。

古文家們是文學家，故而讀史之時經常容易生發情感性體驗。如元結在《讓容州表》中有云：「臣每讀前史，見吳起遊宦，嚙臂不歸，溫嶠奉使，絕裾而去，常恨不逢斯人，使之殊死。」〔註 188〕吳起與溫嶠皆是爲國遠行，與母決絕，前者嚙臂發誓不歸，後者自斷裙裾捨母不還。元結讀其史，遺憾於難逢此類人，一起爲國拼死。元結爲史事而感動，催發激情，而這份激情實實在在也成了元結讓容州刺史時的一種無可奈何的彷徨與遺憾。

（三）讀史之實踐——修史與史論

唐代古文家們對修史也很有興趣，蕭穎士、柳冕、梁肅、韓愈、李翺等都曾任過史館修撰。如蕭穎士謂：「僕不揆，顧嘗有志焉，思欲依魯史編年，著《歷代通典》。起於漢元十月，終於義寧二年，約而刪之，勒成百卷。」〔註 189〕《新唐書》對此記有：「（蕭穎士）乃起漢元年訖隋義寧編年，依《春秋》義類爲傳百篇。」〔註 190〕可推見《歷代通典》應該是蕭穎士反對有失褒貶之體的史筆而做的一種嘗試。〔註 191〕再如權德輿主持貢舉期間，對史學知識的考察格外重視，其私下喜作史論，《新唐書》對其作傳有云：「嘗著論，辨漢所以亡，西京以張禹，東京以胡廣，大指有補於世。」〔註 192〕指出權德輿史論具有以古喻今、針砭時弊的特點。李翺和韓愈關係甚佳，大約在元和年間兩次進入史館任史館修撰，其自言對修史的執行準則是「用仲尼褒貶之心，取天下公是公非以爲本」〔註 193〕，在史館期間「以記錄是非爲事」，主動請修百官行狀：

> 自元和以來，未著《實錄》，盛德大功，史氏未紀，忠臣賢士名

〔註 188〕元結《讓容州表》，董誥等編《全唐文》，中華書局 1983 年版，第 3862 頁。

〔註 189〕蕭穎士《贈韋司業書》，董誥等編《全唐文》，中華書局 1983 年版，第 3278 頁。

〔註 190〕宋祁、歐陽修等《新唐書》，中華書局 1975 年版，第 5765 頁。

〔註 191〕王應麟《困學紀聞》云：「然其書今無傳焉，略見於本傳，而不著《通典》之名」。（上海古籍出版社 2008 年版，第 1624 頁。）

〔註 192〕宋祁、歐陽修等《新唐書》，中華書局 1986 年版，第 5076 頁。

〔註 193〕李翺《答皇甫湜書》，董誥等編《全唐文》，中華書局 1983 年版，第 6410 頁。

> 德，甚有可爲法者，逆臣賊人醜行，亦有可爲誡者，史氏皆闕而未書。臣實懼焉，故不自量，輒欲勉強而修之。凡人之事蹟，非大善大惡，則眾人無由知之，故舊例皆訪問於人，又取行狀謚議，以爲一據。〔註 194〕

李翱是韓門弟子之一，因爲和韓愈年齡相近，故互以友相稱〔註 195〕，其創作和思想上受韓愈影響甚深，強調修史的眞實性，重視對人的事蹟的考定。韓愈一度認爲「夫爲史者，不有人禍，則有天刑，豈可不畏懼而輕爲之哉！」不敢輕易修史。表面上看關於修史，李翱和韓愈的觀點並不一致，前者樂於修史、後者迴避修史，但實際上二者意見並無分歧。韓愈《答劉秀才書》寫於元和九年，差不多同時期，柳宗元寫《與韓愈論史官書》對韓愈觀點加以批評，在稍後的《與史官韓愈致段太尉逸事書》中可見韓已經接受了柳的批評觀點，而李翱上《百官行狀奏》是在元和十四年〔註 196〕，其時韓愈早已撥正己之觀點。

同時，無機會進入史館參與史書修撰工作的古文家，同樣對修史表現出極大的興趣，最典型的莫過於柳宗元，他不僅和韓愈通信論史，而且寫了不少有特色的平民史傳，如《宋清傳》、《種樹郭槖駝傳》等。再如李翰編有流傳甚廣的童蒙讀物《蒙求》，專門給兒童介紹歷史人物知識，是唐代重要的童蒙教育課本。〔註 197〕

愛讀史、重視修史，難免就要涉及到對於「史」的認識問題，史學認識往往和文學理念一脈相承，甚或可以從古文家的史論觀點中看出其古文觀點。如韓門弟子之一的皇甫湜，雖沒入過史館，但是保存下來的幾篇論史文

〔註 194〕李翱《百官行狀奏》，董誥等編《全唐文》，中華書局 1983 年版，第 6399～6400 頁。

〔註 195〕部分學者認爲李翱與韓愈年齡相近，以友相稱，不屬韓門弟子，筆者認爲韓愈之於李翱亦師亦友，不能以年齡以及稱呼簡單把李翱從韓門弟子中排除在外，《新唐書》：「至它文造端置辭，要爲不襲蹈前人者。然惟愈爲之，沛然若有餘，至其徒李翱、李漢、皇甫湜從而傚之，遽不及遠甚」（宋祁、歐陽修等《新唐書》，中華書局 1986 年版，第 5262 頁。）；洪邁《容齋隨筆》：「皇甫湜、李翱。雖爲韓門弟子，而皆不能詩。」（洪邁《容齋隨筆》，上海古籍出版社 1978 年版，第 105 頁。）

〔註 196〕王溥《唐會要》卷六四記有：「（元和）十四年四月，史官李翱奏」云云。（中華書局 1955 年版，第 1110 頁。）

〔註 197〕《蒙求》的作者有兩說：唐李瀚說、後晉李翰說。晁公武《郡齋讀書志》和陳振孫《直齋書錄解題》認爲應是唐李翰，李翰和李瀚應爲一人。

章在整個唐代史學界別出一格。其云：

> 論曰：古史編年，至漢史司馬遷，始更其制，而爲紀傳，相承至今，無以移之。歷代論者，以遷爲率私意，蕩古法，紀傳煩漫，不如編年。以爲合聖人之經者，以心不以跡，得良史之體者，在適不在同。編年紀傳，繫於時之所宜，才之所長者耳，何常之有？夫是非與聖人同辨，善惡得天下之中，不虛美，不隱惡，則爲紀爲傳，爲編年，是皆良史矣。〔註198〕

世人認爲司馬遷有損作史古法，紀傳體煩漫不如編年體，此說有誤，因爲眞正的「良史」必須本質上合乎聖人之旨，並不是表面上與聖人經典相雷同，編年與紀傳體各有所長，其選擇是根據時宜的變化以及修史之人的才華長短，但只要能夠不虛美隱惡，合聖人之意，以天下善惡爲善惡就皆爲「良史」。這段文字背後最爲重要的信息即是「道統」二字，皇甫氏認爲修史應符聖人之意而又不拘泥於聖人之旨，根據修史之實際，可以大膽變新，選擇適合之體制，才謂「良史」。此論恰恰和其文章觀點相一致，其對文章藝術的理解主要集中於給李生的三封書信中，核心觀點即多爲人所關注的「奇正」觀：

> 夫謂之奇，則非正矣，然亦無傷於正也。謂之奇，即非常矣。非常者，謂不如常者。謂不如常，乃出常也。無傷於正，而出於常，雖尚之亦可也。此統論奇之體耳，未以文言之，失也。夫文者非他，言之華者也，其用在通理而已，固不務奇，然亦無傷於奇也。使文奇而理正，是尤難也。〔註199〕

「正」是爲根本，「奇」出於「常」而無傷於「正」，文章最好是「文奇而理正」，「正」是和「道統」一脈相承。同時「他所要求的『奇』與『怪』，有強調文學表現上的形象性的意義，對於糾正『古文』專門言『道』的空疏腐之弊是有作用的，不應簡單地指責爲形式主義而完全加以否定」〔註200〕這又和其強調作史也應該大膽求新思路一致。

綜上所分析，唐代古文家們甚愛讀史、修史，在這過程中又有意無意地表現出身爲古文運動家的特質，「史」與「文」互爲表徵。

〔註198〕皇甫湜《編年紀傳論》，董誥等編《全唐文》，中華書局1983年版，第7030頁。

〔註199〕皇甫湜《答李生第二書》，董誥等編《全唐文》，中華書局1983年版，第7021頁。

〔註200〕孫昌武《唐代古文運動通論》，百花文藝出版社1984版，第253頁。

參考文獻〔註1〕

1. 《白居易集》，白居易撰，顧學頡點校，中華書局 1979 年版。
2. 《白居易集箋校》，白居易撰，朱金城箋注，上海古籍出版社 1988 年版。
3. 《白居易集綜論》，謝思煒撰，中國社會科學出版社 1997 年版。
4. 《白居易年譜》，朱金城編，上海古籍出版社 1982 年版。
5. 《白居易評傳》，褚斌傑撰，人民文學出版社 1980 年版。
6. 《白居易評傳》，蹇長春撰，南京大學出版社 2002 年版。
7. 《白居易生存哲學本體研究》，肖偉韜撰，南京大學出版社 2009 年版。
8. 《白居易文集校注》，白居易撰，謝思煒校注，中華書局 2011 年版。
9. 《白居易資料彙編》，陳友琴編，中華書局 1962 年版。
10. 《備急千金要方》，孫思邈撰，中國中醫藥出版社 1998 年版。
11. 《貶謫文化與貶謫文學——以中唐元和五大詩人之貶及其創作爲中心》，尚永亮撰，蘭州大學出版社 2004 年版。
12. 《博物志校正》，張華撰，范甯校正，中華書局 1980 年版。
13. 《冊府元龜》，王欽若等修，中華書局 1989 年版。
14. 《陳子昂集・補遺》，陳子昂撰，徐鵬校點，華書局 1962 年版。
15. 《春秋左傳注》，楊伯峻編著，中華書局 1981 年版。
16. 《大曆詩風》，蔣寅撰，鳳凰出版社 2009 年版。
17. 《大曆詩人研究》，蔣寅撰，中華書局 1995 年版。
18. 《登科記考》，徐松撰，中華書局 1984 年版。
19. 《登科記考補正》，孟二冬補正，北京燕山出版社 2003 年版。

〔註 1〕本文所列參考文獻主要爲文中所引文獻，其他諸多參考文獻不一一列出。

20. 《第四屆宋代文學國際研討會論文集》，沈松勤編，浙江大學出版社 2000 年版。
21. 《讀通鑒論》，王夫之撰，中華書局 1975 年版。
22. 《杜牧集繫年校注》，杜牧撰，吳在慶校注，中華書局 2008 年版。
23. 《杜牧年譜》，繆鉞撰，人民文學出版社 1980 年版。
24. 《杜牧資料彙編》，張金海彙編，中華書局 2006 年版。
25. 《杜佑年譜》，鄭鶴聲撰，臺灣商務印書館 1977 年版。
26. 《杜佑評傳》，郭鋒撰，南京大學出版社 2004 年版。
27. 《敦煌蒙書研究》，鄭阿財，朱鳳玉撰，甘肅教育出版社 2002 年版。
28. 《敦煌詩歌導論》，項楚，撰臺北新文豐出版股份有限公司 1993 年版。
29. 《樊川文集》，杜牧，上海古籍出版社 2007 年。
30. 《封氏聞見記校注》，封演撰、趙貞信校注，中華書局 2005 年版。
31. 《陔餘叢考》，趙翼撰，商務印書館 1957 年版。
32. 《古代歷史教育研究》，李良玉撰，合肥工業大學出版社 2007 年版。
33. 《古文析義》，林雲銘評注，臺灣廣文書局 1979 年版。
34. 《歸田詩話》，瞿祐撰，周維德集校《全明詩話》第一冊，齊魯書社 2005 年版。
35. 《韓昌黎詩繫年集釋》，韓愈撰，錢仲聯繫年集釋，上海古籍出版社 1984 年版。
36. 《韓昌黎文集校注》，韓愈撰。馬其昶校注，馬茂元整理，上海古籍出版社 1986 年版。
37. 《韓孟詩派研究》，肖占鵬撰，南開大學出版社 1999 年版。
38. 《韓愈評傳》，卞孝萱撰，南京大學出版社 1998 年版。
39. 《韓愈文集匯校箋注》，韓愈撰，劉眞倫、岳珍校注，中華書局 2010 年版。
40. 《韓愈資料彙編》，吳文治編，中華書局 1983 年版。
41. 《漢書》，班固撰，中華書局 1962 年版。
42. 《漢唐文學的嬗變》，葛曉音撰，北京大學出版社 1990 年版。
43. 《翰林學士壁記注補》，岑仲勉注補，上海古籍出版社 1984 年版。
44. 《經學歷史》，皮錫瑞撰、周予同注，中華書局 1959 年版。
45. 《舊唐書》，劉昫撰，中華書局 1 年版。
46. 《困學紀聞》，王應麟撰，上海古籍出版社 2008 年版。
47. 《郎官石柱題名新考訂》，岑仲勉考訂，上海古籍出版社 1984 年版。

48. 《老學庵筆記》，陸游撰，中華書局 1979 年版。
49. 《歷代文話》，王水照編，復旦大學出版社 2007 年版。
50. 《列子集釋》，楊伯峻撰，中華書局 1979 版。
51. 《劉禹錫傳論》，吳汝煜撰，陝西人民出版社 1988 年版。
52. 《劉禹錫集》，劉禹錫撰，卞孝萱校定，中華書局 1990 年版。
53. 《劉禹錫集箋證》，劉禹錫撰，瞿蛻園箋釋，上海古籍出版社 1989 年版。
54. 《劉禹錫年譜》，張達人撰，臺灣商務印書館 1977 年版。
55. 《劉禹錫評傳》，卞孝萱撰，南京大學出版社 1996 年版。
56. 《劉禹錫全集編年校注》，陶敏等校注，嶽麓書社 2003 年版。
57. 《柳文指要》，章士釗撰，中華書局 1971 年版。
58. 《柳宗元大辭典》，吳文治、謝漢強主編，黃山書社 2004 年版。
59. 《柳宗元簡論》，吳文治撰，中華書局 1979 年版。
60. 《柳宗元評傳》，孫昌武撰，南京大學出版社 1998 年版。
61. 《柳宗元詩箋釋》，柳宗元撰，王國安箋釋，上海古籍出版社 1993 年版。
62. 《柳宗元詩文選評》，尚永亮撰，上海古籍出版社 2003 年版。
63. 《柳宗元與唐代思想變遷》，陳弱水撰，江蘇教育出版社 2010 年版。
64. 《柳宗元資料彙編》，吳文治編，中華書局 1964 年版。
65. 《論語譯注》，孔子等著、楊伯峻譯注，中華書局 1980 年版。
66. 《孟郊詩集校注》，孟郊撰，華忱之等校注，人民文學出版社 1995 年版。
67. 《明詩話全編》，吳文治編，江蘇古籍出版社 1997 年版。
68. 《氣與文風——唐宋古文的進程與背景》，副島一郎撰，上海古籍出版社 2005。
69. 《清詩話》，丁福保編，上海古籍出版社 1999 年版。
70. 《清詩話續編》，郭紹虞編，上海古籍出版社 1983 年版。
71. 《全唐詩》彭定求等編，中華書局 1983 年版。
72. 《全唐詩補編》，陳尚君輯校，中華書局 1992 年版。
73. 《全唐文》，董誥等編，上海古籍出版社 1990 年版。
74. 《全唐文補編》，陳尚君輯校，中華書局 2005 年版。
75. 《全唐文紀事》，陳鴻墀撰，中華書局 1959 年版。
76. 《全唐文篇目分類索引》，馮秉文等編，中華書局 2001 年版。
77. 《全唐小說》，王汝濤編校，山東文藝出版社 1993 年版。
78. 《人物志》，劉劭撰，長春出版社 2001 年版。
79. 《容齋隨筆》，洪邁撰，上海古籍出版社 1978 年版。

80. 《山水田園詩派研究》，葛曉音撰，遼寧大學出版社 1993 年版。
81. 《詩源辯體》，許學夷撰，人民文學出版社 1987 年版。
82. 《史記》，司馬遷撰，中華書局 1982 年版。
83. 《史通通釋》，劉知幾撰、浦起龍通釋，上海古籍出版社 1978 年版。
84. 《宋代文學通論》，王水照撰，河南大學出版社 1997 年版。
85. 《宋詩話全編》，吳文治編，江蘇古籍出版社 1998 年版。
86. 《隋書》，魏徵撰，中華書局 1983 年版。
87. 《隋唐五代教育論著選》，孫培青撰，人民教育出版社 1993 年版。
88. 《隋唐五代教育名人小傳》，程方平撰，北京燕山出版社 2001 年版。
89. 《隋唐五代史》，呂思勉撰，上海古籍出版社 2005 年版。
90. 《隋唐五代文學史料學》，陶敏、李一飛撰，中華書局 2001 年版。
91. 《隋唐五代文學思想史》，羅宗強撰，中華書局 1999 年版。
92. 《隋唐制度淵源略論稿 唐代政治史述論稿》，陳寅恪撰，生活·讀書·新知三聯書店 2009 年版。
93. 《太平廣記》，李昉等編，中華書局 1986 年版。
94. 《唐才子傳校箋》，傅璇琮主編，中華書局 1987～1995 年版。
95. 《唐大詔令集》，宋敏求撰，上海學林 1984 年版。
96. 《唐代古文運動論稿》，劉國盈撰，陝西人民出版社 1984 年版。
97. 《唐代古文運動通論》，孫昌武撰，百花文藝出版社 1984 年版。
98. 《唐代翰林學士傳論》，傅璇琮撰，遼海出版社 2011 年版。
99. 《唐代教育體制研究》，宋大川撰，山西教育出版社 1998 年版。
100. 《唐代教育研究》，唐群撰，西安出版社 2009 年版。
101. 《唐代進士行卷與文學》，程千帆撰，上海古籍出版社 1980 年版。
102. 《唐代科舉與文學》，傅璇琮撰，陝西人民出版社 2003 年版。
103. 《唐代科舉制度研究》，吳宗國撰，遼寧大學出版社 1992 年版。
104. 《唐代墓誌彙編》，周紹良編，上海古籍出版社 1992 年版。
105. 《唐代墓誌彙編續集》，周紹良等編，上海古籍出版社 2001 年版。
106. 《唐代詩歌的多元觀照》，尚永亮撰，湖北人民出版社 2005 年版。
107. 《唐代詩人從考》，傅璇琮撰，中華書局 1980 年版。
108. 《唐代政治史述論稿》，陳寅恪撰，上海古籍出版社 1997 年版。
109. 《唐代重大歷史事件與文學研究》，胡可先撰，浙江大學出版社 2007 年版。
110. 《唐國史補》，李肇撰，上海古籍出版社 1979 年版。

111. 《唐會要》，王溥撰，上海古籍出版社 1991 年版。
112. 《唐六典》，李林甫撰，中華書局 1988 年版。
113. 《唐律疏議》，長孫無忌等撰，中華書局 1983 年版。
114. 《唐人行第錄》，岑仲勉撰，上海古籍出版社 1962 年版。
115. 《唐詩匯評》，陳伯海主編，浙江教育出版社 1995 年版。
116. 《唐詩紀事》，計有功撰，王仲鏞箋校，中華書局。
117. 《唐詩紀事校箋》，計有功撰、王仲鏞校箋，中華書局 1965 年版。
118. 《唐詩品匯》，高棅撰，上海古籍出版社 1981 年版。
119. 《唐詩學引論》，陳伯海撰，東方出版中心 2007 年版。
120. 《唐宋傳奇集》，魯迅輯，文學古籍刊行社 1955 年版。
121. 《唐宋古文運動》，錢冬父撰，上海古籍出版社 1979 年版。
122. 《唐文拾遺》，陸心源編，上海古籍出版社 1990 年版。
123. 《唐文續拾》，陸心源編，上海古籍出版社 1990 年版。
124. 《唐五代筆記小說大觀》，上海古籍出版社編，上海古籍出版社 2000 年版。
125. 《唐五代文學編年史》，傅璇琮撰，遼海出版社 1998 年版。
126. 《唐五代逐臣與貶謫文學研究》，尚永亮撰，武漢大學出版社 2007 年版。
127. 《唐學與唐詩》，查屏球撰，商務印書館 2000 年版。
128. 《唐語林校證》，王讜撰，周勳初校證，中華書局 1987 年版。
129. 《唐摭言》，王定保撰，古典文學出版社 1957 年版。
130. 《通典》，杜佑撰，中華書局 1984 年版。
131. 《王水照自選集》，王水照撰，上海教育出版社 2000 年版。
132. 《韋應物集校注》，韋應物撰，陶敏、王友勝校注，上海古籍出版社 1998 年版。
133. 《文境秘府論匯校匯考》，遍照金剛撰，盧盛江校考，中華書局 2006 年版。
134. 《文史通義》，章學誠撰，中華書局 1985 年版。
135. 《文獻通考》，馬端臨撰，中華書局 1986 年版。
136. 《文苑英華》，李昉等編，中華書局 1966 年版。
137. 《文子疏義》，王利器撰，中華書局 2000 年版。
138. 《香祖筆記》，王士禛撰，文淵閣《四庫全書》本，上海古籍出版社 1987 年版。
139. 《想像力的世界——二十世紀「道教與古代文學」論叢》，吳光正等編，黑龍江人民出版社 2006 年版。
140. 《新唐書》，歐陽修、宋祁撰，中華書局 1975 年版。
141. 《雪濤小書》，江進之撰，中央書局 1948 年版。
142. 《顏氏家訓集解》，顏之推撰、王利器集解，上海古籍出版社 1980 年版。
143. 《野客叢書》，王楙撰，上海古籍出版社 1991 年版。
144. 《儀顧堂集》，陸心源撰，同治本。
145. 《義門讀書記》，何焯撰，中華書局 1987 年版。
146. 《藝概》，劉熙載，上海古籍出版社 1978 年版。
147. 《藝林伐山》，楊慎撰，《叢書集成初編》本，上海商務印書館 1936 年版。
148. 《因話錄》，趙璘撰，《叢書集成初編》本，商務印書館 1939 年版。
149. 《瀛奎律髓匯評》，方回選評，李慶甲集評校點，上海古籍出版社 1986 年版。
150. 《玉海》，王應麟，清光緒十年，志古堂刊本。
151. 《御選唐宋詩醇》，愛新覺羅·弘曆選，浙江書局光緒七年（1881）刻本。
152. 《元白詩箋證稿》，陳寅恪撰，三聯書店 2009 年版。
153. 《元和五大詩人與貶謫文學考論》，尚永亮撰，文津出版社 1993 年版。
154. 《元稹集》，元稹撰，冀勤點校，中華書局 2010 年版。
155. 《元稹年譜》，卞孝萱撰，齊魯書社 1980 年版。
156. 《元稹評傳》，吳偉斌撰，河南人民出版社 2008 年版。
157. 《元稹與元和文體新變》，郭自虎撰，安徽大學出版社 2010 年版。
158. 《增訂注釋全唐詩》陳貽焮等增訂注釋，文化藝術出版社 2001 年版。
159. 《貞觀政要》，吳兢撰，中華書局 2009 年版。
160. 《貞一齋詩說》，李重華，昭代叢書本。
161. 《中國「中世紀的終結」：中唐文學文化論集》，宇文所安撰，生活・讀書・新知三聯書店 2006 年版。
162. 《中國藏書通史》，傅璇琮等編，寧波出版社 2001 年版。
163. 《中國古代教育史》，毛禮銳等撰，人民教育出版社 1979 年版。
164. 《中國古代文人集團與文學風貌》，郭英德，北京師範大學出版社 1998 年版。
165. 《中國史學史》，蒙文通撰，上海世紀出版集團 2006 年版。
166. 《中國思想史》，張豈之撰，西北大學出版社 1989 年版。
167. 《中國通史》，范文瀾等撰，人民出版社 2009 年版。
168. 《中國文學家大辭典・唐五代卷》，周祖譔主編，中華書局 1992 年版。

169. 《中華大典・文學典・隋唐五代文學分典》，卞孝萱等編，江蘇古籍出版社 2000 年版。
170. 《中唐詩歌開拓與新變》孟二冬撰，北京大學出版社 2006 年版。
171. 《中唐詩文新變》，吳相洲撰，學苑出版社 2007 年版。
172. 《中唐文人之社會角色與文學活動》，馬自力撰，中國社會科學出版社 2005 年版。
173. 《中唐政治與文學：以永貞革新爲中心》，胡可先撰，安徽大學出版社 2000 年版。
174. 《中唐至北宋文學轉型研究》，田耕宇撰，中國社會科學出版社 2009 年版。
175. 《資暇集》，李匡乂撰，《叢書集成初編》本，商務印書館 1985 年版。
176. 《資治通鑒》，司馬光編，中華書局 2007 年版。

論文

1. 《「賦代志乘」說評議——以都邑賦爲中心》，王樹森撰，《中國韻文學刊》2009 年第 1 期。
2. 《「吏治與文學之爭」對盛唐前期詩壇之影響》，杜曉勤撰，《文史哲》，1997 年第 4 期。
3. 《〈策林〉所呈現的政治、軍事、思想與文化探究》，滕雯撰，《遼寧教育行政學院學報》2011 年第 1 期。
4. 《〈新唐書・藝文志〉補——集部別集類》，陳尚君撰，《唐研究》第一卷，北京大學出版社 1995 年版。
5. 《2000 年來中國瘴病分佈變遷的初步研究》，龔勝生撰，《地理學報》1993 年第 4 期。
6. 《白居易的經濟思想述論——以其〈策林〉爲中心的考察》，汪國林撰，《宜賓學院學報》2012 年第 1 期。
7. 《白居易的歷史使命感和家族責任感》，嚴傑撰，《唐代文學研究》，廣西師範大學出版社 1998 年版。
8. 《白居易散文研究》，付興林撰，陝西師範大學 2006 年博士學位論文。
9. 《此學士非彼學士——從唐代翰林院的設置說李白的翰林使職》，李厚培撰，《人文雜誌》2003 年第 1 期。
10. 《從書籍史到閱讀史》，張仲民撰，《史林》2007 年第 5 期。
11. 《從閱讀到創作的詩學歷程——論初盛唐詩人對〈文選〉的接受》，葉黛瑩撰，2011 年武漢大學博士論文。
12. 《二十世紀唐詩分期研究述略》，張紅運撰，《文學研究》，2006 年第 6 期。

13. 《稼軒詞用典與「以才學爲師」》，周炫撰，《廣東農工商職業技術學院學報》，2006 年第 2 期。
14. 《李白詩歌用典研究》，王騰飛撰，2010 年暨南大學碩士學位論文。
15. 《李德裕與〈昭明文選〉》，劉鵬撰，《中國文學研究》2012 年第 3 期。
16. 《李賀詩歌的用典藝術》，管雯撰，《樂山師範大學學報》，2006 年第 6 期。
17. 《李詳〈杜詩證選〉〈韓詩證選〉的再審視》，丁紅旗撰，《西南石油大學學報》2010 年第 2 期。
18. 《論北宋知識分子的知識結構》，陳植鍔撰，《社會科學研究》1988 年第 1 期。
19. 《論唐代翰林學士院之沿革及其政治影響》，趙康撰，《學術月刊》1986 年第 10 期。
20. 《論中國古代詩人的南方意識——兼論「瘴」字的含義》，許山秀樹撰，李寅生譯，《欽州學院學報》2009 年第 5 期。
21. 《南宋士大夫知識結構研究》，鍾揚撰，復旦大學碩士學位論文，2009 年。
22. 《盛唐「文儒」的形成和復古思潮的濫觴》，葛曉音撰，《文學遺產》1998 年第 6 期。
23. 《試論春秋行人的知識結構》，陳彥輝撰，《吉林師範大學學報》，2003 年第 4 期。
24. 《唐代的翰林待詔、翰林供奉和翰林學士》，馬自力撰，《求索》2002 年第 5 期。
25. 《唐代的私學與文學》，童岳敏撰，蘇州大學 2007 年博士學位論文。
26. 《唐代官員不願外任刺史原因新探》，張衛東撰，《江漢論壇》2009 年第 3 期。
27. 《唐代翰林院和翰林學士設置時間考辨》，徐茂明撰，《蘇州大學學報》1992 年第 3 期。
28. 《唐代教育與文學》，郭麗撰，南開大學 2012 年博士學位論文。
29. 《唐代科舉與〈選〉學的興盛》，姜維公撰，《長春師範學院學報》1999 年第 1 期。
30. 《唐代西州的私學與教材——唐代西州的教育之二》，姚崇新撰，《西域研究》2005 年第 1 期。
31. 《魏晉南北朝時期佛教高僧的知識結構》，李傳軍撰，《青島大學師範學院學報》，2010 年第 3 期。
32. 《先秦仁學知識結構的現代闡釋》，李健勝撰，《青海師範大學民族師範學院學報》，2010 年第 1 期。

33. 《以白居易、元稹爲核心的中唐小說集團述論》，蘇興撰，《明清小說研究》1997 年第 3 期。
34. 《瘴氣研究綜述》，周瓊撰，《中國史研究動態》2006 年第 5 期。
35. 《中國中古賢能觀念之研究——任官標準之考察》，毛漢光撰，《中國史學論文選集・第三輯》中華文化復興運動推行委員會主編 1983 年版。